謝曉昀

神離去的那天

臺灣商務印書館

自序——與生命相銜的隱喻

在某個暴雨過後沉寂下來的傍晚時刻，我在關渡橋河畔靠近岸邊的盡頭，看見了一個個流亡於河水之中的神明群像。

祂們模糊且已熏黑的輪廓，在黃褐的水面上載浮載沉。從小順從家裏習慣祭拜，專注往內凝視，便可逐漸從昏黃夜色中辨識出祂們的名稱：三太子、王爺公、玉皇大帝、註生娘娘、天上聖母、土地公……神像顛倒錯置地露出泛黃底盤，隨著往前沖刷的溪水漂流，像位於一條黯淡銀河中的幾顆隱滅星辰。

旁邊的老人告訴我，這不是什麼奇怪的光景與異常落魄之象；眼前這些落難神像，有其集體統合編列的歷史；祂們遭逢人們雕刻形體、挑時辰開光、膜拜信奉、直至時間長河拉到無法再往前延伸的盡頭：

西元一九五五年秋末，太陽宮神壇於嘉義縣岸腳村成立初始之年。經由各方人士熱情引薦之下，從對岸各地請來諸神群像，挑選日子，實行盛大開光儀式。

西元一九六八年，岸腳村全部居民因感受到風調雨順的神蹟，全部一致先後皈依了太陽宮神壇。

西元一九七〇至一九七五年，太陽宮神壇於農曆二月十九日觀世音菩薩誕辰之日、農曆六月十九日菩薩成道日、以及農曆九月十九的出家日，這三個時間分別席開百桌，遍佈村頭與村尾的流水席。成為且建立了當地最盛大熱鬧的聚會習俗。

西元一九八〇年年末，岸腳村因過度繁榮旺盛，開始零散且祕密地進行地下賭博。

西元一九八二至一九八八年，太陽宮神壇成為岸腳村最大的賭博據點，以及鄉民們的中心焦點。

西元一九九六年，因私吞與倒了所有岸腳村村民總共加起來約上千萬元的會，兩老先因不堪背負眾叛親離的怨恨逃至台北，爾後，經由警方逮捕與迅速審判的結果，啷噹入獄。

西元二〇〇一年，兩老相繼過世於獄中。

老人現在描述的，不就是我的阿公與阿嬤嗎？那些早已晦黯地褪去影子，沒入記憶底處的地名與人物，現在卻一個個從陌生的老人口中翻騰而出。

我疑惑地歪頭望著身旁的老人。他站在我的前面，正口沫橫飛地詳細描述了全部經過。在講述的過程中，我發覺他彷若深怕驚嚇小動物般地一吋吋貼身靠近我，到最後，甚至能嗅聞到從老人口中與身上傳來的灼熱體臭；接著，他緩緩伸出布滿皺紋與斑點的右手，沒有任何曖昧與遲疑，動作謹慎像處理精密儀器般把手核對上我的肚子，像完成最困難的部分猛力往下壓按去。

我驚駭莫名地感覺老人這一壓按，從體腔內處泛出陣陣強烈的欲嘔感。

我終於忍不住大張開嘴，河蜆吐沙般地，將原本藏匿隱遁在靈魂深處的記憶影像、各式片段、各種迴旋於意識中被截肢的旋律、生命中難堪的段落……這些渾沌的不明物體全一股腦地從腹部湧至胸腔，再從嘴裏汩汩流出，化成一堆晶瑩剔透的不明物體，像各色小粒卻扭曲的彈珠球，一個個隨著體液順勢流淌下來。

那些東西降落到地面後，有生命般地往前蹦彈跳躍。定神細看，祂們全都是那河水中落難神明的縮小版：有頭、手腳、身軀衣著精細，一個個宛如新生兒般地在我體內孕育成形，在暗處等候多年，就是為了離棄我而蹦躍至河邊；在已然漆黑的河畔，閃耀著緣邊金黃的拋物細線。

在我與老人的注視下，那一條條弧線重疊延展至河流中央，凌空彈躍地與那些漂流的神像合體，像是金色元神鑲嵌射入各個形體之中，然後，我與老人眼睜睜地望著那些神明群像漂流至無垠的邊界後，繼續再重頭輪迴一次。

這是一本分上下卷（上卷：第一章至第五章〈神離去的那天〉，下卷：第六章至第十章〈中魔的人們〉）——以縱向與橫向兩個截然不同的切面，以及超現實的特殊筆調寫法，來挑戰自身家族史與臺灣歷史，還有橫貫切面這世代的故事經歷。

〈神離去的那天〉：

以縱向書寫筆法，描述自身祖父母那代於嘉義縣岸腳村開創太陽宮神壇（西元一九五五至二〇〇〇年）的家族史為開端，涵蓋臺灣鄉間神壇傳說與各式神話、臺灣八〇年代大家樂與六合彩的賭博盛世狂潮、美國因越戰爆發（西元一九六一至一九七五年，直到一九七九年美軍撤臺）於臺灣天母與北投地區各地進駐了美軍顧問團。這其間與自身家族所發生的愛恨情仇，直到婚姻關係消逝，美軍全數撤離卻仍無法褪去，遠處始終傳來如悶雷炸響般震耳欲聾的海浪聲，如一首攸長恆久的傷痛歌曲。

我的家族一律敬神畏鬼，相信所有詭譎與荒誕的傳說，始終與那第三度空間的距離，是如此密合、重疊，每個人皆貪婪地非要往其烙印上自己的一生。

然而，當我還處於學習其他事物的階段，摸索著如何定義發生於自身的事件，便聞見了濃實的香火氣味，聽見從遙遠異次元空間傳來的沉重腳步聲，鼓聲鞭炮的喧囂響音，以及所有預言式般的呢喃耳語。

我們用這樣的方式記載歷史，熏烘出一個屬於我們家族的氣味。那味道紛雜糜爛，就像置身於世紀末日，即將永遠枯黃乾涸的黑夜氣味。

我明白這味道將永恆地潛伏隱遁在日常事物裏，隱遁在磨損的牆壁油漆上方，隱遁在腐爛的魚肉裏，在空氣中，在某些時刻，隱遁在客廳角落的蜘蛛網，在沒有隻字片語的曙色中，在家族每一雙孤獨的眼睛之後。

〈中魔的人們〉：

這是西元二〇一二年夏季炙熱夜晚的尋常日子，在眾多家族的生活水平面底下，某些事情逐漸萌芽與發生，悄悄將隱藏好久的怨恨愁苦，推離其安靜隱沒之處，讓它翻湧到日常上方，在上頭漂流好一陣子，直到我們清楚望見。

身處在九〇年代，且未曾深刻感受時光空無的這些年紀不超過三十五的青年們，總是以一種靜默且不知所措的焦灼、延緩、甚至帶有些瘋狂的目光，注視與緬懷著我們的父母與遙遠的祖先，如何艱困慢速地在這片無聲的荒原之境內，重新祭拜起那些早已凍結密封的時光；讓不知自己已逝，已煙消雲散的親愛之人，重新粉墨登場地上演活著的所有日常生活。

我們每個人捧著自身即將要迸裂碎散的歷史，斷簡殘章的家族史，如置身於漆黑之夜中的伶仃殘缺者，小心翼翼地交換著身世，以便證實自己不是孤獨黯淡的流亡者。

在這本長篇小說創作之前，我曾聽過許多友人描述自己的身世。大家似乎是以一種空盲的目光，翻攪著已荒涼廢棄多年的場景；延遲、結巴、不明所以、倒帶重複。

在這段期間，我彷佛聞到祖先們遙遠且腐敗的氣味，那包含著各式零散潰堤的語言與情緒；那些縛在我們身上的線頭，則周折延纏在一條沒有盡頭的道路上，讓一切顯得如此空洞，一如他們早已棄置的各種可能性。

這些訴說身世的時光軸線，從父母以及親人的口中，所聽來那些遙遠生疏的自身歷史，像是一部顛倒從最底盡頭拉開幕簾的電影，生活與日常全然翻轉過來，從喪禮與已逝者的空間中逃離退場，拉出來的隻字片語竟如殘破的碎屑，最終，只識得自己蒼白貧瘠的面貌。

這是一場接著一場朦朧含糊，不斷往前與後相互推演的時光運鏡，彷若閉氣泅游過去那條能劃分昨日、今日，將今日之島轉化為昨日之島的分日經緯線；想像中，那黑白默片應該要歷歷在目的老電影，化成影像卻磨損了其中的光彩色澤，被剪奪去了耳朵內的平衡規管，成為一死絕標本中的枯荒之境。

我們都感覺得到：這些開天闢地與庇祐往昔的神明，也就是老人們口中，最好的時光，正在緩慢地遺棄我們。

這些、那些，不僅只是那未知的力量與真正意義上的神明。

我們都說，在這個世代，得到與失去這兩種相反的介面，其實一直悄悄地如競賽般同時發生；現今有太多、太多的聲音，阻絕了我們獨自感受原本緊繫在身世上方的線絲，那讓我們無法聽見時間流逝、大海潮汐、星光閃耀、還有暴風雨襲擊前的風雲翻湧；然而，那些擱淺在我們身世前方的霧中風景，仍隱約地綴飾著記憶之中的古屋、荒廢的鐵路車站、毫無人煙的靜謐校園、村落山牆、鄰里村民。它們形狀完整地被擱置在記憶角落，烙印在我們的皮膚與身體底層，等候著無數個日夜過去，成為集體的潛意識之事景。

遞轉變更的空間，便在這個喧囂至極，卻又極端沉默的島嶼。

我們在每日光潔規律的生活裏，不斷獲得高科技所賦予的一切，如高速運轉於車輪引擎迸發出火光的列車，在達站下車後卻又感嘆：我們並沒有深刻活在當下之感，於這長久以來的世代演變與輪替之間，每個人皆有著許多重疊交錯，尖銳高昂但又苦澀陰暗的深刻痕跡；但是我們始終尋不著那可供依偎之處，於是，各種隱約的焦慮與情緒，便日積月累地塞滿這整座宛若蜂巢的島嶼之內。

現今的集體焦慮，從未曾共同紛然躍於記載中：這是一個無人知曉與描述的祕境結界，一個身陷於時光幽微凹褶之處，共同竄改與支撐起整個世代的奇幻力量。

這是我輩人的「圍城」故事——以神明群像作為隱喻：愛之困境、童年傷痕、迷失地圖、孤獨之自我與漠然之群體的對峙、流浪的幻念……種種、種種——每個人都渴欲著「出城」與「入城」，都恐懼著在曠野流浪，及又困陷在封閉的密室而無力脫拔離開。

如同錢鍾書在〈圍城〉中的荒謬困境：「城裏的人想逃出去，城外的人想盡辦法擠進城裏。」對我這個世代的城市說故事者，對一座城市之身世、記憶之撥弄，幾乎已不可能像張愛玲〈傾城之戀〉之傳奇招魂術；亦不可能如白先勇《臺北人》裏，那前朝遺恨人物之蠟像館。

我總在想：我們成長於此的這座城市、這個島嶼，這個無限悲憫收容各式流離失所之人的故事沃土，可不可能出現如捷克小說家赫拉巴爾《我曾伺候過英國國王》，羅馬小說家莫拉維亞的《羅馬故事》；或紐約小說家保羅．奧斯特《布魯克林的納善先生》，這些視一座城市如「記憶之繁複蜂巢」的小說術。某部分可以將這樣的「到處存在的場所，到處不存在的我」（村上龍的短篇小說）之九〇世代現代心靈史探勘與描繪：

這世代的青年並非無傳奇。只是遠距盲困在這座城市與過往記憶之人，已逐漸失去完整的時間軸線，但是我們的傳奇，我們的苦難與救贖，其實都已拆解、滲透，暈散在置身的身世之內。

各世代愛情與慾望之間的關係、同儕之間彼此的社會價值與權力的消長、眾多人事在變遷中所流轉的光芒與灰敗，就是要企圖捕捉與延展各種世代的演變，是以何種姿態眺望過往自身的歷史，歷經了怎樣顛倒反覆的命運與各種獨立發生的事件，因而成就了現今集體完整全然的面貌。

目次

上卷

神離去的那天

太陽宮神壇走入歷史的末日回憶

——第一章

阿公與阿嬤一輩子敬神畏鬼，
心裏永恆執著地相信一個傳說：
那傳說便是：海底有蛟龍。
在黯夜與光明交替之際，
深海底部的蛟龍便會騷動，
但是只要此生，
此生有幸能見過蛟龍翻騰的一點鱗光，
一輩子便會被深切祝福過般地，
榮華富貴。

嘉義布袋港沿海，出現怪潮與怪浪的那天，正好是神離去的那天。

從早上到黃昏時分，港灣裏的海水沉默地隨著時間逐漸抬升，彷彿要淹沒了整個港灣。漁港與海面略遠的邊界線上，圍攏著一排如遠古時代，風乾已久的大型動物頭顱般的灰色碎浪石，上頭滿布過久沖刷，而溶蝕成不規則的蜂巢狀凹痕。遠遠眺望那混濁的海水，在陰暗卻毫無雲層的天空下，朝著岸邊衝撞出一波又一波乳白略帶褐紅色的浪花，猶如從受傷巨人的嘴巴與身軀中，汩汩流出的口涎與體液。

泛著紅光的碎浪漫延到港口，先是讓緊繫停泊在港中的所有漁船，激烈翻湧且彼此撞擊，不斷發出詭異、木頭緊軋與生鏽金屬摩擦的尖銳響音……這些稍縱即逝卻反覆重疊的困頓聲，鑽進耳朵裏久了像是種不祥的尖叫。

翅膀上染有淺色灰點的海鳥，焦躁地四處飛翔，低吼著一聲聲沙啞刺耳的鳴叫。

我摀上耳朵、閉緊嘴巴，視線盯著環繞成捆，綁在鐵柱上的米色長條麻繩，逐漸被染上了層如同鮮血般的艷紅色。

布袋港的村民告訴我：在我的阿公過世那天，他們感覺到所有原本神力無邊的太陽宮神壇，以及庇祐港邊的神明們都已離去；或者也可以說，因為得知神明即將離去，所以阿公選擇在之前，讓自己提前腫成一個青灰色的大水泡。

關於阿公永恆的消逝，漁港呈現一片慘澹血紅色的那個夜晚，沒有任何一個村民願意告訴我實際發生的經過。

他們聽見關於這類的相關疑問，皆像是聽見什麼極為恐怖或骯髒、污穢話語般；那原本平靜安祥如大型溫馴動物的他們，先驚慌失措地從原地倒退好幾步，眼神毫不掩飾地對我流露出鄙視參雜驚懼——一種無法形容的怪異扭曲表情，接著再猛力搖頭，伸出手掌摀住眼睛，宣稱他們什麼都不知道，什麼都沒看見。

所以到最後，關於阿公的逝世，我沒有任何可以作為參考依憑的說法或傳聞，僅只有我的母親：那晚待在阿公身旁的他最大的女兒，大張著雙眼，把經過如紀實攝影機般地，迅速在腦中轉成畫質清晰的記憶影片，再慢慢竭力將這唯一的影像轉化成語言。

究竟阿公過世的那一夜，發生了什麼事情？

母親聽見我提出的疑惑，先是眨眼盯著我。

我望著那瞳孔中飽含的情緒，不像村民們的單純恐懼或輕蔑，反而閃著隱晦不明的複雜光芒，兩邊嘴角費力地隱藏笑意，看起來比較像正要開口回憶敘述一件奇怪滑稽，但讓她極為滿意的故事。

「你外公過世那時，正值四月中旬，就在漁港後方那一平直的沙崖，筆直狹長彷若沒有盡頭的海岸線上，布袋港的居民正忙碌著他們一年一度的盛事：曬鹽。」母親歪著頭，嘴角仍帶著隱藏不住的笑意。

我認真聽著母親回憶。

「布袋鎮位於嘉義線的西南沿海，北臨東石鄉，東北連朴子市，東南連義竹鄉，瀕臨臺灣海峽，南隔八掌溪接臺南縣北門鄉，為南臺灣知名漁港之一。這裏盛產各種魚類，其中又以蚵仔養殖為主。布袋鎮舊名『布袋嘴』，其由來與布袋港的地形有關，由於布袋港突出於瀉湖之間，商船出入彷彿由布袋口進出因而得名。

臺灣西南海岸為一平直的沙崖，由於日照特長，這一條狹長的海岸，遂成為一片特殊的鹽田景觀；布袋鹽場是臺灣最早、歷史也最悠久的鹽場。

布袋鹽場的發跡大約從一七八四年（清朝乾隆四十九年）開始。西元一八二三年，富豪鹽商吳尚新開闢鹽埕數百甲，正式開啟布袋曬鹽業的基礎。在日據時期（約西元一八九五年至一九四五年），布袋港成為重要的運鹽港口，臺灣將布袋的鹽，一袋袋銷往東南亞及日本。

白花花的鹽田，曾經具有『白金』級的產業地位。

廣義的布袋鹽場不只限於布袋鎮；鹽場區域範圍跨越了嘉義縣沿海東石、布袋、義竹三個鄉鎮。

大約是從台17線以西的海岸線，由最北的掌潭場務所，一直到南邊的新塭場務所。

鹽民揮汗的身影、鹽田彩霞的倒影，以及運鹽小火車的樸實魅影，無處不散發鹽田小鎮之美。」

她先是上地理課般地向我詳細描述：當時村民們戴著斗笠，在陽光下揮著大片汗水曬鹽的操作程序情況；接著，終於眼神矇朧地進入主題，話題轉回阿公當天傍晚，在這些與背後景色已融成一幅圖畫的勞動村民前，如往常一樣從屋內搬出椅子，坐到已形成如兩座小型雪山的鹽山中，從岸邊眺望遠方的海平面。

阿公的這個習慣我非常熟悉：在每天的傍晚直到隔天清晨，不發一語地獨自坐在海邊盯著海看——是他與還未過世前的阿嬤，隱而不宣的小小祕密。

深藏在日常生活裏那幽微夾縫中的，一個祕密。

然而，這個舉動對他們兩老來說是祕密，但是對整個家族來說，卻是個足以影響撼動我們之後全部的人生：

以前在嘉義岸腳村馬路最底的盡頭，擁有一間名為「太陽宮」私人神壇的阿公與阿嬤，一年一度的最大活動：就是有效率地組織村子裏所有虔誠的眾信徒們（其中包含拄著枴杖、腰椎背脊充滿各式病痛、身上永遠帶著種類繁多的藥包、行動不便地要我們年輕人攙扶服侍的老伯與阿婆），舉行巡迴全臺灣各地廟宇的進香團。

這是個怎麼想都極為艱困的活動。

整個進香過程中，沒有任何吃香喝辣的行程，一切生理需求，包括吃喝拉撒睡，全部皆統整成最最簡略的方式解決：睡在夏季充滿燥熱，與混雜各種身體氣味的遊覽車上，那僅只塞得下一個捲曲身形的座位、吃的則是路邊圍繞著蚊蟻蒼蠅的貧瘠攤販、幾日的沐浴是用發臭的毛巾隨意往身軀抹上兩把。

回想起這段於顛簸搖晃行進中的進香團時光，似乎只有重複跪拜與向上乞求的這兩個鮮明動作。此外無他。

但是從沒有人抱怨過。

似乎如此艱苦的原始過程，就是故意讓這些生活中的磨難，暗地扭曲轉化成對他們自身虔誠的重大試煉；彷彿在過程中吃得了越多苦頭，身體可以忍耐下過多的不適，那些終日喃喃與盤旋的慾望便越可以實現。

大家翻山越嶺，攜家帶眷的最後一站，一定是位在臺灣最北邊的石門十八王公廟。

進香團每每有全新的鄉民加入組織，當遊覽車第一次停靠在最北端的昏黃暮色中，新加入的鄉民們顫抖著發痠的兩腿，緩慢從車上踏下來站立於路邊，便全體呆滯地凝視前方那一長排被煙霧繚繞的紅色廟宇，心裏的震撼感是多麼巨大：

這裏是什麼地方？為什麼將近入夜了還那樣多信眾在膜拜？那筆直應被黑暗矇蔽的公路卻燈火通明，四周全都是迸發各式火光與水霧的攤販與人群；

而穿越過層層被各種黑紅色所模糊，豎立在廟中央的巨型雕像又是什麼？

祂看起來……看起來不像我們所時常跪拜的任何神明啊！

蹲聚在一旁吸著快燒到指頭的菸屁股，黯淡的身體與臉龐似乎已成為十八王公廟宇背景的老人們，總會一眼就認出與盯上這些面露疑惑的鄉民。這時候他們便會丟下菸蒂，露出黑色缺縫的門牙，站起身拍拍衣衫下襬，彷彿是他們唯一使命與責任般地走近新來朝拜的鄉民，不厭其煩地告訴他們：

「不要怕啦，聽我說（對著鄉民們招招手）：在所有確實的史籍資料中，並沒有關於十八王公廟起源的任何記載。根據一些專家指出，十八王公可能在臺灣光復以前就有，但發跡是這近幾年的事啦。」

只要其中一個老人用燻啞的煙嗓說起話來，其他老人們便如潮汐般滔滔不絕地從旁邊湧向前，七嘴八舌地像說書般地，對著無知的鄉民訴說：

「這個十八王公廟的由來喔，相傳在清朝中葉，曾有十七位福州巨紳，乘船到浙江普陀山進香的途中，遭遇天變，全部罹難。屍體就這麼漂啊漂地流到了石門沿岸，後來傳說被沖到阿里磅，也就是這個臺北縣石門鄉乾華村。

儘管全部的人都身亡，其中一人所帶的家犬卻奇蹟生還，瘋狂吠叫引起附近居民注意；當時居民為這十七人下葬時，這隻義犬，嘖嘖！義犬忠主不二啊，毅然決然地躍入墓穴，居民們非常感動，就將這隻忠犬與十七人合建一塚，名為十八王公廟。

此後啊，這裏便不斷傳出十八王公顯靈的故事。十八王公經常顯靈庇佑村民，甚至指引往來海上船隻，於是逐漸有外地漁民船家前來膜拜，威名就不脛而走啦。

民國七十五年，每日來這裏參拜的人車多得嚇人，已經影響旁邊核一廠及交通安全，所以經由村長擲茭決定，於茂林村坪林52號另建新廟；就在那，那邊，是在民國八十三年完工的。」

他們驕傲地挺直胸膛，彷彿訴說的是自己輝煌的身世般。

這就是此地的海神——這個沿海地區的神聖媽祖；而那尊巨大神像，就是那隻具有神性的忠犬石雕。

鄉民們永遠如此。初到此地的他們維持於未知的驚駭沒有多久，於粗略爭相詢問了解一個大致輪廓後，便馬上融入當地民情；於是，他們不免俗地吃過攤販的粽子，與拿香拜過位在上面神壇的神明，接著，再由旁人指示，魚貫靜肅地屏息踏入主要的地下室，也就是忠犬墳塚的所在地。

往地下室的樓梯就在主殿堂旁，一扇沒有門的凹型缺口處底。

在往下陡峭狹小的樓梯間，與身軀緊貼合的牆壁兩旁，全貼滿了各種用大紅色紙所寫成的抽象符咒、各式報章雜誌的泛黃剪貼、用褪色的大紅粗質布寫的四字箴言、密布刮痕的獎牌、還有一個個陌生帶著收斂笑容的合照相片……腳步發顫地穿越之後，到達地下室最底深處，再艱困地俯身跪拜與觸摸，那用淺紅黃藍洗石子所拼貼砌成的義犬墳塚。

我永遠記得我第一次，以及之後每次進入地下室的情形。

因為長期處在完全封閉的底部，以及經過長年的香火煙霧熏陶，站在底部呼吸，那進入肺部的氣體，自動變成一條渾雜沾染了各式氣味的瘴氣細線，永遠如此稀薄與混濁。密閉的地下室僅只有五坪不到的狹小空間，在四周點燃了大小不一的燈火燭光，異常地晶亮通透，光線與氣體不成比例，反常地如飽滿得即將要溢出來的大量水分。

而上方呈橢圓形往下的延展空間，則全都是如那條樓梯兩旁所顯示的，貼滿與閃耀著各種顏色字語的警世寓意。

我一到了地下室便成了十足的啞巴，始終被一種奇異氣氛給震懾地不敢開口說話。地下室充滿一種絕然獨立之感，它不陰暗也毫不晦澀，相反的，墳塚這字面上帶給人所有的黑色想像在這裏完全消弭，營造出來的卻是誇張的，幾乎要讓人眼睛目盲的透徹與光亮。

我不知道其他人來到這地下室，之後會如何形容與回憶這所謂的海神之墓；但是那印象深深地鑿在我的腦海中，像飄然在紛然喧囂的記憶支流中央，一個永恆飽滿的燦亮水燈。

在拜過忠犬墳塚的鄉民，回到地面上之後，便會如同被催眠，像每個睡不著的失眠夜晚，在腦裏出現的白花花羊群般，一、二、三、四……一一整齊排好隊走回遊覽車上，安靜地蜷縮起身軀，進入沉靜的睡眠之中。

我的阿嬤與阿公從來不睡。

在這個夜晚，他們總會客氣地向廟祝借兩張塑膠椅，佝僂地拖到距離海最近的暗礁處，把椅子卡死在岩石縫隙中，安然地坐在椅子上方，徹夜張著惺忪昏花的雙眼，盯著那黯夜中的混濁海浪。

他們兩老於黯夜中忽明忽滅的影子，是整支進香團遊歷最終的扎實句點。

於是，就在每次順從著進行到活動的最後，我便發現了他們這個祕密；但是無人願意告訴我，我的阿公與阿嬤，為什麼要反常抵禦強烈睡眠的侵蝕，執著望向寂然漆黑的大海。在最後一次，也就是他們出事前的年度進香團出遊中，母親終於願意鬆口告訴我，阿公與阿嬤一輩子敬神畏鬼，心裏永恆執著地相信一個傳說：

那傳說便是：**海底裏有蛟龍**。

在黯夜與光明交替之際，深海底部的蛟龍便會騷動，會輕淺滑溜地越過海浪，翻滾出浪花層遞的疊縫之中。絢爛的七彩鱗片或許會隱沒在漆黑中，也或許會留下瞬間閃爍的吉光片羽；但是只要此生，此生有幸能見過蛟龍翻騰的一點鱗光、一點反射出來的爪痕，一輩子便會被深切祝福過般地，榮華富貴。

我始終覺得母親說他們兩老相信蛟龍的傳說並不屬實。

我當然相信冥冥之中的力量，但是對於母親所謂相信蛟龍的這說法很有疑惑。正確來說，他們兩老相信的不是蛟龍，而是執著於**榮華富貴**這四個字的深刻意義。

榮華富貴。這四個字彷若古代黥面刑罰般地深深烙在阿公與阿嬤的臉頰、身體、心臟，以及全部、全部的人生上。

阿公於過世前，那個海平面上發著紅光的傍晚，仍依照長年的習慣搬了椅凳，坐在鹽田中央，維持著他那張終年憂悒滄桑的臉龐，盯著廣闊的海面看著。

當時母親因為擔心阿公的病情加重，接到阿姨的通知後，早在三天前便已收拾好行李，從臺北搭了客運到嘉義布袋，暫住在那裏照料阿公。她在阿公傍晚實行這個如同儀式的凝視時，沒有打擾，僅只沉默地也回到屋內搬張椅凳坐在屋前。

就在大約到了傍晚六點多時，海面上突然刮起了一陣前所未有的大風。

那風勢據母親形容，非常詭譎地讓她聯想起那部，在奧克拉荷馬州醞釀了將近半世紀的大型狂暴、撲天蓋地的龍捲風電影。

根據母親的描述，由於當時發生的事情如影片迅速快轉，在海平面上原本只是稍微扎刺面部皮膚，與不時掀起怪浪的大風，然而就在幾分鐘，還沒來得及反應的短暫片刻，就變成了迎面撲襲而來的狂烈風勢。後來，她回想起來感覺更離奇的是，那股怪風彷若從海面上成形，便有目的般地瞄準了阿公正坐著的位置，只衝向這個方位，力量完全集中攢聚地朝這襲擊，把位於阿公兩邊的鹽山，一瞬間推倒刷平，僅只有幾秒鐘的時間，原本如兩座小金字塔般的鹽山，便在母親面前，活生生地橫亙成一座高出她兩倍，毫無雜質的雪白屏障。

像從未到過的北方雪國，堆積出整座高山冰雪的絕美場景。

那景色真是美得無法形容。

母親驚駭的眼神隨著晶瑩剔透的白色幕簾，變得柔和了起來。

等到她回神想起被壓在白銀鹽山下方的阿公，才開始驚惶失措地扯開喉嚨大叫救命。附近的村民們聽聞呼喊便紛紛跑過來搶救。

「告訴妳一個祕密。」母親停下正在描述的回憶，促狹的臉龐上閃過一股奇異的光。

「那個時候，我盯著好幾個村民蹲聚在鹽山各處，急迫地揮動手臂或任何工具往下挖掘時，我完全不慌張，反而產生一股相當後悔的情緒。

那情緒從心底深處推出來的力道好強烈；我不曉得該怎麼形容……眼睛盯著前方開始壞毀

潰爛，變成一灘灘潰不成形的鹽渣子時，好像他們正在大力地，背叛與破壞神明精心打造出來的作品般的，湧出的情緒是那樣讓我無法理解的憤怒與憎恨。

我當然還記得壓在底下的父親，也很著急，但是那瞬間從心底大量湧出，幾乎要把我掩蓋過去的無法理解的憎怒，更是強烈得讓我無法顧及父親，使得在整個搶救過程中，我像一個被人按下關閉指令的洋娃娃，維持僵硬與矛盾的面部表情，垂手豎立在旁，從頭到尾都沒有幫忙挖掘。」

我倒吸了一口氣。這就是某種所謂集體力量的偷渡嗎？

村民們私下竊語母親狠心遺棄阿公，讓他獨自一人在遙遠邊境，像強迫他後半輩子皆須孤獨地反省自己的前半生。然而，真正的事實卻是阿公堅持獨居於此；這些、那些，竟在此時像是即將下雨從天空愕然滴落下的雨滴，一滴，兩滴，三滴……豆大的雨點灑落到乾燥的地面後蒸發，接著就大量且激烈地傾倒下大雨；這瞬間攢聚的力量可以使得原本為難的母親，隱約開始出現了某種不為人知的變化。

這力量既微弱卻在無形中變得巨大，大得可以搗毀她原本對自己父親的孝意，或者任何的種種？

還是，沒有見到此景的我，無法明白那鹽山在夕陽餘暉下，真的彷若神的奇蹟？

母親繼續描述接下來發生的事。

後來在村民的合力之下，終於把屏障的中央破壞成一個大窟窿時，他們看見壓至在最底的阿公（或者只能稱為某種東西）時，全都像看見什麼恐怖的東西般，顫抖地往旁邊退避跳開。有些膽子小且反應慢的村民，被嚇得無法動彈，只能本能地在原地蹲下，大聲尖叫起來。

沒有人知道那個東西是什麼。那不是他們原本想像，被重力巨物壓垮，以致形成某種極度扭曲癱瘓的人形；或者應該說，他們清楚知道那根本不是人。

我母親聽見叫聲快步走向窟窿中央。她不解地撥開顫抖尖叫的人群，往下彎腰瞧著。母親說，距離越來越近，她確實認清了中央躺著的已經不是她熟悉的父親，而是一個完全不像人的形狀的東西。那渾圓肥腫的外形大約如一艘小船般大小，根本粗糙地毫無輪廓與肢體可言。要她再詳細地形容，母親說那噁心的外形，比較像是一條巨大的，顏色接近透明的水蛭；渾身沾滿了白色的鹽分，正痛苦地在中間蠕動掙扎。

她告訴我當時她的腦子，啪一聲像突然斷電般呈現一片空白。什麼父親在哪或者該怎麼辦這些直覺性的思考問題，也與那斷電的黯黑，一起完全地溶化成濕漉漉的什麼……而因為那幾秒的呆滯與站得靠近，她甚至可以看見在那水蛭的表皮上，因為鹽分不斷往內裏滲透稀釋，反射出來一片濕淋淋的混濁體液。

後來呢？我追問著。

母親在回憶當時場景的表情，不像她所形容的斷電那般面無表情；額頭上那些深刻皺紋明顯浮出，雙眼瞇成一條細縫，微微滲出汗水的鼻尖上毛孔大張，而底下緊握的雙手，則不斷無意識地反覆交疊揉搓著。我感覺母親此時比較像在思考一個難纏複雜的問題。

或許當時那些應該馬上反應的直覺性問題，因為眼前水蛭與阿公的交換身軀（或可說是阿公變成了巨大的水蛭？），這奇異錯誤的分歧，致使她腦中的線路沒辦法順利連接，擦槍走火地莫名消失在腦海中，卻順勢擱延到了現在——現在才從渾沌的腦中拾起這個早該好久以前，就應該馬上想起與反應的，極為本能性的問題。

那些跳開與尖叫的人們，就在母親呆滯斷電的短暫時間中，沒有人說話。此時的時光，因瞳孔一同進入過於碩大的怪異景象，使得時間愕然地集體靜止凍結，所有人皆滑進了某種酩酊之後的迷濛狀態。

不知過了多久，就在眾人詭異的沉默凝視之下，那巨大的水蛭開始逐漸縮小、再縮小，最後變成了……

說到這裏，母親閉上嘴巴，動作輕巧熟練地解開扣至下巴底部的襯衫鈕扣，袒露出一整片蒼白的肩胛骨。

這突兀的東西我看過許多次。

那是母親之前宣稱喉嚨不舒服，進醫院開刀之後回來，奇怪地留下一塊如同大拇指般大小，唐突地像要突破於皮膚外層的肉色腫瘤。這塊瘤被一小條淺色的疤所環繞著，在室內燈光的照射下，透過母親青黃膚色，竟閃爍著一種未曾見過的金黃光芒。

最後就變成了……這個。母親此時像小女孩般掩嘴輕笑了起來。

這樣妳阿公就永遠無法離開我了。

在阿公過世前的那年夏天，我第一次獨自搭著長長的客運，到嘉義布袋港邊的一棟小平房中探望阿公。

那個時節異常炎熱，八月中旬，延伸向前的柏油路上冒著暈染開來的灼熱霧氣，煙霧散得滿鎮都是，像在無意識模擬颱風前那種沒來由的閉塞與晴朗無雲。眼睛被如白色膠脂般濃稠的強烈日曬給刺痛，瞇眼望著前方一望無際的貧瘠長路，四周散落與人齊高的破舊平房與三合院、架在屋外已迸裂變形的木頭衣架、沿路漫長乾涸的雜草、舌頭吊垂在外的頹喪野狗；想像此時的氣氛，更像關閭上所有無形的門，留下緩慢步向死亡之途的集中營。

這是我第一次踏上這個猶如化外之地的貧瘠小鎮。

從客運下車步行到阿公住的平房路途，發現這裏除了人煙稀少，瀰漫著像來到世界盡頭的荒蕪之外，幾個沿著道路搭建的老舊建築，卻彷若古早世紀末的頹圮神廟；磚紅混雜深棕色的粗陶磚散落沿邊牆的四周，那些不時可見的低矮牆面，竟有幾塊鑲著宗教味極濃，但圖案粗糙、線條簡略的崩裂瓷磚；幾個錯落在平房中央的圓弧狀空曠草地，毫無人煙與任何生命力，卻飄散著幾分祭祀廣場的肅穆氣氛。

錯落靜止在屋外陰影下的老人們，每個都像喪失意識般的，集體把失焦的眼神落向遠方。上頭炙烈的陽光照射在這荒涼的鄉鎮中，那反射的角度似乎出了些錯誤。

我眼睛盯著從某片屋瓦上方，析曬出如七彩般炫目的怪異光芒看：所有的光線籠罩在這個小鎮，色澤是飽滿得幾乎像要滿溢出來的銀白；整個世界盈滿了金黃蜜蠟色般的稠密光芒，凝結成大量稠狀物般地浮晃在空氣中，像是鋪曬在無重力阻礙的奇異星球般，呈現前所未有的純粹晶瑩。

這是個奇怪的沿海城鎮。一切是那樣的超出想像之外。

就在阿嬤前幾年過世，而阿公出獄後，就堅持要獨居在布袋沿海的這個小平房中。算算日子已過了快半年，但我還是覺得他非常不習慣這個沒有五坪大，狹小貧瘠的空間。

一進入工整正方形的屋內，入門處便是一張廉價的塑膠茶几與兩張椅子。左邊地上則丟著一張方邊大綻棉架，沾滿黃褐色不明液體的床墊，四散到眼花繚亂的雜物；除了這些顏色暗沉的家居用品，最讓人觸目心驚的，則是右邊牆壁上釘著堅實的大型架子，擺著數目眾多的各種神明雕像。

神明如在做永恆的聆聽與凝視般，灰撲撲的面容上毫無表情；而原本披覆上金黃艷紅，如給小型娃娃穿的緞面綢子、閃著燦光的掛飾符咒，也早已被恆久的歲月與香火給熏得灰黑。

這些神明雕像跟隨著阿公與未過世前的阿嬤一輩子了。祂們永遠是他們兩老最重要的行李與寶藏，隨身攜帶的人生護身符。除此，我相信他們不管遺失或失竊了什麼都不會在乎。

我逆光站在門口的黑影，先筆直跨越地面上的雜物，再孤零零地印在神明雕像的架子下方。阿公聽見我的喊叫聲，先巍顫顫地從地板上的床墊坐起身，然後把腳掌平放在地面上搜尋著拖鞋，一邊很勉強地扯開嗓門回應我。接著，再離開床墊，站起身走到中央的茶几旁，小心翼翼怕燙著似地，用大張的手掌輕輕觸碰桌子邊緣後坐下。在這幾分鐘的動作中，我看見外公始終沒有睜開那雙布滿褐色斑點的眼皮，僅只用他撐開的手掌觸覺，依此到處碰觸與間歇地發出喧囂的撞擊聲。

我曾問過他為什麼要這樣。

阿公跟我說，當時他在監獄裏服刑時，因為嚴重的病痛在身，所以被特准隔離到另一個房間中。第一天到達那房間時是夜晚，感覺胳臂被幾個警察用力架著從這片黑暗走進另一片黑暗中，接著再被推入一個完全黯黑的空間後，沉溺於過久喧囂的聽覺先刷地突然靜止下來。廣大沒有邊境的空無靜謐。而因為身處在濃稠如同密度極高的沼澤暗黑中，瞬間所有感知能力也像浸泡在泥濘不堪的汙泥中。

最先喚醒如爆炸開般的一觸即發，是底下的兩隻小腿骨頭——相同角度一起在摸索中狠狠撞上了堅硬的床沿；那由下方瞬間炸開的尖銳刺痛感，幾乎讓阿公在漆黑中暴出眼淚、痛哭失聲。

而阿公沒有想到這個錐心的痛楚，竟成為待在那裏最初與最終的印象。

阿公歪著頭，努力形容那暗黑房間的細部給我聽。

那裏的床墊用手摸上幾遍，就可以知道質料確實是由軟棉符合人體工學的矽膠製成，不會再迫害他彎曲疼痛的脊椎。但是雖然床軟多了也舒服多了，但在這個特赦的房間中，卻沒有窗戶也沒有任何燈光的照明。手掌沿著牆壁與整個房間來回撫觸，便會知道那張彷若騰空漂浮在黑洞中的矽膠床，是他們給他的唯一寬貸；除此之外什麼都無法給了。待在一點點光束都射不進來的空間中久了，僅只有感覺逐漸越縮越小的自己，與必須學會與之和平共處的各種想像。

阿公跟我說，因為除了吃飯與沐浴的短暫時間之外，從早到晚都必須待在那個沒有光的房間中，所以他後來也分不清楚自己是閉上眼睛的還是睜開，甚至到即將出獄的最後時光，他感覺那已經不知睜開與閉上的眼皮上層，似乎長出了一層薄薄的，彷似皮膚般堅韌的細膜；像置身在深邃海底中的史前魚類，或各種不知名活在地底的生物，牠們因為長期視覺退化，而在幽暗的空間中棄絕了視覺，努力繁衍出另種可供生存的本能。

我的阿公卻沒有能力發展出另一種本能。

終年的漆黑使他身上長年傷痕累累，刮傷淤青的各種慘烈痕跡，與如繁花盛開的棕褐色老人斑相處愉快。它們隱褪或是共存在這片茂盛的花園中，使得慣於穿著已變褐色的三槍牌背心，坦露出整片胸口、雙臂的阿公，看起來總是如此不協調和骯髒，像是一個老邁頹喪的刺青癖好者。

我把母親囑咐我帶去的老人專用奶粉與雞精等營養品，放在茶几上後，便安靜地坐在雙眼緊閉的阿公旁邊。我們通常不太說話，除了語言不太通之外（阿公只會一點點國語，而我完全不會說臺語），我們的確也無話可說。

帶有些微尷尬的沉默持續著。

我靜靜地望著阿公那張拉下眼皮，始終安靜溫馴的臉孔，再把眼光移向後頭牆壁上，幾排黑點螞蟻正緩慢地沿著角落的垂直角度，工整地往上爬行蠕動；在客運旁邊隨手買來的鋁罐飲料，水痕逐漸沿著指紋蒸發，然後，眼光落定於右邊櫃子的神明雕像上。

長久以來，在所有嘉義縣岸腳村的村民印象中，我的阿公與阿嬤，緊緊和這些神明融合在一起；也可以說，我與我的家族，過去和之後的所有歲月，都跟這些神明有著無法分割的關係。

每個家族都隱匿著許多不可告人的祕密。

我的家族也不例外。但那些橫亙與生根在我記憶深處的，回想起來卻是一片如同荊棘遍布橫生的花園，眾神的花園。

我的家族一律敬神畏鬼，相信所有詭譎與荒誕的傳說，始終與那第三度空間的距離，是如此密合、重疊，每個人皆貪婪的非要往其中烙印上自己的一生。

然而，當我還處於學習其他事物的階段，摸索著如何定義發生於自身的事件，便聞見了濃實的香火氣味，聽見從遙遠異次元空間傳來的沉重腳步聲，鼓聲鞭炮的喧囂響音，以及所有預言式般的呢喃耳語。

我們用這樣的方式記載歷史，熏烘出一個屬於我們家族的氣味。那味道紛雜糜爛，就像在世紀末日，即將永遠枯黃乾涸的黑夜氣味。

我明白這味道將永遠隱遁在生活的分秒之內，隱遁在磨損的牆壁油漆上方，隱遁在腐爛的魚肉裏，在空氣中，在某些時刻，隱遁在客廳角落的蜘蛛網，在沒有隻字片語的曙色中，在家族每一雙孤獨的眼睛之後。

這是屬於座落在嘉義縣岸腳村盡頭，一間三層樓高，住宅混合神壇中的神祕傳說。

在岸腳村大馬路底部的阿嬤家，署名太陽宮的私人廟宇，是附近鄰居口耳相傳的奇異神壇。我的母親曾經告訴我，原本經營小店面的吃食生意，人生其實完全可以劃分到平凡無奇的阿嬤，過了四十五歲的生日那天晚上，突然做了一個清晰無比的夢。

依照阿嬤當時的說法，那絕對不是純然屬於反應自己思緒與慾望的夢境，而是真正的，神明托夢：

在那個清晰得猶如日常的夢裏，夢境一開始，阿嬤看見自己走在一條荒涼寬敞的街道上。就她老人家貧乏的形容，那地方有點像是拍攝古裝電視劇中的場景：一長排統一用石灰岩鑲著紅磚所打造的閩南建築，由馬背山牆所砌成的紅色屋頂，那其中的五行（金木水火土）形狀各處不一，而彎曲由兩端高高翹起的燕尾脊則一致性地，反射著夢中餘暉的橘黃光芒。阿嬤走在街道中央，一邊不時轉頭打量著自己現在身處的地點環境，一邊往街道盡頭的方向踩踏著。

夢境中，她不明所以地往前大約走了十多公尺，本來空無一人的街道，開始安靜沉默地橫插進稀疏的人群。三三兩兩的人群，一致性地低頭，腳步迅捷地穿越旁邊小巷，從各處集中到這條阿嬤正在走的主要街道。

人越來越多。

他們全古怪統一穿著深藍色間或黑色的長袍馬褂，面無表情地逐漸聚攏在她的四周，集體往前一同邁進。真的好安靜啊！這畫面像是老早就抽離了聲響；也因為沒有了聲音的點綴、所有光源的細緻變化，變得呆板得如一部黑白默片，悄然到這一切似乎都是以一種停格的方式顯現般，那樣奇怪的僵硬肅穆；像一排接一排傷痕累累，準備進場維修的緩行夜間列車。

不久，隊伍停了下來。

在看不見的隊伍最前頭，開始在盡頭處停止腳步，所有人溫馴但不知在等候什麼似的原地垂手低頭。阿嬤想要轉頭詢問旁邊的人，但是感覺自己一開口，聲音與問句變成了虛無的氣體，她急切卻啞口無言地向兩旁比手畫腳，四周的人仍凝結著僵硬的臉孔，黑色瞳孔射出一道道死灰色的光，肅然地盯著，彷彿她是一個不怎麼討人喜歡的小丑。

阿嬤安靜下來。她開始明白就現在的整體氣氛來說，自己應該順從地與所有人一樣，安靜等候，什麼都不要問也不要做。後來，隨著隊伍一步步往前移動，她終於看清楚隊伍最前頭的整個畫面。

在兩旁貧瘠建築中央，街道的盡頭，是一扇從未見過的透明玻璃大門。那大門晶透地映照著前方那一個個面無表情的撲克臉孔，還有天空中已經隱褪下來的橘紅色七彩天光，像是彩繪在門上的動畫般，隨著前面的動靜而變化其中的各式圖形色調。

隊伍停滯又緩慢移動的原因，是因為不時會從透明門裏的右上方，伸出一隻巨大無比的手，像在仔細篩檢貨品般的，生硬嚴謹地攔截住最前頭的人，再彈出一條粗大如樹幹般的食指，緩緩地撥弄著隊伍最前頭的人的身體，像在搔癢般地往他們的肚子還有腋下輕輕戳去。前方的人面對這些戳弄沒有笑，甚至有人還過分溫順地把雙手直直伸起，像完全投降地把雙手高舉過頭。

巨手上的紋路模糊，阿嬤瞇眼努力打量。不像任何年紀的人體膚質，比較像是用白玉翡翠或什麼溫潤質材所塑造的大手，光滑無瑕地整個面積承接起外頭所有光線的各式折射。尤其是那根筆直伸長的手指頭，讓她聯想起以往祭拜過的神廟，那支撐起廟宇屋簷與四周的堅挺大柱。

隊伍慢慢地往前縮短距離，就快要輪到自己了。

阿嬤心裏開始有些慌張。她發覺隨著隊伍逐漸往前移動，眼睜睜地盯著那隻在靜默中游移的大手，開始注意到大手後面，也就是隊伍被篩檢過後，所進入的玻璃門後的空間，那裏是一整片全然的、光線被完整隔離在外的漆黑之境。

那麼我等會是不是也要踏進奇異的空間，那個如同幽黯湮沒的冥界之中？

阿嬤的心跳加快了起來。從小遇見任何害怕時刻就習慣念佛的她，默默地開始在心裏堅定地念起反覆的佛號。就在排列於前方的人進入玻璃門，終於輪到阿嬤時，那隻碩大之手卻愣愣地橫格在玻璃門與阿嬤面前，像在此刻突然聽見什麼怪異聲音，而有了狐疑的表情般地，不知所措地彎曲著手指頭上的關節，愣然靜止。

時間彷彿全然靜止。阿嬤心中的佛號仍舊大聲響徹在意識中。

那隻大手不知過了多久才開始緩慢地繼續動了起來。它反常地沒有伸出手指，維持著整隻手掌鋪平的狀態，橫插入阿嬤與後頭的隊伍中間；那手掌的姿態，像是平時我們在別人耳畔說起悄悄話一樣地擋起來，把她硬生生地從隊伍中央斷然切開，想要告訴她什麼重要隱密的事情般，團團包圍住她整個人。

「就是在這個時候，我聽見了許多神明的稱號。」

阿嬤說這感覺非常奇怪。

空間裏仍舊肅然持續著沉重的寧靜，四周光景仍如黑白默片，但是她確實聽見了一連串神明的名字。正確來說，應該是在她的某個知覺中，確切地接收到了一長串名單；而這接收的感知能力不是聽覺，比較像是收到了一個沉甸甸的包裹，拆開外面的包裝，裏頭的明細一眼便一清二楚。

大手在此時送了一個隱形的禮物給阿嬤，其中還包含了她無法拒絕的使命：要她即刻前往嘉義縣的岸腳村（連地點位置也說明得十分詳細，像是附在包裹上用白紙黑字寫明的住址）去起落一個神壇。

接著，大手確定阿嬤正確無誤地接收到禮物，且也確認裏頭的明細後，便奇怪地沒有把她推入玻璃門後的空間，反而逆方向地把她推向排列隊伍的最旁邊。阿嬤感覺自己的身體像被大型動物輕叼起般的騰空移動，有點手足無措地順從著龐大的推力，來到了隊伍旁。

就在她感覺自己的雙腿，終於有了站在地面上的知覺時，她的餘光瞥見那裏不知何時站著一個人。那人的模樣有些模糊，跟隊伍中的人群一樣穿著深藍色長馬褂，垂手低頭地獨自豎立在路邊。越來越靠近那個人的時間裏，大手的推力沒有減少，相反地卻在阿嬤狼狽地在路面上調整腳步時，一個力道把她推向那個人。

阿嬤與那個人合而為一。就像看著電影或電視上所演過的，那樣把飄遠的靈魂置回到真實肉體中的奇異感。

但這不是盯著螢幕上別人的經歷，而是自己的。她先感覺自己的身體顫抖了一下，接著原本身體擁有的僵硬感完全不見，四肢的血脈經絡刷地全然活躍了起來，眼前的一切全部異常清明了起來；這不是視力感躍進或克服某些宿疾所得到良好醫療之感，而是屬於一種更深層靜謐的，彷彿在這麼多年以來，終於得到被某些問題給困惑許久的直接解答。

阿嬤這時才突然明白，豎立在旁邊的這人是她自己，也就是所謂的三魂七魄中，其中一個自己丟失已久的靈魂。

整個夢境在這裏，突兀地猶如瞬間沉沒到深海底部的潛艇般愕然中斷。

阿嬤清醒過來。她睜開眼睛的第一秒鐘，流進那塞滿各種疑惑與情緒的腦子的印象，就是那個清楚的地址，那個必須即將起落，在陌生的城鄉街廓、高牆圍城、院落建築的中央，一個足以撼動整座小鎮的命運，那奇異神壇的地點。

西元一九六六年（民國五十五年）九月二十二日，太陽宮神壇初建第一年。

岸腳村的八月中旬是一個燥熱，且充滿颱風侵襲的月份。白日過長而極度潮濕，河流乾涸的露出龜裂的地表。四周散布著有著青綠腹部的果蠅，在熟透的香蕉與脹裂的果實中間飛舞，空茫地在寂靜的空間中，攢聚出一種類似風扇拍打的奇怪回音。

而在傍晚的夕暮湧上時，整體更瀰漫著無法驅散的荒涼感。

當阿嬤與阿公擇日從屏東搭車來到這個夢中之境時，那天正因一個輕颱的來襲而下著滂沱大雨。放眼望去，這個世界卻沒有被雨水洗亮的痕跡，相反的，四周卻覆蓋了煙霧瀰漫的朦朧水漬。粗銀繩般的雨直直地猛烈襲擊還發著熱氣的凹凸柏油道路，堆積出一個又一個的碩大黑水窪；視線所及三合院與矮小平房的牆面屋瓦上，各自蹦出了一叢叢翠綠色的野生爬藤植物，混合著過多的水分，徹底模糊了所有房子與房子中間的界線。

路邊的低矮房舍屋頂低垂了下來，緩緩膨脹著足以擰水出來的濕氣。他們兩人撐著一把傘骨已經凹折的破舊雨傘，艱困地沿著滴水的屋簷下走著；狼狽地往中間縮著身子，並且必須反覆伸手撥開遮蔽視線的雨水，對著鑲釘在屋子旁的門牌號碼。

岸腳村53號。一個荒廢的大型柴房。屋頂上頭的黃褐色茅草，在雨中顯得潮濕骯髒。

54號。緊閉的正門旁貼滿整齊的上下橫批對聯，與「福」與「春」等字的紅色春聯；雨水毫不留情地斜側打刷，沿著牆面流淌下的暗紅水漬，是一間看似已無人照料的褪色三合院。

55號。前面堆放著眾多拆解成零散鐵具的廢棄機車行。烏黑的地板上滿佈著歪斜的明顯腳印。

56號。大門與窗子皆掩蓋住厚實米色的大型窗簾平房。

57號。在57號門牌之後，就沒有任何建築物；像走到末路地讓街道結束在一片荒涼褐黃的乾裂土地中。

57號，正是夢境中以一種特寫的姿態所展示的地址門牌。

這是一間用黑瓦拱樑所搭建，非常壯觀的日本式建築。大門緊掩，拱樑的紅磚打上了幾行歪斜的日文印記，而在細微的龜裂處，蔓生的綠苔則毫不留情地張牙舞爪著。

阿嬤瞇起眼睛，全神貫注地研究起這棟屋子。

建築特色採取日本帝冠式樣，建材為鋼筋混凝土，應該是在許久年代以前，為因應作戰時防遭敵機轟炸所用的良好建材。外觀以深淺綠色的國防偽裝色系為基調，整體採中央主塔搭配兩側對稱副塔的高聳塔樓式造型。中央主塔與兩側副塔頂部，均加上日本傳統的四角攢尖頂與琉璃瓦大屋頂，飾以寶瓶式的塔尖、梅花圖案的滴水及日本菊花圖騰的飾帶；一樓設有小型的門廊，廊頂為戶外平臺。

另外，建物的四周牆面上，雕刻上了各種圖案紋飾；雖然封上了厚實的蜘蛛網與暗黑色塵埃，但那精緻的形狀仍突兀地顯眼無比。左右窗戶的造型如八角窗、桃形窗、弧形窗等都異常的玲瓏有致，匠心工巧，而外露式陶燒排水管更是少見特殊的建築景觀。

這是什麼？為什麼這樣華麗的建築會如此突兀地在這裏出現？阿嬤與阿公壓抑下心中的驚駭與疑惑，不動聲色地推開大門走了進去。

一進到屋內，兩人幾乎被這棟建築所顯露出的莊嚴感給震懾得目瞪口呆。

在一樓大廳的右手邊，是一整座由上而下一體成型的氣派Y字型樓梯；兩側造型唯美的拱型迴廊、可引進十足光源的挑高天井，天井此時正射下朦朧的霧氣、潮濕的光點晶瑩的閃爍在屋內。而屋內的每一個細節，則恆久無聲地張顯出久遠日本統治政權之威嚴。

一種前所未有的恐懼，從兩人的體內源源不絕地冒出。

除了從細節處顯露的荒蕪痕跡，整個房子就像有生命地以一種倨傲威武的姿態，龐然突兀地豎立在其他低矮羞愧的房舍之中。這裏全然無法沾染上旁邊靜謐貧瘠的鄉村景況，猶如從矮小營養不良的小草群裏頭，從中央貿然成長為一株巨大詭異，顏色鮮明媚惑的碩大食人草。

這是個不應存在之境，一個古怪地封存了早已遠逝的斷簡殘章。

阿嬤眨眨眼，再次聚精會神地用力凝視這間房子。她站到引領上頭昏暗天色所瀉下的橘褐光源的天井中央，下意識地竭力全面開放自己的聽覺、感知能力、大張全身皮膚上下的毛細孔……沒有過多久，她開始聽見一連串小小的，如喃喃背誦著什麼黏纏的詞句經文聲，從房子四周角落緩緩傳出，再如一根根線絲般地細細集中迴旋成一個無形的漩渦，纏繞著這間屋子中央打轉。

不，那不是背誦什麼詞彙的聲音，仔細感受，會發現那些聲音匯聚的詞語，是各種關於痛苦與悲悽的無意義嘆詞與短句；重複或者積疊成一個個充滿奇怪音質般的音階，在漩渦中熱烈又固執地彈蹦跳躍著。

那些聲音正在哀嚎，又或者正在高聲歡唱。

阿嬤聽著、聽著，感覺一股熱燒的焚風往她的腦門衝撞著。

漩渦從角落匯集正把她包圍在中央；她口乾舌燥地舔了舔下唇，重複的音質漩渦猶如一片片俐落，刀切般的準確切面正從四面八方靠近，細微且緩慢地侵蝕切割著她身上的毛孔，讓她感覺自己現在猶如盛夏炙陽下方給燒乾的滾燙岩壁。

她開始打著無法抑制的顫抖。等到阿公發覺，把阿嬤像懷裏拽著一顆橄欖球般地猛然拉出天井之外，阿嬤感覺自己身上的某部分神經，某些細微的記憶分支，已經被徹底乾煎成某種枯涸、布滿紋脈一碰就會碎裂的細薄瓷器。

阿嬤以往盲目地拜唸各種神明，朝拜各式神廟佛堂，但在此時，才第一次終於感覺到神諭的龐大力量；一往前傾對上夢中門牌就完全明白：

這株年老色衰卻仍壯碩的食人草，在久遠年代以前的戰爭之時與之末，在曾發生與經歷過的中間凹陷處，從中吸收掠奪了各種人與事的罪孽、冤屈、懲處、刑罰，以及他們的生命。

這裏發生過什麼事情已經完全無法考據，就像撕毀下過往泛黃書籍中的一頁，擷取其中一段隱沒的歷史，一段音質沙啞旋律模糊，全部隱藏躲匿於晦黯時光的下方。

阿嬤知道夢中大手要她在此地建造神壇，首先必須要決然，異常決絕地毀損敗壞這龐大的建築物。

正當他們兩人驚駭又沉默地從房內走出，再定位回頭仰望思考如何從頭開始建造神壇時，一排如軍行般的整齊隊伍早已橫列在屋簷底下。

「我們等候你們多時了。」

出聲的是一位與他們兩人差不多年紀的中年人；看起來又高又瘦，雙眼底下拖著大大的疲憊眼袋，站在隊伍前方，臉上迸發著誇張的微笑面向他們。

「什麼？」阿嬤的聽覺重新溢滿震耳的嘩啦雨聲，以致於她僅只看見那男人嘴唇動了動，卻沒有聽見任何可供辨識的字語。

「我們都在等你們！」男人突然用力對著他們吼。

這句話像一道大雷般地劈醒了朦朧的聽覺。他們這時才發現四周滿佈著炯炯有神的眼神，如高聳且環繞電流十足的堅硬長堤，正狠狠地把他們包圍其中。

這些人都是附近岸腳村的村民。

他們集體的眼神，天哪！這眼神……足以令人在一剎那的短暫對視中，從心底掀翻起所有關於不安與惶恐的各式想像。那漆黑的瞳孔似乎已將自身底限全然掏出，有力地穿越過大雨與所有喧囂聲響，再赤裸裸地置放到這兩人眼前。

村民們此時看起來，眼神裏包裹著太多、太多的期待與不明物，如狂亂橫流的屍體滿佈在阿嬤與阿公面前。

這位大眼袋村長先裝腔作勢地搗嘴咳了幾聲，在沉寂尷尬的場面首先發難，把他近幾日來所感受到的，他宣稱為「神的啟示」（他沒什麼敘述能力，所以聽起來像是一個個歹戲拖棚的連戲劇場景），以及這附近許許多多，長久累積下來的各式傳言，一併簡化成幾個貧乏卻有力的形容詞與單字，成為繼夢境大手之後的第二個預言禮物，送到阿嬤面前。

阿公與阿嬤當下接收到這些話語背後深切的期待時，便決定舉家遷移，從屏東搬到嘉義縣岸腳村定居。

然而，當阿嬤與阿公搬遷過來的第一個星期，還處在混亂與被新環境衝擊的狂躁心情之下，這些村民們，每天、每個小時、每分鐘，一個個慢慢從旁邊鄰舍，踱步到這仍如倉庫般雜亂的地方外頭，臉上堆滿笑容地往內探頭探腦，攤著雙手宣稱僅只來做友善的探訪與問候，搬張椅子坐在一旁等阿嬤回應他們，並且也確定她的眼神確實落到他們身上：

「歐巴桑，來這還習慣吧？有沒有需要幫忙的地方？」

「免啦，我們自己來就行了！」

「有沒有需要什麼東西？」

「免啦免啦……」

阿嬤朝他們擺擺手，他們面紅耳赤地搓手低頭，卻暗自收斂笑容，仍牢記基本禮貌地把椅子移到旁邊角落後等待。

他們在等待的過程中，仍用眼神機伶地不斷打探，在各種不同細微的空檔時間：巨大的怪手機械在房子內部停止挖掘、物件粗糙摩擦地板的聲音軋然止息、落石灰塵與壞毀鋼筋橫屍遍野、他們兩老坐下來喘口氣時，便默默地從位置起身，將糾結於胸前的雙手放開，再悄悄地舉起雙臂，從旁邊拿出準備好的利刃，踱步走到正在喘氣的阿嬤面前，用力從胸腔的地方插入往下拉扯後剖開，把利刃丟掉，雙手手指併攏呈手刀狀，對準敞開之處插入，把隱遁藏匿在自身過久，長期的恐懼與絕望，這一地區的不安寧、荒蕪、毫無展望，以及曾經發生過，無法解釋的怪異現象，一一徹底地從最底深處血淋淋地全部掏出。

這些又是什麼？阿嬤倒吸了一口氣在心裏想。

在那些奇怪蒙上一層層血色晦暗的時光內，阿嬤看見了各式各樣殘缺不全，斷了手腳與各種器官的悲憤苦楚。那些像極了心臟、脾腎、腸子，甚至是腦花與骨髓的憂愁，總不那樣完整與清晰，全都蒙上了種被某一濾鏡過分稀釋溶解掉的稀薄單色調。

村民們沒有敘述這些積壓多年的情緒能力，長期被一團迷霧給扎實籠罩，找不到適宜的形式去理解其中的傷害與困頓，僅只能沉默地找尋機會，一股腦地全掏了出來，在他們認定為救世主的面前。

阿嬤閉上眼睛，讓這些過於龐大的什麼，先短暫地被眼皮遮蓋，再慢慢睜開眼，然後藉著光，藉著相同面無表情的各式臉孔，一一地如往地底下深鑿般刻在心上。

這些、那些，都讓阿嬤再一次地證實了奇異夢境的屬實性，還有深信不疑——自己擁有奇異的與神祇溝通的能力。

民國五十五年九月中旬，我的阿嬤正式大舉從屏東的小家，搬遷到嘉義縣的岸腳村57號時，確實是因為神明的托夢；來到此地，大家皆傳聞這裏鬧鬼；鬧鬼鬧得極兇，連這附近都似乎被這股陰森之氣給攪和的毫無生氣，這裏的確迫切需要大批光亮的神明、靈動之象進駐，一種比現實更有力量的外力介入支撐，期待整個氣象會不會好轉一些。

來到嘉義縣岸腳村，才會發覺那裏的確如一個荒涼，被眾神遺棄廢置的小鎮。

焦黃的田地皆是燒焦的落魄樣，或是乾涸到無法有生命跡象；站在這裏，你一眼便能明白：這裏什麼都曾發生過。

各種天災人禍。

幾年前的七月中旬，颱風橫掃岸腳村，把此地老舊十四戶用茅草竹竿建造的人家，全數吹倒坍滅，造成嚴重傷亡。附近的鄰居輪流生著各種奇怪，但是不久卻又會自行痊癒的病症，外出的人頻傳各種大小不一的意外事故；家中剛出世的嬰孩哭鬧不休，身軀發著不似孩童乳香的異味；老人們的皮膚上布滿著奇怪的斑點疤痕……

不是滅絕到連根拔起的永無天日，而是在細微處，彷彿打網路線上的戰略遊戲般，把地區劃分成幾塊小區域；攻城掠地，侵蝕佔奪。在各種不至於毀掉整個小村的地方，迸發出各種讓人措手不及，且掛心煩惱的災難傷害。

所有短暫忘卻這些意外，把椅子搬到屋外乘涼假裝愜意悠哉的老人家們，每個人的臉上卻隱藏不了那一絲絲無奈的風霜；這些小時與日子皆沒有意義，他們的確是真實活在一個膨脹著鬼神傳聞，與實際奮力工作也無法扭轉現狀的時間底下。

那些流動過去的時日感，各種不同時期發生卻又隨即消失的傷害，與它們和平相處地僅如蚊蟲輕輕搔癢皮膚般地毫無感覺。

大家習慣與適應，甚至在阿嬤真正來到這裏之前，已學會了不懷抱任何期望。

在此定居的多年之後，我的阿嬤回想起最初來到此地的村民的眼神，才漸漸明白，這不是種挑釁與憤恨，也不是疑惑與驚懼，而是必須處在過久的貧窮與困頓底部，既屈辱壓抑毫無保留，才能擁有如此懾人的眼神。

咳、咳……咳……

我回過神，看見自己仍坐在布袋沿海那個阿公所居住的貧瘠小屋中，夕陽尾巴已經拖到了門外邊；在我面前的阿公正摀嘴咳嗽，從右手手指縫隙中流出一條褐黃色痰汁。他動作粗魯地向旁邊甩了甩，再搓了搓手後開口問我：

「阿妹仔，妳最近有無夢見妳阿嬤？」

我愣了一下，像是極私密的祕密被掀開般地瞬間漲紅了臉。

這是我無法對人訴說的一個私密困擾。

幾年前阿嬤剛過世，我們全家決定隔天趕往南部奔喪。當時的我正沉醉在考取大學的喜悅中，而剛考取的大學要舉行開學典禮，把這視為打開人生另一階段的我，竟賭氣決意不回南部。母親拗不過我，只得要我之後自己再前往阿嬤的墓上香。

不孝女。

我的朋友們看見我手臂上別著的喪事麻布，嘻嘻哈哈地用這個詞大作文章。

面對這些尷尬的時刻，我總不以為意地呼攏過去；然而，就是從那時候開始，阿嬤像是故意要我贖罪，執拗且帶有些詭譎的想像般地，每天每夜，都會以不同的方式，緊緊糾纏著我，與我的夢境。

「有……我有夢見阿嬤。」我低下頭，在眾神面前誠實回答這個問題。

而且不只一次。

老實說，在那些繁複的夢境裏頭驚醒與迷失之餘，我開始懷疑那究竟是夢還是真實發生過的某個記憶？還是因為時間過久，無可避免地跌落進腦皮層的凹褶處裏，與其他記憶重疊、磨損甚至交融成為一鍋糊膩，氣味不明的濃湯？讓我開始徹底分不清楚它們之中的界線在哪。

關於這個主體脈絡一致，而細微處總在更動的相同夢境，讓我誤以為實際發生過的記憶原因，線索有幾個：

一、母親曾經給我看過的一張照片：

那是一張邊緣破損誇張的泛黃黑白照。裏頭的主角是阿嬤與阿公，兩人分別站在照片中央的空地兩側，空地上則鋪著嶄新發亮的褐色瓷磚。從模糊的影像努力辨識，便會發現那個空地正是位於太陽宮神壇後頭，小時候到阿嬤家度過除夕與新年，總會坐在上方的大圓桌吃年夜飯的廚房飯廳。

「那是神壇剛重新建好，妳阿公與阿嬤的紀念照。」母親說。

「為什麼剛鋪好的地板有點隆起？」我用右手手指戳著兩老中間的地板問。

從照片上看來，那地板隆起的形狀就像是裏頭躲藏了一隻巨大的海龜，也像個小型墳塚般，非常明顯的呈一圓弧形，而上方的瓷磚則順從那輪廓隆起上升後又緩緩下降。

「喔，那個啊，妳阿嬤的說法是鋪瓷磚的工人鋪貼時施工不良。施工的人說各類不同材質的地磚，會因製造材料的差異性，有不盡相同的膨脹係數與吸水率。施工當時調配的黏著劑含水量不均，水份過早被磁磚吸收，產生黏著劑強度變差，還有不同磁磚預留的磁磚縫隙過小，這些都是地板隆起的原因。」

「嗯。」我點點頭表示了解，但是真正的原因我明白不是如此。

應該說讓瓷磚隆起的原因，可以有各種技術與職業上的合理解釋；但是回頭細想關於這塊地板在我腦海中出現的時間與印象，就會恍然想起那曾親眼目睹，與在上面日常生活的所有時刻，它似乎是緩慢往下一吋吋地降落、和緩，像是自己有生命力地逐漸鋪平光滑，最後成為一整塊沒有出錯的直滑地板。

我開始漸漸明白：他們兩人，我的阿公阿嬤曾經在最初的時光中，於這塊地板上動了手腳。

二、多年後再度回到太陽宮的回憶：

西元二〇〇二年夏季末期，阿公繼阿嬤過世後第二年離開，我代替母親回到嘉義縣岸腳村的太陽宮中處理事務。

一走到早已封閉荒廢的房子前面，我發覺自己從未真正忘記過這個地方。彷彿永遠一心一意地掛念這裏，把距離現今如此遙遠之地，安裝與擠壓進內心深處。那是一個不管之後發生多龐大與繁雜的事件，侵入佔領，這個記憶確實完整的像是從未泛黃過緣邊的界限，也從未暈散開過裏面的內容物：裊裊的香火氣息，終年無法散去的喃喃黏稠念經聲，以及走過擺滿神像的廳堂，繞到後方布滿灰塵傢具的廚房，翻開鍋蓋，裏面燉煮的食物皆已瀰漫著一股即將餿掉的腐臭味，上面浮蕩著一層乳白色的油脂……

然而在那個如夢似幻的印象中，我奇怪地趴臥沉睡在現實裏原本是廚房的角落；很儉約地用簡單的睡袋打地鋪，昏鈍的視覺還未完全闔上，卻感覺到一股驚天動地的大地震。

非常誇張的天搖地動，撼動著即將從中迸裂成兩個世界的地質表層。

房子傾斜動盪，而正在沉睡的我的夢中夢（亦或現實）裏，神智不清地昏厥過去。

不知過了多久，我睜眼醒來，看見從地層裂縫中鑽出一條光燦亮眼的蛟龍，現身在我的面前。在漆黑的空間裏，牠如一盞接一盞浮晃在冥黯長河上方的白銀水燈，蜷曲著後頭閃著金光的厚實身軀，黃綠色的大眼直瞪著我，嘴巴微張地露出銳利的牙齒，身上的鱗片完好地發出高昂尖銳的異色光芒。

那雙清澈的黃綠瞳孔中，清楚地印上了我嚇傻且瑟縮的身影。

這隻龍模樣不像曾經在電影或動畫看過，所有人模擬想像出來的龍。牠的出現讓我驚駭地瞬間從朦朧的記憶中，濕淋淋地挖掘出小時候第一次到圓山動物園，近距離看見龐然的長頸鹿那樣呆滯、手足無措的心情。

我記得那是我終於跳脫出長久以來，只能從圖鑑照片中辨識動物的最初開端。當時母親要求我閉上眼睛，待會睜眼便會看見一隻從未見過的，世界上最美麗的動物。我感覺自己的身體適應著因閉眼所湧出的慵懶混合不安的感覺許久，順從母親的牽引往前，最後終於站定在僅只用一個鐵製柵欄圍起的園區內；

「來！現在可以睜開眼睛嘍！」母親拍了拍我的頭。

我一睜開眼睛，便看見一隻巨大，布滿斑點的動物彎曲著脖子，像撒嬌那樣近距離地碰蹭著前方的圓柱柵欄。我愣住了，沒有任何之前想像中的欣喜，因為太過巨大的早已超乎想像，視覺驚駭迅速地擄獲了內心深處的脆弱與恐懼，於是如同水雷般一波接一波地從底層往上，震波迴旋地從五臟六腑中央愕然迸裂炸開；眼前真實的動物潰不成體，淺棕色的圓形斑點如碩大的蜂巢般，大力衝撞且狂螫著我的所有感官。

「噯，這孩子……怎麼就這麼放聲大哭了起來呢？」母親後來向父親抱怨著。

現在，就在我的正前方，沒有任何遮蔽物，異常龐大的神獸低頭與我貼著臉；我甚至能感受到牠呼出的灼熱氣體。

就在此時，疑惑卻從恐懼中熱騰騰地躍升出來：外婆是否因為鬧鬼而來此地經歷了破壞然後建設，在這漫長繁瑣的過程中，悄悄從未知境地中擒住神獸給深埋在房子中間？然而這一切是怎麼發生的？還是這也是夢中大手一併餽贈的禮物？

我咬著牙強忍住恐懼，在蛟龍的注視下往後顫抖地退出房子外，遇見了旁邊一堆正拿著煙火開心點燃，接連往漆黑夜空中炸去的村民們。我愣愣地望著眼前的場景，那由手中一根根木質管型噴射出金黃刺目、夾帶著濃厚硝酸氣味的沖天砲，於黯黑中噴射出剎那眼瞎目盲的燦亮而後消殞，在此時竟如此吻合稍早我獨自面對那隻蛟龍，從心底瞬間崩壞瓦解的部分。

我艱困地走向他們並開口詢問。他們停下接連轟炸天空的舉動，表情正經地回答我：荒廢之境需要神明護體，當然，鬼怪多就必須要有蛟龍鎮壓。

這是個大家都知道的事實，曾經付諸於真實行動的事件。他們七嘴八舌地訴說著傳聞多時已荒腔走板的，我從未聽聞過的事情經過：傳說中，在那個古老如黑白默片的夢境中，大手把阿嬤圈在掌心中賦予任務後，她於睡夢中清醒過來，感覺發疼的腦袋下有個異常鼓脹的不明物體，於是疑惑地伸手到枕頭底下，便摸了這個奇異地從夢境過渡到現實的黑蛹。短得如大拇指般的發亮橢圓，在燈光下閃耀著黑金色的光。

阿嬤不明所以，只把它當成這夢中的幸運符，順勢於太陽宮建造完成之時，埋在神壇的後方瓷磚下方。

黑蛹猶如小小的蟬蟲從卵裏孵化出來，掉落地面覓土壤而吸食樹液十幾年，一生都在黑暗地下度過；而讓埋藏於瓷磚下方的這隻蛟龍逐漸吸吮茁壯的，則是整個岸腳村與太陽宮的興盛衰亡，那長久累積堆疊的人生印漬。

我聽完詫異不已。

但……但牠畢竟是隻神獸啊！

我疑惑地轉身踱步回到阿嬤家中，以往熟悉敬拜天神的前廳堂，卻在此時像是變魔術或被人動了手腳般的，以舞臺劇迅雷不及掩耳的建景速度，撤景後又馬上搭建，瞬間變換成一個小型且雜亂的書店。地板上鑲有龍鳳呈祥圖的地磚大廳上，不知何時已站滿了眾多面目模糊的人們。他們手裏懷抱著一本本雜誌書籍，跺腳不耐地等候前方收銀台的結帳。

我一踏進大門，便被推擠拉扯至前方的收銀機前要求操作。尚未從驚嚇中恢復思考能力的我，只能順從眾人的要求來到最前方，但低下頭面對繁忙的場景卻非常手忙腳亂。就在一片抱怨聲接連響起後不久，從後方走過來一位年輕，紮著馬尾的女孩，怯怯地拍拍我的肩膀，對我說那就不麻煩了，她來結帳就好了。

我退到最旁邊無人使用的收銀台前，心裏仍想著那隻埋在地底下的蛟龍時，突然聽見廚房內底，傳來一聲聲嚴謹宏亮的吼叫：就地升堂！

威武。

我吃驚地轉頭看著廚房內。我的阿嬤，這個早已往生成為記憶中的長輩，從漆黑的盡頭中緩緩踱步而出。她把印象中蒼老帶有過多皺紋的臉上全抹了黑色的碳粉，額頭前還正正地貼著片金色，用廉價色紙歪曲剪成的一抹彎月；身上則套著印象中，總在熱門重拍的包公奇案的電視劇裏，那一襲標準工整的黑色絲質包公服。

衣服上頭繡著的那條金燦龍頭……我倒吸了一口氣，驚呼了一聲……就是那條剛剛還在我面前呵著熱氣的蛟龍，現在卻活靈活現地立體起伏於阿嬤的胸口；如同什麼怪異且凹凸不平的巨大惡瘤，那雙凶狠黃綠色的雙眼，則如先前那般狠狠地瞪著正往內偷覷的我。

古怪滑稽的第二場舞臺劇正式演出。

大家，包括我……是不是都瘋了啊……

想到這裏，我在一旁淚如雨下，身體癱軟地趴倒在前面的收銀機前，就這麼歇斯底里地哭了起來。大量、大量的淚水從眼眶中泛出，溢滿雪白色的收銀機。金屬質感的機器窪陷處積蓄出一潭水，竟是如此滑溜地讓我無力的身體，無法順利地停趴在上面。我狼狽地不斷滑下又撐起，滑下又撐起……疲憊的虛脫感逐漸開始從身體的每個部分擴散溢出……

在淚眼模糊中，對面那位紮著馬尾，表情動作始終怯生生的女孩，突然靦腆地低頭走過來，輕輕地拍了拍我的肩：

「欸，我可以用你這臺收銀機嗎？我那臺故障了！」

已往生的阿嬤似乎把眾多隱藏多年的祕密，一個個奇異扭曲的影像符號，在各個細節如衣角坦露出的線頭地方鑽進，企圖顛倒我正確記憶的印象；彷彿悄悄趁著我這個不孝的，這個說起家族史便會擺出一副不可置信、態度輕蔑的孫女，把她窮盡一生打造的一切，偷渡到我的生命中。

她要我深刻的明白，這些全都真實發生過，那不是我相不相信的膚淺問題，而是歷史，是我們這個貼合著神明的家族，確切已無法更動的歷史。我們這個家族，終其一生將永恆卑微地，活在神明離去的那些時刻之中。

多年後我仍然清晰記得這一個畫面：

我的阿公與阿嬤，兩個老人家在生命盡頭的終端，因為徹底眾叛親離了岸腳村的居民而逃到了臺北的我的家。

待在陌生之境的兩人通常什麼也不做，僅只呆坐在夕陽斜射進來，充滿雜物的骯髒客廳正中央，駝著背脊。那姿態我永遠記得，像是他們已耗盡身體體能的全部，於是彈性疲乏之地，順勢把上半身貼緊在底下併攏的雙腿膝蓋上。花白的頭頂在聽見四周爆出些微聲響後，便會倏然挺直，然後不到幾秒鐘，又駝回去剛剛的姿態。

光線恣意地在他們身上游移著，中間則噴灑著攢動不已的灰塵浮游物。

這讓我想起外婆家的神像，那些神明，那些他們兩位老人家供奉一輩子，漆著五顏六色，但輪廓卻在時光往後移動的空隙間，漸漸模糊了的各種神像。

「雪山呵，那如神蹟般的雪山呵……」

神明全部離開的那天，過了許久時光之後，我不只一次聽見我那沉浸熟睡狀態的母親，在漆黑靜謐的黑夜中突然高聲呼喊的字句。

儘管我不是她，我沒有確實看見正橫插進她意識與內心中的任何影像，但是我卻非常明白，在這之後，或是往下延伸更多的時日之中，母親將不會再夢見她的母親、父親，或甚至是那塞滿佔據她青少女時代，那煙火裊裊位居於荒涼岸腳村中的太陽宮神壇。

這些、那些，全在某個不知名的時空中，移轉遞換成為我一個人的祕密。

累積眾多晦澀不明，橫阻在他們之上的愛恨情仇，猶如夏日煙火般乍現燦爛後急速湧褪，剩下的僅只有那存在於一瞬之光，如神的作品般的奇蹟雪山。

雪山。

西元二〇〇一年七月，布袋沿海的曬鹽工業正式走入歷史。

曬鹽工業即將被更便捷之新進工業取代。傳統曬鹽成本高，加上鹽工人力不足，青壯年人口的大量外移搬遷，布袋鹽田於二〇〇一年七月走入歷史。

目前只有布袋還保有全臺僅存洗滌鹽工廠和一旁的大鹽山，見證著這份光榮的過去。

——二〇〇一年六月三十日・臺灣日報報導

踏入魔界的賭博世家

——第二章

我從未見過一個人，
可以如此清楚又具體地流露出這樣鮮明的，
貪婪猥瑣的神情與心意。
他顫抖著雙手捧起那些表弟抓給他的紙條，
恐懼它們消失般地迅速塞入自己的汗衫裏頭，
再用手從外面拍了拍，
伸直十根手指來回撫觸，
再次確認。

客廳的燈瞬間黯了下來。

她摸黑地伸長手臂，憑著記憶走到門口，再伸手去觸碰旁邊的開關。毫無作用。想像裏會在已凝結成凍的漆黑中，如爆炸般瞬間閃出水銀輪廓的光線，現在卻一片死寂地沒有反應；這時候，彷彿逐漸慢慢地與黑暗融為一體的她的身體，感覺到一股沒來由的冷顫；毛細孔開花般地大綻著雞皮疙瘩，好似已提早預言這漆黑正夾帶著什麼不祥的事物，朝她的世界與人生逼近。

她閉上眼，身邊的男人胡亂安慰地摸了她的手臂一把，離開她身邊，在漆黑中淅瀝嘩啦地翻找著可替換的燈泡或手電筒，任何可以派上用場的臨時照明工具。她亦步亦趨地跟在後頭，然後小小聲地，把突然從心底湧上的不祥預感，努力化成語言告訴男人。

「噯，妳太敏感了，不要胡思亂想。」我的父親安慰她。

「不是這樣的。」母親在漆黑中堅定搖搖頭。

在這燈泡燒毀的幾個小時之前，她接到無數通的電話，從下午兩點過後接連響到晚間八點半。電話聲連串的在客廳角落響起，橫插進靜謐的任何時光中。

她愣愣地低頭站在綠色的電話上方凝視，那中間的距離竟像因遁入沙漠熱浪而扭曲了的空氣形狀；她的視線產生了清楚的幻覺，於電話與她中間出現了許多怪異，長了毛的手手腳腳，似乎都在極力阻撓她接起電話。

她明白是心裏跟不上事情變化速度而產生極大的排斥。那些不用接起卻可以聽見那端傳來的吶喊話筒，在此刻全都氣急敗壞：

「妳母親倒我們的會，妳知道嗎？這是不是要妳來還？」

「喂，太陽宮現在躲到哪去了？我們的積蓄全都沒了，妳說該怎麼辦？」

「幹！」

「他媽的，你們家的人是要我們家破人亡嗎？」

母親怔怔地摀上耳朵，慢慢走到走廊最底的房間內啜泣了起來。

其實，她早就看清楚了事情會逐漸往敗壞的地方行去，儘管發生的還是太快了；這是早在她的母親，也就是我的阿嬷於十幾年前迷上大家樂的那天，這壞毀就已經在太陽宮神壇的命運盡頭標上了記號，種下了眾叛親離的種子，成為被神明遺棄，而永遠漂流無所依歸的流亡人。

當我試著回憶起關於岸腳村太陽宮神壇的起迄年份，以及粗略統整發生過的事項，才發現一切都是那樣的簡略易懂，就像國、高中時期為了應付聯考，所有參考書上於每個章節的最後頁，都會出現的重點提示大綱：

◉西元一九五五年秋末，太陽宮神壇於嘉義縣岸腳村成立初始之年。經由各方人士熱情引薦之下，從對岸各地請來諸神群像，挑選日子實行盛大開光儀式。

◉西元一九六三年，根據阿嬷後來的說法，於這年的夢境和神祇，她隱密地成為一名驅趕魔界鬼怪的神之使者。

◉西元一九六八年，岸腳村全部居民因感受到風調雨順的神蹟，全部一致先後皈依了太陽宮神壇。

◉西元一九七〇至一九七五年，太陽宮神壇於農曆二月十九日觀世音菩薩誕辰之日、農曆六月十九日菩薩成道日，以及農曆九月十九的出家日，這三個時間分別席開百桌，遍布村頭與村尾的流水席。

成為且建立了當地最盛大熱鬧的聚會習俗。

◉西元一九七九年，太陽宮於王爺公誕辰的一個星期中，創下引進當時流行的布袋戲與歌仔戲班，連續五天不斷電表演之紀錄。

◉西元一九八〇年末，岸腳村因過度繁榮旺盛，開始零散且祕密進行地下賭博。

◉西元一九八二至一九八八年，太陽宮神壇成為岸腳村最大的賭博據點，與賭博鄉民們的中心焦點。

◉西元一九九〇年，大表弟出世。如同神明（或魔神）附體般地成為聞名當地的預測名牌神童。

◉西元一九九六年，表弟的感應能力逐漸消失殆盡，太陽宮因私吞與倒了所有岸腳村村民總共加起來約上千萬元的會，兩老先因不堪背負眾叛親離的怨恨逃至臺北，爾後，經由警方逮捕與迅速審判的結果，啷噹入獄。

◉西元二〇〇〇年，阿公在獄中喪失眼力，成為一名永恆的盲者。

◉西元二〇〇一年，兩老相繼過世於獄中。

就在「大家樂」這個民間賭博傳奇，緩慢地漫燒進岸腳村的祕密時刻，太陽宮神壇便在最初始，毫不猶豫地選擇從神界中伸出腳，一腳跨進了魔道中。

＊＊＊

那是一隻巨大的白鷺鷥。

老實說我從未這樣近距離看過此種水生動物。

當然，在遠方黃昏的河畔之境，幾隻身型優雅的碩長喙嘴鳥類，擊拍著翅膀，幽忽忽地降臨在池畔的一角之類的景象一定見過。牠們雪白色的羽翼，會同時泛著夕陽與其倒影在水面上的各式色彩，那樣活生生、極其炫麗的渲染印象，令所有國畫家為之瘋狂發癲，拚了命也要把此景留在作品上。

然而現在，我揉著眼睛，神壇桌的底下，就在阿嬤身邊，出現了一隻似乎從國畫上剪割下來的白鷺鷥。原來，牠不在必須要瞇眼眺望之境時，竟是如此野生與碩大（高度大約如同一個國一生般壯碩）；那鮮紅的喙嘴幾乎像是可以刺穿整個廳堂，或者，可以穿刺過我對牠所有美好的想像。

近距離注視無關乎任何美感；而是，根本無從想像與適應。

當時只有九歲的我驚訝極了，本能性地摀住自己的嘴巴，怯怯地在樓梯間蹲下身子。阿嬤就在白鷺鷥的前面，手裏捧著一碗白糊稀爛的黃褐麵湯，動作粗魯地一邊往自己嘴裏塞著糊爛麵團，再一一口對口地，像是親吻般地對著白鷺鷥餵食過去，而面前尖長的喙嘴，便毫無猶豫地直直伸進阿嬤的嘴巴中。

那景象怪異極了。不知道為什麼，這讓我想起了一隻銳利的劍，工整筆直地穿刺過一顆圓形的蘋果。

我突然有種想嘔吐的感覺，回過身想要跑到廁所時，大我兩歲的哥哥一把抓住我。

「嘿！妳不覺得，」哥哥促狹地眨著眼睛：「我們的阿嬤超酷的嗎！」哥哥一邊說著，一邊把手中小巧的水果刀，端正地置上剛洗好的蘋果上方，就放在手掌中，再唰地俐落剖成兩半。

那一天，我吐到被家人送去醫院掛急診。

記得剛進入國小就讀時，父母親為了讓我與哥哥一開始就習慣拿高分，便開下了「只要四科（小一時只有：國語、數學、自然、社會）滿分，就各買一隻兔子給我們」的誘人條件。當時真是拚了命的把課本上的東西全背誦下來，然後轉成數字，再轉化成通化街街內，擺攤裏的兩隻小生物。

「跟你們保證，這種兔子決不會長大，是稀有的迷你兔啦！」

「真的？牠們永遠都會這麼小？」

我們全家四人目瞪口呆地盯著鐵籠裏，一團團緊緊縮成一大片的毛茸茸生物；牠們此時像圍著營火般地，把臉同時朝內彼此靠攏，露出來的雪白屁股，從上俯視下去，簡直就是一片極燦爛、顫開的大白毛花。

「是啊，這些就是現在小朋友們之間，最流行的迷你兔！」

我永遠記得老闆伸手撈了其中兩隻，隨意裝進一個滑面防水的購物袋內，不是由任何盒子或籠子；好像牠們是百貨公司的精品，就這樣一路隨著過大的空間，變化著搖擺不定的天平傾斜度。

一隻叫吉祥，一隻叫如意。我母親堅持取這名字。

許多年後，大學就外宿在外頭，很久未回家的我坐上陌生的餐桌，母親從廚房捧著熱湯疾走來餐廳，一邊走一邊對我父親喊著：「如意呢？看我去端湯就要先鋪好如意啊！」她責備地唸了我爸。

如意？

我看著父親轉身彎下身子，把一堆鋪上銀色隔熱紙的木板有順序地放在桌上，母親順勢把熱湯放上；隨著菜餚的增加，桌子上的「**如意**」也越來越多……

那兩隻兔子來到家裏之後，便養在五樓的陽臺中。

牠們的下場可想而知，關於飼養或者清理這類的工作，理所當然地增加成為母親家事的其中一部分，而我與哥哥則是有空時，才會上去逗弄牠們。

直到兩個星期過後，吉祥死了，硬梆梆的身體先被一早便要起床上班的父親發現。他處理掉屍體，接著再跟我與哥哥宣布噩耗；其實父親在宣布前，深怕我與哥哥難過，於是已經先到之前的地方，再買一隻兔子回來。

「看，小吉祥來嘍！」父親討好地把新兔子放在我們懷中。

果然是小吉祥，因為比起已經養了兩個星期多的如意，牠的身型顯然小了一號。我與哥哥悲憤地互相輪流安慰了一番，又逗弄了新的吉祥，小心翼翼地把牠放在如意身邊，然後一切接續回原來的軌道。

接下來，不知道為什麼，叫做「吉祥」的這隻兔子一直被更替著：食物中毒、凍死、摔死、誤食有毒草類、鑽進狹小空間悶死、淹死……這樣回想起來，所有的「吉祥」似乎永遠都待不到一個月以上，死因離奇，但那不論在何處發現的屍體，皆是永恆的，就如當初賣兔子商人所說的：**這是隻永遠不會變大的迷你兔噢**。

反觀如意，牠與吉祥完全相反：越來越大隻的身型、肥碩的四肢、炯炯有神的通紅雙眼、雄壯到簡直威武的生命力；牠潛逃過所有任何吉祥會遭受的致命劫難，像身旁有著透明保護膜般地越來越健康茁壯，獨自一個人發展屬於牠的小宇宙；到後來，我甚至上五樓去看牠們，都會因那朦朧未明的天色，而正在奔跑的如意在視覺中，簡直像一隻雪白的大狗而驚駭不已。

如意到了最後，或許沒有其他可供模擬的同類，便開始自我遺棄了兔子的模樣，變得簡直跟一隻狗般；原本柔弱的眼神，也隨著身型，透出一絲難以言喻的古怪光芒。

異常至極。

我的父母親後來因害怕而把牠送到嘉義的阿嬤家中。

那時候，阿嬤有個離家不遠的雞舍，她從各地買來想要放生，或者誰家遷移北上發展，而無法攜走的各種類的雉雞、鴨群，甚至還有幾隻碩大如同海龜的烏龜，全養在一個濕潤的大空地中。裏頭有個面積頗大的淺水池，中央則豎立著一間擁有完善遮風避雨功能，紅褐色屋頂的木屋中。

大約把如意丟到嘉義好幾年後，有次暑假回去，不知道為什麼地，突然從紛雜且時間久遠的記憶中，濕淋淋地撈起了一隻於光線暗影處，不停躍動的古怪身影；於是，我吵著說我要去看如意。

那是一個天色未明的清晨五點多，母親喚醒我穿衣套鞋，準備與阿嬤一起到雞寮。

走在前頭的阿嬤，始終沒有回頭看我們，一切極為日常的走出獨棟太陽宮神壇兼住家大門，雙手兩邊各自挽著盛有不同剩菜肥料的竹籃，步伐規律有序，底下她鍾愛穿的各樣花色長裙，隨著穩健的腳步盪起一陣陣相同的弧度。

打開雞寮，一陣陣極為濃厚、腥臭潮濕的氣味迎面而來；接著，我從阿嬤背後探頭出來，看見了一個使我僵直在原地許久的畫面：

一群群不同種類與大小，羽翼色澤各自炫麗的雉雞（後來有褐馬雞、紅耳雉、褐耳雉）、灰原雞、愛德華雉（愛氏鷴）、王雉……被鐵鍊栓在橫木上，羽毛顏色對比刺目的金剛鸚鵡、幾隻行動緩慢，彷彿從深海底撈出，極大型而色澤灰黯的烏龜、另幾隻與烏龜成對比的色彩濃豔，從頭頂部位漸層至最底的大蜥蜴、幾隻窩在角落舔舐著自己腳掌的土狗、下擺肥碩，羽毛已顯得污濁的白鵝群、豎立站挺，猙獰著全身上下紅豔羽毛的幾隻火雞、還有在混濁的天色中，睜大雙眼盯著我們的三色貓……

或許是物種的差異過大，看著陸海空三軍動物大集合，牠們間雜或站或坐，像要徹底洗過的撲克牌般參雜渾合；而這裏頭，卻沒有一絲一毫融洽、世界大同的感覺……

更多的是從之中不斷竄出，一直扎刺視覺，某種遠古幽微，顛倒錯置的古怪感。

這不是雞寮吧，感覺比較像，像是一艘停駛擱淺在世界角落，迷失方向的諾亞方舟。

多年後，每每回想起那眾多動物們，無分你我且毫無感知地雜處畫面，始終都為牠們感到某種延宕遲緩的悲悽感；那絕不是一個小型善意的動物園，我的阿嬤本意也不是喙養或者照料牠們。而我曾以為那些好心的收留與容身，其實真正進入此境便會發現：

她是把牠們活生生地抓來，一律囚禁於此，毫無分隔地普及大地；隨著無法預知與揣想的心思，只要阿嬤中意，都從各地弄來一些，然後賜予相同的環境、空間，還有食物。

表面與說法上，的確是個大善人呵。

儘管動物們的自我生存能力極強，放眼望去的每種面無表情的面容，都還有著一絲神采與朝氣，但是再仔細觀察，這當中似乎與我在動物圖鑑，或者曾經在動物園看過的同類不盡相似，細微處產生齒輪無法軋緊貼合的細微差異……我明白牠們隨著時間，永遠注視著是從未見過的面貌——使得自己的面貌也開始模糊，開始逐漸融解成四不像。

同樣小學時期，我記得我看過從美國翻譯過來，在午間電視劇中連續播出，曾經紅極一時的影集〈六人行〉。這是關於主角三男三女，於彼此日常生活中交錯認識，而發生一連串詼諧有趣的生活紀錄；內容非常普及淺顯，幾乎可以完全觸及每個人的生活感觸；其中許多劇情的細節處，更顯得編劇的巧妙心思。

使我印象深刻的是其中有個女主角叫菲碧，她是三個女主角中舉止最怪異，卻也是最有創意與最敢表達自我的一個；那一段劇情是六個人同去另個朋友家作客，在一條長型的餐桌上，主人分別把各式已製成不同菜餚的豬、羊、牛、雞鴨肉，輪流遞到六個人的手上……而菲碧始終低頭咀嚼著自己盤子中，已所剩無幾的義大利麵。

「咦，菲碧，你吃素嗎？」主人關注地傾身詢問她。

「不，不不，我沒有吃素！」菲碧動作誇張的搖頭。

（我深刻記得在此畫面：她耳垂下方當時戴得流行大鐵圈耳環，前後擺動的波浪幅度，反射一閃閃的晶燦折光。）

「那妳為什麼不拿取剛剛盤子中的肉類？」

「因為我不吃有臉的動物。」菲碧正經地說。

「呃……什麼是有臉的動物？」眾人疑惑地面面相覷。

「像盤子中的所有肉類都有五官，眼睛鼻子嘴巴，有五官就是有臉，有臉的動物我都不吃。」

「那我剛剛看見妳吃魚！」一旁與她熟稔的另個女主角推推她的手肘。

「魚只有側臉，眼睛分別長在兩邊……那不屬於我的有臉的動物類別中！」

背景音樂放出大量的罐頭笑聲。

不吃有臉的動物。

牠們是有自己的臉的。然而，牠們會記得，來此雜渾之境前的原始面貌嗎？

我望著那一群群渾然不搭軋的生物們，緩慢亦或迅速在四周移動時，心裏悲傷地出現了這個念頭。阿嬤一進來後，便把兩個菜籃中的剩菜飼料，隨處放置在各個角落的大型生鏽鐵鍋中。天色開始漸漸清晰光明，我與之協調地瞇起眼睛，把手掌攤開放在額頭上遮陽，此時，卻撇眼望見從長型雞寮的最後頭，忽然奔躍出一隻龐大、身型似有一隻小豹那般大小的灰色不明生物，從底部朝這裏衝來，就在幾乎以為要撲上我之前，卻迅疾回身，奔竄進旁邊的木屋中。

如意！

我心頭一緊，牠，牠怎麼變成了這個樣子呵！

剛才一閃即逝的印象，如意已不再是殘留腦海中如白狗一般的動物，牠在更多幽黯晦澀的獨處之餘（旁邊的吉祥們一直分別死去），已經長年兀自決定了自我的面貌，而來到這更加複雜、濁膩之境，我望見的如意，除了身型又比之前龐大三倍之外，牠渾圓的毛鼻頭已變形成尖銳的、如鳥獸般的喙嘴，而長耳朵則已無法豎起，反而緊緊貼伏在頭顱至脖子中間。最奇異的是牠的四肢，那四肢上頭的毛已全部脫落（身體部分的毛還殘存著），橫向切割出一條條清晰的深棕色紋路；而底部的腳掌，已扭曲變異成可以伏抓住地面泥土的，老鷹般的尖勾子。

就在我幾乎喘不過氣來，而雙眼發直地瞪著木屋黝黑的內裏同時，我再度看見一個古怪的畫面：

一隻碩大的鳥類，從如意剛奔進的大門中飛騰出來。

我不知道該用什麼詞彙來形容那隻怪獸：敞開飛翔的翅膀下方，全布滿了某種棉絮般積聚成叢的毛，而由下方往上望去，牠的喙嘴往內縮，呈現彷彿被人切割過後的完滿圓弧狀，而縮在怪異毛絮翅膀下方的雙腳，則異常肥碩腫大，看起來像是狗類般的雙掌。

那隻鳥根本無法飛高。牠氣勢滂沱地從裏頭呈仰頭向上的流線狀，只支撐不過一公尺多，牠拍動翅膀的速度沒變，但是底下那多餘又累贅的雙掌，開始無法控制般不自主地攢動著，看起來極度想在半空中加速奔跑，使得牠飛翔的高度迅速降低，所以最後，只能假裝無所謂般地，收束起翅膀，降落在水池的正中央。

我的視線未曾從這隻怪獸身上移開。

當我看見牠那色彩仍鮮紅如初，卻已然內縮的喙嘴時，才愕然想起那是阿嬤曾經用嘴餵食過的——白鷺鷥。

現在的我，仍深信這些一晃眼，便會疑惑是夢境或現實的空間；闔上所謂的雞寮大門，裏頭所有獨自變貌轉化的所有動物，其實是某種既鮮明，又彰顯不過的啟示，或預言。

但是沒有人相信後來回去的途中，不斷嚎啕大哭的我，在黏膩口中所吐出的含糊話語。我就是如此愛哭多話，所以沒人加以理會。

啟示，那是神明給的啟示與最後的末世寓言；因為就在那些所有臉頰、面貌、外觀、身型錯置的年份裏，神明同時悄悄地給予了一個小小的，但卻會日益膨脹——如那些怪異，卻要相處在一起的扭曲動物般的大玩笑——就放置在阿公與阿嬤，與奔向崩塌壞毀的盡頭之中。

我的舅媽生下大表弟那年，母親說，在某個凌晨尚未乍見天光的時刻，已變形到無法辨識的如意與白鷺鷥，被一起送去遠方安樂死。

那些變形不是加劇迅速，而是一點一滴，以及其緩慢的姿態發生扭曲的；使得阿嬤像是瞎了一般，每日頻繁進出雞寮也從未發覺：一隻飛禽與一隻哺乳類動物，就在時光像鋼琴的黑白鍵中間，那樣幽微又細長的縫隙，獨立有了自己的想像：簽了隱密的合約般，選擇更動牠們彼此的身軀與面貌。

而當她終於看清這個存在已久的光怪陸離，是於某天清晨，她懷裏小心翼翼地拽抱著幾個月大的表弟，一起來到雞寮；而這兩隻古怪的生物，在這孩子（根據阿嬤的說法，分毫不差）第一次進入雞寮，便同時從漆黑的木屋中竄出，形似跪撲倒在她與懷中的表弟身前。

那模樣相當駭人：從黝黯之境奔出的兩隻冥界妖怪，襯著微薄天光……這景象像是激烈晃動情緒，彷似搖晃瓶中之水般，使人陷入瞬間驚懼，終於使阿嬤張開雙眼，看清楚前面早已猙獰異置的怪獸。

嘿默。阿嬤眼前一片黑，晨暮似乎又迅速沉澱至底。

後來打破沉默的，是後面的舅媽突地發出爆炸似的淒厲嚎聲。

「這是怎麼回事？」阿嬤訥訥地詢問。

舅媽沒有回答，繼續哀嚎。

「妳……妳不要哭，快回答我啊……」阿嬤退後了幾步，小聲顫抖地附上舅媽的耳邊。

「這兩隻，這兩隻動物，村裏的人都說，都說牠們是妖怪，是從冥界或魔道中蹦出來的……」

「怎麼……怎麼會這樣……」阿嬤傻了，她癱軟地又退後幾步，把身體靠在雞寮的木頭圍牆上。

「而這兩隻妖怪！妖怪！現在又向初次進來雞寮的弟弟跪拜！我……我……」舅媽突然放大音量，憤恨地指著面前仍恭敬匍匐，跪拜在原地的兩隻生物。

「不要說了！」阿嬤也提高音量地斥責她。

阿嬤當然知道舅媽想說什麼，因為跟她想的一樣：魔道之物跪拜懷中的金孫，那麼，這個金孫決不是來自燦目諧和的神界，而是……她搖搖頭完全不願意繼續想，當下馬上決然轉頭離開雞寮，回到太陽宮打電話請人即刻到雞寮裏，把兩隻生物帶走，除此，阿嬤手持著話筒厲聲強調：**請你們，懇請你們勢必要將那兩隻生物，完全撲殺至死。**

關於這兩碼子毫不相干的事（魔道之物與大家樂），到後來怎麼會連結在一起的——我想整個家族中，只有我曾經毫不經意地把視覺探進奇異、變形，深入到霎那歪斜的第三度空間中；所以，這個祕密只有我知曉。

就讓我們重頭開始吧。

我第一次目睹「大家樂」這個民間賭博傳奇，是在一個相當奇怪的時刻裏。

當然，在煙塵漫漫與車流如潮的日常，太陽宮一樓的神壇前，鎮日擠滿一堆前來參拜敬香、添香油錢消災、算命卜卦，也有來此尋找任何人可供自己叨絮煩惱、閒扯耗時間……不同需求的人擠在小小空間中人聲鼎沸；我時常窩在神壇最左邊，連結二樓的樓梯間往下偷覷，有時候閉上眼睛聆聽，發現那由眾多不同之處匯流聚集的聲響，到最後竟只有一連串不知所云的數字：

「**12、38、47、30、56、89……**」

我仍記得那個時刻，是在某日的傍晚六點多。母親要我上樓替她抓件毛背心，再下樓跟大家一起到飯廳用餐。我順從應好，便爬上二樓，走到長廊最底的房間前，正要伸手轉開門把，才看見從裏頭透出的一絲筆直的長條光線。

有人在裏面？這時候大家應該都在樓下準備吃飯啊！

我沒有敲門，也沒有做任何事後想起來要有禮貌的行為；好奇心作祟，我偷偷把視覺遞連上那門的縫隙，往裏瞧：

阿公正彎曲著身子，坐在方型的房間中央。剪得極短的白髮，在燈光下閃著一層晶瑩、豆大的汗漬珠粒；盤起雙腿的旁邊地板上，全是一張張，在正方形白色便條紙寫上黑色筆劃的數字。紙條的數目龐大得驚人，一張張雪花般層疊堆積，已把全部深褐色的木頭地板給遮掩了起來。當時兩歲大的表弟，則坐在阿公的右前方，那些紙條的正上方；肥嘟嘟的嘴正咀嚼著不知名，但會發出喀、喀、喀響聲的糖果，一邊用腳亂踢亂蹭，一邊用手隨意地翻攪著底下的紙條。

安靜的空間中，只有不斷嚼碎糖果的斷裂聲，以及紙張反覆尖銳又笨拙的碰撞摺疊聲。

我屏息覷著，沒有出聲。

不知過了多久，表弟突然停止所有動作，眼睛發直地瞪大望向前方；那表情好像看見什麼令他恐懼，但又不像第一次見著那般，會驚嚇的駭人臉孔。那原本散布擺置整齊的五官，瞬間緊縮並且極度靠攏……我把手摀上嘴巴……表弟那樣稚嫩的臉蛋，此時跟個中老年人沒有兩樣！

接著，他保持那樣的神情，搖搖晃晃地站起身，走到紙條前，彎下身迅速往兩邊抓起一些紙條。動作非常機械式的，一伸一縮、一伸一縮，把有意識從左右前後地板上拾起的數字紙條，工整地放在阿公盤著的腿上。

大約有十來張。

這段時間裏，阿公挺直背脊，瞳孔放大、充滿血絲地仔細盯著表弟，鼻子上方的山根皮膚，縮成一褶褶深刻條紋，緊緊皺眉，兩頰臉龐急遽不住地抽搐著，嘴巴則微微敞開……那表情使我害怕，非常害怕。

那絕對不是我熟識的，永遠沉默又仁慈，大家口中老好人的阿公。

我從未見過一個人，可以如此清楚又具體地流露出這樣鮮明的，貪婪猥瑣的神情與心意。他顫抖著雙手捧起那些表弟抓給他的紙條，恐懼它們消失般地迅速塞入自己的汗衫裏頭，再用手從外面拍了拍，伸直十根手指來回撫觸，再次確認。

然後，那恐怖的神情終於和緩許多。阿公先疲憊地伸手抹了把自己濕淋的額頭，再緩慢地把身子往前移，靠近表弟，再伸出雙手掐握住那矮小的雙肩，大力地搖晃三下……

「阿公！阿公！我的糖沒了！」

背對我的表弟突地攤坐下來，發出熟悉的尖細童音。

我從未透露出自己曾見過這個景象。那天，我隨便在二樓客廳拿了阿姨的外套給母親，推說自己懶得走到房間。

＊＊＊

臺灣歷史上，最瘋狂熱門，也最普及的民間賭博遊戲：大家樂。

「大家樂」的前身，是稱為「第八獎」的民間簽賭遊戲。

那個時代，愛國獎券每月開獎三次，有些人嫌愛國獎券中獎機率不高，尤其在八〇年代以後，獎金成長幅度更趕不上民間財富的快速累積，總覺得自己買獎券的錢，有太大一部分「愛國」掉了，於是鄉民們便自己組成小團體；大家從「00」到「99」的號碼中自由選號，然後拿來對愛國獎券第八獎的中獎號碼。

而所有的簽賭金由組頭抽一成之後，其餘就由對中的人平分；這樣的玩法，規則簡單，看來公平，很快就展示了其驚人的魅力。

發展的第一個階段規則更趨完整：每組至少要有五十人才成組，最多三個人分錢，讓每玩一次的投資與報酬更趨固定，則獲利更可預期；然而，再下一個階段，簽賭的金額從早先的一支五百元行情，急遽往上跳，很快地到達上千、上萬……最後一把四、五萬都不稀奇了。

比方說，如果你今天一簽簽了五萬元，照基本遊戲規則，中獎的回收至少在六十萬元左右，不只金額回收龐大，中獎機率也不低。

於是「第八獎」轉而變成了「大家樂」。

「大家樂」最盛的時候，所謂的：「大家」，便是遍及了全臺灣五分之一的成人人口，而且越是中低階層社會、越是農村鄉下，大家玩得越兇。

「大家樂」趁機崛起的背景，原因來自於臺灣八〇年代資本市場，嚴重的脫序與失控。長年外銷貿易暢旺出口、嚴格的外匯管制、刻意低估新臺幣匯價的政策，幾股經濟力量造成了臺灣資金供過於求，在臺灣市場內到處亂竄，找不到適當的出口與出路；過多資金，太少可以投資的目標，於是在都會區便造成了「全民股市」的現象，股票市場在湧入大量資金的情況下，短時間內快速飆向一萬兩千點。

至於在「股市熱」還沒有感染到的鄉間街坊，「大家樂」就成為最普遍的遊戲焦點。有人有閒錢可以組織來玩「大家樂」，等「大家樂」組起來了，又搖身一變而為窮人翻身的最佳管道。兩者相輔相成，使得「大家樂」野火燎原，燒得一發不可收拾。

此種遊戲，具有快速重新分配財富的基本作用。

它毫無任何政府規範的力量介入，又很容易口耳相傳，產生一夕致富的傳奇。

而「大家樂」非常密實地匯入鄉間原因，除了簽賭過程沒有任何複雜手續，且也具備了高度鄉里社區的緊密親和性；簽賭管道迅速沿著舊有的親族人脈關係建立，於是，任何聽到別人因此致富的傳聞，而對「大家樂」產生興趣的人，幾乎都毫無困難地立刻獲得自己一試手氣的機會，這種誘惑與便利性，也是它能如狂風暴雨般席捲臺灣的原因。

「大家樂」除了創造了許多傳聞與奇蹟之外，在那個時代，還提供了另種社會功能：讓異常缺乏公共性休閒活動的地區，多了個大家可以一起參加、關心和討論的明確焦點。尤其是在被工業與都會化撕裂的鄉間，「大家樂」的投機追求，更提供了數十年難得一見的社區共同娛樂。

而「大家樂」於民國八十七、八十八年左右，全民瘋到最高點，於是政府便祭出警察威力取締掃蕩，但是毫無作用。政府當時甚至為了抑止「大家樂」，而停止發行愛國獎券，但是仍無任何功效，只是讓原本的「大家樂」型式，轉型成依靠香港開獎數字的「六合彩」，結果，卻造成每逢「六合彩」開獎的星期二與四的下午，全臺灣電話網路全體大塞車的奇觀。

而「大家樂」的式微與沒落，原因主要是其所依賴的組頭制度不穩定，到處紛傳組頭詐騙、捲款等消息……接著，相關的賭債糾紛，不管是簽賭人欠組頭的，或組頭倒欠簽賭人的，因為不可能獲得正常法律管道保障，自然只能轉頭去依靠黑道出手，而也變得越來越血腥暴力……然而，更重要的結構性因素，是因為臺灣資本市場的重整與新建。資金浮濫的情況，在開放自由化與大陸投資熱雙重因素影響下，終於得到了紓緩方式。

亂竄的資金沒了，雖然「六合彩」仍舊生存著，卻也不復「大家樂」當時的驚人盛況了。

事隔多年，我才知道在那遙遠的過往，所偶然瞧見既魔幻，又讓人發冷的恐怖時刻：我的神童（或應該稱之為魔童？）明牌表弟，為阿公猜大家樂明牌，賺進了三百八十萬元。

神童表弟：阿維，一個長相平凡無奇，與所有孩童無異的小男生。

這卻只是表象——他的一生，曾經讓我不自覺地把那陌生的身影，印上中國最後一個皇帝溥儀的命運：極盛與極衰之況；把這貌似平凡的孩童人生，給確切截然地，分為破開斷層的兩瓣。一邊是完好晶燦、水分充足；而另一邊，則是糜爛發臭，連原本面貌都不復存在地扭曲崩解。然而不管之後如何演化，阿維的出生本是極為特殊與歡喜的；或許因為他是家族中的長孫，也或許是因為那與生俱來的神力，又或許，他不知為何就是特別討我阿公與阿嬤的歡心。自從他一出生之後，很古怪的，從原本應有的孫子身分，慢慢自動「升級」為「兒子」。

兒子生下了孫子，而孫子，卻變成阿公與阿嬤最疼寵的兒子。

如果透過表弟的雙眼來凝視世界，我發現所有應當順勢而成，理所當然的事物原則，皆變得毫無章法，而沒有什麼是不能改變的。一切的一切不論什麼，只要是表弟開口，只要能讓表弟開心，什麼都可以隨易更動變異；而世界就從這個時刻開始，圍繞著他轉。

阿維不會走路時，阿嬤成天抱著，用嘴巴餵食，永遠睡在阿公與她中間。只要阿維開口，伸出手指頭一指，沒有什麼得不到的東西，而我的阿嬤，從未遮掩自己就是如此溺愛這個長孫，溺愛到無法自拔的瘋魔地步。

剛開始聽起來，簡直就像幾則誇張滑稽，供為茶餘飯後剔牙的傳聞軼事，但是，後來發覺這些事件的主角是太陽宮的阿嬤與「兒子」阿維，馬上就會點頭確定那些一定是事實，所有的敘述者不管是誰，絕對沒有用任何誇飾法：

一、

表弟三歲時，突然瘋狂迷上布袋戲玩偶；小眼珠子轉啊轉地盯著電視機，緊緊跟隨著那些東搖西擺，動作流暢的玩偶。接著不到幾個星期，二樓寬敞的客廳瞬間縮小，空間內堆滿了各式各樣、有大有小的布袋戲偶。

那次發生在大半夜，是阿公阿嬤包車帶表弟到臺北玩了好幾天的最後一晚。一路上暈車哭鬧，後來終於熟睡的他，就在大人們下車辦事，已經準備上車要離開臺北的前幾秒，他微張開的眼皮，無意從車窗內往外撇見大人們走近時，那忽隱忽現的後頭攤子。

攤子僅只在瞳孔留下不到兩秒的時間，而那一晃即逝的印象居然牢牢地印在他的心上。

「阿嬤，剛剛那個，我要買那個！」

「乖孫，什麼？你想要什麼？」

「就是那個啊！」

「哪個？你說，阿嬤一定買給你！」

重點是我的表弟從渾沌到清醒，已經過了些時間，然後接下來說的話又嗯嗯啊啊地說不清楚。我的阿嬤與阿公來臺北太多地方了：他們參觀與朝拜，觀光與遊玩，細瑣的事物與地點無從分辨，腦海裏此刻因疲憊打撈出來的全是含糊不堪的零散畫面，於是，只能耐著性子一遍遍，聽著表弟非常不具體的形容與比手畫腳。當車子開到了臺中，我的阿嬤終於明白，表弟看上的就是最後一站，也是於離去臺北前最後一眼，攤子上的大玩偶。

阿嬤此時深深地嘆了口氣，低下頭沉思著；因為稍早之前，當表弟在車上呼呼大睡，而他們辦完事經過攤子時，她其實也有看到那個玩偶，本來想要買給他，但是價格不斐：以當時（民國八十一年）來說，居然要價上萬元?!

「阿嬤阿嬤！我要那個、我要那個……」

阿嬤抬頭望了一眼前方。「員林收費站」的招牌在遠方獨自發著亮光，字體安靜地凝結在漆黑中。

「乖孫，那個下次阿嬤上臺北再去買給你好不好？」

「不要……」拖長尾音，那是放聲大哭的前奏。

「我們就快要到家了，下次阿嬤去臺北買兩個給你。」

「不要，我現在就要！」

阿嬤此時感到心涼了一半。她當然知道自己平時有多寵這個孫子，而那些無條件給予是那樣的自然，而現在是要為此付出代價的時候了。當阿維加大音量說了第二次想要時，阿嬤當下決心請司機掉頭回臺北買；只不過，她又在心裏盤算了一下戲偶的價錢，發現自己身上的現金不夠，而老人家當時也沒有把錢存在銀行的習慣……

「雄仔（我阿嬤的專屬司機），我們就先回太陽宮拿錢，然後再回臺北剛剛那個地方吧。」

雄仔抬頭望了一眼後照鏡中的阿嬤，心裏當然不覺得詫異。關於後座這幾人怪異唐突的行徑，他早已習慣，但是現在他感覺體力無法負荷，連日的操勞已經讓他無法再繼續重複使用身上的任何部位：頭昏腦脹、手腳顫抖發冷、眼皮沉重、兩旁的太陽穴則緊得要命……

「太太，我很累了，可以先回嘉義休息睡一覺，明天再上臺北嗎？」

雄仔說出這句話時，原本躺在阿嬤懷中的阿維，突然挺起身子，然後雙眼直直勾盯著後照鏡中的雄仔的眼睛：

不可以。我現在就要那尊玩偶。

很奇怪的，雄仔只是順著聲音往上瞄了一眼阿維的眼神，突然什麼堅持都變得不重要了，不自覺地勉強自己加速往黝黑的道路駛去……就這樣，直到隔日早上十點多，一行人終於回到嘉義，阿維懷中便多了一尊巨大的，跟他的人一樣高大的戲偶。

阿維最喜歡它，非常、非常喜愛它；在那樣眾多的「史豔文」中，只有稱呼它：「我的寶貝」。

布袋戲。

「那些衡量過尺寸後經過雕鑿，質地堅韌而輕巧耐用的梧桐木，選定角色類型，以黑筆勾勒輪廓，將五官定位；之後，運用各式各樣的雕刻刀，先雕粗胚，進行眼睛、耳朵、鼻子、嘴巴甚至皺紋等的細部刻畫——此時，偶頭面部已呈現出明顯固定的表情。

木偶雕刻完成後，表面留有凹凸不平的曲線，必須用粗砂布反覆磨擦，直到大致平整，再於胚胎上塗蓋一層薄薄的胡粉或土黃泥，乾燥後用砂布細磨，直到光滑圓潤，沒有粗糙的毛細孔為止。通常須反覆打三次土底。

之後，白色粉末調成泥漿狀，粉刷在胚胎上，使其均勻平整；再用薄而強韌的棉紙黏貼在白胚上，可使木偶表層堅韌，能防止日曬及碰撞時所造成的損壞。黏貼棉紙時必須用力推壓，使其緊貼木偶而不致浮凸。

最早的色彩取得來自於天然物質，且以黑、白、紅、黃、青（藍）五種顏色為主，再進行調配；但在今日，化學顏料普遍，顏色來源充足，色彩也更富有變化。

一個戲偶往往須漆上六、七次，每上漆一次，就先置於通風處晾乾，待其水分乾燥後，再上第二遍漆。如此不斷反覆，直至色底密實：勾繪出眉毛、眼眶、嘴唇、皺紋、冠架、黑髮等基本線條，如果為花臉，則需勾畫出複雜的臉譜造型。

將繪好的木偶再塗上一層臘油，然後用棉花推磨至色澤光亮。今多改為塗亮光漆，其目的在使戲偶看起來容光煥發，並有保護底色的作用，減少磨損。描繪完成的戲偶，若碰上中年以上的男性角色或女旦，則須加上結髮髻、黏鬍鬚這道手續。選擇蠶絲或麻絲，進行染色、鑽孔、紮線，再用細紙或黏膠予以擠牢，使不致掉落套在手上的布袋，上方留有洞口，左右裝上雙手，下方縫上裝好鞋子的雙腿。

當布袋上方的洞口接上偶頭時，一個戲偶的基本架構便已完成。

視角色身分類型所需，將合適的外衣套在偶身之上，頭頂戴上帽盔或軟巾，當裝扮完成之後，便是一尊可以上臺表演的布袋戲偶了。」

而它們，這些大小不一的人偶，是我國小與國中，在寒暑假回阿嬤家時最大的噩夢。

太陽宮神壇二樓的碩大客廳，在時間往下拉的過程，逐一開始出現一尊又一尊，放眼望去，綻放著色彩鮮豔、花叢錦簇般的紛雜。阿維把客廳原先可容納六七人坐的長型沙發，變形成專屬他一人的戲偶展示中心，順序工整地一字排開。然而，他不是什麼戲偶都迷戀，都想要佔為己有——阿維只喜歡史豔文，這個在布袋戲劇中稱為傳奇人物的史豔文。

插曲。

我與這些平時讓我厭惡至極，不正眼瞧它們一眼的戲偶的唯一聯繫，也是我迄今仍抹滅不掉的，最大噩夢插曲。

我記得那是在寒假過年時期回到太陽宮，事情發生在某日夜晚；當然，所謂的「某天」是很多人回憶事情所慣用的詞句，直到現在，我還記得事情發生的時間是民國八十二年的二月十八號，半夜三點整。

掛在史豔文們上方的長方體老式時鐘，在那一剎那扎實地響了三聲。

阿嬤家的廁所只有一個，就位在一樓神壇後方，必須要跨越過整個廚房與餐廳，才能到達衛浴與馬桶分離的兩個小房間；所以睡在二樓的老人家們，平時就會放置一兩個尿壺在床底下，到早晨再拿去清理。而我們年輕人，則會自己在床上與越來越強烈的尿意抗爭到底，直到最後真的受不了，才會很不甘心地下床，摸黑走到一樓去上廁所。

那時候，我記得我已經睡過了一輪，被強烈的尿意襲擊而清醒（我從小就非常愛喝水）；

因為實在太強烈，所以沒有多想就就翻身起床，摸黑下樓上廁所。

到這裏一切都很正常。每天夜晚必經歷的過程。

這一天，我朦朧地半瞇著眼，踏上二樓的樓梯後，一階一階往上爬……耳朵裏傳來窸窸窣窣、綢緞衣料彼此摩擦的聲音。這是剛開始，隨著腳步往上靠近，那聲音越聽越不像是「聲音」，那從同樣地點集體發出規律的節奏共鳴（低沉平靜地猶如一窪靜止的死潭），再集合起來擴散出去，比較像是自我形成一整個透明的回溯空間，把靠近踏入的事物包圍進去。

異次元。

我後來回想起來，怎麼樣都覺得自己在當時，頓時一腳跨進了一個完全不屬於人類該看見或打擾的異次元空間。

當我終於站定在二樓，藉著樓梯間的昏黃燈光照明下，才明白眼前熟悉的客廳一切擺設皆沒改變，是氣氛與整體感，已變異成一個不知該如何形容，好像一齣舞臺劇碼，或者一個眾神的精靈花園般：

所有的史豔文們，由原本一字排開躺臥於沙發的姿勢，都豎立了起來，也不是自己有意識地挺立於地面或空間移動，情況比較像我們平時看布袋戲那樣——每尊史豔文底下，彷彿都有隻有力的手掌操控，使它們一個個漂浮在半空中，姿勢伶俐優雅地或坐或站，間或甩動它們的小手小腳。大抵是圍成一個圈圈，然後把那尊表弟最愛的「我的寶貝」包圍在其中。

那尊巨大的寶貝史豔文，先一派霸氣地站在中央（在這裏不得不稱讚：這尊戲偶做得之鬼斧神工，連氣勢與精神都包含在那，唯妙唯肖），從昏暗的燈光瞧過去，它的嘴巴一開一闔，底下四肢則大動作地比手畫腳，好像在演唱與表演些什麼；然而，卻沒有任何我聽得見的語言……

空間裏，僅有它們擺動摩擦的窸窣，就與最初我聽見的，那渾雜絲綢緞面的詭譎響音。

我發愣地站在那裏不知過了多久，那尊寶貝史豔文不斷像邊唱邊跳般地在圓圈中央，原本的氣勢已開始消弭殆盡，彷若逐漸被仍漆黑的夜色給吞噬……到後來，它已經不像在演說，彎低身段與架子，看上去比較像載歌載舞地竭力討好所有矮小，卻擁有相同面貌的同類。

然後，我看見那尊寶貝史豔文終於疲憊了。它停止歌唱，緊緊闔上嘴巴，頹然地坐癱到地上；此時，其他史豔文們見狀則蜂踴而上，面無表情地開始猛烈撕扯它精緻的頭飾、用真人作成的頭髮、華美得刺眼的衣服、手指關節與底下腳上套著的鞋子……那情景根本就是眾多的食人魚，正在殘吞侵蝕一隻不幸掉落中央的巨大水牛。

一切是那樣的無聲無息。

而在這悄然的寂靜之內，於我面前展演的，卻是膨脹血腥到連空間都要脹裂爆開的兇殘凌虐。

我感到非常恐懼以及反胃，精神則已處在即將崩潰的臨界點上了。我顫抖地閉上眼，本能性地把手臂伸向後頭，按開二樓的燈……水銀般晶亮的燈光突地轟炸開黝黑，所有的史豔文們，詫異地全部把臉轉向我。

我永遠忘不了這一幕：幾十張完全一模一樣的臉，面無表情地仰頭凝視——幾十雙由璀璨的玻璃所鑲上的眼珠子，則清晰地全映上我那恐懼混合疑惑的樣貌……

此刻，我身上所有的寒毛與雞皮疙瘩，唰地全部豎了起來！

那樣相互凝視僅只幾秒，它們像是突然想起眼前這人（我）並不是同類，便倉惶失措地開始一致往後方沙發撤退。光澤滑面的絲綢、無數條細縫於每件衣裳邊緣的金銀線絲，還有那陶瓷般稠亮晶瑩的面容，則在大動作的退後中，猛烈迸發出彷似晶燦流星於黯夜中的滑行墜毀……

一時間，眼前的景象居然華美到讓我忽略了所有感覺；眼前的史豔文們，在此刻卻如傀儡皮影戲般地，後頭有無數條隱形線絲大力牽動它們，一起蕩漾回歸於原本的座位上。

如初的二樓——阿維布袋戲展示中心。

此刻，我明白了一件事：就是這超乎想像的龐大驚懼畫面，是因為它們都長得一模一樣；我想如果這些置放在同一空間的大小戲偶，是每個布袋戲中的不同人物，或許這樣的恐懼也不會如此巨大到近乎爆炸。

無法正視同類殲滅的殘酷，因為你明白：現在這樣的舉動，那根本就是在滅自己的種，屠自己的城！

沒有比這個更讓人恐懼了。我大力又深深地呼了好幾口氣，鬆開底下正捏著自己大腿、企圖壓制下在過程中想要尖叫的衝動的右手，拍拍胸口，勉強讓急遽的心臟跳動緩慢下來，然後，再慢慢走到那尊寶貝史豔文前面。

我彎低身子，仔細研究它的模樣；它於剛剛的殘虐中受損嚴重：漂亮的頭飾已不知掉到哪裏去了，頭髮全被拔光，眼珠子掉了一顆，臉上的漆則毀損了大半邊，嘴巴的開闔處也已潰爛；而特別用全緞面絲綢定製的七彩服裝，被扯得破碎凌亂。

我知道它非常昂貴，也知道表弟特別愛它，於是便顫抖地把它從眾多的史豔文中扛抱出來，特地放到二樓客廳的茶几上。我希望表弟或阿嬤明早起來，還能對已全然毀損的它，至少做些搶救或修補的善後工作。

二、

距離岸腳村約二十分鐘腳程的市集中，有一家在路邊的小雜貨店。灰撲撲的很不起眼，但既不復古也不新穎，只是裏頭商品頗為俱全；我想那應該就是傳統商店邁向國際化7－11的過渡代表。

那時候，我與哥哥只要假期回去，三、四天就會走這麼不算近的一趟路，到雜貨店買些東西吃。從臺北來到鄉下的我們，從原本小時候的非常習慣，到後來漸漸地不耐許多鄉下的不便利。當時我們兩人在臺北皆迷上現在便利店仍都有在販售的「咖啡凍」與「茶凍」。

那是一個如布丁凝狀的褐色透明果凍，附上一球奶球，打開淋上，用小湯匙挖著一口接一口；口感既冰涼又清脆，讓我們深深著迷。某年暑假，我與哥哥待在阿嬤家的兩個星期裏，快要回臺北前，才發現這小雜貨店居然也有賣，於是開始每天都不辭辛勞地走上二十分鐘，買回來好幾個果凍來吃。

我還記得就在回去前的倒數第三天，阿維終於發現我和哥哥像藏祕密般地躲在二樓後頭房間裏偷吃果凍時，他張大眼睛，要求給他吃一口。我們本來就對於他搶走阿嬤對我們的寵愛感到異常反感，也從不吃他小少爺那套，便理都不理地把頭撇開，繼續吞嚥著茶凍。

隔天，我與哥哥如往常一樣走到小雜貨店時，那老闆一看見我們，已相當熟識地走出櫃檯，不好意思地搓著雙手說那些咖啡凍、茶凍都已經沒貨了，要進貨必須等一段時間。

「可是……可是我們昨天來買的時候，明明看見冰箱裏還有一大堆！」

「對啊，那一堆怎麼不見了？至少還剩下幾個吧？」

「沒了，都賣光了，真是抱歉了，兩位。」

我們頹喪地走回阿嬤家前，為了彌補沒有吃到任何一個茶凍的遺憾，便到市場裏吃了碗刨冰；但是感覺仍然相當不好。很難說為什麼一個小小的零食便足以撼動我們的心情，應該說，人本來就是如此脆弱又讓人無奈；一旦習慣了又有期待，而且以為那期待是十足會實現的同時，徹底落空後，那種空虛感更加巨大，是填補上什麼都沒有用的。

就在隔天下午，我們全家準備結束暑假阿嬤家的假期，動身回臺北前，我正在房間收拾行李，聽見哥哥驚呼我：妹！快來！

我放下手上的衣物，走到外面客廳，看見哥哥站在二樓的大冰箱前，滿臉充斥著一種詭異的表情，然後對我擠眉弄眼：

「嘿！你想不想知道我們昨天為什麼買不到茶凍嗎？」他像是憋住笑，但是又皺著眉；我很難看出他此刻到底是覺得滑稽還是難過。

我搖頭：「怎麼可能知道！」

「你打開冰箱啊，快點！」哥哥側身，把冰箱讓出來給我。

我不明所以地打開，蹲下來，裏頭充滿了眾多食物。我迅速地往紛雜的顏色巡視一遍，然後抬頭看著哥哥。

那裏啊，打開最裏面用黑色塑膠袋包起來的那個。

我剛剛完全沒有發現。黑色的塑膠袋縮退隱藏在眾多蔬菜與水果，還有一堆不知名物袋後頭，僅只露出冰山的小小一角。

我伸手到最裏頭把它抓出來，打開……裏面全部都是咖啡凍與茶凍，將近有二十多個，應該是昨日看見的那一堆，現在原來全都在這了。

我們昨日是如此沮喪於嘉義的最後一日，竟要打破平日的習慣，盡全力撫平期待落空的失落感；然而，其實讓我們如此失魂落魄的小東西，竟然離我們如此靠近，靠近到只要走到冰箱前，打開，就可以吃到了噢！

其實，我們也都知道為什麼。

那是我們的阿嬤，再一次毫不避諱地展現她對阿維表弟的深厚愛意——深深地超越了也相同是她孫子的我與哥哥。

「嘿！有沒有很心痛？」

我不知道該怎麼形容當下的感覺。好像狠狠被這些散落一地的褐色塑膠小罐，給呼了好幾個巴掌，踹了好幾下腳，然後阿維就站在後頭，邊觀看邊歡欣鼓舞地大笑著。

我當然知道自己與哥哥，早在阿維出生的那一刻就失寵了，徹徹底底地喪失了阿公與阿嬤原本對我們的愛；但是，我想自己從未確實地正視過這一點。

應該說，我們心裏都非常明白，只要我們長得越大，生活中就自然會有越來越多磨練我們這方面心智的能力：關於對「失去」這方面的習慣與容忍，關於不再抱任何形式上，他人對於我們會如何的想像與對待——那總與事實完全不符的真相姿態；當然，也越擅長欺騙自己。甚至，可以狡猾地在日常生活中，掩蓋與忘掉所有不想面對的問題。

只不過是失去阿公阿嬤的寵愛而已嘛。

然而，說出這句話的同時，心就是隱隱抽痛——這是長大後，我們永遠無法習慣的事。

＊＊＊

我爬上日光燈昏暗的房間床上，轉開電視，自顧自地看了起來。

「咦，立夏，妳在這啊！妳哥哥剛剛還在樓下找妳咧。」

「喔，我現在只想看電視。」

「這樣啊，」電視螢幕中流轉的各式光影，正打亮在她慘白的臉部中央：「那我來摺衣服，」她比了比我身邊堆積如山的衣服堆，「陪妳一起看。」

我與舅媽從未熟悉過。而此時，兩個女人同擠在狹小的空間（又是同在一張床上），這個動作猛然拉近彼此陌生的距離。我把身子盡量往角落邊撤退，她身上濃厚的花露水香氣，仍灌得我滿胸腔都是。

我們沉默地各自做自己的事：她低頭專注地摺疊衣服，我努力把全部的注意力轉移到螢幕上。我看似自然，其實卻心慌地先把頻道亂轉一通，最後決定停在電影台上。

噯，我有話想跟妳說。

我呆呆地轉頭看著舅媽，她仍低著頭，嘴巴微開，好像隨時有口涎要滴下來了。

舅媽長得不美，五官平板無奇，眼神黯淡，而上排天生的齒齦嚴重外露，使她的嘴巴看上去永遠闔不攏，那樣子很容易讓人懷疑她是否愚蠢無知。但她外在唯一的優勢：膚色異常白皙光滑，那在一群膚色黝黑的南部人中，顯得突出。

舅媽於五年前嫁給小舅（母親親戚那邊唯一的獨子）之後，就時常聽見許多關於她的傳聞：小舅會娶舅媽，是一個陳腔濫調的喝醉與衝動，剛好又懷了孕、舅媽在之前就花盡心思靠近小舅、小舅看上她的，基於優生學無非就是那白皮膚而已、舅媽有不為人知的狐媚功夫、小舅當時被她纏得無法拒絕……

各種關於舅媽這個沒有任何家世背景支撐，卻出現在偏遠之境的岸腳村，於某種意義上屬於幽微、怪異的神之貴族世家的太陽宮中，成為獨子小舅的妻子，讓那些所有曾覬覦這個身分的女人們幾乎抓狂發瘋，傾倒奔洩出的話語沒有一句是好聽的。

母親老早就跟我說過關於舅媽的眾多流言。

老實說，什麼都沒留在我的心上；除了當時年紀太小，根本無法理解這些、那些尖銳甚至帶有骯髒字眼的描述，背後所要傳述的惡意究竟是什麼之外，最根本的原因是，我不曉得自己為什麼要討厭舅媽。

在我眼中，她與小舅出雙入對，兩人時常對視微笑，看起來感情很好……這在小小年紀的我的觀望裏，對愛情朦朧不切實際的想像中，結婚沒有比這個更重要的了。

「噯，妳知道嗎！阿維，我自己的兒子……好久沒看見他了……剛做完月子斷了母奶，他沒有……我懷中……十分鐘……了。

立夏，妳阿嬤……為什麼……疼阿維疼愛方式……把我身為母親的所有與責任……取代了過去啊！我……在太陽宮……生小孩給妳阿嬤……兒子？……我不懂……舅舅疼我……我習慣不來……」

舅媽仍低著頭，忽然從未闔上的嘴裏蹦出一連串的字句；而在整個描述過程中，她開始不斷邊啜泣流淚，邊絮叨著許多；有些話清明得不得了，有些話則散落滑開岔出狹小的床沿下。我其實聽不太懂她到底真正說了些什麼。

而尷尬感卻從她開始啜泣時，更加劇烈地瀰漫著整個空間。

我本來就感到不自在，而此時沙沙的電視背景聲，還有她邊哭邊說話時，那種悶埋在胸腔，再往上提到喉頭的破碎音節，使狹小空間裏充斥著一種說不出的詭異。就在我被這越堆越龐大的沉重，已具體地要令人窒息的話語給襲擊地頭暈目眩，就要昏過去的那一剎那時，已模糊的意識中，突然鑽進了一句：

我好恨好恨妳阿嬤，如果可以……我想殺了她……

什麼？舅媽妳說什麼？

我霍然從已半躺下的姿態，用雙臂用力撐起疲軟的身子，轉頭大聲回問她。

「舅媽，妳剛剛是不是，是不是說妳想做什麼？」

「做什麼？沒有啊，我剛剛說到我與妳舅舅剛認識的過程，沒說我想做什麼啊！」

「不是，妳剛剛不是有說妳想，妳想……」

「我說到妳舅舅在追我的時候，知道我愛吃水梨，每天都會幫我削好放在辦公桌上……怎麼了嗎？」

我呆滯地望著她，她也停下摺衣服的動作盯著我。我們兩人此時離得好近。我看見她戴著的眼鏡後頭，那雙狹長的眼睛，混濁的黑色眼珠子，裏頭的我的模樣非常吃驚。

真的沒有嗎？舅媽……妳就告訴我實話吧。

那些縮聚在體內過久，從未敢成形為真正字句的堅定意念，在潮濕溫熱的心房內自己孵化

成形；它們早已成長茁壯到某種無法控制的地步了……

妳想殺了我的阿嬤是吧……

因為妳的兒子在出世之後，就變成了她的兒子。要是我是妳……要是我是妳……我也會這麼想噢……

我們靜默地對看了許久。舅媽先低下頭，又開始摺疊起手上的衣服，然後跟我說了一句我永遠忘不了的話：

「立夏，我覺得結婚生子、融入對方家庭……真是……真是幹他媽的人生中最艱苦愚蠢的事情。」

從未爆過粗口，總是一臉溫婉安靜的舅媽，用仍然細小的嗓音說了這段話後，便從我旁邊爬下床，站起身子，告訴我她該下樓煮飯去了。

自從舅媽嫁入太陽宮，前後總共生了四個兒子：阿維、阿宜、阿傑、阿附。

僅有阿維這個長子，一出生就徹底脫離她（有時候我甚至自己揣想，那情景誇張到舅媽一定會覺得：自己早已丟失或從未生過這個孩子），受盡阿嬤與阿公萬千寵愛。

很多時候，我看見的場景是：舅媽前後各自駝負與懷抱兩個小孩，另一個牽在旁邊，然後，全身散發著陰鬱灰黯的氣息（背後時常溢出像有背後靈跟著那樣黑色、不祥的氣體），用極慘澹、不知如何形容的淡漠神情，盯著前方在阿嬤腳邊撒嬌的她的大兒子。那眼神不像母親凝視著親愛的兒子，比較像一隻被主人遺棄的狗——一種無法言喻的悲傷渴望，在其中緩緩擴大與益發濃烈。

而阿維從不叫她「媽媽」，他和所有長輩一樣，叫她的小名：裕珍。

在這間由神明欽點的神壇，從幽微的往昔時光中，細膩翻湧出來——那些極破碎、讓人既懷念又厭惡與喜愛的氣息時常令我戰慄：金黃光芒斜射進一間又一間迴旋封閉的塵封房間，那些被禁錮的原始罪惡與祕密，關於人性的貪嗔癡，原罪之外與之內的種種，根本不是重新建造一座巴別塔[1]來親近神，就以為能洗淨罪惡。

相反的，人性無法試驗——我看見的，只有以神之名，更加罪惡地捲旋進入那黝黑的深淵之中。

事隔多年，我在在提醒自己：不要讓往日的魅影困住與吞噬自己，千萬不要讓自己活在被遺棄、放任、仇恨、嫉妒，甚至是怨恨的情緒之內。

自從那「失寵」成為具體的事件與形體（無數個咖啡凍與茶凍），在我與哥哥面前顯現的那年開始，我們便有默契地在每年應該回去的假期中，利用因應長大後，本來就該接踵而來的各式活動藉口，怎樣都決心再也不回去太陽宮了。

而這個決定，似乎在生命中成了一個奇怪的分水嶺：我與我的童年，也在這個時候被徹底截開，猶如摩西破紅海一般清澈明瞭：我順理成章地因為刻意遺棄，而一腳全然地踏進了青春期。

就這樣，我開始適應許多年沒有阿嬤與阿公的身影，還有眾多神明們的時光。

而多年以後的某一日，我清楚記得當時我剛上高中，某個夜晚深夜於永和的家，全部的燈又再度瞬間炸開最強熾的光度。我揉著眼睛從房裏走出，看見久違多年的阿嬤與阿公兩個老人，如兩尊嚴謹的神像坐在客廳的沙發上時，詫異驚駭地說不出話來。

太久沒見的兩位老人家，他們於這段時光內其實從未真正消失。他們靜默且活靈活現地在我心裏，與眾多紛擾繁雜的湧泉記憶，黏附與攪染在一起；那代表的不只是我的童年與過往，甚至擁有太多、太多、太多，根本無法形容的意義在其中。

他們在我的腦海裏，就是被困死的巨大海市蜃樓：所有那樣過於強烈的魔幻場景，讓人屏息、腦袋空白的虛假實境，各式各樣的愛恨情仇，猶如在酣睡與清醒一線之隔的場域；甚至，甚至是提早就顯現出來的離棄、背叛、嗔怒……還有，還有那我永遠都無法正視的……沒有原因，就這麼不愛了。

從此，我不被疼愛了。

這些、那些，兩老們讓我成長與思考，讓我學會必須遺忘，必須在某些時刻深呼吸，然後閉上眼睛，等待那個無法忍受與承受的什麼，緩緩流逝過去；當然還有——可以適應在這個時間點上，殘忍地對待自己。

所以，當我看見在記憶中，一直以繁複形式扭曲的他們，現在卻真實地出現在眼前，那種不真實感簡直就像見到了稀有、從未曾見過的某種珍奇異獸般一樣惶恐……我甚至差點尖叫出聲！

母親沒有發覺我的驚駭，她只是迅速把我拉回房間，簡短地告訴我：他們出事了。

阿嬤與阿公玩大家樂玩上癮，延續到後來的六合彩。也由於太陽宮原本就是當地鎮上最大的聚集核心，於是開始當起組頭。好運不會永遠持續，運氣在著魔中不斷下滑，直到最後，兩老收手的同時，已經倒了全部人幾千多萬的債，只好趁夜半潛逃，狼狽至臺北躲避債主。

最後的結局：啷噹入獄，逝世於獄中。

凝固封存的童年。踏入魔道的家族。

「噯，隔天那尊，就是那尊號稱『我的寶貝』的史豔文怎麼樣了？」

「妳怎麼會只記得這個？」

我把原本垂直平放在牆上的雙腳換成交叉的姿勢。

我與她並肩躺在大學宿舍的床上，兩人翹了一整天的課，去逛了東西區的街，買了許多化妝品與衣服包包，然後趕在宿舍關門前回來，把東西胡亂任意地丟在地板上，愛美的先躺在床上，一起抬起走了過久的雙腿，消去水腫再說。

然後，就在這段時間裏，並躺著的兩個女生隨意亂聊起生活瑣事與八卦；我記得是她，是她突然說起即將到來的暑假，她計畫要回去南部的阿嬤家，那裏的芒果又大又甜，還有那隻她想念許久的土狗小花……

我閉上眼睛，深深陷入甜膩嗓音裏的眾多形容。我的腿酸了，再換個姿勢吧！說著、說著，她反問了我的阿嬤家呢？那是在哪裏？一定也有一樣香甜可口，讓人不斷回味的水果與記憶吧……

問完後她睜大雙眼，閉上嘴巴，等待我的回答。於是，我沉默了一會，便說起了關於表弟阿維的許多事情。

「因為這故事我覺得真的最怪異啊！」

「這樣啊……」我把腿頹然放了下來，悄悄地嘆了一口氣。

史豔文。

隔天，我揉著惺忪的雙眼，從二樓後面的房間走到客廳時，看見阿維正坐在眾史豔文們中央，而在他懷中正在梳摸的，就是寶貝史豔文……我詫異地睜大雙眼……那尊寶貝一點都沒有毀損，完整無缺地仍氣勢傲然，所有精緻昂貴的頭飾與服裝，皆從一旁窗戶所射進的陽光中，閃耀著刺目的金黃光焰。

「看什麼看！我才不會讓妳碰我的寶貝呢！」

阿維尖銳的嗓音瞬間把我拉回現實，於是我壓抑住自己的驚駭，對他翻了個白眼，轉身走下樓去。

「妳說的故事超精采的！欸，下次讓話劇社編成劇本怎麼樣？」

「什麼？這是我的家族史……」

「就這個布袋戲的故事啊，這不是掰出來的嗎？嘿！看不出來妳的想像力那麼豐富耶！」

掰出來的，是啊，的確。我閉上雙眼，對她點頭微笑。

我記得在很小、很小的時候，我的母親牽著我，當著我的面告訴大家：她的女兒是一個想像力極為絢爛豐富到——她也不知所措的女孩兒。

編註：

1．巴別塔——兩河地區的巴比倫文明（Babylon）的傳說建築物。基督教舊約《聖經．創世紀》第十一章記載，當時擁有共同語言的人類合力興建高塔，藉以通往天堂。但是因為巴別塔建造得太高，上帝覺得如果不介入，人類就會為所欲為，因此讓人類的語言產生變異，彼此不能溝通，建造的工程也就因此中斷，最後荒廢成為遺跡。

賭神的最後籌碼

——第三章

而我這座孤島，
就像停在某座海洋生物館中央
堅實的透明玻璃鏡隧道內，
望著上方與四周那些原本生活於數萬呎深海底下的稀有魚群。
牠們被捕捉至此，
於是維持原有的美麗，
但面無表情且冰冷地演繹著時間於牠們身上所產生的變化。

西元二〇〇二年，喜事與喪事同時發生在同個家族中。

當我記憶還殘留自己首次吞嚥極為生腥的蠔貝，而毫不留情地在大姑媽第三次的喜宴上，當場吐得滿桌都是，想起來就感覺糗大臉紅的同時，二伯父死在寓中的噩耗傳來；更讓人寒心的是：他是死了一個多月後，乾枯的屍體才被房東發現。

一個多月前。

全家人的神情黯淡了下來，默默不語地分坐回客廳的位置上，各自腦中卻快速瘋狂地把時光迴旋倒錯，旋轉回過去一個多月前的時光點上：

父親：公司剛剛加薪，訂回一台最新型冷氣，每天都捧著說明書研究功能。
母親：迷上社區每日早晨八點開課的土風舞班，連回到家都在鏡子前反覆練習。
哥哥：游移在要唸法律還是中文系之間，買回一本厚重的六法全書，先讀再說。
我：為了一段即將逝去的戀情傷感中，時常莫名其妙地流眼淚、發怒與啜泣的混雜情緒。

然後，二伯父——我父親的第二個哥哥，悄然錯置在這些零碎雜亂的日常裏，猝死於公寓中。

八月中旬最炎熱的季節。

父親當時接到警方的電話通知，匆忙跨上摩托車，騎到了中和二伯租賃的公寓附近。後來父親形容那感覺非常奇怪，因為警方只翻閱了二伯父的電話本，撥了上頭的電話給父親：「小弟」；至少上頭的稱呼是這樣的——所以當然沒有跟父親說明地址。

然而，兩兄弟已經沒有往來很久了。

二伯父居無定所，永遠都像隻候鳥般漂流移動；而這個中和租屋，爸爸在很久以前，只去拜訪過一次。當時，他硬著頭皮憑印象，從永和騎車過橋進入中和時，便開始緊張起來；放眼望去，中和的公寓大樓看起來如此相似，它們灰撲撲的或高或低，沒有任何可供辨識的特色。

轉彎進去的巷弄崎嶇歪斜，死胡同在這裏是不存在的，永遠四通八達到另一條陌生的大道上；就在父親思索到這裏時，他說心裏頭突然出現一種奇怪且強烈的感應，很抽象，好像整個心靈與腦子，頓時被蒙上了模糊，卻將近可以伸手就捕捉到的形狀；但是可以確定的是：它在那瞬間是真實存在的，就這麼引領著父親東拐西彎，順利到達目的地。

「是二哥，我當時就知道是二哥來帶路了。」

爸爸說他根本沒有找路，跟隨那股力量便直直騎到了公寓下方，熄火停車，走上樓，抬頭看見了三個警察、一臉蒼白的老房東，踏入公寓，認出死去多時的二伯父。

天氣實在太過炎熱乾燥了。父親說二伯父會死那麼久才被發現，是因為屍體已經變成了屍乾，沒有任何擾人的屍臭或屍水。身體的水分流失光了之後，瞬間縮小三倍，黯黃褐色的屍斑遍布衣服沒有遮蓋的地方，二伯父的屍體看起來像一尊風乾多年的木乃伊，連五官與面目都被大片的斑點遮蔽，凹陷下去成骷髗頭。

最後唯一可以讓父親辨識出來的，是二伯父後脖子上，面積頗大的長條狀——永恆的深紅色胎記。

「他的死因是心臟病發。依照現場判斷，屍體全然堵在門口，房東當時費了好大的力氣；後來報警，才與三個警察一起把門撞開；依此推算，應該是死前想求救，但走到門口就倒下了，所以屍體才會在門口。」

我永遠記得二伯父出殯那天，剛結婚不久的大姑媽哭得異常傷心。

我不曉得所謂出殯的正確哭法應該如何，畢竟捫心自問，我和二伯父完全不熟，所以就禮數來說，個人認為從頭到尾默默低頭致哀，如果真的氣氛到了想流淚就流淚，想啜泣就啜泣；悲傷這種情緒真的實在無法勉強。

當時一早，在碩大挑高的第一殯儀館中，同時間辦理喪事的還有另外三個家族。

我沒有細看其他家族擦身而過的身影，只是很認真地自我要求在這最後時刻，為了表示對二伯父的敬意，從頭到尾都應該要相當嚴肅，逼迫自己腦袋中除了生與死這個人生大課題，還有那稀疏淡薄——對二伯父的記憶之外，其他的一律不准多想。

我低頭盯著前面母親那雙素黑色的皮鞋走，直走停下轉彎，到達禮堂中央，脫鞋、跪拜……突地，某個撕裂的爆炸吼聲，好像某個黑洞或異境在此時突然大開，從內部傳出不屬於現實的聲音頻率，完整密實地牢牢籠罩整個世界！

我嚇壞了，倉皇失措地抬頭張望，便看見在斜前方的大姑媽，整個人狼狽地翻躺在石英地磚上方，像一條剛從河流中被釣甩上岸的大魚，一邊痛苦地扭曲掙扎著肥胖臃腫的身軀，一邊從嘴裏大聲爆出恐怖響亮異常的哭吼聲。

那聲音融合了無法言喻的悲憤與暴力，異常地高亢宏亮，彷似所有的苦痛都集中在這聲響中央！我驚駭地捂住耳朵，感覺像是正有人拿著大支的龍炮在耳邊點燃，既放肆又囂張，既痛苦又悲哀地響徹雲霄。

我們晚輩無法承受的，便一一爭先恐後地退出靈堂，而大人們則害怕丟臉似地，紛紛撲擁上大姑媽；這時候，我回想起這畫面其實真的相當滑稽——儘管之前在在要求自己從頭到尾都要嚴肅以對，但是眼睜睜看著大人們面對也不知如何是好的時刻，竟是如此手足無措的窘樣，教人真想捧腹大笑！

他們（包括我的父母，大伯父伯母、二姑媽姑丈、大堂哥、大堂姐、二堂哥堂嫂……）一起爬跌到大姑媽身邊，先扶起她後，又突然想起這時本來就該哭泣的，只是聲音誇張了點；於是，他們已經伸出眾多數不清準備捂住她的嘴的手，就這麼凝結靜止於大姑媽不到幾公分的距離旁邊。

從遠方望過去，那畫面像是站在中央號哭哀泣的姑媽，是被一堆伸出雙手所簇擁的萬世巨星！

我終於再也受不了了，在靈堂門口哈哈大笑了起來。

＊＊＊

「我昨天做了個怪夢，夢到我自己。」

「姊，妳最近壓力是不是很大？」

「噯，誰沒壓力？讓我先說這個夢給你們聽吧！」

原本類似跪姿的大姑媽先調整了坐姿，她撩起花紋斑斕的印度裙盤起雙腿，點起了一根菸，然後微瞇雙眼，皺起眉頭；姑媽此時的神情好像正在思索無法理解，卻又了然於心的什麼……那什麼的什麼全都有可能。我偷偷竊笑了一下：沒有人知道，整個家族中，我對這個大姑媽，也就是父親的大姊最感興趣。

父親那裏的家族僅有五人，依序排列下來是：大伯父、二伯父、大姑媽、二姑媽、我父親（我父親是家族的老么，與大伯父整整相差了十三歲）。

相較於母親那裏神祕詭譎，甚至可說是踏入異次元神魔異道的家族，父親這裏便顯得異常簡單——我的爺爺奶奶過世得非常早——奶奶在父親四歲時過世，而爺爺則在我幼稚園時離開。白氏兄弟姊妹們什麼都沒有，各自只有一條，足以和整個世界搏鬥的，堅毅的命。

坦白說：我的整個家族，每一個人都是孤島。

我不知道別的家族是怎樣聯繫與互相產生依附感，我只知道在自己這邊，大家泅游於各自的世界，極少碰撞進而磨擦出火花與親密感；不知道是彼此不了解靠近的方式，還是沒有原因就很自然的，順應大海的潮汐流動，把各自帶往不同的境地與命運。

如果說每座孤島在各自的世界裏，因應著往前移動的時光，獨自發展出個別的面貌與模樣，那麼這座孤島（姑媽），她的姿態可以說不管置放於哪個時代：六〇年代，直到現今的九〇年代，她都擁有絕無僅有，會讓人屏息與驚嘆的張狂乖戾。

夢的一開始，我就站在山溪或河川的山谷旁；那看起來很適合一家人週末出遊，就是把休旅車停靠在附近停車場，然後下來漫步遊玩；就是那種絕對不怎麼出色，但卻可以算是口袋名單的觀光區。

夢境非常清晰；總之，我放眼望去，積聚眾多落石的河川懸崖邊，站了滿滿的人群，而他們正動作一致地朝下方望去。當時，我在好奇心作祟之下，也沒多想什麼，就從路邊挨擠進人群，跨越紛雜的氣味而艱辛地走到後頭，想跟他們一樣看往山谷下方。

我記得終於看見的第一眼：一條如巨蟒般的海鰻，正從右至左地規律擺動它長型的身軀。再來是大型的魟魚，光滑平面的背脊，反映著上頭灼熱烈陽，然後發散出鮮紅帶有一抹又一抹的刺目斑紋。

如此沉穩的平行移動，猶如一艘專業的潛水艇，正靜默且迅速地跟在海鰻後頭。不只這些，還有各種只能在海洋圖鑑裏看見的大型稀有海底生物，正詭譎地集中在一條，可以望見深綠色岩石的淺水河川中。

簡直奇異極了！大家都這麼想吧……滿滿的四周卻陷入屏息的沉默。

觀光區應有的喧嘩，早已被底下的奇景抽乾。沒有人說話，這感覺除了像被抽淨，也像被包含進一個膨脹、且巨大無重力的空間中，連風吹動樹葉的響音、遠方車輛的引擎與喇叭聲、竊竊私語、窸窣常在耳邊無法言喻卻日常不過的雜音……它們的小小碎片全被吞噬光了。

底下的影像似乎與任何聲音是無法並存的。

現在，只剩下純粹的陽光，正把下方不可思議的生物，抬升放大在眾人的視線中。

人類全被這奇怪又唐突的畫面給震撼住了。

就在彷若被凝凍住的時光中，我們任由那些大型生物於自己的瞳孔裏，印入與滑游了不知幾回後，突然有隻毛茸茸的動物，從懸崖山壁的邊緣，忽地探出了一顆頭來。

終於敲碎冰凍時光的，是一隻很像卡通影集裏才會出現，性格過於活潑開朗的無尾熊。

牠瞪著人群一會，接著搖頭晃腦地從山壁上機伶地爬了出來，然後蹲在懸崖邊緣上。豎起的耳朵滑稽地前後甩了好幾下，胖且肥短的身軀則靈活地左右搖晃；潮濕的黑色鼻子，抬高往空氣中嗅了嗅；渾圓的眼珠，頓時與臉上其他五官，出現一種彷似人類才會擁有的「表情」這種東西。

深淺不一的灰黑極為濃密的毛，一股屬於動物才有的騷氣，在陽光下閃耀著與河川下完全不同的氣息——那是一股過於活生生的動感與生氣，就這麼突兀斜插進剛剛冰冷的空間。

無尾熊的出現終於讓人鬆了口氣。而原本越來越鼓脹到幾乎爆裂的沉默，也終於像被戳破了個洞般，開始滑進了些許的聲音：

「好可愛唷，媽咪我要跟牠玩！」

「熊熊……熊熊！我要摸！」

「為什麼這裏會有熊？媽咪我要帶牠回家！」

所有的小孩朝牠圍過去，而牠也毫無畏懼，任由眾多小小的手掌在牠身上來來回回；接著，牠居然開口說話了：

「原本我好寂寞喔，我都不知道原來、原來人類是那麼歡迎與喜愛我耶……早知道你們會這樣對我，我就應該早點從洞穴裏出來，不要長年躲在陰暗潮濕的懸崖裏。」

不知道為什麼，當一隻動物開口說話，所有人竟同時覺得理所當然——那理由是因為當牠說話，並沒有任何人把手縮回，或用力彈跳開來；也沒有人尖叫，或者，或者像剛剛一樣，繼續僵持，陷入一種無可名狀的沉默與不知所措中。

大家繼續興致高昂地與牠嘻鬧，孩子們甚至跟牠對話起來。

我不知道該如何形容眼前這個應該要歸類為怪異，在此時卻又合理的畫面。

應該說，這隻無尾熊牠的開口說話，就跟我們平時看的卡通一樣：所有的動物與人都生活在一起——思考模式相同，智商相同，日常生活甚至會相反過來：動物們偶爾會欺負主人，擺設陷阱或惡作劇，就像加菲貓與史努比。

「哎，你們真的無法體會跟海底生物相處，是有多麼寂寞……就像生活於極度荒涼的世界，沒有人聽得懂與看得見我……咦，對了！」

無尾熊此時興奮地跳了起來，迅速地揮動尾巴，模樣非常可愛。

「我還有個朋友就跟我一樣，牠不是海底生物，牠也是隻動物！你們這樣喜歡我，相信你們也一定會喜歡牠！」

於是，無尾熊笨拙地回過身，往下吹了個響亮口哨。此時，孩子們全熱烈地把目光集中到懸崖邊緣處。不久，便從那底下爬出了另一隻生物。

我想，我根本沒有確切的語言，去形容那隻無尾熊口中所謂的「動物」。

我看見一個乳白色、人類未發育完全的矮胖身軀，正費力地從地上站起身。

那身軀大約與四、五歲的孩童無異，肥短的四肢架在中央橢圓形、毫無曲線的肉體四邊，所有未發育完全的小小器官，在毫無遮掩下完全袒露，且在光線下透出接近透明，可以見到血管流動的白皙膚質。

大家又陷入如剛剛的一片沉寂中。

最讓人驚駭的是牠的臉。

牠短短的脖子上方，居然置著張面容過度立體，感覺像是已邁入中年老化，且濃妝豔抹的臉孔，而那張臉孔，我見了真的非常詫異，因為……因為那是我的臉，確確實實的上好濃妝的，我的面孔。

在夢境中的我，捂住了嘴巴停止呼吸。

一上岸的牠，先是緊張地把黑色長髮梳攏到後方，然後再低頭拍拍身上的灰塵；接著，用一種緊繃到極致，卻又想裝出純真無瑕的表情，對眾人勉強擠出個不協調的笑容。

這個笑容我非常熟悉。

通常，我遇見完全陌生的事件或環境，內心感到恐慌，才會露出那樣的笑容；只不過，這個笑容隨著年紀與歷練，已經甚少出現在生活中了；所以在當時的夢境裏，我看見那陌生到簡直可以稱為「可憐的笑容」，居然再度出現，心臟緊緊收縮了好幾下。

距離牠較遠的人，已經驚嚇地轉身跑開。

沒有人願意勉強自己面對眼前的景象，大家本能地從原本集中的圓圈，迅速潰散開來，留下那隻無尾熊與醜陋的侏儒。

我站在遠方，看見無尾熊搖頭晃腦地望著遠離的人群，再回頭望著自己的同伴；來回大概兩三次，低下頭，沒有多作考慮般地馬上奔在人群後頭。

陽光下，只剩下那隻黑色長髮，仍擠著笑容，長得和我一模一樣的侏儒，以及已經退後成為扎實背景的海底生物們。

「如同在某個環節或時光中出了差錯，所以被扭曲成玩笑與誤會般的錯置侏儒，那真的，就是我的原型。」

大姑媽在十八歲那年翹了家，一個人從南部老家偷偷坐車來到了臺北天母，然後在當時最出名、聚集最多美國人的俱樂部裏工作，學習一口非常流利的英文。就在一次打翻杯子的調情老套中，認識了第一任美國籍的丈夫，便很快地把自己嫁去美國，又很快地回來臺灣——中間的時間沒有超過兩年。

而這段婚姻卻相當離奇。

我聽母親說，大姑媽在熱戀時不疑有它（這也難免，除了當時她年輕之外，哪個女孩兒談起戀愛不昏頭的?!），而大姑丈所表現出來的樣子也一切正常；他把姑媽接到美國紐約後，馬上實踐了在臺北要出發至美國時給她的承諾，他很快就帶著姑媽見過自己的父母與親戚，沒多久就在當地公證結婚，並且還開了一個非常熱鬧的婚禮派對。

然後，新婚甜蜜的兩個人，於拉斯維加斯度完蜜月後，就住進了距離紐約市區不遠的一棟白色嶄新公寓中。

事情就從這裏開始。

姑丈在新婚期難分難捨的一個星期之後，某日清晨，兩人於餐廳中享用咖啡時，口吻平靜地跟姑媽說，他明天要出公差到荷蘭兩個星期多，會在銀行留下大筆的生活費，不要掛心他，他會好好照顧自己，除了會帶回一堆禮物回來之外，還有保證每天都會打電話回家噢。

姑丈一開始跟姑媽說自己的職業是國際經銷商，公司遍布全世界；所以當然，在當時俱樂部聚集一群群渾身汗臭味，放眼望去皆是軍綠迷彩的二愣子大兵中，姑媽一眼就選定了每次只喝純威士忌，讓玻璃杯裏的冰塊輕輕撞擊出好聽的聲響，戴著金邊眼鏡穿著整套黑色西裝，手指頭永遠沉穩地夾著雪茄的姑丈。

就在母親說到這裏時，我記得當時我不屑地撇頭：

「姑丈其實在美國有婚姻？多麼老套的劇情啊！」

「當然不是，妳的大姑媽是個奇女子，這種老套怎麼可能發生在她的身上！」

不是？我張大眼睛感到好奇了……怎麼可能？

「不然……就是姑丈全世界到處留情，大姑媽只是美國紐約的其中一個老婆！」

「噯！」

這次，輪到母親對我翻白眼，不屑地揮了揮手，無言地表示要是我再說出什麼白痴話，她就決定不說了。

大姑丈每天打電話回家噓寒問暖，而兩個星期之後，除了從荷蘭帶回一堆餅乾糖果，還帶回一串手工打造，在陽光下會發出絢爛七彩的純白珍珠項鍊。那個時候，大姑媽形容，自己感覺猶如身在天堂般一樣快樂愉悅。

而第二次出差的時間是一個月之後，這次是義大利，時間一樣兩個星期；第三次是以色列，第四次是法國，第五次是曼徹斯特……之後，大姑丈全然消失蹤影。

這段時間裏，姑媽在異地唯一的休閒，就是跟姑丈一到紐約，彼此介紹認識，說是青梅竹馬小時候一塊長大的珍妮佛。珍妮佛就在附近的銀行工作，個頭長得相當高大魁梧，留了頭相當俐落的短髮；為人海派、行事大方，與姑媽相處愉快。這段時間都由她陪著姑媽逛遍了整個紐約的百貨與商店。當然，也是由她負責把姑丈存進的生活費，從銀行提出交給姑媽。

當珍妮佛告訴姑媽，銀行的生活費已經全部提光時，兩人正於某日午後，坐在路邊的咖啡館悠閒地喝著下午茶。

「已經剩個位數了，之前有時候會突然增加，但自從他上回出差後，這筆金額就完全沒有更動的跡象，我想，我想他應該不會再續存了！到時候真的都沒錢時妳該怎麼辦？」

「什麼？我也覺得很不對勁！他上回出差時，聯絡就變少許多，這回去曼徹斯特，本來說好兩個多月就會回來，現在都已經快半年了，打電話過去那邊的飯店也沒人接，接通了卻說沒有這個人！我……我已經不知道該怎麼辦了！」

「唉，怎麼回事？怎麼什麼都沒交代清楚人就不見了？他還真是個奇怪的人！」

「奇怪的人？咦，你們不是認識很久嗎？妳的意思是……」

珍妮佛突然閉上嘴巴，睜大眼睛瞪著姑媽。

她的瞳孔是碧綠色的，在橘黃的天色下閃耀著一種奇特又美麗的光芒。姑媽說此時的氣氛奇特，那就是敏感的她，發覺面前的珍妮佛有很多祕密要告訴自己，而那些話既像謊言又像告白，既輕盈卻又沉重；她當然無法得知那些究竟是什麼，但是隱約可以感覺，接下來珍妮佛要說的那彷若預言般的內容，將會改變她的一生。

「事到如今，我想麥克（第一任姑丈的名字）應該不會再出現了，所以我就實話實說了吧。我和他根本不是什麼青梅竹馬，我們兩人大約在兩年多前，於街角路口的酒吧中喝酒認識，後來就時常在那邊與朋友聚會。

中間他消失過很長一段時間，之後再出現時，就對我出了一大筆錢，要我冒充是他的青梅竹馬，說是他要結婚，娶一個外國女人，但人會時常不在，而不在的時間裏，要我好好照顧她。」

「什麼……」姑媽傻了。

「我也不知道他的用意是什麼，也請妳不要問我他的事；因為我想，我想我比妳知道的還要少。」

姑媽空白一片的腦袋裏，開始非常努力回想這段時間，她與珍妮佛獨處時，兩個女人究竟都在聊些什麼，為什麼珍妮佛可以裝得那麼像呢？不，不是珍妮佛偽裝得太好，而是自己太笨了……因為……因為……

「雪兒（大姑媽的英文名字），關於麥克的事，我想我也無法多說什麼了，因為事實已經發生……那麼現在，現在我就坦白說了吧：既然麥克不會再回來，那就讓我照顧妳吧，我想這段時間我們兩人的長時間相處，我發現我已經深深地愛上妳了。」

珍妮佛向前伸出雙手，緊緊握住姑媽。

「我的老天啊！」姑媽崩潰地哀嚎一聲，直直地昏倒在路邊咖啡座旁。

的確，不是珍妮佛裝得太好，而她就是個女同性戀者，在她們獨處時，珍妮佛只專注詢問姑媽的事：從小到大發生過的糗事？第一次初經時間？洗澡時會先洗自己身體的哪個部位？最喜歡自己哪個五官？初戀時的對象長相如何？最重視另一伴的什麼？想去哪些國家旅行？還想學會什麼才藝？……

然而，每一個人的內心都有想讓別人了解自己的慾望，更何況珍妮佛一開始的角色定位是丈夫的青梅竹馬，所以姑媽當然想要討好她，便毫無懷疑地跌入陷阱，詳實且拚命認真地回答問題，而自己這部分，則全然忘了要提出任何問題。

當姑媽終於從紐約回到臺灣時，已經過了半年多了。是父親去機場接她的。

父親後來送她回北投的家，再回家時跟我們說：你們大姑媽真的好慘啊！遠遠地就看見她出關，那無形的氣勢仍在，還是印象中那副高傲得不得了的模樣：穿著一身貂皮大衣，鎖骨的雪白珍珠項鍊閃得四周人都睜不開眼；戴著淺色墨鏡微仰著頭；但是一出閘門，看見我站在遠方對她招手，突然不顧一切就嘩地朝這奔來，然後倒地崩潰哀嚎……全機場的人都在看，那兩條黑色眼線，清楚地沿著臉頰往下流。

那模樣真的……真的非常狼狽與哀傷。

弄清楚真相是一個異常艱辛的過程：

姑媽從昏厥中清醒後，她正躺在一間獨立式的粉紅套房中。原本的衣物已被換掉，頭髮也被弄成奇怪，類似古典宮廷式的大捲波浪。她花了些時間才明白自己正遭到珍妮佛軟禁，所有對外的通訊器材已全被毀損，而之後從其他角度來看，珍妮佛似乎要把姑媽當成一個中國娃娃來豢養：她給姑媽準備上好的食物——各式稀有的鵝肝與魚子醬、新鮮蔬果麵包、從法國進口的礦泉水、以及所有她想得到的珍貴食材。每餐都親自下廚做飯給姑媽吃，買許多邊緣綴有蕾絲小花邊的衣服，還有貼身的旗袍，甚至還有些奇裝異服（有些類似變態的情趣內衣）就放在清空的衣櫃裏，等著不同時間讓姑媽換上。

然而，姑媽從那裏逃出來的時間，比自己預期得快上許多。

由於珍妮佛仍舊每天準時到銀行上班，而粗枝大葉的她，除了直接擄掠姑媽，像家裏多了隻寵物之外，其他的地方她都沒有改變（或許時間再拉長些，她會想起?!），所以姑媽在一次郵差按鈴喊著掛號中，意外發現門鎖根本沒有遭到任何改裝與重製，便馬上跟在郵差後頭，逃出那間公寓。

接著，就是一連串開啟真相且心碎的開端。

姑媽一逃出珍妮佛的家中後，根本沒有時間調適心情（其實好像也沒這個需要），便迫不及待地搭上各種交通工具，憑著印象（我這個姑媽剛好記憶力超強）先從丈夫的父母，也就是自己婚前曾拜訪過的公婆家著手調查；接著是麥可的親戚們，包括見過的妹妹，還有阿姨、一起長大的鄰居、大學室友（當時在婚禮上擔任伴郎）、兄弟死黨們……

姑媽後來每次回憶起這段往事，表情都一樣：那就是嘴角微微下撇，表情沒有多大的變化。

沒有一個人身分是真實的——換句話說，他們全都是各式各樣的珍妮佛，或比珍妮佛的輪廓還要更模糊不清（至少她還跟麥克曾在同間酒館聊過天）。這些陌生的珍妮佛們，全都在先前收了錢，甚至還有幾組人是特地找來的專業演員。

「有沒有人可以告訴我，麥克這樣做的目的是什麼？」姑媽吞了吞口水，張大眼睛，不可置信地在最終站，也就是伴郎與那幾個死黨們面前，直直注視他們，艱辛地問出這一字一句。

「不知道，」伴郎搖了搖頭，「我們就是收錢演戲，專業的演員是不能過問雇主的。」他熟練地把抽盡的菸捻熄在菸灰缸中，然後轉頭定眼回看姑媽。

這一群人應該常常收錢做這樣的事——全都一個模樣——犀利中散發著碩大，且極度煩躁的眼神，直接沉默地傳達給姑媽這個訊息。所以，姑媽心裏暗自想，所以我現在是在浪費時間。

「是啊，當初他找上我的時候，手邊還有一齣戲正要上演……但是麥克出的價錢實在太高了，根本沒有拒絕的理由，所以當然把戲推掉接下。」

「嗯，他只說任務與扮演的角色，其他的什麼都沒透露。」

最後，當然沒人告訴姑媽事實。然而謎底的終於揭露，是來自一封極為機密的信件。

當姑媽在美國繞了好大一圈，心灰意冷地回到他們原本住的漂亮公寓，決心收拾好東西回臺灣；就在整理的那兩個多星期中，收到一封匿名的機密掛號急件。

【美國陸軍情報部（MIS）報告書】

作成年月日：一九七三年五月六日

標題：最高層級機密情報人員麥克・安柏托達夫於此次「第70125案件」任務中，遭到敵人埋伏意外身亡，光榮地為國捐軀。

根據調查，由於安柏托達夫的直系親屬中，僅有一名外國籍（臺灣）妻子謝雪兒，所以達夫名下的所有遺產與相關事物，於近日內將全轉移至其妻名下。

檔案編號：WERT 4679 0001287 9

以下是麥克・安柏托達夫的所有資料：

出生國家

出生年月日

銀行代碼……

姑媽把信看了好幾十回，很努力地集中精神，研究起信封外那些鮮豔郵戳印章的真偽，以及裏頭所有出現過的代號，終於整理出了些頭緒：

一、此封信如果是真的，便表示自己不是嫁給一個商人，而是一位美國機密情報人員，也就是俗稱的間諜。

二、如果第一個推論成立，那麼，所有的珍妮佛們的存在，也就是請來演員們特地演一齣戲碼來騙自己的這些、那些……也就完全成立。

三、以上……那也等於自己在新婚不到一年，即刻變成寡婦。

姑媽想到這裏，輕輕閉上眼睛，沒有任何感覺，好像就只是讀書時發下考卷——喔，這題我寫錯了，而正確答案原來是另一個啊——那樣異常平靜。她既沒有想像中的難過，也沒有覺得自己愚蠢無知，甚至可笑滑稽。

或許，人的任何什麼，都是有其限度的。

她感覺自己的所有情緒與感官知覺，在那段費盡心力尋獲答案的期間，早就已經大肆豪邁，每每都像梭哈般地揮霍的一乾二淨了。她又再度睜開眼睛，靜靜地把信收好，放到自己已打包好的行李中，然後走到廚房裏，慢條斯理地為自己煮了杯熱咖啡。

隔天，姑媽來到銀行，按照信裏頭所詳細記載的號碼，試著開啟帳戶……再揉揉雙眼……再重新開啟一次……所有本來耗竭光了的感覺，居然在這一瞬間又全部都回來了！姑媽異常吃力地扶住旁邊的牆壁，告訴自己深呼吸，快點！深呼吸……深呼吸……

這個原來是情報人員，也就是擔任政府祕密間諜的丈夫，留給她將近兩百萬美金的遺產。

我這是幸運？還是不幸？

這句話後來變成大姑媽的口頭禪。

＊＊＊

那段日子，我開始習慣每天去那家酒館，推門踏入，就可以看見伯格森坐在象牙白與黑色琴鍵前，低著頭，不斷地彈奏著自己改編，所有關於蕭邦的曲子。他似乎特別喜歡蕭邦；這是我對伯格森的第一印象。

老闆指了指角落鋼琴前的他：他不是任何琴師或樂手，只是熟客後來變成朋友。又因為他要求沒有琴師時可否讓他彈琴？等他露一手之後才知道也是練家子，所以後來就放任他，想彈時就彈。

第一次見到伯格森：抹了定型髮膠的俐落西裝頭，下巴一撮修剪得剛剛好的鬍子，以及拿掉領帶，已經鬆了領口的筆挺白色襯衫，就那樣讓雙手輕快往鋼琴兩邊無限點跳，像漂浮在空氣中暢快舞動著。

但是一離開鋼琴，他的人卻極為沉靜；很奇怪，雙手躍動的頻率卻意外地跟他的人很吻合，如同龐大急速的海浪跨越邊界後，一瞬又恢復奇異的寧靜。

「末日要來了，妳知道嗎？」這是伯格森對我說的第一句話。

我點頭回答說我知道。其實，我心裏也這麼想……那一段時間，確實在某種意義上是屬於我這個人的末日：我感到整個人正站在睜眼也看不見的懸崖邊界上。

認識的第三個多月的某日夜晚，我聽完他彈奏完蕭邦的夜曲之後，兩人一起並肩走出酒館。當時他手裏正握著一瓶傑克丹尼爾威士忌，一瓶會讓人聯想到艾爾帕西諾的好酒；他一邊往前走，一邊仰頭豪飲的模樣，像是從此不再需要明天。

我順勢接過他的酒來喝，很嗆辣的勁酒，我的酒量本來就極差，所以很快的，我就感覺自己的腦子已經有些渾沌，而模糊的聽覺中，聽見伯格森低沉的聲音，融合在夜晚的空氣中，正緩慢地喪失了架構成詞句的形式；然而，散亂的音律，卻以更直接的方式到達我的內心。

他對我說：每樣東西其實都有它的意識，只是我們總是這樣，刻意不去辨別、不去注視、不去體會、不去觸碰……

「妳也一樣吧，妳他媽的其實也跟所有人都一樣吧。」

我聽見這句話就脆弱地哭了。

的確，我就是這樣一個喜歡逃避所有，所有無法接受事情的人：能夠逃多遠就盡量逃多遠，能不解決最好，把它擱著放到爛掉，而且，我還是個懦弱到連回頭望一眼的勇氣都沒有的廢物與垃圾。

這樣的我，活著與死掉又有什麼差別呢？

隔天，我睜開眼睛醒來後，感覺頭痛得不得了，好像有人在裏頭拚命猛烈捶打……而那些有形、無形，抽象、具象的記憶，還有濃烈的威士忌的香氣，以及奇怪艾爾帕西諾的嚴峻臉孔，就在這一堆痛楚中胡亂攪和著。

我痛苦地抱頭坐起身，看起來，世界還沒末日，什麼都沒有改變；但老實說，什麼也都不值得被改變。

伯格森就站在床的旁邊。他看見我起身後，便坐到我旁邊，把他那張英俊的臉蛋靠近我，輕輕地在我耳邊哼起了昨天晚上，他彈奏的，也是我最愛的蕭邦的降B小調夜曲。

蕭邦隱世靜默地寫這首曲子時，是劇烈的戰爭將近要把世界毀滅的恐怖時刻；然而，這首曲子卻是如此靜美，尤其是從他嘴裏哼出來，竟是那樣的寂然，像清亮掛在宇宙邊緣的一盞鵝黃彎月。

這就是大姑媽第二次再度走向婚姻的大略經過了。

夜曲哼完，第二任姑丈從口袋掏出準備好的五克拉鑽戒，替已感動流下眼淚的大姑媽戴上，兩人相擁。

然而，這發亮的五克拉戒指，僅在她的手指頭上不到半年。

地點：桃園中正國際機場第一航廈
時間：一九七五年十一月三十日。傍晚六點十七分。
主要人物：大姑媽、第二任大姑丈伯格森，以及當晚所有要飛往瑞士的旅客。

事情發生的很突然，根據轉了好幾手才到母親這兒的消息：當時姑丈拚了命的阻止姑媽準備去瑞士滑雪，並且長期居住的計畫，而姑媽卻執意要去，兩人在大庭廣眾下難堪地大聲嚷嚷與拉扯了沒多久，愛面子的姑媽便很乾脆地把手上的戒指用力拔下，丟到姑丈的臉上。

然後，頭也不回地拖著行李進閘門，留下神情錯綜複雜的伯格森。

但原本以為這一趟阻止失敗，便要很久、很久以後，才能見到姑媽的伯格森，後來卻非常迅速，等於在三天後（姑媽本來拋下狠話說自己要去五年以上）馬上見到了她。

姑媽的運氣非常不好：她到達瑞士，一下飛機準備換上接駁班車時，地面的結冰讓穿高跟鞋的她嚴重慘滑，便馬上搭同班飛機直接飛回臺灣。

這一切簡直像肥皂劇一樣崎嶇滑稽。我每次聽母親說起，總是無法克制的哈哈大笑。

「笑什麼？妳姑媽的命真的很苦。」

「拜託，媽，妳不覺得姑媽超酷的，她的一生簡直可以寫成小說！」

「那是我們外人看她……其實，她的個性讓她在愛情中吃了非常多苦頭。」

「對啦，我想，發生這些事她應該都很難過才是……」

母親說，這次伯格森的身分倒真的是商人：經銷各式高級酒類的生意人。那個時候，姑媽發覺他似乎跟公司裏的一名女同事走得很近；性子非常剛烈（親戚們都形容成高傲）的姑媽，連解釋都不聽地馬上收拾行李，直接說要辦離婚，自己要去瑞士居住。

「**女人嘛，不管如何，對丈夫也都應該要多些忍耐的。**」我母親在講完姑媽的故事，最後都是用這句話當結尾。

不，我從不這麼想……雖然我沒有一次真的開口反駁母親。

不知道為什麼，我完全可以了解大姑媽的感受：她的無法忍耐與讓人詫異的斷然離婚，不是因為大家所形容的驕傲或自大可以解釋。我總想，姑媽只是比任何人都還要珍惜自己，比任何人都知道自己需要什麼，手中也擁有絕對的選擇權；並且，姑媽絕對明白自己值得什麼樣的人來愛，值得何等高價的絕對珍惜與愛重。

我每次想到這裏就鼻頭一陣酸楚，腦子裏浮現把五克拉鑽戒拔掉丟出的那瞬間，姑媽的心，一定也徹底的碎裂與崩解。那等同於世界末日。

愛情真的好難、好難。

大姑媽對著二姑媽說，而二姑媽又如鸚鵡般喃喃地重複一遍時，我剛好在旁邊看著她們。她們兩人根本對我視而不見，當然，因為有更重要的課題值得她們注視。

愛情。

大姑媽腳踝仍腫大地裹著石膏繃帶，已從瑞士回來一個多月。醫生說依照她的傷勢，至少要躺上三個月。當時，大姑媽神情茫然，正一邊咀嚼二姑媽削給她吃的蘋果，一邊和她聊天。說起二姑媽的愛情，比起大姑媽的就遜色許多，但奇怪的是我又可以保證：比起大多數其他女人們的愛情，又是一枝獨秀的不同凡響。

當時二姑媽正在籌備婚禮，問起了大姑媽關於結婚的感想。老實說，我覺得她誰都可以問，就是不應該問大姑媽，因為她的兩次婚姻實在太不尋常了。以至於可想而知，兩姊妹的對話到後來，空間變成一片沉默無聲，外頭粗糙的雜音粒子開始滾了進來，與小小聲的、大姑媽嘴裏還在咀嚼的聲響混合在一起。

二姑媽出嫁那天，很驚人地出動了十二輛賓士迎娶；在當時的七〇年代簡直不是用大手筆，或闊綽富有足以形容——需要的不只是錢，還要有辦法、很有本事地才能出動如此多輛賓士名車。

我的二姑丈，香港人，同時身兼臺北兩家最大飯店的經理。當時二姑媽只是在其中一家飯店當櫃檯小姐，身為經理的姑丈對她一見鍾情。大了姑媽十歲，以及一口廣東國語的口音讓姑媽猶豫了好一陣子，但仍敵不過各種用金錢砸出來的愛情攻勢。

有時候，不能用「**虛榮心作祟**」來做確切的形容。

當女人看見本來整座荒無的頂樓，僅為妳一人，像魔術般擺滿了妳最愛、已經到扎刺眼睛的雪白百合，像把滿天繁星的星空整座挪移下來時，那瞬間，絕對不只感到砰然心動，甚至會真的以為，眼前這個男人，一定可以讓世界繞著「我這個人」轉。

那樣的寵溺，如同滿天飛花的繽紛飄雪那樣奪人心神；我想，應該沒有女人可以順利逃過。

婚後的二姑丈，開始動作他們計畫許久的目標：辭去兩家大飯店經理的工作，把大筆的存款，轉移到嘉義的阿里山，打造一家大型的觀光勝地。

佔地極為龐大的觀光區，在開幕時，父母帶我與哥哥去過幾次。

整理起印象中，關於二姑媽與姑丈的阿里山觀光區，花了很多時間。在我的「腦海照片簿」中，裏頭先是塞滿了華麗與樸素、高級與鄙俗、潔淨與骯髒……在這些對比強烈、泥濘混濁的形容詞裏；很奇怪，遙遠老舊的記憶所殘留下來的氛圍，居然類似我和父母第一次到中國，導遊們在中途的行程裏，絕對會不時安插關於珍珠、玉鐲或絲綢的製作過程，接著，再把一群茫然無知的旅客們，帶到一間間充滿透明玻璃櫃的展示中心。

展示中心的模樣都相同：綴滿燈飾的普通平房，也有高級一點，如同小型獨立式的百貨公司。燈光永遠充沛耀眼，飾品閃著刺目光芒；眼花撩亂的商品，就是剛剛看見製作過程的成品；還有就是喧囂不已，各種不同音頻的叫賣臺詞。

「各位貴賓們，不是絕對一定要買，但是我敢拍胸脯向您們保證，我們這兒出產的東西，絕對都是最牛B、最上等的！」

其實，後頭展示中心的大門早已關闔上了（不在這兒灑錢，導遊是不會開門的）；然後，我們也就理所當然地把錢掏出來買。

當然，有品味、出身與學識都算上層的二姑丈，打造的觀光區絕對不只濃縮在如此狹小鄙俗、虛偽油膩的笑容，繁雜混合喧鬧的尖銳聲響，且充滿濃厚詐欺餿臭味的商店……但是，從那幽微古老的記憶中翻開此頁，然後緩緩飄散至空氣中的，竟自動地與中國展示中心這記憶吻合，它們甚至曾經在印象裏緊緊黏附為一體，讓我完全分不清楚。

當時二姑丈把畢生積蓄全投注下去的阿里山觀光區，整體大約呈長方體，其中劃分為好幾個部分區塊：

A區：右下角角落。坐落幾間白色但外觀貼滿各式海報的平房，裏頭就是類似中國大陸的展示中心。

B區：左下角角落。突兀地僵直著一棟黯紅色大樓。似乎把臺北的百貨公司（體積有縮小一些）原封不動地搬運過來。

C區：位於中間長條。這一區又劃分成無數個小正方形賣場，對外完全開放，讓各地方湧進的小吃攤自由下標租賃，就像臺北的寧夏或通化夜市。

D區：右上角角落。上頭用三色防水布一字條貫穿，四邊木頭柱子架起，底下用堅固，也是一字排開的厚木板，上頭擺置販售阿里山當地的土產、罐頭，以及新鮮蔬食。

E區：左下角角落。這一個區塊較為特殊，正中央是一個正圓形，漆了鮮紅色油漆，類似縮小版拳擊擂台的木製舞臺。舞臺與觀眾可站立觀賞的位置中間，用粗質紅線框起圍繞。舞臺前方所豎立的公布欄，則不定時地更換表演時間和內容。

這大概就是好幾十年前，曾彷若高空精密戰鬥機般，重擊轟炸淳樸阿里山的觀光區雛型了。

然而，到底這大型阿里山觀光勝地，是如何從盛世高峰逐漸走向衰敗，最終滅絕之境？

多年後，我無意從書本瞥見大伯父白逢生那幅名為〈**澎湖夜曲**〉的畫作，腦中才被雷電劈到般……這錯綜複雜，如薄命女子細亂河谷手紋的細節，便從這幅畫牽連起了所有關係。

請容我先暫時抽離出二姑媽，跳躍到白氏家族中的大伯父身上。

白氏家族的長子白逢生，年長白氏家族老么，也就是我的父親足足十三歲；所以大伯在我父親的心中比較像父親，一個既疏離又充滿威嚴的父親兄長。

親戚們皆說：大伯父能活下來是一個奇蹟。

那個年代的醫療系統落後，出生的孩子早夭機率很高，所以在大伯之前，其實還有一個哥哥姊姊，但是都沒活到幾天。而這第三個孩子，出生後一看，比前兩個都瘦弱，光是聽著細弱的哭聲就好似一盞即將緩慢黯滅的燭光；於是祖父母們不抱任何希望地把他放進一個桶子裏，隨意扔到外面竹圍籬笆牆後。然而，第二天清晨有人散步經過，聽見裏頭仍傳出一樣細弱無力，但卻極為連綿堅毅的哭聲，於是飛也似地跑回來跟祖父母說。他們懷著又驚又喜的心情抱回大伯父，相當佩服這看似纖弱卻擁有旺盛生命力的小孩，於是決心好好把他養大，並替他取了個名字：白桶生。

直到伯父長大後，嫌桶生這名字不好聽，把自己更名為逢生。

我聽說過大伯父的事情不多。他沒有類似大姑媽如電影小說般，高潮迭起的傳奇事蹟人生，也沒擁有二姑媽或者二伯父那樣不順遂的命運，必須要適應與習慣跟未知的命運極力抗爭，在暴風雨中嘶吼狂奔向前……更當然沒有白氏家族裏的我父親，那唯一踏實到不可思議的風平浪靜。

大伯父從小就非常確定自己的目標：成為畫家。所以國小一畢業就向祖父要求，自己要到一位他所景仰的畫家家中當學徒，在那裏學習畫畫。

當時所謂的「學徒」，是個幾乎要你付出三分之一人生的名詞，這樣的模式於現在早已不復存在。如電影〈霸王別姬〉或其他關於武打的邵氏電影，其中的學徒就是師父與徒弟住在一起，彼此關係密切到猶如父子般；當徒弟的決不是繳錢學習，然後固定時間再來學習而已，一切沒有那麼簡單……

所以當你決心要跟隨這位師父，而這位師父也決定收你為徒；那根本就是把自己全然託付給了師父，兩人生死與共，共享光榮與屈辱；除此，也像簽了賣身契一樣，學徒要一手包辦食衣住行，服侍師父無微不至。至於學習專業技能，師父當然會教，但是每位師父願意傳授的時間不一。

在我對大伯父有印象開始，他就已經是臺灣知名的畫家（據說伯父小學畢業後，就在那畫家家裏待到二十歲出頭才離開。而剛去的前五年，全都在燒水煮飯洗衣，什麼都沒學到），這個印象很深刻也很單一地刻在我的認知中，所以對於這位長輩，我沒有別的由旁邊分岔而出的其他想像；除了他顯赫的身分以外，我對他只有一個記憶，而這記憶卻異常沉重地滲透了我的一生。

大伯父的地位與身分（長子又是知名畫家）使得他在家族中說話最有份量，飽含威嚴與力量。所有岐異的紛爭與問題，走到大伯父那就等於最後一步；由他裁定的結果沒人敢拒絕，沒人敢不服；他是白氏家族中的皇帝與法官。

我仍記得當時我才國小四年級，全家的目的地是杉林溪遊樂區，而先繞到臺中探望大伯父。

晚餐過後，一場改變人生的密室劇場：

「立夏怎麼變那麼胖？」伯父眉頭皺起，「以前我記得還好啊！你們看她，連手指頭都腫得像甜不辣一樣……我們白家的人不是都很瘦？她怎麼會變那麼胖？」

「大哥，小孩子嘛，發育期，以後長大就會瘦下來啦！」母親摸摸我低下的頭。

「不！」伯父堅決搖頭，「這種胖法以後一定不可能瘦下來，你們看她的五官，都被肥肉擠到中央來了……這個問題很大。」

「哈哈哈，真的耶！」大堂哥唐突地大笑起來。

「堂妹本來就是胖子啊，爸，你老糊塗喔，白立夏一直都這麼胖好不好！」二堂哥說。

「我來看看她甜不辣的手！」大堂哥繞道我身旁，粗魯地抓起我的手臂。

「哇！我覺得立夏有點像某種動物……」

「哈哈哈，我也覺得……你先說你先說！」兩個堂哥推來擠去……

「白立夏像豬！」

這些對話，短短的幾分鐘，放進我龐大的人生分鐘數裏根本微不足道，但是它卻在那個當下，以一種非常異常的方式，深深地鑲嵌在我的心上——年紀還那樣小的我，突然感覺一股炙熱的電流從頭皮開始，一路慢慢延伸到我的臉、身軀、四肢、體腔的內臟，最後包圍全身。

我感覺我的全身無形地燃燒了起來。如果現在是以動漫或3D的特效表現，我全身上下一定被無名之火給燒個通紅，火焰從體內點燃噴射，在昏暗的大伯父家中，形成一股令人畏懼的恐怖火光，反映著他們醜陋的嘲笑嘴臉……然後，我低下頭卻沒有閉上的眼睛，正直直地注視著他們，把他們的長相五官，所有、所有、所有不曾注意過的細微處，如刀刻般狠狠刻劃在心底深處：

我憎恨大伯父，非常、非常地憎恨他，還有他們整個家。之後，我對自己下了個毒誓：長大後我一定要用自己的方式——最最屈辱的方式，就像他們對我的，全部還給他們。

我沉默咬牙地等候他們短暫又漫長的嘲笑結束，然後放開母親的手，從位子中起身，回到客房。走到正方形的房間角落，閉上眼蹲下來，覺得整個身體都要散掉了一樣；皮膚、五官、內臟、關節、骨頭與各個部位都要紛紛脫離掉落般地……只有自己的呼吸聲，混濁的呼吸聲傳進耳朵裏。

憶起童年很長一段時間；如同拉上窗簾將外頭燃燒金黃的陽光稀釋，透進來變成一種蒼白冰冷的光線，照在我的身體和面前的畫布上，乾裂的雙手顫抖地將油彩塗起，接著抹上。最可笑可悲的宿命，或者可說是最嘲諷的輪迴——我和家族中自己最憎恨的大伯父一樣，從小就知道自己只喜歡畫畫，而且不止喜歡，也擅長畫畫。

「畫家法蘭西斯・培根[1]認為：人不可能通過精神力量，達到擺脫死亡的目的，因為人不是超人，而人類所能理解的生命意義，也實在少的可怕。

培根不認為可以採取逃避或拯救靈魂的方式，來作為繪畫的精神；他只相信大自然對人的生死是無動於衷的，而人的墮落是咎由自取，繪畫可以揭露被表面現象所掩蓋的墮落行為。

在幾乎是對稱的傳統構圖中，人與動物所佔據的空間與意念平分秋色，但人更像是被禁錮在因自己的行為所造成的，令人窒息的空間之中。

他認為世界上唯一的真實，就是存在於世界上任何人都無法突破的死亡。但令人感到痛苦的是，他追求人類生死和苦難的意義，竟是如此令人悲傷。」

我變得無法接受我自己。

這是一種奇異的感覺：我置身於這個個體中，呼吸存在，與之日常一切運動生活，甚至同步思考進而演化成長，世景一一掠過眼前滲透進靈魂……但是同一時間，下意識在實際物景轉化為抽象概念之時，意念又將它們推出棄絕，堅毅絕對也輕鬆容易的就像每天排泄一樣。

於是我長時間陷入某種奇異的情緒中：既痛恨自己卻又顯得自戀，既覺得卑微同時又感到莫名驕傲。

世界混亂得無以復加。

那時我常翹家，待在一個從南部上來臺北求學的朋友家中。他租賃的十五坪套房像間廉價旅館：骯髒的地板上散亂著數不清的垃圾，打開門迎面而來的就是股說不出、食物餿掉混合過久的煙臭，兼含嘔吐與香水的綜合氣味。那味道相當奇特，照字面上看來噁心，但是實際聞起來並不討人厭，久了甚至還有種會上癮的感覺。

我無法說那是氣味本身迷人，還是附加了那空間中獨特且自由糜爛的氛圍所致；回想起來就是特殊，非常特殊，全然脫離那泥沼般的我所憎恨又愛戀的世界，另一個嶄新的視野。

而那裏還無條件收留了當時混亂至極的我。

姑且稱那朋友為A好了。

A是我高中唸書時的學長。他國中畢業後隻身前往臺北求學，高中畢業後沒回南部老家也不打算繼續唸書，默默延續已適應的臺北步調，有一搭沒一搭地打著零工。A對於我無預警地突然冒出，從頭到尾皆未表示任何意見。

「**他喜歡我嗎？還是我喜歡他嗎？**」這兩題大哉問不曾存在於我和他之間。我們彼此的關係從一開始，很奇怪地就自然到無法想像。

當我第一次提行李出現在他家門口，伸手按電鈴，聽見裏頭雜沓的腳步聲由遠至近，A套著汗衫海灘褲，叼根菸把門打開，從上到下迅速打量了我一遍：

「喲，白立夏！歡迎光臨啊。」

他斜側著身讓我進門，我在骯髒的沙發上放下行李，深深在他面前嘆了口氣，彎腰揉了揉疲憊不堪的臉。他沒有問任何問題，走到廚房從冰箱中取了瓶啤酒丟給我。就這樣坐在我對面微笑地搖了搖頭；我永遠記得那笑容擁有的暖度，就像家人般親密的暖寵與溺愛：

「不要緊，什麼都不用說嘍，好好休息吧。」

A就這樣輕易地融化了我們之間的距離，彼此的相處自動進階到再熟稔不過的家人。那時他正在夜店當酒保，所以晚上都不在，卻大方地打了把鑰匙給我，方便翹家的我自由進出。

「喂，該吃飯了，我幫妳帶了雞腿便當。」

「欸，妳應該去洗澡了，有買新的大條浴巾，熱水也幫妳準備好了！」

「我想妳是不是缺什麼東西？待會上街去買。」

「妳應該穿新的拖鞋。天氣變冷了，現在不是很流行那種有毛的拖鞋！」

「我們晚點去吃宵夜。」

A對待我的方式永遠都是肯定句，而我也從未跟他說不；因為那些都是我或許需要，也或許不需要——根本無妨——因為我從經驗裏得知：從A那裏衍生出來的，至少都是好的。

我們就維持這樣奇怪卻又毫無隔閡的家人關係一陣子，直到A某天與老闆爭執，氣憤地當下辭職不幹酒保，對我宣稱他不想工作之後；那時我上完課就回他家，輪我幫他帶便當——時間繼續空轉運作，一切尋常。

直到某天夜裏，我被個噩夢給驚嚇醒。夢境異常清晰：

夢的一開始，我和許久不見的家人：父母親、哥哥，還有我，一同出現在一棟破舊但高聳的大樓外。天光很亮，如同夏日午後的金黃陽光曬得我瞇起雙眼，淚眼朦朧地盯著四周景色。爬上幾階樓梯便是個大型傳統混合市場：雞鴨魚肉與新鮮蔬果攤子、五金器材行、蒸籠器具類、裁縫鈕扣與訂作衣服、北方包子麵食、臘肉肉鬆乾糧、舶來品餅乾糖果；還有許多眼花撩亂的各式攤子。

沉寂的一家子，旁邊的父親突然側身指著大樓上方，說是聽朋友提過這棟大樓的三樓有名算命大師，相當靈驗，他想要上去卜一卜明年流年（然而真實生活中，父親是不算命的），我們另外三人點點頭，母親說那我就帶孩子們進去逛市場等你吧，接著，我們就走進了那寬敞龐大如迷宮的市場。

我們一進入市場中，母親與哥哥同時開口問我幾點了？我抬起左手手腕：

「下午一點二十四分。」——（夢境中的手錶竟變成小時候的卡通手錶）

「唉呀！我要看〈搶救雷恩大兵〉[2]！」母親突然誇張地捂嘴驚呼。

「對對對！HBO一點半有播，我也要看！」哥哥在旁邊大聲附和著。

「所以？」我看著眼前兩個誇張的表情疑惑了。

於是他們像串通好似地口徑一致，說是要隨便找一家有電視的攤子站著看，差遣我去替他們買午餐蚵仔煎（我還記得母親吩咐我蚵仔煎不要焦，紅色添有色素的醬料不要太多，不要香菜），我點頭轉身望向龐雜的市場，霎時，空間與時間倒置的錯亂感嚴重地襲擊我。

放眼望去，眾多聲音與顏色紛飛在感官上層，好似一層油浮晃在水平面上；不安定的大分子不停碰撞，激濺起的油光滿溢四處，浮躁感逐漸由心底層層浮昇跳躍，不斷打滑我底下倉卒卻遲疑的步伐；販賣吃食的攤子究竟在哪？身處在紛亂的迷宮中心，我勉強閉上眼，用唯一僅剩還靈敏的嗅覺。

沒有辦法了，瞇起眼睛跟從原始的本能行走吧。隱約的食物香氣指引我走到市場最左邊，睜開眼睛，我倒吸了好大一口氣：

沒有任何攤子。

首先，我看見一雙可任意刺穿事物的銳利眼神，鑲嵌在黝黑的瞳孔中，接著，是一叢叢密實繁雜的棕黑色長毛，從粗大的毛孔中綻放而出；盔甲似長滿硬繭般噁心的綠色皮膚、熱帶國家奔放囂張的炙豔大紅，還有各種說不出來，奇怪的、無法形容的大型野生動物，滿滿地併坐環繞在身旁。珍奇異獸所吐出的氣體細膩地猶如蟬嘶蟲鳴，所圈圍出的界線竟混合了無比遼闊的天地，與綿密細緻的溫柔情調，像一座踏入後無力離去的南方憂傷小鎮。

我顫抖不已，面對著一隻隻不同的紅毛猩猩、蜥蜴、金剛鸚鵡、巨龜、體積還小的獅子大象，以及各種從不曾近距離看過的野生動物，打起無法抑制的冷顫。牠們的模樣，還有直視前方的專注眼神絲毫不讓人畏懼，甚至讓人感到悲憫與感傷（出現在市場中的動物，不會有好下場的），而在那一刻竟十分清楚；我深深感到害怕的是置身於牠們背後，無比幽黯的命運深處，那隱晦模糊且逐漸緩慢推向真實感的死亡，成為一盤盤美味佳餚的巨大暴力與侵蝕，在那瞬間全化作狂風巨浪般地推向我，環環包圍；牠們用牠們現在也觸摸不到的未知驚懼，一一從無邪的眼神向我展現牠們未來的命運雛型。

沒有比這個更讓人感到恐怖了。

被碩大卻提前到來的死亡氣息圍剿，我簡直喘不過氣來，只能不斷地後退、再後退，最後我感覺慌亂的雙腳堵到一座堅實小山，便倉皇地跌坐到地上。

當我暈頭轉向地坐起身，看見一隻巨大無比的灰色河馬，大嘴巴咬著我被死亡圍堵在中央時所遺落的書本與資料；牠略抬頭見我沒有動作，便溫馴地向前用書本推了推我，要我把東西拿回。我伸手取，把東西放在地上，再伸手去撫摸牠，而牠的動作竟像狗一樣撒嬌，用額頭頻頻頂著我的手掌；潮濕如密實海綿的肌膚充滿柔韌的彈性，還有種屬於陌生雨林國度的騷動氣味。等我縮回手準備站起身離去，原本挺直的牠，居然也學我的姿勢一般正襟危坐，接著重複剛剛的動作一樣，伸出碩大的前掌撫摸我的頭……

「怎麼了？喔，撒嬌啊……」

從夢中驚醒過來的我，突然聽見A的呢喃聲在耳邊響起。睜開眼睛，發現他挺直屈身跪在床邊，溼熱的右手手指正輕快地移動在我的頸脖之間。

我不可思議地盯著A。在黑暗的房間裏沒有任何聲音，只有我因驚訝而呼吸逐漸加快且粗糙了起來。我不敢移動，一邊忍受著古怪的搔癢不笑出來，一邊竭力地想看清楚他的臉。後來發現A雙眼緊閉呼吸均勻，從說話的語調與反覆性的撫摸，證實了A在夢遊，而熟睡的他正進行著熟稔不過的下意識動作：這些在記憶與印象中，真實發生與想像過無數次的欲求動作。

我在一片碩大的靜默與難堪中強忍住想要尖叫的衝動，把自己的毛細孔全綻放開來仔細感受，感受一起生活多日的A此時正在做什麼?!於是，在好幾次的重複動作之下，我逐漸發覺那幾塊被A觸摸的皮膚正本能性地褪退它們的敏感度，放鬆之餘，皆任由它們順從所有細微的觸感；我漸漸由物理性的本質體悟到A游移在臉頰、下巴、頸子、髮際縫隙的手指頭，絲毫不帶任何情感與思緒，所有的觸碰只憑著記憶本能的直覺反應與動作。

此刻，他對待我的態度異常古怪，滴答、滴答時間拉長，讓我無端地記起家裏曾養過的每一隻狗，而迅速回溯到那豢養的當下景象。那些記憶不但沒有模糊，此刻奇異地、更加深刻地能感受到每隻狗的快樂源頭：不同個體卻深切的本能喜悅，正從每個撫摸的深層毛孔底下，竄發出溫暖的熱度。

我恍然大悟：原來A一直無條件地對我好，沒有別的意圖，只因為他把我當狗一樣豢養。對待人你會有所期待與埋伏各種一觸即發，亦或熱烈翻湧，即使淡漠厭惡的情緒都好……對狗則不用也沒有——因為牠只是一隻狗，一隻動物，一隻需要你撫摸與記得飼養的寵物。

「學長！學長你在做什麼！」

「魯比乖，魯比好乖，拔拔明天買好吃的罐頭……」

魯比，什麼魯比？我呼吸急促了起來。

我慢慢記起來了。A曾跟我提過他從小養到大的小型杜賓犬魯比，他從小養牠到十二歲時，魯比死於慢性心絲蟲症——他最鍾愛的狗死狀卻悽慘無比——他跟我說獸醫剖開取出的心臟上，全布滿了血紅色大小不一的蛆蟲；大家貪婪地緊緊附著心臟上，大口大口地吸著裏頭的內容物。

魯比死時，A傷心欲絕，像死掉一個親人般痛不欲生。

「我根本無法讓魯比離開我，所以我把牠的屍體做成標本，連同那顆充滿血蛆的心臟一起，兩者就放在我老家的房間書櫃中，這樣它們就成為永恆了。」

幹！去你媽的！

當我終於明瞭眼前這個人，這段時間以來原來只是如此想像我，或我與他之間的關係——只是他豢養的一條狗而已——我不禁渾身顫抖，臉頰發燙地翻身躍起，用力地甩了他一巴掌。

「妳幹什麼打我啊？」

我冷冷地看著終於張開的雙眼。眼睛裏布滿血絲，除此，那裏頭空無一物。我沉默出神地盯著那空曠無比的瞳孔，憤怒的情緒竟漸漸轉成哀傷，碩大的傷感從那空乏的洞穴中不斷汩汩流出。沒有別的，我明白他不是故意這樣對我的；於A而言，最真切的情感僅止會用在自己豢養的動物身上。

回想A曾跟我提及那支離破碎的成長過程，從原生家庭裏只貧乏學習到如何對待與寵溺動物，沒有機會也無從面對活生生的人的愛——沒有任何可供他成長與記憶的相關情感，對此他束手無策：A不會愛人，不會愛一個活生生且與他相同，充滿日常氣息的另外一個人。

我開始哭了起來。

當然，在傷心欲絕的當下，我仍非常明白自己也從未愛過他。我愛他但不是那種男女之間難分難捨的情感，面對居住於同個屋簷下的A，我把他當成家人之外沒有別的想像。當時我失聲痛哭只因為自己竟要洞徹這悲傷的真相感到痛苦；如果可以，我寧願永遠都不要懂與了解。

事實太過殘忍，而我們對它總是必須包容與寬待。然後，再回過頭逼迫自己去適應和與之相處愉快。

「對不起！我不是……我也不知道自己為什麼會這樣……」

那張我熟悉不過，時常沒有表情的A，第一次流露出明顯的哀淒神色，那令我動容，令那原本就盤旋在內心底部的悲傷更加巨大遼闊。

不要再說了。我伸出手指頭向A示意要他安靜，不要跟我說話，然後起身收拾行李，離開他家，回到久違的自己的家。

從此，我就沒有，也不讓自己再見到這個人了。

「不會愛人」這個空洞是會傳染的。我離開只是因為我明瞭這個真理。

於是，我又不得不回到原來生活的軌道：那個遺棄又回身去尋回的家。與其說家，不如說是自己；找回我自己放棄又不得不正視，那個最矛盾又可悲的自我。

回到原來的話題吧——那幅傳說中的〈**澎湖夜曲**〉究竟從哪裏出現？又是以什麼方式結束那整間如鬧劇般的阿里山觀光勝地？

這簡直就像某個小說或電影的開頭：「**大家都知道那個人死了，可是知道的死法都不一樣。**」

多年前，龐然巨獸空降進駐淳樸小鎮，當地居民先從許久的愕然發愣、終於回神、產生好奇、疑惑打探、回家盤算、決心搶購……

一開始，觀光區果然如預期般地引起相當龐大的轟動，所有居民皆一致認為這絕對會替阿里山帶來更多商機，並且甚至替阿里山開發從未想過的部分；於是，大家像發瘋般地，在觀光區建好不久，一開放對外標價租賃時，僅只一個星期的短短時間，全部攤位全滿，而候補名單將近上百。

盛況空前。

當時我年紀還小，對這勝地的印象泥濘不堪，就如前頭所描述的，好一陣子混濁溶解在觀光中國大陸的禮品部記憶裏；從深處打撈出來的確花了許多時間，但關於此區，只有一個地方異軍凸起，絲毫不沾染任何粒子地獨立在腦海中發光。

E區表演舞臺前的公布欄寫著：「阿忠馬戲團」。

夜晚九點整，所有人都集中在舞臺下方仰頭等待。

這是我第一次看見馬戲團。燈光漸漸黯淡下來，我聽見自己震耳欲聾的心跳聲……突然有人尖叫驚呼：從右邊上空已牽好的發亮絲線，上頭有個人把雙臂交叉於胸前，裝扮成小丑模樣，雙腿順暢地跨騎著單輪，從頂端一路滑到舞臺中央，像天使閃著光芒來到人間般地，大家抓狂地拍手叫好！

接著，就是一連串目不暇給的魔術與特技表演。我不想花力氣形容，現在想起來當然無法與世界級的太陽劇團相比，然而阿忠馬戲團所帶來的絢爛刺目，以及震撼人心的刺激感，現在想起來卻毫無特色。我無法說曾經為他們心跳加速是虛假的，但是他們沒有任何時代意義；整場表演左添右加了所有元素，表演的水準也相當不齊，大鍋雜菜的讓我後來味覺嚴重麻痺，甚至感到厭煩無比。

直到接近尾聲的一場表演，才足以讓這個原本注定要被淹沒消逝的記憶，鮮活起來。

一段腹語秀表演結束，接著暗黑的舞臺中央亮起一盞燈，上面已經站好了一個年紀大約三十出頭的男人。

那男人亂七八糟的蓬鬆頭髮遮住了額頭，光線下像株盛開卻骯髒的盆栽；只套件普通發皺的白色汗衫、卡其短褲，打著赤腳直挺挺地站在舞臺中央。接著，他四肢擺動，開始做些很簡單，基本到不行的動作，比方：彎腰撿東西、走路、回頭、敬禮、假裝吃東西，還有跳起來與原地踏步的日常。

觀眾先為之愕然……接著，誇張哄堂大笑。

靠近我的一個綁著包頭的婦人，居然笑到把嘴裏的糖噴向舞臺，還有些人把口袋的紙屑、手中的水果果核扔出，不停用手指著舞臺繼續彎腰大笑。我想全場沒有笑的，只有我，我甚至眼眶還泛出了淚……我突然感覺四周喧囂的聲音頓時淨空，此時真的好想衝上舞臺，握緊他的手，陪他一起忍受大家的嘲笑。

那男人不是小丑，是一個智障。

而大家的嘲笑是：正常人在做基本動作是俐落順暢的，但是當腦子有問題的人來做這些動作就很不同；由於他們腦中的協調感失去平衡，始終有些地方傾斜或失焦，所以看起來一定有某程度上的古怪滑稽，還包括表情上的麻痺痴呆，無法理解自己為什麼一直跌倒，或始終套不上襯衫的無助疑惑……而這些、那些，在舞臺上便扭曲成意外笑點與特殊節目。

我沒有看完全部，在大家已開始向舞臺丟擲鋁罐時，便毅然轉身，努力擠出人群。

那台漆了「阿忠馬戲團」的大型貨車，就停在二姑丈準備載我們下山回飯店的車子旁。

我把雙手插進口袋，低頭專注繞著車子，交叉用雙腳互踢底下的石子，心裏感覺相當沉重。我不曉得要怎麼化解這樣的不舒服，就像吞嚥了一個噁心的食物，整個腸胃與胸腔，現在全塞滿了說不出的難受。

剛剛的影像，一幕幕鮮明地在腦海中重播，等待家人全部來這裏的時間（他們找不到哥哥。我媽說他根本不想回飯店，那裏好玩到他想整夜待在那，所以親戚們全部動員在找他），我的頭腦簡直即將爆炸地無法控制：不斷、不斷地把自己拉回那一幕幕的慘不忍睹。

我從小便是如此：無法眼睜睜面對任何人難堪的場面。有人形容為同理心，但是我想自己沒那麼偉大纖細，只是很單純的在發生難堪的當下，能夠完全體會對方的心情，就好像發生在自己身上——所有羞愧夾雜著憤怒與悲傷——那樣異常混濁與抽象的什麼，甚至是黝黑不堪的，我就是可以很明確地在瞬間捕捉到它的形狀。所以如果可以，只要我在場，我絕對一定會出手幫助那不管認識或不認識的，正在發生難堪的那個人。

當時我還小，對於自我的認知還沒有如此明確，只感覺無法承受，無法眼睜睜面對別人的難堪，可是這已經確切發生了，當這影像已變成再清晰不過的記憶時，就像身上剛結好痂的傷口，明明知道不能去抓與碰，但就是會忍不住想去抓癢弄傷——就是忍耐不了無法抑制，下意識地瘋狂去觸碰與回想。

短短幾分鐘的時間，我感覺自己頭都要炸開了。

「小妹妹，妳怎麼一個人在這裏？」

我回過頭，居然看見腦海中讓我快要瘋掉的智障，站在「阿忠馬戲團」貨車旁，身邊摟著一個高個子，穿著極短迷你裙的辣妹，正對我擠眉弄眼的。

要不是我對他印象深刻，否則無法想像是同一個人：卸下所有難堪記憶，他現在正套了件熨燙好的條紋襯衫、黑色西裝褲、嶄新的漆皮皮鞋；那蓬鬆的骯髒盆栽已不復見，現在抓好的流線髮型，在風中不會移動一絲一毫；嘴角微笑的弧度恰到好處，根本就像在鏡子前測試模擬過，如何討人歡心的標準笑容。他的眼神猶疑，模樣狡猾，氣質像個皮條客般油腔滑調。

「會不會是走丟的啊……你不要鬧她，她媽媽應該很著急吧！」他身旁的辣妹搭腔，然後走過來蹲下，輕聲細語地問我的名字，以及我的父母在哪。

我什麼都不想說，只是仰頭繼續盯著那個智障看。

「拜託，講個話又不會死！況且又是長那麼可愛的妹妹。來！大哥哥變魔術給妳看！」

智障把那位辣妹推開，蹲到剛剛她蹲的位置。我沒有出聲，睜大眼睛直直地瞪著他。他沒有發現我灼燙且異常的目光，很熱心地從西裝褲口袋中掏出一條花色手帕，在我面前晃呀晃著……接著從手帕中央，突然冒出一朵花瓣綻放、色彩俗麗的豔紅塑膠花。

「妳……！」

此時，我的家人們走來車子邊。我順從地坐上了車，然後在車子未發動前，搖開右邊的車窗，把剛搶過來一口接一口嚼進嘴裏，粗糙如砂紙般的的塑膠花瓣，全用力吐到智障的身上：

你他媽的王八蛋……我操你媽的祖宗十八代！幹！

停損點。

「最新焦點消息：臺灣膠彩協會會長白逢生先生，於一九八〇年完成名為〈澎湖夜曲〉的五十號膠彩畫作，目前傳出在家中遭到偷竊的消息。

此畫作之前皆曾在臺中、高雄與臺北美術館公開展覽，之後則長年掛在家中的書房牆上，於今日發現遭到偷竊。但由於這位雅賊小偷竄開書房離畫最近的窗戶，僅只偷走此畫。目標明確、手法乾淨俐落，白氏公寓沒有其他地方遭到破壞；又由於白先生與其家人甚少進入掛畫的書房，所以真正遭竊的時間並不確定。

白先生最後表示，那幅畫對他個人極俱特殊意義，為唯一的非賣品，呼籲偷走此畫的人請盡早歸還。而警方這邊表示相當重視此竊案，已調動所有警力全面搜查中。」

坐在電視機前面的母親，突然像瘋了一樣尖叫起來。

我驚駭地從房間跑出來看著她，只見她從沙發上霍地彈跳起來，腳步倉卒地邊走向房間，邊喊著父親的名字。母親激動地說那幅畫一公布在螢幕上，她的腦海馬上就浮出清楚的印象：失竊的〈澎湖夜曲〉現在正掛在二姑丈與姑媽所經營的阿里山觀光勝地，裏頭B區百貨公司頂樓的大廳角落牆上。

當時母親在二姑媽的陪伴下，一起從A區逛起，直到走到B區頂樓時，母親說百貨裏頭的主管出來和二姑媽討論公事，所以母親就一個人在頂樓到處亂逛。她說當時發現那幅就掛在廁所前的畫作的情況是：並不是先看見那幅畫的。

「那是一個非常奇怪，年紀大約五十多歲，身型嬌小，把頭髮俐落地挽在後方的女人。雖然妝容完整，仍遮掩不了風霜的老態；微皺眉頭的模樣則略顯神經質，穿著打扮亮麗奢華，頸子上垂掛了兩條顏色不同的珍珠項鍊，棕黃色的貂皮大衣讓纖細的身型顯得氣派。女人正站在廁所與畫作中間，一臉靜肅地盯著那幅畫看。」

「那是誰？妳當時沒問二姊？」

母親搖搖頭，擺手要父親繼續聽她說。

當時大約下午四點多，橘黃色的陽光從百貨頂樓的落地窗斜射進來，我就站在頂樓大廳中央，呆滯地望著那女人發光的側臉；深刻崎嶇的歲月凹痕被光線吞噬，留下了極為簡約的臉蛋弧度，而透過光的折射，所反映出她把牆上的畫給深深望進靈魂的模樣，簡直就像一個歷盡風霜又光芒萬丈的天使。

當時，母親被她所散發出極濃烈的肅穆感給震驚的無法動彈。

「那是突然看見什麼奇怪的風景，或見到讓人詫異的大人物之類的氛圍……我不曉得怎麼形容……就像近距離地感受到一個人竭盡自己所散發出，她這個人內在的一切情緒。」

陽光顏色逐漸變深變濃，漸漸往下拉長移動直至消失。兩人在夕陽還殘存的光景內彼此靜默，互相保持距離地只是凝視與思考自己瞳孔中所印上的人與畫。

這是仿畫……他媽的這幅畫抄襲別人的畫！

什麼？妳在說什麼？

等到人工光線平板蒼白地一盞盞從前頭賣場亮起，那女人突然轉過身，用力仰頭用極為淒厲的聲音尖喊：

他抄襲！這畫家抄襲別人的畫……他不要臉，他是爛人……

等到四個全副武裝的保全人員從電梯裏衝出，一起迅速地把已崩潰抓狂的女人往電梯裏拖，母親已聽完了所有顛三倒四、亂七八糟的話語。

婦人在這短暫的時間裏，舌頭裝了超級彈簧般地，急速迸發出許多清晰卻不規則的辭彙與句子：

「我過世的丈夫是個不得志的畫家／潮濕又常常下雨的季節裏要敏銳地一邊畫畫一邊躲著屋頂漏水／敗壞的畫布會發出一種像動物屍體參雜麝香的氣味／我從來沒有真正發自內心微笑過／一起努力的目標在喝酒後就很容易放棄／有一天太冷了我把書全都燒掉用來取暖／我的丈夫是個爛人，我們很相配因為我是賤人／『哈哈哈』這種開心的字眼筆劃都很少／我討厭別人用悲憫的眼神打量我／很多時刻只是短暫又不真實的幾秒鐘／人生是狗屎／我也討厭自己／他感覺自己畫不好就把畫撕毀／拿頭用力撞向牆壁血流滿面／他最後不愛畫畫只愛酗酒與打我／有一天心血來潮把院子裏的花草全都踩爛／丈夫與他跟隨同一個膠彩畫老師，在一個隱密的鄉下小屋瓦屋拚命的畫畫／老師養的那隻狼狗托托曾經咬過他的大腿／他們兩人從小就把對方當成最好的朋友與對手……」

母親傻住了。她愣愣盯著不斷開闔變化、上下移動發出破碎語言的嘴巴：

「我在五年前曾拿下全球性的大獎／我們的婚禮他也有到場／我不喜歡吃筵席上的任何東西／他第一次來我們家，就說喜歡這張掛在客廳牆上的〈澎湖夜曲〉／報紙上寫了年輕畫家酗酒肝硬化過世，享年三十六歲；才佔報紙小小一個角落／死後他的畫全賣光／真他媽的有夠精采／沒有小孩當然也就沒有未來／喔，你說你的身體也不太好是嗎／最後有個買家說曾見過〈澎湖夜曲〉，他願意出一百萬台幣買下／從此我就瘋瘋癲癲了／那張畫在哪裏在哪裏在哪裏究竟在哪裏／原來畫被他偷去臨摹，嘖嘖嘖還真是像得不得了……」

我的母親說語句在電梯送上高大的保全人員時，瞬間愕然終止。叨絮的詞句串成一條彩色斑斕的珍珠項鍊，婦人用一種未曾見過的惶恐眼神瞪著母親，然後在被抓進電梯與門即將闔上前，伸手把項鍊戴到母親的頸子上。

「不可能！！大哥絕對不可能做這種事！」父親脖子粗紅地大聲吼叫著。

「我當然知道……只是看見新聞突然想到這件事……〈澎湖夜曲〉真的不見了嗎？」

父親馬上奔去客廳打了幾通電話，對著話筒嗯嗯啊啊了一會。

「二姊已經向大哥坦承畫現在在阿里山那……大哥超憤怒的暴跳如雷，說現在馬上搭夜車趕去嘉義！」

程瑛秀，為臺灣早期有名的女創作詩人，出版超過十本詩集，是臺灣文壇重要的女詩人之一，詩集更曾獲得全球性大獎。於二十五歲嫁給畫家陳毅之後創作量大減，謠傳與夫妻兩人感情不睦有關，據說陳毅的酗酒與對感情不忠是爭執的最大因素。

女詩人的精神狀態在婚後一年比一年差，傳聞於婚後八年多後精神失常，常常滿身酒味地倒在街頭被人發現，曾長年住院治療。

三十六歲的畫家陳毅心肌梗塞過世，女詩人就此失蹤，後來於陳毅所附屬的畫廊準備在蘇富比拍賣會，賣出畫家所有的畫作中出現。精神看起來比之前好，所有畫作因陳毅的逝世換來高價的拍賣金額，除了負債還清，也讓詩人之後的生活較為優渥。

但是傳說中，陳毅自己最滿意，名為〈澎湖夜曲〉的五十號膠彩畫作，未現身於此拍賣會上。當拍賣會結束，所有人幾乎快散光時，女詩人突然從後面衝出來大喊：

「〈澎湖夜曲〉失蹤了……那幅畫呢？我老公最愛的那幅畫呢？」

銷聲匿跡。新聞曾大篇幅報導〈澎湖夜曲〉失蹤的消息，不見的畫作則順理成章地變成一個傳奇。

畫作最後由二姑媽與姑丈火速送回大伯父家，新聞則順從地採取是無名小偷自己送回畫作。最外層的風波平息，而其他家務事——白氏家族把大門關上自己解決。

據說二姑媽與姑丈根本不知道這幅遺失的傳奇畫就掛在頂樓，而負責B區百貨的整體空間設計師被約談時，經過長時間的威脅利誘，才終於鬆口坦承自己在許久以前曾對此畫驚鴻一瞥，真的非常、非常喜歡。一年多前與姑丈他們一起拜訪大伯父時，意外發現失蹤的畫作原來就在二樓的書房牆上，便找來專業的小偷竊取。

真跡目前藏在家中。擺設與懸掛於觀光區的，則是他請人臨摹的複製畫。

後來設計師歸還真跡，大伯父則主動約了母親那時見到的貴婦，也就是女詩人程瑛秀；兩人祕密獨自談了許久。然而，談完後，詩人並沒有激烈地要回〈澎湖夜曲〉，那幅畫現在仍安然穩靜地掛在原來的書房牆上。

那是陳毅在自己後期潦倒，而老婆又因精神異常住院，狀況最不好的時候，約了自己終生視為好友與敵人雙重身分的伯父詳談。

陳毅對於自己始終未受畫壇重視感到憤恨不平，也因此嫉妒與怨恨早年成名的伯父。兩人於那次見面之前，已有多年皆未有任何來往。

但他知道自己已走到生命盡頭時，便終於放下背負多年的心結，在談話最後，決定把自己最愛的畫〈澎湖夜曲〉送給大伯；而大伯在感動之餘，跟他交換了也是自己最滿意的畫作〈母子圖〉。

所以，等於最後在蘇富比拍賣會上，以最高價拍賣出的〈母子圖〉，其實是大伯父的真跡。

這件事後來在白氏家族中傳了開來。當時除了當事人以外沒有人知道。因為除了他們自己，還有兩人共同師承的老師之外，兩人的畫風甚少人分辨得出；然而，這就是陳毅為什麼始終憎恨伯父——只因他年紀較小所以出道較晚，畫壇的原則永遠如此：只需要一個特殊的奇蹟，第二個的出現，則變為全然一文不值。

就連〈澎湖夜曲〉在B區百貨的頂樓，我們都不知道？到底還有什麼是我們不知道的？

想到這裏，二姑丈與姑媽面面相覷，各自打了個寒顫。

就從這事件為開端，他們開始花許多心力在自己經營的阿里山觀光勝地，結果果然就如他們所最懼怕的：看起來像是生意興旺，人潮與錢潮滾滾而進，但是每個區域在管理與運作上，皆同時有很大的弊病缺洞。

原本只花時間跟各種人交際應酬的兩人，靜下心來把已開了一年多的觀光區收支作仔細的估算，才發現其實除了每區按時繳交的租賃金額——而那些錢剛好付光此地的租金——其實根本沒有任何進帳（所有不受管理的小攤，皆想盡辦法謀取自己的利益，拚命在帳目上動手腳），甚至在不知不覺中，已正在緩慢地侵蝕兩人之前所存的存款。

曇花一現的阿里山觀光勝地，發現問題不算太晚，但是解決實際問題卻又無能為力，當觀光勝地對外宣告從此倒掉關閉，二姑丈與姑媽的命運也跟隨這曇花一現，直到邁入晚年生活，始終都在維持生活上的收支平衡而痛苦不已。

＊＊＊

我記起那個下午走在街道的場景：招牌林立，人群雜匯，四處都是吵雜的聲響，各式各樣、毫無任何獨立拔尖的頻率，於是，就讓低沉齊一的煙漫過整座城市。我低頭看著底下一前一後交替的鞋尖，偶爾抬起頭來瞥一眼路況：陽光刺目，就像粗糙砂紙一樣用力摩擦過眼前景色，所有的立體感與應該有的縱深景觀，皆在強光中失去真實性，光線下的虛弱陰影，看起來反而變得比較可靠。

球鞋踩踏在柏油路以及磚瓦路上，擠挨過群聚的油臭人味，窸窣的腳步聲轉進巷弄顯得清晰，所有聲響迅速後退散開；突然，我的肩膀被人抓住，然後定在一間高聳但老舊的大樓前頭。

「唔，到了！妳小時候來過啊，忘了？」母親詢問我。

我沒有回答，抬頭望著大樓發愣。

哪些回憶？那麼多、那麼多的回憶，您要問的是哪個？喔，是關於這棟大樓的記憶是嗎？

大姑媽周遊列國回到臺灣時，總不忘給我們電話，全家四人會準時抵達她北投的溫泉大樓。這裏面不只有大姑媽，永遠塞滿許多人：二姑媽全家；姑媽姑丈、表姊、兩個表哥，六個人擠在一間坪數約只有十五坪大的日式建築套房中。

姑媽會把各式的禮物攤開在塌塌米上方。那些東西在印象裏，不知為什麼一直都顯得繽紛華麗地讓我異常垂涎：國內未曾見過，不同膚色著奇裝異服的芭比娃娃、包裝精緻的糖果餅乾、上方帶有不同動物飾品的自動鉛筆、整條發出亮粉的巧克力、用不同顏色軟棉毛茸茸物件包裝的吊飾、幾可逼真的大型動物玩偶、一整排塑膠或木製上漆的玩具兵團，以及讓我們大開眼界的，各種不知名的小玩具……

「你們兄妹兩自己選一樣吧。」

只能挑一樣。我每次到達北投姑媽家，從進去直到夜深準備回家的前一刻，其實下意識都在做一個動作：吞口水，下意識不斷、不斷地吞口水。我的目光根本無法離開那些亮晶晶的小東西，萬般艱辛地千挑萬選了一個自己最喜歡的小玩具，但其實還有好多、好多想要的，於是，我貪婪的眼神從頭到尾都沒有離開，整個死死地黏在每個東西上方……甚至好幾次回到家，我還會夢見自己擁有它們，開心地把玩它們。

我曾不止一次，深深、深深地嫉妒能夠擁有全部的表姊表哥們。他們不用陷入天人交戰的抉擇，他們不用只挑選一樣，他們從來都不用經歷這難熬的時光；只要姑媽從國外回來，行李箱打開的所有東西理所當然都是他們的；這在小時候的我的世界中，沒有什麼比這更讓人羨慕的事情了。

為什麼會差別那樣大？

長大後我才漸漸明白：大姑媽顛沛流離的愛情與婚姻，致使她終生獨身一人；然而她的妹妹二姑媽，自從與二姑丈經營阿里山觀光勝地徹底倒閉後，負債累累的他們便帶著孩子們投靠大姑媽。這樣說來，兩者的關係除了血濃於水的親情之外，彼此間也有互相取暖和各取所需的複雜關係：大姑媽不缺錢，但是她回來臺灣便需要陪伴她的人，以及活生生、暖烘烘的日常氣味——各種讓她有「活著」的鮮明生命力；而二姑媽完整的家庭，的確可以全然地供給她這部分。

而放眼二姑媽全家當下的問題是：目前迫切需要的錢與住所——這個則是大姑媽最不缺乏，甚至是人生最富裕的一環。

彼此既狡猾又務實不過了。於是，兩姊妹就這麼互相供給了大半輩子，整整大半輩子——這變成一種常態存在，一個根深蒂固在白氏家族每個人的認知中：

這兩姊妹是一家人，是永恆地住與綁在一起的一家子。

表哥與表姊們，很久以前都已稱呼大姑媽為「乾媽」。

「這家子」相安無事了大半輩子，直到驚世駭俗的大姑媽在她六十歲那年，突地猛爆出一個簡直可以上新聞頭條的大事件；她與二姑媽維持長久的平衡，才開始發生劇烈變化。

大姑媽後來因為二伯父的過世，發現自己根本無法從死亡的陰影走出；這的確是段非常難熬的時光。我記得她時常在淩晨打電話給父親，然後用即使不站在電話旁也聽得到的異常音量，淒厲地嚎哭尖叫她有多麼想死，有多麼痛不欲生。後來大姑媽增添了幾次自殺未遂的紀錄後，束手無策的二姑媽只好把她送進醫院。

而住院了幾個月，出院的她瘦了一大圈，整個人比以往平靜許多。

比較怪異的是，她一改以往高傲的態度，九十度鞠躬跟所有親戚道歉：這陣子真是麻煩您們了噢！我想我最近一個人獨自出國去散散心好了，醫生也說這樣對我的病情會有很大的幫助。當時我們當然很開心，於是大姑媽就順理成章地搭上飛機，無聲無息了兩年。

在這之中，時光依舊運作，時間繼續侵蝕：潮濕的五月雨季、河流邊緣的石塊沖刷、人們日益膨脹的各式情緒、焚化紛飛的細微粒子、神色憂傷的城市邊界線、天門敞開與關闔上、小鎮靜悄悄地融化影子、疾風闔上眼睛……

兩年後的某一天，大姑媽用熟悉的高分貝音量在電話裏宣布：「**我談戀愛了！**」

「大姊……大姊她……」父親拿話筒的手不住地顫抖。

「我聽到了。」母親點點頭，沉靜地把手按在父親的手背上，接過話筒把電話掛上。

大姑媽這兩年無聲無息地待在柬埔寨旅行散心，就在回國的前兩個月，意外地認識了一個比我還小的柬埔寨男孩（據說那年才剛滿二十五歲），進而談起了戀愛。過程全家族沒人了解，只知道這樣的戀情結局沒有例外——男孩並不特別（他絕對不會是萬中選一那莒哈絲的楊）[3]，他的目的跟大多數的男小女大的戀情一樣：金錢交易。

母親告訴我，大姑媽所有龐大的積蓄，非常迅速地在一轉眼間，全敗在這男孩身上。

「新店市經營卡拉OK店的五十一歲婦人趙琇花，與小她卅一歲的十八歲男學生鄭玉輝的『老少配』戀情曝光以來，其發展受到媒體高度的注意：從最初兩人交往被媒體披露後，坊間雜誌又專訪報導、一直到小鄭家人的激烈反對，成了公眾人物後，莉莉卡拉OK店被砸，進而查封，到莉莉當眾割腕自殺引起大眾關注，又雙雙應邀上電視台的綜藝節目；一直到兩人賣起魚丸，甚至目前戀情生變等等。原是一樁毫無新聞價值，被小鄭家長視為『不倫之戀』的戀情，經媒體報導後，像極一齣八點檔的肥皂劇，雖沒有意義，卻始終吸引著眾人的目光。」

社會新聞裏第一則最轟動的姊弟戀：小鄭與莉莉（據說後來還有日本電視臺特地拿此故事改編拍成電視劇）。

我不曉得這樣的老少配結果是不是就只有一種——換個說法好了，至少這樣的老少配結局我只看過一種：年輕的男方把年老色衰的女方甩掉。我甚至在小鄭與莉莉的新聞鬧得最沸騰時，在一次去美髮店洗髮，隨意翻看八卦雜誌時，看見一則令我難以忘懷的悲傷八卦：

某綜藝節目為了娛樂效果，邀請這對戀人上節目，並請莉莉先到休息室與主持人們一起看著錄影機現場攝影（而錄影鏡頭的主角，當然是毫不知情，正在化妝間化妝準備上臺的小鄭），然後設計一位小模特兒故意去化妝間跟小鄭調情搭訕，並且跟他要電話，以此來測試他對莉莉是否忠貞不二……結果相當慘不忍睹；雜誌上寫著小模說不到幾句話，也只是擺個媚態而已，小鄭馬上自己開口要了電話。

莉莉當時根本等不到最後結果，立即臉色脹紅、從眼眶中暴出一連串淚水，從休息室衝出，奔到化妝室捶打小鄭。

無情的鏡頭漂浮在半空中一一記載下來。這些追打哭鬧變成慢動作，像經過電腦處理的變異畫面，那扭曲的五官和眼淚漫天飛花，如同一格格縮小解離的萬花筒。所有人哈哈大笑，把一切當成世紀笑話。

當時，甚至還有一個屬於他們的笑話：「為什麼莉莉跟小鄭在一起注定會辛苦？」因為「誰知盤中飧，『粒粒』皆辛苦」。

真的，真的好心酸呵。

大姑媽在敗光所有積蓄後，把金錢借調轉向親戚們；大家都曾經受過她的幫助，於是皆紛紛轉頭掏出自己的存款，樂意在她困難之際伸出援手，但是時間久了，尤其知道金錢終將流向一個私下討論皆用「骯髒噁心」這類詞彙形容的無底洞……之後大家都開始逃避大姑媽了。

電話不接、插頭拔光、宣稱全家出國度假噢、大姊我真的已經沒錢了、還有五個會的錢沒有繳、嗳，您有所不知孩子的學費還沒有下落、下個月有筆進帳一定第一個打給您、對了對了，他有提過但是他現在出門不在家……

大姑媽失蹤的那晚，據說是一個下大雨的黝黯夜色；回想起來，那是沒有人會想踏出門的極潮濕寒冷的冬季中期，嘩啦嘩啦的雨聲，密實覆蓋住正常思緒的齒輪運作：

「我的菸抽完了，去巷口買一包。」

「嗯。」二姑媽一家子眼睛直愣愣地盯著電視機。

「再見了。」

「嗯。」視線仍盯著閃動的螢幕。

就這樣，我的大姑媽到現在（快三年多了）仍音訊全無。

為此，白氏家族曾經開過不只一次的家族會議。所有的矛頭皆指向二姑媽的疏失大意，畢竟大姑媽為了柬埔寨男孩的反常，我們所有人皆深受其害，而分秒都在她身邊的妹妹不是應該多注意點？

這是多天經地義的事啊！

「好啊，你們全都怪我就好了！你們都不知道大姊她有多難照顧：每天都躲在房間看韓劇，連飯都不吃水也不喝，然後看完就哭……那哭聲淒厲得像殺豬一樣，我們全家沒有人睡得好……勸她她又發脾氣亂摔東西，不然就偷東西去典當，何時何地都在嘆氣……」

所有人沉重地盯著二姑媽突然抓狂，從座位中站起身，跨向餐廳的中央位置站著吼叫。

我冷冷地盯著她——簡直跟一隻粗鄙的野獸沒兩樣。

「常常跟我兒女們講些不三不四的話！問他們自己是不是很醜很老很多皺紋……記不記得以前她有多漂亮多美，以前有多少人捧著心追求她……還有一堆稀奇古怪的的愛情問題！拜託，搞得我兒女們都不知道怎麼辦……還有她每天都像遊魂在家裏晃蕩，大家都提心吊膽的；有時候還會在半夜，突然出現在每個人房門口，悠悠地說她想自殺，她真的好想死！」

屬於二姑媽那方家屬的姑丈、大表哥、二表哥、大表姊們，在二姑媽訴說這段之際，不住地點著頭。三人臉上皺眉撇嘴，共同露出極度嫌惡的表情。說著、說著，二姑媽崩潰般地倒地大哭了起來。

這是搏取同情的手段之一嗎？還是只要身為女人，自己心裏都清楚——只要在適切的時間點上哭泣崩潰（抑或演出哭泣崩潰的戲碼），一切難纏的問題都可以獲得解決，都不會繼續要求那最終的解釋？

後來其他人紛紛向前扶她起身，並且已軟化了原本強硬的聲調，開始安撫她時，我把雙手交叉放在胸前，站在最後方的角落冷冷地看著這可笑的一切。

此時，我腦中浮現出小時候那些輪廓與內容已模糊不清，但仍暈散出甜膩濃香的各式小玩具與吃食，漫天開花飛舞；它們在腦海中盤旋翻滾，散發著在現實中彷若還能嗅聞到的誘人香氣，造成一種置身天堂的錯覺與異境。

那麼這些呢？這些曾讓我年紀還小，卻早已悄悄意外地掀翻起內心底部：羨慕、嫉妒、貪婪、折磨、耽溺的各種，不應如此早熟卻提前顯現，還有與之並隨的掙扎感受，對物質的扭曲渴求……難道這就是我應該承受的嗎？

大姑媽對你們這家子的好呢？這絕對不是理所當然的，不是嗎？

這是再真實不過的愛了。大姑媽把你們當成自己的孩子在疼惜啊……為什麼當她晚年陷入無法言喻的痛苦之境，你們能夠給予她的，卻是如此粗糙的憤怒與煩躁，甚至是嫌棄與鄙視呢？

這是什麼樣的破爛感情啊？只要幾滴眼淚就可以原諒了嗎？

我感覺頓時整個血液衝向腦門，於是向前冒失地把親戚們撥開，然後用力抓住二姑媽肥厚的雙臂，重重搖晃並且高分貝地大吼：

「妳告訴我，妳告訴我啊，妳的心究竟是什麼作成的？」

所有人先愣了好幾秒，然後湧上試圖把我的雙手從二姑媽身上拉開時，他們驚訝地發現，原來我的力氣早已超乎他們想像的大上許多。最後，在我於情緒過大的強烈衝擊，於是空氣逐漸稀薄即將暈眩的前幾秒……我記得我用最後的力氣，當著白氏家族全部的人尖叫：

你他媽的狼心狗肺！一定是你們殺了大姑媽對不對！

事隔多年，當我靜下心來再回過頭看，由黏稠混亂的基底所打造的白氏家族故事，其實並不是某種奇幻式的寓言魔術或者神諭之夜。老天爺的確非常公平，祂什麼都沒有分配給白氏家族，甚至讓爺爺與奶奶早年過世，讓此家族沒有任何庇護；老天爺只讓這家族的每一個人，擁有一條堅強剛毅的命。

如果說，母親那裏代表神界魔道與異次元，各式稀有、光怪陸離的迷幻之音，調光黝黯；在阿嬤家，在太陽宮神壇的結界裏，眼前無形的命運觀景立體分明，但自身的形體卻總感到越形單薄地如蟬翼，如陰影，如無法觸摸嗅聞的一種龐雜，並且充滿黏稠漿汁觸鬚的，幻夢事景。

而父親那邊則全然相反：真實世界的顯影，確實一點一滴由白氏家族的每一個人，逐字逐句地拼湊而成。他們創造出屬於他們的語言，他們打造自己的國度與律法；儘管很多銜接處是那樣不甚高明，剩下許多可笑的斷肢殘骸或漂浮半空中的影子，但是整體仍顯現一種由自體內腔噴射出的活躍生命力，的確是其他家族所望塵莫及的。

而我這座孤島，就像停在某座海洋生物館中央，堅實的透明玻璃鏡隧道內，望著上方與四周那些原本生活於數萬呎深海底下的稀有魚群。牠們被捕捉至此，於是維持原有的美麗，但面無表情且冰冷地演繹著時間於牠們身上所產生的變化。

在每回我深沉的凝望中，世界便悄然閉緊嘴巴，疾風闔上眼眸。

永遠如此，有圖為證。

命運早已在我們毫無知覺中，設下多方重疊與歪斜複製的迷宮，引誘我們入內；想到這裏，我突然像一隻蹲踞在黝黑森林的貓頭鷹，因為站在最深也最遙遠的位置觀看，任由瞳孔裏虹膜的受光能力移動變化，竟可以讓我望見更深藏在黯黑中的陰影刻度；所有的事情皆有關聯，環環相扣，如崎曲且凹折處甚多但終點永遠只有一個的迷宮；也像用手指一戳即破，欣喜與厭惡裏頭對我們的打賞小物，或許只是一小張的銘謝惠顧。

其實，生命這個課題我們都把它想得太過艱澀了，或許不過只是句「**謝謝惠顧，歡迎再來**」罷了。

編註：

1．法蘭西斯．培根（Francis Bacon）——英國畫家，生於愛爾蘭。畫風粗獷犀力，並且以同性戀、暴力、噩夢般的圖像著稱。

2．搶救雷恩大兵（*Saving Private Ryan*）——美國好萊塢經典戰爭影片之一，由史蒂芬．史匹柏（Steven Spielberg）執導，敘述在諾曼第登陸之役，一支八人小隊在槍林彈雨中尋救雷恩家唯一可能還生存在世的小兒子詹姆斯．雷恩。

3．莒哈絲的楊——莒哈絲（Marguerite Duras）為知名法國作家，被譽為二十世紀最有影響力的女作家之一。所創作的小說、劇本多次被改拍成電影。她在七十七歲時創作小說《情人》（1984，獲龔古爾文學獎），自述在六十六歲時遇見的法國大學生楊．安德烈亞（莒哈絲生命中的最後一個情人，一直陪她走完八十二歲的人生）。

二郎神的第三隻眼

——第四章

一條條不規則的形狀，
迅速先聚在一起，
凝結成一團團花色有序的紋路；
那些花紋在臉頰上仍呈直線排列，
使得姨婆的臉現在看起來，
像是聚積了一條又一條的小蛇。
牠們每條距離一致花紋統一，
像精密刺青般滿佈於原本樸素到無法留下任何印象的臉上。

「當我走在小鎮的路上，就應該要踏上人行道上——人行道上是紅色磚瓦鋪成的，不是柏油路那種……磚瓦磚瓦磚瓦（這地方她重複唸了三次），這樣我才不會被大車、小車、摩托車、腳踏車撞到；如果我走到平平、平平的柏油路上，就很容易給車子撞到，然後我就會變成一個跛子或者死翹翹。

當我走在小鎮的路上，就應該要踏在柏油路……不是紅色的磚瓦，不是柏油那種……」

她喃喃自語的聲音越來越小聲，最後夾帶不知所措的啜泣；沒有多久，連綿的聲線突然粗暴地往空間恣意擴充開來，具體的字句也打碎糊成抽象的吶喊，所有人無不慌張捂起耳朵望向她。坐在角落打盹的母親被驚嚇醒，從座位顫動跳起，熟練地伸手摘去她失控的原因（一定又是忘詞了），趕緊將那東西剔除，然後再重新排列後送回去。

雖然經過好幾次的忘詞，她早已喪失初端的興致，但因為沒事可做，於是很溫馴地把淚擦乾，繼續重頭開始。

多年前出嫁後便音訊全無的小阿姨，最後一次回到太陽宮時，身體已積累許多慢性疾病；而因肺病引發的氣喘，使她的胸腔嘎嘎作響，像一座壞掉而無法停止嗚咽的手風琴，也像從不知名的遠方傳來，越來越接近的憤怒咆哮。

母親仍清晰記得那天傍晚，小阿姨突然出現在家門口的情景。

時節已進入秋冬，她身上只套件骯髒如抹布的無袖洋裝，口腔連續著沙啞的喘息，兩手空蕩蕩地垂擺在身軀旁，什麼也沒說地站在門口發抖。儘管發現她時是如此讓人惶恐不安，然而，底下她拖曳的影子卻是那樣悄然、濃烈且靜靜地立在原地，彷若一座永恆挺直的路燈。

據說阿公一發現久違的小女兒，毫無遲疑動作迅速地把她接進屋內，先用厚重的棉被包裹，再煮了薑茶燉人參雞湯慢慢餵她，而同時間發現的阿嬤則什麼都沒做……全在一旁哭……她用手掌捂著口鼻不斷啜泣，然後在口中一直、一直謾罵著：

「造孽，造孽……真的是造孽啊！」

這是嘉義縣岸腳村眾所皆知的事：小阿姨不是阿嬤親生的。

民國五十九年農曆七月初，下了一場時日過久的豪雨。當時八掌溪的溪水暴漲，而家住鄰近溪邊的李進嬸剛坐滿月子，從窗外望出去看見上游漂來許多物品，鮮豔的點點小星悄悄夾雜在混濁的溪流中：她先看見一臺正撞擊旁邊石塊的紅色收音機、一座乳白色大理石的人型雕像（哇，沒穿衣服真是羞死人了！）、零星的小型塑膠座椅、還有眾多看不清楚，卻正載浮游晃在溪水中央的紛雜色塊。

原本只有泥沙的溪流，一瞬間卻密布了數不清、等待挖掘的寶藏。

李進嬸相當興奮，她離開窗口彎身把床底下的布袋拖出，約了她的大嫂兩人一起到溪邊撈拾。

當時李進嬸的確看見寶藏，而寶藏們會於厚實的溪流中顯露出來不是沒有道理——激動的大水還未停止，八掌溪此時正憤怒的翻騰攪動，從上游排山倒海地傾洩，轟然而下。過於心急的李進嬸一到了溪邊，在岸上甩開兩隻拖鞋後，視線便直勾勾地盯著寶藏看，一步步往它們的方向踏去。

越來越靠近了，越來越接近了噢，我就要得到它們了……

那些寶藏都會是我的了噢！直到最後，什麼淅瀝奔騰的水聲她都沒聽見，充斥聽覺的，只有自己因焦躁興奮而極碩大的心跳聲。

直到她走到自己伸手，似乎已可以觸摸到那臺卡在石塊的收音機，她從喉頭即將要迸發出興奮的吶喊時，再繼續往前的腳步突地懸空，底下被溪水掏盡的虛空泥地，使她連聲音都未來得及喊出，整個人就翻跌橫躺進水中，迅速被激烈的溪水往前帶，瞬間消失。

她膽小一直在岸邊觀望的大嫂，見到此景完全傻住了——這簡直就……就……就……她根本找不到形容詞可以形容。

怎麼回事？我的小姑呢？她剛剛，剛剛不是還在溪水中嗎？

過了好幾分鐘，那憑空斷掉的天線才猛然接上，這位大嫂終於恢復意識，開始懂得哭天喊地，大叫救命之類的正確話語。附近聽見呼喊聲的鄰居們便一一聚集過去，聽她大概結巴說了事情原由後，便趕緊分頭沿著溪水，甚至一路往遠處的上游尋找過去。

一直到了天色漸暗的傍晚，才在離原地不遠的泥濘沙地中，沖上了她早已斷氣癱軟的屍體，旁邊還附贈了那臺紅色的收音機。

她的丈夫李進叔聽聞此噩耗相當絕望；當時他們有四個小孩：老大正就讀小學二年級，而最小的也才剛滿月而已。白天李進叔必須要到田裏工作，一直到傍晚才回家；而他的母親李阿嬤也已是個八十多歲的老婦人，根本無力再帶最小那剛滿月的嬰兒。

束手無策。當時全村的人皆為這家遭遇感到無比心酸，後來大夥開始七嘴八舌地替他們想主意，討論多時卻沒有一個好方法。

後來我的阿嬤聽聞此噩訊於心不忍，當時她膝下也只有我的母親與舅舅兩個小孩，便擇日過去慎重提議把女嬰過繼來此——她也就是我的小阿姨。

母親說當時小妹來家裏的第三天晚上，身上像裝有鬧鐘似的，一到午夜十二點整，便準時張嘴嚎啕大哭，全家人皆被吵醒起身輪流抱她、哄她，她卻還是時而大哭、時而啜泣，一定要鬧到雞啼才昏睡過去，接下來的每天都是如此。

過了那不久後的七月底，村裏普渡拜拜，母親說那時她吃得很飽，凌晨時又在小妹的哭聲中驚醒，尿急想上廁所，意識朦朧地起身繞出門外，走到位於屋外豬圈邊的廁所。

母親當時心想凌晨沒人，便沒有把廁所門關上。她蹲了下來，昏暗中任由視覺恣意游移，而視覺跟著聽覺，順從小妹遙遠的哭聲望去，那同寢的房間窗邊，隱約晒出的輕淺薄透光線，卻站立個剪紙般的人影，就這樣靜靜地在窗外往裏探。

母親很疑惑，嘀咕著是不是哭聲吵醒了哪個鄰居？還是誰有什麼事嗎？定眼想看清楚是誰，於是拉上褲子站到廁所外，竟發現那個人垂下的衣擺，正滴答、滴答地往下淌著水……而原本只探進屋內的頭，直挺的身子突然向屋內大弧度彎腰鞠躬，嚴肅地行著一個又一個工整的大禮。

不久，遠方傳來清脆的雞啼聲，那身影便隨著雞啼逐漸消失淡去。母親奇異地望著一切在心裏想：這些是錯覺還是我在夢遊？

於是她跑進屋子搖醒阿嬤，把剛剛的情形告訴她。阿嬤聽聞後馬上到大廳點香拜拜，再點起三支香，抱起小妹走到窗邊，對著身影站立的位置嚴謹地鞠躬，嘴裏不斷念念有詞。在這之後，小阿姨半夜不再哭鬧，變得非常乖巧，原本瘦弱的身體也越來越健康。

母親說那身影是李進嬸心裏放不下，也捨不得自己的女兒，所以在她還未真正到達那該前往之處，每晚便留連於窗邊，揪著心探視女兒。這母女連心使得小阿姨也無法安寧才會不斷哭鬧。現在李進嬸確定小阿姨平安，便踏實地離開了。

這就是小阿姨進入蕭家與太陽宮的過程。

小阿姨名叫蕭詩——這名字是母親取的，因為她覺得姓蕭的人都可以「消失」，這諧音讓她特別嚮往，而她的名字已被阿嬤決定，那麼就把心願用在小阿姨身上。就在跟我說這姓名的由來同時，母親突然表情嚴肅了起來：

「你們歷史課教到了漢朝那段歷史了嗎？關於漢高祖劉邦，還有蕭何、韓信那段？」

「有啊，剛好教到沒多久，怎麼了？」

「妳去拿歷史課本過來。」

我狐疑地取出課本，母親表情古怪地用雙手接過，謹慎翻開書頁，在翻到漢朝歷史時睜大雙眼，黑色瞳孔迸發出從未見的興奮神采。

「來，妳快點大聲朗誦這段給我聽！」

「為什麼？妳自己不會看喔。」

「叫妳唸妳就唸！」母親的口吻嚴厲。

我不敢再繼續放肆下去，順從地接過課本開始朗讀：

「蕭何（前二五七年至前一九三年），秦朝沛縣豐邑（今中國江蘇省豐縣）人。是漢朝初年丞相、西漢初年政治家。謚號『文終侯』，漢初三傑之一。輔助漢高祖劉邦建立漢政權。蕭何出生於江蘇豐縣古護城河東岸邊的一個小市民家庭，有蕭何宅遺存。早年到沛縣任秦沛縣獄吏。秦末佐劉邦起義。沛縣時代，蕭何為主吏，劉邦屬押解犯人之官吏（亭長），為其下屬。蕭何與漢高祖劉邦、曹參、樊噲皆為沛郡人，但蕭、曹二人已當上官吏，縣中多有好名聲，劉、樊二人之地位相當於地痞，在鄉里父老眼中地位大有不同。

劉邦任亭長時，常犯錯，蕭何皆袒護劉邦為其掩過，劉邦也很感激，與蕭何關係良好。蕭何在沛縣為縣令所倚重的主要官僚，但蕭何曾經拒絕來自秦朝中央提出的仕宦機會。當時秦國御史來到沛縣察看各郡國事務實行情形，並召喚沛縣各個從事事務的人問話。蕭何頭頭是道，上論泗水周邊情勢，而以各項歷史典故作終，為秦國御史評為第一。秦國御史想要徵召蕭何進入秦國朝中侍官，蕭何堅拒，因此仍留在沛縣繼續主吏的工作……」

「好了，唸到這裏就可以了。」

「唸這段要幹麻？」

「妳記得妳母親我姓什麼？」

「姓蕭啊！」

「所以……」母親挑起眉毛，歪嘴微笑盯著我。

「所以？不會吧……」我驚呼了起來。所以母親剛剛要我大聲朗讀一位年代久遠姓蕭的歷史人物，這位蕭何是我的祖先?!

母親肯定地點點頭：

「沒有錯，我們是貨真價實的蕭何後代，蕭氏的祖譜已傳至這代。」

這是真的嗎？

那麼樣如流沙蜃樓般的千年歷史，一支支被神明庇祐又遺棄潰散的悍將騎兵，攻佔掠地，插旗亡國，風蕭蕭兮易水寒……每每用手指翻開書頁，密麻的文字順流至我的瞳孔內裏只不過是一個個有時代背景的典故：它們排列有序，照著讀下去便可以換算成實際的分數。

然而，這其中的一段，卻大力搖晃且解離出所理解的順序之外——

印象中，我記得自己走過這場景許多次。

記憶邊緣已鋪了層暗紅色的玻璃紙，隨著手掌揉捏，眼前的場景便覆蓋上皺褶裂紋，一道道的痕跡隨處可見；有的裂在屋子內部牆面一角，有的斷裂則漫延在筆直的長廊四周，使那乍看下像一長條巨型的蜘蛛網。

然而，更多時候，皺褶的斷裂不在他方，而是在場景裏的我的面容上。

我貼緊長廊前進，手掌則一邊不時順滑著臉上的皺褶觸摸；兩排長廊皆是整列大敞的櫃子：猶如老舊典雅的中藥鋪子，年邁白髮蒼蒼的老頭，正佝僂腰身於狹小的空間轉身抓藥。一抬眼，便望見延伸而上的櫃子中，本應是整齊有序的發亮瓷器，可這櫃子放的卻不是灼熱白瓷，而是一個個色彩晦暗，彷若置身於幾世紀裊裊迷煙陣裏，望過皆相似的神明群像。

我盯著神像灰黑的臉一個個仔細瞧著，記起不確切的稱謂：三太子、關老爺、玉皇大帝與註生娘娘……被時光侵蝕的面容雖已斑駁，但莊嚴的模樣仍讓人感到畏怯。記憶中，太陽宮不如一般的神廟般把祂們置在神壇上（只有一樓正廳的幾尊是），其他神明群像則被供奉在這獨棟房子的頂樓，用堅牢的白銀鐵窗，把櫃上的空間一一隔起，用的是防止竊賊的臺灣式醜陋鐵窗。

儘管如此，這空間倒是維持著蒼白的明亮爽朗。橫切著黯沉的神像，透過筆直確切的銀白鐵杆，神明們彼此保持著適當距離。在我小小的年紀裏，面對神像的膽怯中定會夾雜莫名的興奮，總以為到達鐵窗後的神明前，只要低頭垂拜，虔敬叩首，所有的願望就會實現。

記憶迴旋停止在舉步走上阿嬤家三樓的樓梯：一階，一階，再一階……

我嗅著空氣裏，垂拜時嘴裏反覆朗誦的呢喃聲，一直走到長廊底，那黏纏的長櫃截斷消失，地上卻突兀地擺置了整列的矮櫃。我低頭注視，上面刻的不是繁複的木質紋路或花紋雕像，卻黏貼著一張破爛黯淡的地圖，地圖上的字跡已模糊難辨，只有四個大字：「**中古世紀**」。大字底的背景是張簡陋的地圖。交錯綜橫的圖表，看起來是中古時期作戰的路線位置，如蟻獸在城市裏細密的探索路徑。

此時，我的直覺強烈地直指矮櫃中的內容物：那內裏規律擺置的是祖先蕭何——風化多時的我們遠古時期的先人，卻仍揉進血腥味與瀕死前被挫斷的屍骨。從空洞的窟窿中挖出的眸子、長短不齊的肋骨、削下的黑紅頭皮以及沾上濕氣的斷指。

戰亂紛擾時期——戰士們的屍骨殘骸。

長廊最底的窗子透進一絲陽光，我焦慮地思索是否要拉開櫃子？是否要把眾祖先的斷簡殘骸捧在手心中？然後從橘黃色的光線下，凝視那仍透明純粹的鮮血？

這個究竟吞噬了多少福澤與詛咒的家族啊。

＊＊＊

小阿姨從南部北上工作，暫住於我們家，後來家中的傳家寶包括小阿姨本身，開始奇異地變得透明稀薄。

怪事彷若從這改變的縫隙間不斷迸發而出。

那時我讀國中，母親決定讓阿姨跟我住在同個房間。床是上下分層，我睡上層小阿姨睡下層。我們能碰到面的時間約在十一點多一同就寢時。兩個女生聊天的畫面，由俯視角度來看，我與小阿姨完整並疊地面容朝上向對方發聲；內容不外乎是今天發生什麼事、學校或職場上的同學同事說了什麼、好笑的笑話、還有自己對一些事情經過的想法與心得。

我和小阿姨的感情越來越好。

這很正常，彼此都不是難相處的人，久了感情自然會加深，而談話內容也從表面性的日常報告，開始踏進內心深處。

我還記得是阿姨住進來的三個多月後，她第一次跟我提起最近有個心儀的對象。起初我沒多在意，後來每晚聊天的內容一面倒地全都是那個男人，也漸漸地由喜歡，發展成兩人約會，沒有多久真的走在一起。時間沒有超過一個月。

然後，家裏開始發生事情，傳家寶也逐漸變得稀薄透明。

一切情況皆異常古怪地讓人毛骨悚然。

擺置於祖先牌位旁的矮甕，是母親那邊蕭氏家族世代的傳家寶。

傳家寶名為：冶麟。那是一個造型矮短肥胖，質感粗糙如瓦礫凹凸，赤紅色的普通的甕。母親說那是在很久以前，從外曾祖父那邊傳下來的一只用高山的火山岩，再揉合某師父的舍利子所燒成的甕。

據說那師父的道行高深，通天眼，盡悉自身的因果輪迴。晚年時初見偶然經過此地，一時興起進來寺廟上香的外曾祖父。聽說當時一見到外曾祖父便站在大廳中央驟然落淚不止，讓所有徒弟們無不驚慌失措。後來他把祖父請到寺廟後方的涼亭中，說明自己能穿透時光，看盡那玄妙迴旋碩大漩渦之下的底牌——他以為此生已了無遺憾，見到外曾祖父才明白自己還有一虧欠：

他欠了未來，欠了虛有、空無，欠了個不存在：於外曾祖父之下，一個久遠的女後輩。

但因為自己已知道此生圓寂後，便不再步入六道輪迴，所以便請求外曾祖父把自己最後燒盡的舍利子，不管用什麼形式，總之要一代代傳承下去，讓他於這世間最後也是唯一的形體，可以無限拉長時光之流地庇祐此女。

這就是傳家寶冶麟的由來，因此冶麟在蕭氏家族中永遠單傳女生。冶麟的外觀平凡但由來珍貴，本身有其師父的靈魂與無堅不摧的庇祐能力，於是蕭家世代的女人們個個都非常寶貴此物，在傳承冶麟時雙方皆先沐浴齋戒一星期，每天必定清潔膜拜，而置放冶麟的位置則是佛堂或祖先牌位旁。

母親每天都會從牌位上取下冶麟，用乾濕抹布交替擦拭。我記得當時冶麟正被母親的雙手手掌包住，而我坐在客廳茶几一旁，用手撐著低垂的頭盯著攤開的英文單字，百無聊賴地與母親窩在一起。嘴裏喃喃念著單字拼音，然後再抬頭時，我發現我居然能同時看見母親的手背與手掌。

我張大眼睛，感覺心臟都停止了。

照當時的角度來說，母親的雙手正正地垂放在冶麟的兩邊，而我的位置則與它平行，我應該只能看見正前方的母親一隻手背……除此，我感覺自己即將暈眩過去的原因則是冶麟並沒有完全消失，它正在掌心中呈現奇異的透明狀。那模糊感像許久沒清洗的水族箱的混濁黯灰，沙沙的不確定感也像突然斷電跳動的電視螢幕。而赤紅的凹凸質感仍挺立著，但因為物體本身突然變得稀薄，所以那粗大顆粒的陰影顯得更明顯；由客廳上方的日光燈曬下，陰影斜射在茶几上方，一點一點地使蒼白的桌面頓時充斥著滿天污濁繁星。

「媽……媽妳……妳有沒有覺得……」

「什麼？」

「就是冶麟啊，妳？」

母親面無表情地抬頭看了我一眼，眼神平板。我與她對到眼就明白她的眼、手中的冶麟是正常的，所以眼神才能無異狀地直線移動。我勉強吞嚥住驚駭不讓母親發現，轉身回到房間。

之前我也見過幾次冶麟發生奇怪的變化，但說出來沒人相信，所以漸漸的，即使再看見我也決定不再跟別人提。

第一次是阿姨離家滿一星期後的夜晚。

我半夜起床上廁所，準備從浴室回房間時，看見冶麟在月光下發出未曾見過的晶瑩亮光，熟悉的赤紅反射柔和月光像璀璨光華的白玉，又揉合深橘鵝黃夾雜淡紫，粗糙質地被亮度全吞噬掉了，天地兩者像是交換日月精華般地激烈撞擊——無比華美地讓人屏息……

我目瞪口呆，直到猛然想起冶麟不是應該要在祖先牌位上時，眼前的它突然開始移動，一團光芒萬丈的火球緩慢從陽台往客廳移動，漆黑的廳堂卻沒有因此燈火通明；它像有意識般地畫出範圍，極度節制地燃燒自身，直線形式在空氣中一步步往牌位方向行去，然後停回原位，光線呼地瞬間熄滅。

閉上眼睛，我的雙眼甚至沒有任何視覺暫留。

第二次則是距離第一次時間不久，學校剛放暑假時。

當時我和國中同學待在房間裏聊天。暑期輔導已經開始，大家聊著暑假作業與教學內容，還有近期發生什麼有趣的事。正當大家哄然大笑時，我聽見女孩子們特有細緻高亢「哈哈哈」的笑聲中，卻夾雜著一個低沉沙啞、話語古怪「**吽巴拉哈低**」的響音：咬字含糊，乍聽像是個較長且滑溜的發聲腔調。

「剛剛有人說話嗎？」

「妳說什麼？什麼話？」

「有人說了什麼嗎？」

「沒有啊！誰說什麼？」

「對啊，剛那好好笑喔，對啊我覺得那時候我們真的很白痴……」

她們隨意否認後很自然地延續話題。我不疑有他，也繼續和她們說笑；沒有多久，又在一片集體哄然大笑聲中，同樣的「**吽巴拉哈低**」的響音再次出現——這次更為響亮清楚，我發現響音不是從同學裏頭傳出來的，而是門外方向所飄進的音頻。

我藉口說要上廁所，走出房間站到客廳中央。空無一人只剩我們一群女生的家裏，細碎的耳語從房門內遊蕩遞出，接著小小地旋繞徘徊於空間，變成一種類似回音的呢喃。我縮著腳丫踩在冰冷的瓷磚上，心裏正覺得毛毛的想走回房間時，突地狂烈的笑聲正在搖晃屋子……

這次，我面前的冶麟，同時發出比前兩次還要大聲的「**叶巴拉哈低**」。

我就這麼眼睜睜看著冶麟說話。它發出這黏纏的五個音節時，甕上的赤紅，裏頭像頓時被燃燒得通紅似地，甚至可以感覺到灼燙壓迫的熱度，直接衝向我的面頰……

接著，我什麼都不記得了。

後來是在醫院的床上赫然驚醒。

母親在一旁摸著我的頭，要我不要怕，開始說起她接到同學打來的電話後趕回家，發現我像瘋子一樣抓狂地在客廳打滾，一邊拉扯自己的頭髮與身上的衣服，一邊從喉頭發出難聽的低吼，低吼著那五個字「**叶巴拉哈低**」！

母親當時嚇壞了……嚇傻的她只想馬上讓我冷靜下來，便請同學幫忙把我關到儲藏室中。她說被關進狹小的儲藏室的我，在悶閉的空間裏仍不斷、不斷猛烈敲打撞擊各種能發出聲音的東西。母親臉紅了起來。她伸手撫摸著我的頭髮，跟我說她不應該把我關起來的，但當時的我就像一頭發瘋的野獸；是的，不是人是野獸——長滿毛凶殘暴虐毫無理智思考以及人性的大型野生動物。

直到父親回來問我在哪時，母親才想起我已經被關在儲藏室好幾小時。他們匆忙打開門，發現我口吐白沫，全身縮成一團球狀昏倒在地。

聽完後，母親問我究竟發生什麼事。我歪頭想了一會，嘗試跟母親形容冶麟開口說話的過程，但她根本不信，先決然打斷我的敘述，並且出乎意料相當嚴厲地斥責我，並要我發誓之後不會再提，絕對不會再亂說話；甚至在我還想說什麼時便揚起手來，作狀要甩我巴掌。

直到很久、很久以後，我大概才朦朧了解母親當時的異常反應；那其實是一個極幽深隱晦——她自己也模糊懵懂，但絕不會承認的想法：

冶麟往下傳承迄今，沒有任何女長輩提及看過冶麟的任何異狀。

也就是說，那位師父所虧欠的女後輩尚未出現，但是，每個蕭家的女孩都希望是自己吧。這很奇妙，應該說這期待不是希望被虧欠而受到償還的待遇，而是從久遠古早連綿至今的玄妙傳奇，那已把冶麟這傳家寶賦予了極複雜與輝煌的意義：是至高無上的祝福、恩澤，也是彷若萬中選一，被神明挑選與庇祐的幸運兒。

母親當時突然聽我說起冶麟的異狀，她瞪大眼睛扭曲五官，像要崩潰般顫抖地逼我住嘴，還要我從此不准再提——因為她不想也不願意知道：原來不是她。

小阿姨談戀愛的對象，是她公司裏唯一一位政府保障錄用的殘疾人士。她一開始沒透露，跟我形容男人都是些陳腔濫調：「他的歌聲真的很好聽，尤其是情歌，天啊我都要溶化了。」「拜託帥翻了，長得像歌星劉文正！」「文筆很好……啊呀，就是從情書裏知道的啊。」

他第一次上我家（當時仍住在和平東路三段的四樓公寓中）吃飯時，阿姨說要下樓去接他，然後我們全家四人便站在門口等了好久。

我記得母親不耐煩了，大家踱回餐桌，要我穿拖鞋下去看。我一個人蹦蹦跳跳到三樓半的階梯時，就聽見輕微金屬撞擊那種悶悶的聲響，還有細細的、頻率混亂的喘息聲……我把頭往階梯的空隙探下，看見阿姨正吃力地抬著架坐著男人的輪椅。她站在輪椅後兩手握住手把，屏息出力把輪子一一輪流弄上階梯，緩慢一格格、一階階往上移；而在階梯上，必須再用兩隻大腿的力量互相頂撐住輪椅，才不至於往下滑。

我沒有出聲也沒有下去幫忙，就這麼傻愣愣地盯著他們看。

阿姨滿臉脹紅眼眶濕潤，咬緊牙鼓著腮幫子，額頭與肩頸邊的頭髮因大量出汗顯得濕淋淋，握著兩邊的雙手不住發顫；而喘氣隨著累積越多的階梯而噴得越發誇張，把男人頭頂上方的頭髮炸出一個接一個的漩渦。

阿姨前方的男人長得既不像劉文正也不像任何明星，就是個戴眼鏡極為普通，無法讓人有印象的長相。此刻他板著張臉，臉頰脹紅地不輸阿姨，緊閉雙眼，隨著搬動的上下搖晃，嘴角緊咬的肌肉正抽搐著；感覺像在強逼自己忍耐什麼，絕對不能受不了……

他內心是不是覺得很不好意思？或者他應該也覺得自己給別人帶來麻煩真的、真的很抱歉噢。

我看著那從頭到尾沒睜開過的眼皮，正不安地抖動——內心出現了這個想法——我還是不要下去幫忙好了。閃過這念頭，我轉身走回家前又望了阿姨一眼，底下的她根本不像什麼善良的天使，我好悲傷難過地想；原本娃娃臉長相甜美的她，此時看起來青春都被艱辛狼狽給掩蓋住了，瞬間老上好幾十歲——就是個悲苦極了的中年婦人。

那頓飯吃得極為難堪。

父母親和哥哥跟我一樣，乍看阿姨的男友全都傻住了，只有金屬輕薄的喀擦聲畫著圓圈，恣意地大響在安靜的空間中。大家在門前發愣，晚餐開始前的十分鐘還是一樣，沒有人開口說話，沉默的氣氛凝結住的是各式雜亂的心情與疑惑；壓迫的低氣壓盤旋在中間，隨著男人頻繁發出的咀嚼聲與無數次伸手夾菜，那股壓力便開始靠近，再靠近，貼得緊緊的我就快要窒息了……

哐啷！手上的碗砸碎在地板上，晶瑩的白米飯繽紛飛散，同時打破冰封的一切：

「妳怎麼回事？為什麼要這樣？」母親神經質的聲音，終於從碎裂中迸出。

「媽，我不是故意的……」我怯怯地回答。

「妳說啊，妳這樣我要怎麼跟阿母交代？那麼多男人妳不選！我上次給你介紹的……」

母親加大音量，濃厚的憤怒就如往下墜落的雪白米粒，瞬間毫無保留地綻放噴灑在四周。

我們其他三人瞪大眼睛，有點不可置信母親的嘩啦爆炸。阿姨的臉色唰地變得蒼白，她默默緩慢地放下筷子，然後抬頭用一種無法形容，比空洞還要再更虛無的眼神，穿透母親，直直落到後面的牆上。

「喂，這位大姐，妳說話多少嘛好聽點，我小兒麻痺是自己願意的吼啦？很糟糕是不是？我就不能跟正常人一樣戀愛嗎？我是配不上妳妹是不是？」男人終於開口說話。

「我和我妹說話，家務事還輪不到你插嘴。」母親凶悍迅速地回他。

幹妳娘欸老雞巴。

男人從口中用粗啞音質曝曬出此句髒話，我突然眼前顯現一片白光：在那刻，眾人確實已望見了阿姨的一生。

隔天，小阿姨離家出走，而從那天開始，置放在祖先牌位上的冶麟就開始發生異狀。的確，直到後來，我們所有人才明白：冶麟跨越亙長無限的時空，所要庇祐籠罩的女後輩，就是小阿姨。

只是，大家心裏期許治麟蘊含的燦亮涵義，把時間再往下蔓延拉長：母親大錯特錯，諸位女祖先們也皆期許錯誤。掀開世紀之謎的當下，我感覺自己的腦袋出現尖銳龐然的嗶嗶聲，拔尖地從腦中衝破耳膜直接穿透進空氣，全身上下因此起了嚴重的雞皮疙瘩。那疙瘩豎立在皮膚表層與挺直的汗毛一起，久久不肯平躺下來。

實在太震撼了。

我感覺自己的耳朵流出好多黃綠色的腐臭液體，它們順著脖子往下潺潺地貼合毛細孔；這撼動力開始逐漸從真相變成實際間歇性的發作癲癇，蟄伏在體內不斷襲擊我的表皮與內臟：

師父之所以堅持要以某形式綿延蕭家世代庇祐此女，是因為他已看見她有個極為龐大，足以把她整個人生給全吞噬掉的，巨大災難。

＊＊＊

圓形鏡子裏塞滿太多人與毫無節制的鮮豔色彩了。我從鏡面的右邊一個個數到左邊，又從左到右，依舊沒辦法出現正確的數字。大人們全都忙碌極了，步伐倉卒零碎，雙手抱滿各種物品地進出房門裏外。眼睛真的好痠哪，我閉上濕潤的眼眶然後決定不要再數下去了，把目光放在今天當新娘的小阿姨身上。

她真的漂亮極了，雖然因為已有六個多月的身孕顯得略為浮腫，但特地挑大號的白紗有稍微拉直了隆出的肚皮；而細緻的打扮與妝容則讓她的臉顯得亮麗，不再那樣蒼白。此時她正襟危坐地在房裏的床沿邊，任由一旁的化妝師再把妝打得更厚重，無數次伸手調整頭上的花飾；這多到過剩的擺弄讓我更眼花繚亂，而其他的時間裏，則是女長輩們會突然走過來，把各種金飾拚命掛或穿戴到阿姨身體還空白的任何部位上。

阿姨現在的模樣，讓我聯想起一株大棵，並且亮晶晶的耶誕樹；人們都隨意地於其上掛滿飾品還有寫滿願望的小卡——沒有錯，阿姨是棵耶誕樹，我想到這突然笑了起來。大家的確都到她身上掛戴滿很多東西，也都充滿了飽飽的心意和期許。

我每次抬頭望著簡直可稱為「肥沃」的耶誕樹，都會覺得它負載著那麼多人的願望，一定很幸福開心吧，這是多麼美好的一件事啊……那麼今天也是耶誕樹的小阿姨呢？她也感覺幸福開心嗎？

想到這裏，我突然想要趁化妝師轉身過去拿東西時，湊上去詢問阿姨她今天的心情如何。我從門邊的角落挨擠過許多人，明明感覺距離不遠，但是想靠近居然如此艱困……終於附耳到阿姨旁邊：

「阿姨阿姨，」我一把抹去額頭的汗，「妳今天開不開心？」

原本配合化妝維持略抬的下巴低下來，她面無表情地望著我，我們就這麼對望著，這時，我突然感覺眼神非常熟悉，猛然想起就在兩年多前阿姨離家出走的前天晚餐時，母親責備她，而她望向母親時就是這空曠到無助悲傷的眼神。阿姨還是沒有說話，就這麼過了約三十秒，那雙哀傷的眸子突地瘋狂掉淚，一直掉、一直掉，兩行熱淚嘩啦、嘩啦地往下直流，所有原本七彩分明的色塊都攪糊在一起。

我也開始跟阿姨一起哭。我用力地流下淚來，兩人對坐對望著一起從雙眼中，往下方噴射出大量透明的傷悲液體。

所有大人很快發現後開始驚呼，整個房間像是滾燙的熱水壺般沸騰難耐。

不能哭，今天不能哭……妳今天是最幸福的新娘，有什麼好哭的……

阿姨沒有哽咽或嚎啕，只是安安靜靜地流淚而已，但這樣卻是最悲傷的。長輩們後來把我拉走，接著趕出房間，我就只能站到遠處，在房門未闔上前，眼睜睜看著豐碩的耶誕樹扭曲變形，那些亮晶晶的東西也跟著黯淡下來；淚水掩蓋住它們的光芒，把澄淨閃耀的折射給浸泡成灰黑色，類似水溝般的腐爛惡臭……我知道，阿姨的心情就跟變形了的它們一樣。

不知道過了多久，因為看見紛雜的人群又更加騷動，而那一波波大浪潮起潮退的，我什麼都聽不清楚，終於看見人群中的母親；才問發生什麼事？母親慌張的神色黯淡下來：

「唉，良辰吉時都過了，妳看現在都幾點了，新郎居然還沒出現……我們都在猜會不會不出現了。」

在圓形鏡子前開始梳妝時是早上九點，而母親說這話時已是下午四點多。

當小阿姨提起裙襬從房裏衝出時，我正蹲在路邊雙手抱膝，詫異看著雪白的身影就這麼長長越過眾多人進入柏油路、馬路、車流、紛飛的灰塵與喧囂之內，迅速兀自前行鑽去，接著光影急遽縮小，最後天黯黑到只能勉強看見剩餘遠去的一小點白。

已經晚上七點半了。

一些男方長輩追上前去。然而，整場結婚劇仍依照習俗在餐廳裏規矩落幕，地點沒變，裏頭的內容卻更移竄改了許多。大家安靜地坐在位置上，席開三桌：因為阿姨的肚子實在太大了，長輩們皆一致贊成不宜大肆鋪張，所以只請雙方直系親戚長輩算是完成儀式。

那真是我吃過最慘淡與荒涼的喜酒了。

四個服務生板著臉迅速上菜，席間沒人說話，大家都埋頭拚命吃，好像把桌面上的東西吃光是現在最大也最急切的任務——吸哩呼嚕、咭哩嘩啦……各種吞嚥聲此起彼落，交雜在一起卻是種難聽的聲音。我默默觀察每個人的表情，他或她們全都雙頰鼓脹到嘴巴闔不起來，表情痛苦狼狽的咀嚼，還未吞嚥下肚便在喉頭，手卻已經急迫地伸出挾菜。

主桌的阿姨臉上沒有表情，她不吃不喝只是挺直端坐著，跟旁邊大動作好似被逼迫快吃的眾人群形成強烈對比；而她旁邊那位最後終於被「請」來的新郎也沒吃，兩人就像一對肅立靜止的雕像，凝結在一個巨大鮮紅的綻放囍字前方。

就在那煎熬等待的幾個小時前，阿公在阿姨掉淚時就已心臟絞痛，癱坐在沙發上努力忍住；接著，當她提裙衝出房間往外跑，阿公望著那身影，多年的宿疾同時發作，氣血攻心，捂嘴咳出了幾口血，還因想追出去跌倒在大門口……後來被扶回客廳中，最後逼自己一定得平靜下來，吞藥後閉眼休息。

就在阿姨被追回前，阿公睜開眼睛，決定自己也該做點什麼了；於是他打了幾通電話給所謂的「道上兄弟」（當時來太陽宮進香的人各種身分皆有），不出半小時，被揍得相當慘的新郎（阿公還特地吩咐因為要吃喜酒，所以給嚴厲處分時絕不能揍臉），就這麼被一輛黑色賓士送來，門打開，像一條破爛抹布般丟了出來。

我眼睜睜望著一個臉部扭曲、弓身像隻煮熟蝦子般的陌生男人，蜷縮在柏油路上——讓我相當詫異的是：他有雙腳，他不是當初使阿姨離家那個坐輪椅的男人。

阿姨出嫁不到一年，便傳出離家出走，然後失蹤的消息。

阿姨失蹤的那幾年間，我感覺自己心裏有某部分好像被什麼給凍結住了。

我永遠記得與她最後共渡的那個晚上（也就是尷尬晚餐後的就寢），她內心應該已經盤算好要離開，於是便從床底下掏出許多東西給我。當時我沒有察覺異狀，只因為深深的內咎，還有許多不知名的情緒；其中包括阿姨之前沒提男人真實模樣而有些負氣，也有部分原因是終於看見阿姨的「男朋友」，這與總是聽說的感覺相距太大；一時間，感覺眼前的她變得有些陌生，因此都沒有主動開口說話。

那個晚上，她究竟詳細給了我什麼東西已不復記憶，記得最清晰的是一本關於愛情的小說。

後來我斷續看完那本寫得極爛的小說。內容簡直是天方夜譚欺騙廣大女性的爛書，看完的心情差勁透了。記得我把書丟到一邊，騎上腳踏車獨自到附近公園坐了一個下午。那本書編織出的愛情斑斕綺麗地讓人心神盪漾，但內容也荒誕扭曲事實到讓人憤怒與無法原諒的地步；男人善良幽默大方體貼才華洋溢，最誇張的是還感情專一永恆到簡直就是外星人。

我想到這，突然就在公園那些嘻嘻哈哈的小孩面前流下淚來。

阿姨一定很寂寞、很寂寞，寂寞得不知道該拿自己怎麼辦吧。

連比她小上十幾歲從未談過戀愛的我，都明白男人真實的德行，或者可以說是人性；甚至是那還未碰觸的朦朧愛情，絕對並非想像的美好夢幻，一切都有可能一夕更替變化，沒有所謂的永恆這回事……那麼，已經愛上了的她，一定也知道這些、那些，卻竭力遮掩住各種真相，憑意志力讓自己化身彷若液態的水：遇見什麼樣器皿形貌的男人，就被扭曲承載成什麼模樣吧。

我粗魯地把臉上的眼淚抹乾。好悲傷呵。

而因為阿姨失蹤使得我內心結凍的部分，最後開始解凍；是父母親這極端的兩大家族終於有所交集而摩擦出電光火石，也是治麟從間歇發生異狀到徹底透明的過程。

讓我重頭說起吧。

如果把父親那堅毅只用一條命與天對抗的家族稱之為頑強派，那麼印象中的頑強派終於裂開縫隙，讓神鬼妖魔潛入蟄伏的破綻：當人始終處於迷惘或落魄之境，最喜歡做的其中一件事便是算命；所以，當阿里山觀光勝地徹底倒閉，姑媽姑丈負債累累的五年之間，那家子前後供養了三位不同的「姨婆」。

姨婆只是姑且的稱呼，她們並不是真正的算命師，她們不算命，她們「看」命；一個人的狀態呈現是用看的，因為她們養小鬼。

算命與養小鬼的差別是：算命可以說是古老先人流傳下來，八字易經姓名紫微斗數不管什麼，都是大量累積的統計學最後得到的機率結果。而養小鬼的小鬼由來，則是女人墮胎後未被超渡的嬰靈亡魂。

這類的民間傳說相當多。曾看過八卦雜誌上寫好幾年前，曾被傳奇人物黃任中所寵愛的女藝人黃寶蓮，據說她因出道後星路不順遂，便到泰國求取一小鬼來增添星運。通常在五個月前墮胎的嬰靈已有預知法力，而她卻花了大錢請了最厲害也最恐怖的小鬼——八歲早么的男孩。這男孩跟著她，在最重要抉擇的時刻：比方該選擇哪家公司、該跟誰交際應酬、跟哪位經紀人獲利最多、現在去哪裏會遇上貴人、說什麼話絕對是關鍵的一刻，男孩會在耳邊對她說；從此，她一飛沖天，星路大開，馬上成為國內眾所皆知的明星。

男孩當然還是要奉養；他跟著妳但是他看不見，所以妳要隨時報路，否則男孩會迷路。還有他需要許多玩具以及零食逗他開心，而每天最主要的食物則是飼養他的主人的鮮血數滴，裝承在透明杯子中，放置於北方的窗邊。早中晚須各一回。

黃寶蓮之所以會傳出養小鬼的眾說紛紜，也是因為一些藝人跟她打麻將，時常看見她習慣自言自語，或於旁邊無人的座位上，放置工整開瓶未喝的養樂多、乖乖，以及家中有一堆嶄新的小孩玩具。

原本兩人相處融洽，後來黃寶蓮精神崩潰最後跳樓自殺，傳聞是這男孩的魂魄最後反噬了她。跟了黃任中生活優渥舒適後，她迷上毒品，所以精神狀態陷入渾渾噩噩，這使得她多次忘記跟男孩報路，讓他迷路；還有許多天忘記餵養他，不再與他對話、聽他說話。

在這之間，甚至錯過也可能超渡男孩，讓他投胎轉世的唯一機會。

這讓男孩決心與她同歸於盡。據說黃任中曾請大師與男孩對話，男孩對此報復的信念堅定不移，也由於他的怨恨過深無法解除，所以只能眼睜睜看著悲劇蔓延至閉幕。

我曾見過其中一個姨婆。

那是多年前在大表姊生第一胎時，母親派我送紅包過去。所有親戚與那位姨婆都剛好在場，場子相當熱鬧。姨婆年紀大約四十多歲，個子矮小細瘦，套了件略大的短袖素色旗袍，臉上畫了淡妝，梳個包頭，模樣簡約，細小的鳳眼毫無特色。與其說她是母親口中恐怖的養小鬼姨婆，還不如說是一位印象淺薄，見過即忘的歐巴桑。

「啊！對了，姨婆，這位是我小弟的女兒，請您看看我的弟媳婦家那邊的人吧，我對那些親戚挺好奇的！」二姑媽興奮地把我拉到人群中央，要我在姨婆面前坐下來。

姨婆原本微笑的臉紋風不動，而淺色的眼珠子輕輕轉了一圈，把視線定定地放到我身上。我聽過母親提過姨婆的事，所以當時我以為會感覺毛骨悚然，或任何不舒服；但是沒有，什麼感覺都沒有，只是明確地知道正前方有個人正專注地盯著我看而已。

「孩子，告訴我妳們家的地址與電話。」

「喔，我家住在臺北縣……電話是……」

「嗯。」

姨婆嘴裏喃喃自語，接著慢慢閉上眼睛。當時空間整個安靜，把目光全放在我們身上。我目不轉睛地注視著距離僅幾公分的姨婆，她臉頰上所有的紋路斑點底妝灰塵，甚至是淡色的汗毛與細微的毛細孔都一清二楚。就在我屏息凝視時，發覺起初是她兩邊的臉頰漸漸漂動了起來，就像是一個人倒躺浸水池中，波動的水紋會在臉與身上留下移動的痕跡。

我感覺詭異極了，略抬高下巴轉動眼珠，發覺四周的人表情仍一樣嚴謹，以為自己眼花了，便試著調整瞳孔焦距，卻發現散布在眼前臉孔上的水紋越來越多，已由波動的紋路變成一條條立體翻滾、流動急遽的浪花。

「你哥哥現在正在讀一本很厚的書？」

姑媽在旁邊推了推呆滯的我，此刻感覺身體像一瓶被迫盛滿液體的器皿，搖晃著水波，盪漾得非常不舒服。

「什麼？欸，喔，對，他現在好像在讀六法全書！」

「妳讀書不夠專心，要更加油……至於妳母親那邊……」

「怎麼樣？姨婆？我弟媳失蹤的小妹如何了？」二姑媽聲音更抬高了些。

「嘖嘖……」

一片沉默。

我眼睜睜看見剛剛彷若沉浸水中的姨婆，臉上嚴重的浪花開始變形。一條條不規則的形狀，迅速先聚在一起，凝結成一團團花色有序的紋路；那些花紋在臉頰上仍呈直線排列，使得姨婆的臉現在看起來，像是聚積了一條又一條的小蛇。牠們每條距離一致、花紋統一，像精密刺青般滿佈於原本樸素到無法留下任何印象的臉上。

眼前被纏上的臉孔，輪廓卻開始漸漸變得稀薄，好像逐漸透明了起來；反倒是前面的花紋顯得鮮豔得無以復加。有種奇怪的味道從我與她中間傳出來，像是動物的腥味夾雜著剛死去的屍體臭味。氣味冰冷，聞到胸腔的感覺如一股冷流，沁透過鼻腔，使得腦門直打哆嗦。

我停止呼吸，胃部絞痛得直想嘔吐。

「我看不到。」姨婆若隱若現，已經快要消失的嘴唇一張一闔地說。

「什麼？姨婆您說您看不見？那是什麼意思……」二姑媽大驚小怪地發出尖銳的叫聲。

「我看不到，我承認。」姨媽倏然張開眼睛，淺色瞳孔迸發出一絲綠光。

「唉，她們家的天兵天將太多了，尤其還有一個巨大的什麼……好像甕的東西擋住，我養的人一個也進不去。」

姨婆搖搖頭，長長地、虛弱地吐了口氣，頹然癱倒回軟墊上。

「什麼？真的嗎？哇……」

大家面面相覷，接著一起把帶有惶恐又畏懼的眼光，沉重地放置在我的身上。

我睜大眼睛，不知所措地承受著眾人的目光；兩條平行線終於交錯在一起的同時，我也親身體驗了一個事實：在我生命中如同神話的阿嬤的太陽宮，這眾神的花園的確真實存在。那樣布滿眾說紛紜、鄉野傳奇的奇幻家族，比任何民間故事還要詭譎魔幻的家族，異次元空間在身後潛入穿透進來，使某些現實剝離脫落屬於它們原本的意義——我必須承認：這是屬於我，白立夏，血脈相承下來的神與魔之家族。

小阿姨失蹤五年多的時間裏，大家無法得知她究竟怎麼樣了，所以只能從治麟的情況去判斷。治麟自從那次發出聲音，而我崩潰送進醫院之後，有一段時間沒有任何異狀。穩定的時間約是一年半左右，之後它的情況就開始異常了起來。

這些都是之後聽母親偶爾提及的。

自從經過上回治麟開口說話那件事之後，我下意識地主動避開可以見到治麟的所有機會：繞道不經過祖先神桌、上香時緊閉雙眼、專注念佛號與喃喃自語、學習調整瞳孔一次只注意一樣東西、傍晚六點母親擦拭治麟時躲在房間；是因為我不想重蹈覆轍再被母親責備嗎？還是因為害怕自己再次昏厥就像上回一樣？

不，其實都不是；我刻意不再注視治麟是因為心裏非常清楚：小阿姨終究會在陌生之境，緩慢喪失與磨損自己的生命力——眼前的治麟將以此種形式揭露事實，而我根本不忍目睹她這一連串順序下來的慢性殺戮過程。

五年多後，小阿姨回來前，治麟已不知何時從祖先牌位上消失；而終於現身的她，整個精神狀態已徹底潰不成形，連一句完整的句子都說不好。根據精神科醫生的說法是嚴重的精神分裂症，其中包含攻擊他人與自殺的傾向，必須立即住院就醫。

＊＊＊

「那些是什麼？」

「那些是枯葉，從上面的樹上掉下來的，因為秋天來了。」

「秋天？什麼是秋天？」

「秋天是季節的名稱，表示天氣漸漸要冷了。」

我把手上的大衣攤開，披覆在阿姨臃腫的肩背上，她順勢把手放到衣服上時剛好覆蓋住我的手背。我沒有縮回，就任憑冰冷的手心疊著手背。

她把下巴抬高，眼睛直直地望進我的瞳孔，仍是那雙好熟悉的大眼睛。裏頭有時候我覺得什麼都沒有，清澈得像深山中一方靜謐深邃的湖泊；有時候我覺得塞滿了很多、很多她用語言無法形容，各種乖戾變形崎嶇怪誕的命運走向。她把全部都仔細認真地走了一回，最後僅得那麼晶瑩剔透，能正確無誤反映各時辰光線折射的，眼神。

阿姨，我的小阿姨，太陽宮最小的小女兒。

「妳看，」阿姨突然放開我的手，跑向前回頭對我大喊：「是麻雀耶！」

擱淺的巨靈

——第五章

我感覺「我恨你」這三個字從第一封信寄來開始，
便像氣球一樣，
慢慢、慢慢、
慢慢地開始被一點一點吹脹，
真正由心底源源不絕地憎恨一個人是什麼感覺？
與愛一樣讓人昏眩與迷亂嗎？

仍記得好久以前的某日天光微亮之時，我曾親眼目睹一座海洋屠宰場——那撼慟心緒的劇烈波動感，竟如同乍時死絕了一回。

十五隻血跡斑斑的小型鯊魚，肚破腸流地擱淺於淡水的漁港中。

令人疑惑的是，牠們每隻身型竟剛好塞滿漁港入口，那麼一開始究竟是如何穿梭灣口，再讓某精神手段皆異常的人（亦或是牠們自己、自然現象）才能造成如此肅殺靜止，如一枚枚懷錶般工整地流淌出鮮血，叫人永生難忘的畫面？

是被人捕捉至此？還是回聲測距的功能失常？太陽黑子的強烈活動引起了地磁場異常？亦或集體有意識的自殺事件？

我懷抱著成疊厚重的蒼白信紙，盲目地注視這一塊塊鮮豔的血色屍塊。在視覺暫留的影響下，牠們佇立於瞳孔裏的影像，分別從塊狀成為黏附於一起的大片變調山水。

狂烈的大風突然從淡水河接連海洋的地方猛烈吹來，一不小心，信紙從懷抱中掙脫而出，滿天迴旋紛飛，信紙風捲看過去成為白花花的圓圈，中間又帶了一點、一點的紅色。我不想失去它們，便倉卒狼狽地伸手拚命抓，但根本抓不到幾張……開始竭力搜尋它們的落點，雪花們隨著風勢灑落於前方的鯊魚屍體上方，覆蓋得密密麻麻。

我的眼眶泛出大量的淚水。我的信是牠們的冥紙。

至於我為何分秒不差於天光未綻放前，踏進屠宰現場？在這個混合神諭魔咒的清晨，我知道眼前這片血色山水，是關於我這個人獨自的末世寓言；一個於任何意義上，我的心魔與這些死絕的鯊魚，將永恆擱淺腐敗於這座屠宰場中，永世不得超生。

事情要從自己剛上大學時說起。在當時的某段時間裏，我曾收過維持一整年（那個人異常有耐心），內容怪誕的短信。

信封是最平凡，白色直式中央一紅長格可供寫姓名的普通規格。信件寄到大學，再由美術系轉來女生宿舍，最後統一由舍監分發，終於長途跋涉到達我的手上：

白立夏　收

用紅色工整的毛筆字寫成我的名字，既沒有任何稱呼也沒有多餘的字眼，而地址那邊只簡單地標示了我就讀的大學，寄件人那邊則只有郵局模糊的戳印，其他蒼白一片。

那是個週日剛從家裏坐車回到學校宿舍的夜晚，疲憊又不耐地把行李放到床上，接過信件後根本沒有多想，便癱坐到椅子上粗魯撕開信封。抽出來是與信封一樣，同是最老式普通的直式紅線信紙，已工整對摺成長條狀，打開來上面只有相同用紅色毛筆寫成的三個字：

「我恨妳」

幹，這是三小？字眼印入眼簾的同時，我反射動作地把信揉爛扔擲到一旁，憤怒地飆出髒話。旁邊剛推門進來，還不怎麼熟的室友嚇了一跳，她臉上滿是驚慌失措的表情。老實說，臉頰上兩條眉毛分別鬆開，鼻子皺起，嘴巴歪斜凸起的模樣還蠻可笑滑稽的。

我沒有跟她多解釋什麼，僅只是說了聲抱歉我失態了，迅速走去把我恨妳紙球撿回，默默塞進抽屜，然後再沉默地爬上床鋪，躺下來心跳仍異常混亂，睜眼卻感覺什麼也看不見。

很簡單的三個字，卻意外地把我內心底最脆弱的部分，全觸動激發了出來。情緒先由憤怒和火冒三丈，再熨平而稍稍冷靜後開始感到疑惑，胡思亂想，什麼都可以連結聯想穿插交錯，最後，被不知是什麼，或者也可以說由各種事物所組成的恐懼感，給深深地籠罩困住，然後在宿舍的床上顫抖了一整夜。

第二封相同內容的短信是在一個月後，相同的星期天送到我的手上。第三封則是兩個半月後的星期天。第四封過了較久的時間，卻是觸霉頭的一過完年，回到宿舍時就看見它，安靜躺在書桌上等候著我。

接下來，我就不再詳細記錄信件出現的頻率與時間；總而言之，我的人生在那一整年，非常充實鼓脹地滿溢著「我恨妳」這三個字。

這是誰寫來的？誰那樣恨我？曾經得罪過誰嗎？還是有人惡作劇？到底要怎樣才能讓那人不要再寫信來？

那陣子我的疑惑與思考內容不外乎就是這些，而自己會那樣在意是因為我不是笨蛋。

如果信的內容換成別的字眼，比方：**操你媽或王八蛋、去死吧、吃大便、他媽的、狗養的、殺千刀……**皆不會讓人如此在意或恐懼。因為這些字眼們所浮泛的氣氛情緒，即時與短暫。

所謂即時性無關寄件的時間長短，而是詞彙的意義。這些字眼本身飽含的就是充滿了各式激動與衝突性；它們不是涓涓細流與小川水潭，它們是激烈且大量的瀑布浪花……就像瞬間鼓脹致極限的氣球一下砰然迸發爆裂，巨響震耳欲聾——於是又回到一片寧靜。

然而，「**我恨你**」卻是滴水穿石，極其緩慢延宕堅定甚至是異常平和；而那滲透力亦能覆蓋所有美好難以忘懷的影像記憶，使其扭曲歪斜變形徹底改變。恨是烙印，是成為一暗瘂的永恆褐色印漬。

我感覺這三個字從第一封信寄來開始，便像氣球一樣，慢慢、慢慢、慢慢地開始被一點一滴吹脹。

真正由心底源源不絕地憎恨一個人是什麼感覺？與愛一樣讓人昏眩與迷亂嗎？

我接到第六封的「我恨妳」信件，那是一個非常舒服的標準春天氣候。美術系當時正在上郊外寫生課，我刻意躲開同學獨自到學校後山的涼亭，從背包中摸出菸抽了起來。一上大學便開啟了我長達四年的打工生涯，所以精神一不濟就找機會抽菸。記得當時抽了兩口，有個聲音從涼亭前方響起：

「立夏，信又來了。」

同學走向我，面露難色，右手舉起白色信封揮了揮。

「哪裏拿到的？」我在心裏罵了聲幹，把菸彈向一旁。

當收到第三封信之後，我的精神開始出現某些異常狀況。先是每天連續做噩夢，平時腦袋放空什麼都沒想時，進來的東西也是由各種字體組成的那三個字，然後接下來就是失眠。

失眠簡直是地獄般的折磨，因為同時要打工上課，沒有充足的休息支撐就像行屍走肉，連簡單的問題都無法思考，更別提期間的大小考試；然而，這段時間沒過多久，等到精神狀況緊繃到某個程度，壅塞的水庫爆裂瞬間潰堤後，嚴重的耳鳴心悸頭痛全身關節發疼手腳僵硬……肉體接著承擔精神轉移過來的所有無法負荷的壓力。

於是，我在一次半夜喝個爛醉時，終於鬆口把信的事情跟這同學說，我在班上最要好的朋友。理性的她一發不語地聽完我結巴斷續地描述完，口吻冷靜地要求看全部的信件。

然而，當三封相同的「我恨你」攤在面前時，她的臉色不禁也慘白了起來：

「白立夏……妳，妳究竟是得罪了誰啊……」

「剛剛遇見宿舍樓上的學姊，她說舍監昨晚交給她的。」

我們一同走回涼亭坐下，一起點起了根菸。然後，我們有默契地把目光同時置放在石桌的信封上頭。我搖頭伸出手比了比，表示妳拆吧我不想看，她點頭取信，我馬上把頭撇開。當然，依舊沒有意外與驚喜。她之後體貼地把信塞進口袋，假裝沒事，兩人繼續抽菸。

「立夏啊，妳有沒有想過，其實真正要恨一個人是非常、非常困難的……」

這個我知道，我想我甚至比妳還要了解噢。

我記起第一次對她說出這個祕密時，她先艱困尷尬地詢問我有沒有仔細想過曾經冒犯過誰？接著，便說出這句我永遠忘不了的話：是啊，恨與愛相同，路徑皆崎嶇陡峭，要真正憎恨或迷戀一個人，是非常、非常不容易的事情——但是我想，我肯定自己絕對比任何人都還要透徹所謂的「憎恨」，裏頭所包含的本質與意義。

此生，我曾經親眼見過與感受過一個人，真正打從心裏憎恨另一個人。

這是一個相當悲傷的故事。

他和他，他和她，他們：我的父親、母親與我的哥哥——是我年幼，也是此生最哀慟悲戚的輓歌。

＊＊＊

房間的藍色百葉窗，因著風擊出連串清脆的塑膠聲。我從六樓的家中窗子望出，凝視下方空洞洞的無人街道。街燈黯淡無光，修路時他們不止捻滅光線，甚至全面圍堵住路的兩端；無人可進可出，空晃晃的默然好似可以擰出一把、又一把的水出來。我悄悄嘆了口氣，濕淋淋的黝黑深夜，讓我想起我的父親，眾多的父親。

印象裏，舊家階梯的圓形輪廓圈住了流失的時光，到底是我們在後頭苦苦追趕，還是時光提早寬待了我們？這個問題我從來都不知道。

日本曾經出過一本禁書《完全自殺手冊》，其中明確寫出：「六樓是死亡高度」——等於我隨時可把窗子拉開，雙腳跨出就能輕鬆簡單地結束生命——六樓以下的樓層只能受傷變殘廢，而無法終止從身體內部，汩汩湧出的寂寞。

哥哥徹底了無音訊的離家那年，我高中畢業進入重考班。但我發現他早就悄悄以某種形式遠離這個家：他選擇在宜蘭唸五專，一唸完去當海軍，等兵役結束就馬上離家；所以扣掉放假與年節的偶爾見面，整整七年都在外地流浪。

哥哥離家滿一星期的當天晚上，我記得當晚夜自習後回家搭車到巷子口，那盞閃爍多時快壞掉的路燈底下，看見正佇立隻類似大型的犬，但毛較長與蓬鬆了些的怪異動物。背對著的身影篤定得像尊雕像，甚至到了聞風不動的地步，僅有多餘的長毛細微地飄揚在風中。我盯著許久還是辨識不出那是什麼動物，便心生惡作劇地悄悄拾起一旁壓扁的鋁罐，放輕腳步然後用力擲向牠。

鋁罐只從牠頭上正揚起的毛上輕輕掠過。牠轉頭看我，我發現除了原來是隻體積過大的人猿之外，當下我完全呆滯愣住了——牠盯著的眼神竟如此似曾相識。

人猿瞪了我好一會，接著轉身迅速移動，在漆暗的夜色中消失蹤影。

「我回來了！」我向在廚房的母親大喊。

「喔，要不要吃點什麼？我剛剛煮了一鍋酒釀湯圓。」

「好啊。」

正當我拉椅子坐下來，母親由廚房端出冒著白花花熱氣的鍋子時便傻住了——剛剛在巷口看見的人猿，現在正安穩地端坐在母親的左肩上。

人猿隨著置放餐桌的鍋子，一同跳到桌上。牠大搖大擺地先抓了抓身體，然後就在母親盛好一碗湯圓後，跳到父親的椅子上，有模有樣地拿起湯匙，像人一般低頭吃起湯圓。人猿吃東西的聲音很特別，不像人是吸哩呼嚕；牠把頭塞進碗裏所傳出悶悶的吞嚥聲，聽起來比較像是許多大小不一的東西，從遠方往下掉落進泥濘的水窪底部，那樣有距離的清脆聲響。

在這之間，我與母親都沒有說話。她盯著人猿的眼神充滿愛意——不用解釋我已明白：這人猿是父親。

「今天模擬考考得如何？」人猿心滿意足地把碗捧起，吃得一乾二淨，擦擦嘴對我開口說。

「還好吧，數學應該一樣還是會零分。」

「這無法勉強，其他的要多用功知不知道！妳很乖，不要像你哥哥……你哥哥實在是太讓人憤怒，太無法讓人原諒了！」

發出「哥哥」這兩個音節時，人猿渾身濃密的棕色長毛開始迅速褪色。我驚訝地瞪大眼睛，看著人猿滿臉通紅，鼓脹的雙頰不斷湧出「哥哥」以及「哥哥的名字」。深色的毛一根接一根由深棕退淺變鵝黃，最後呈現扎刺的金黃，渾身顯現出不尋常的怨忿與不滿。

此時，哥哥的名字似乎變成類似口號般的吶喊回音，圓弧狀地迴繞盤旋在整個家以及所有人的聽覺中。

最後，人猿的聲音終於沙啞了。牠倏然停止叫喊，從在餐桌激烈地跳躍中癱回原座位。牠緩緩閉上通紅猙獰的雙目，不一會兒，就發出呼嚕的打呼聲。母親站起來收拾碗盤後，接著要我回房做功課，然後百般柔情地彎身輕托抱起人猿，讓牠靠在胸前，走進主臥室。

隔天，我起床梳洗完畢，準備出門去補習班時，父親已經恢復原來的模樣，依照每天早起的慣例，背對客廳望向陽臺正做著早操。我向他打招呼，他一邊甩手一邊回了幾句叮嚀的話。其中有幾句我聽不清楚，但也不想多問，便胡亂回應後轉身離開家。

這天晚上沒有夜自習，傍晚補習班提早放人回家。

我在外面晃蕩了一陣子。先去唱片行聽了最新排行榜的音樂，又去百貨公司逛了許久，最後坐車然後走到巷口時，又興起不想回家，一時突然想轉身離開的念頭，我又瞥見昨晚那隻人猿，一樣站在相同的路燈底下。這次牠是面朝向我的，一望見我，便即為迅速地四肢並行朝我奔馳過來。

當牠俐落攀上我的右臂順勢坐到肩膀時，我的內心感到非常嫌惡，但因為知道是父親所以無法多說什麼，只能順從一切的作為。牠在我耳邊指示要我馬上走回公車站牌（奇怪，竟然不是要我回家？），搭上一班未曾聽聞過的公車，選擇最後靠窗的位置，然後一直坐到公車最後的終點站。

我還記得一路上整車睡眠氣氛相當濃厚到無法抵抗，於是便順勢昏睡過去。期間額頭碰撞到鋁製窗沿就痛醒，這樣反覆了十幾次。顛簸搖晃的公車震出規律搖擺的催眠韻律，以致就這麼任其擺布；沉睡又痛醒，痛醒後又昏昏欲睡。反之人猿一上了公車，精神反而相當亢奮。牠跳下肩頭攀上窗沿，把車窗全打開，使自己的身子探出窗外，半瞇著眼很享受似地，任憑劇烈風勢把長毛吹得亂七八糟。

終點站是我從未聽過的站名：阿慶城。

下車時也只剩我與猴子，我相當好奇地東張西望。雖然阿慶城這個名稱似乎有點老舊，但這裏的一切卻出乎意料地繁華如臺北市中心或熱鬧的東西區：高樓大廈滿布，人潮洶湧車流穿梭，霓虹招牌把夜晚曬得如白晝那般熠熠發亮。

我被一尖銳的喇叭聲喚醒，駭然地閃躲到騎樓下方。人猿則淡定地用雙臂環住我的脖子，沉穩指示我現在應該往前走了，別表現得一副大驚小怪的模樣，就一直直走就對了（噢，小心不要撞到人啊），直到看見前方第五個紅綠燈後，記得再右轉。

越往前走，高樓與人潮就漸漸地越來越稀疏；色彩漸層般地一一往後褪色黯淡，鮮豔的街景開始蒙上一層又一層的朦朧描圖紙。

從第五個紅綠燈一右轉過去後，忽地這整個魔術瞬間失去光彩，風景則馬上空曠許多。

這裏就是市中心的郊區，零星且間距過大的路燈，使得碩大的街景黯淡無光。房子的間距也與路燈相同，它們彼此像是嚴重嫌惡對方般地保持過於寬敞的距離，個別兀自豎立在空曠的地表上。

人猿要我向前走，走到第三棟外表是磚紅色的大樓前，接著推門進去。

不知道為什麼，人猿知道樓下的鐵門沒鎖，我們就這麼自然大方地走進大樓中，進去電梯，然後按了十二樓。接著，一起經過一個極為狹窄的走道，到達一間什麼裝飾都沒有，一蒼白只有斑駁油漆的鐵門前。

「用手把門拉開，」人猿把雙手交叉在胸前，一副老神在在的模樣，「我們的目的地到了。」

這一路下來，我當然知道人猿說的話絕對不會有誤，只是進去這房子裏要做什麼？私闖民宅的罪不輕之外，我對了解陌生人的生活一點興趣也沒有。我把想法跟人猿透露之後，牠露出一臉「妳真他媽的很蠢」的表情，要我現在就拉門進去。

只要思及人猿的真實身分就沒什麼好爭辯的，於是我拉門進去——

首先，看見一個米白色極寬敞（只有浴室隔間在角落），空曠得令人詫異的套房。

幾秒回神後，發現會驚訝是因為這裏什麼都沒有；沙發茶几櫃子地毯桌椅……什麼應該有的傢具皆無，所以才會空無得讓人吃驚。

這裏唯一僅有的，是空間中央一個深藍色的睡袋：一條狀似長型蟲狀，正在安靜的空間中發出打呼聲。

人猿不屑地指了指四周，表示：「哈哈很誇張的貧困吧」；接著，牠又要我走到另一邊，也就是睡袋的正面。

我不疑有他走了過去，蹲下來，裏面的人的臉此刻縮在睡袋裏只露出額頭與眉毛。我伸出手輕輕把睡袋拉下，才赫然發現是離家的哥哥……發現是哥哥的同時，我瞬間從眼眶暴出大量的眼淚，泣不成聲地淚流滿面！而在肩上的人猿則無聲地張嘴哈哈大笑。我們兩懷抱著極端的情緒倉卒狼狽地退出大樓，在濃厚的漆黑中摸索回家的路徑。

我想，我已經有點搞不清楚了?!究竟是父親憎恨離家的哥哥？還是其實是哥哥憎恨父親才因此離家的？

事情的先後順序是什麼？

第十一封信是一個很大的意外。

我拆開信時大聲尖叫了起來。當時發信給我的舍監很驚訝地瞪著我看，然後也沒說什麼地搖了搖頭，繼續發她手上的信。我和她相當有默契地對看了一眼，鑽出人群，立刻疾走回宿舍。

這是蒼白的信封上，第一次有了郵遞區號。當然，這有可能是無名氏故意留下的線索，也有可能是不小心的——但不論如何，這比什麼都沒有要好上太多、太多了。我們兩人花不到兩分鐘的時間便查出郵遞區號位於哪裏。這不難，難的是一知道地區的位置，才發現那與我的關聯性等於零，徹徹底底的零；所以有這線索也等於沒有一樣。

「噯，會不會哪個憎恨妳的人搬到那裏去了？反正我們已有確定的方向了啊！」她試圖安慰我。

「可是……可是除了地點非常陌生之外，我還是根本不知道是誰……這才是重點啊。」我痛苦地抓了抓頭。

「我想想看噢。」

「不要想了，事情又回到原點了。」

我絕望地把信件丟到抽屜中。

炙熱的夏季。第十一封「我恨妳」。

哥哥離家是現實中已既定的事實。從很小的時候，我就篤定了一件比事實更加確切的事實：哥哥憎恨父親。這個恨意不知從何時開始，早已深深根植在內心底部，隨著年紀與身體的成長，一點一滴地隨之成長茁壯。

第一次鮮明的印象：我還就讀幼稚園的某個午後。那天父親把我關在後面的房間，然後在前廳把大我兩歲的哥哥身上的衣物全部剝光，雙手舉高綁在天花板上方，用長竹條狠狠甩了他的全身，當然，也包括那張哭到變形扭曲的臉。

「白先生，我想看您是要讓您兒子轉班還是轉學，我沒有辦法教他了，白榮恩實在太愛說話了，非常嚴重地影響班上秩序……」

你為什麼會這樣？你給家裏帶來的麻煩還不夠多嗎？我現在把你打死，看你還敢不敢說話！

等我從房間裏被放出來時，哥哥全身已傷痕累累。裸身的他正坐在客廳的沙發上，臉上的淚跡全深深凹陷進鮮紅的傷痕裏。我永遠記得哥哥的表情：沒有表情，是真的名副其實的沒有所謂任何一絲情緒在那張臉上；眼睛睜得大大的直視前方，我叫他喊他都沒有反應。我急得哭了出來，伸手拉他，他東搖西晃的身體仍維持漠然僵硬的五官。

在那樣異常沉默的靜止時刻，我終於看見唯一激烈震動的是他的左胸膛，與冰冷的全身反差極大的是哥哥急遽跳動的心臟，那躍動衝撞的弧度非常誇張，好似要破開細薄的皮膚，馬上衝出來了！

我嚇得退後好幾步，愣愣地把視線放到他的全身；此時，有種陌生但強烈的情緒從那靜止卻唯一躍然不已的蹦跳中汩汩流動過來，把我團團包圍在其間動彈不得。

我後來才明白：那是恨，發自內心最黝黑、源源不絕的真實恨意。

我沒有跟父親還有母親說過一個祕密：哥哥在離家的當天晚上，他曾偷偷給了我他新家的電話號碼。

當時我跑進他的房間，他正背對著在打包行李。

我站在他後面，一看見他的行為，馬上就知道該發生的事情終究還是會發生；那是再久的時間，再多的盼望與祈禱都無望的事。有些事情會被時間之流沖刷消逝，或者逐漸壞毀遺忘丟棄；應該說世間上大多的事情都是如此，但是這個不行——我明白哥哥自己不允許，老實說，我自己也從未允許。

所以我沒有阻止他，很安靜地坐在他背後默默掉眼淚，默默在心裏一次又一次地反覆告訴自己一句最最悲傷的語言：

我就要失去哥哥了、我就要失去哥哥了、我就要失去哥哥了、我就要失去哥哥了……

他臨走之前，抓起我的右手手背，寫下幾個數字，轉身，打開大門。

我跑過去把耳朵貼緊門，聽熟悉的電梯噹地一聲，還有微微伸降梯移動聲，等到另一聲噹地響起，我又跑回房間，把百葉窗用力拉上，盯著他提行李與步伐快速的身影，直到看不見了，我踮起的腳尖才緩緩平放在地板上，怔怔地不斷流下眼淚。

我抬起手抹了抹臉，才驚覺哥哥剛剛的字跡……數字果然糊了，字體屍體不全地面貌模糊。我緊張地把手放在檯燈下，大片水漬暈開，已無法重現原來的面貌。我拿起筆和紙，猜測可能的數字，但是始終沒有猜對。

我開始每天打，每天撥，換來的卻都是一連串的髒話。髒話，每次打過去的結果都一樣。

晚上十點一到，不論我在做什麼，身體會昇起一連串的自然反應：對爸媽大喊晚安，走到浴室刷牙洗臉，回房間坐到床頭的位置，開始撥電話。

我用最原始的猜測方式，從一到九，那安插八位數中間，最模糊的三個數字，排列組合的次序加起來有好幾萬組。我慢慢在一張白紙上，寫下排列的順序數字，每一次打完就劃掉一個，每天停止打電話這個動作的極限是——聽不下任何髒話時。

髒話總會用力突出話筒之外，讓我不得不迅速地掛上電話，否則就像一隻伸出話筒外的長手，死命掐緊我的脖子，讓我無法再發出錯誤的聲音。最後聽不下去的情緒，是與大量的寂寞與失落混合；或許不是因為聽不下去，而是因為忍受不了寂寞了。

好寂寞啊，永遠找不到正確的回答，永遠聽不到哥哥的聲音，聽哥哥告訴我，我應該如何面對那樣真正全然空白一片的時候……其實，我也知道不完全是這樣的。

那是他決心要脫離這一切的行為，才讓我瞬間掉落進不知該把自己擺置在哪裏的，困窘。

脫離一切的一切。

記得在國小一年級時，哥哥迷上集郵，瘋狂把積蓄都花在上面，小心翼翼把從同學那收集來的，家裏信件上的所有郵票，貼放在他那本厚重又華麗的世界地圖封面的集郵冊中。

某個上半天課的星期三放學，哥哥興沖沖地告訴我，巷口文具店的門口，放齊一張張桌子，擺了許多世界各地的郵票，雖然上面已經蓋上了郵戳，但是無法掩蓋減損郵票的美麗。哥哥一跟我說，我馬上掏出自己存很久的豬公，用菜刀剖開，掏出裏面全部的零錢。

後來才知道，我跟他的錢加在一起，居然有五百多元，是那時候極大的數字，可以買很多東西的金額。我們很開心地手牽手，用塑膠袋裝著所有的零錢，把桌子上的郵票全買了回來。回家後把郵票鋪放在客廳的地上，一起整理那一大疊郵票，慢慢裝在集郵冊裏，翻來覆去地看了很久。

後來爸媽下班回來，看見滿地都是繁複圖案的美麗郵票，就問是從什麼地方來的。我與哥哥興高采烈地敘述下午的情形，如何剖開小豬，如何牽手去買郵票……爸爸臉一沉，大手一揮地把許多的郵票都抓在手上，用力捏在一團，極為憤怒地提起哥哥的衣領，把那團鼓脹的郵票全塞進他的嘴裏。

哥哥根本來不及哭，也沒有做出抵抗的動作，就任由爸爸一直塞、一直塞，把比他嘴巴還大好幾倍的郵票團，硬生生地塞進他的嘴中。

終於停止動作與放開哥哥的衣領，是因為從哥哥的嘴角旁流出好多、好多血。

從嘴裏掉出的郵票上沾滿紅色的鮮血。我記得自己沒有哭，一直呆呆地坐在旁邊……那樣的恐懼已完全超越當時的我所能承受的，所以一直到晚上睡覺時，躺在床上的身子還是不停在打顫發冷。那時候的想像，好像哥哥是電視裏的男主角，被人一掌劈昏，倒地前會先慢動作地從嘴裏噴發出許多鮮血。

原來是哥哥的牙齒被大團郵票給弄斷了，並不是五臟六腑被震壞了的以為。

爸爸後來押著我與哥哥，拿著剩下還完好的郵票去跟老闆退錢。

我記得爸爸跟老闆激烈地吵起架來，他認為老闆欺負我們不懂事，所以這樣大的金額居然沒有過問。還回來的錢只剩一百多元。我站在門口，把頭盡量壓低，期望這時最好不要有同學經過；哥哥用衛生紙抵住嘴巴，頭低得跟我一樣低。其實老闆吵到最後會屈服，是因為媽媽指著哥哥，說這個小孩已經付出該有的代價了，你看，他被他爸爸處罰成這個樣子。

沒過幾天，我發現哥哥的世界地圖集郵冊，被丟在巷口的垃圾堆中。那本集郵冊實在太新了，我一眼就看見它壓在大包不明物的紅色垃圾袋下，還兀自發著搶眼的光芒。我當作沒看見地走過去，聽見身後有些驚嘆聲，心裏毫無惋惜地繼續大步向前。

脫離一切的一切。

哥哥小的時候，很喜歡大聲說話大聲笑。他常常比手畫腳地跟我從學校邊走回家邊形容今天發生的好笑事情——長大後我才知道，哥哥從小就有過動傾向，也就是醫學上所謂的過動兒。許多文明病：憂鬱症、躁鬱症、自閉症等的出現，直到現在才開始有些了解；但就是因為年代的落後和不了解，所以哥哥就此成了犧牲者。

有一次，我們走到家裏樓下的騎樓，我的書包被旁邊摩托車給勾住了，弄一下就整個翻倒在地上；我蹲下來撿，他在一旁仍響亮地延續話題。

我們突然一起聽見拖鞋拖在地面上的磨擦聲，抬頭就看見媽媽站在眼前，她一臉憤恨樣，沒有說話，把手上已準備好的沙隆巴斯貼到哥哥的嘴巴上，再用童軍繩把哥哥的手綁在摩托車後面，然後牽我走上樓去。

我後來已經忘了哥哥什麼時候回家的，只記得一到家後，我躲在房間裏什麼都不敢說，也不敢求情，就只是躲在棉被裏一直哭、一直哭。隔天放學，我經過那臺摩托車，便伸出腳狠狠踹了它好幾下。它可能才剛熄火，排氣管灼燙還未散的熱，把我穿百折裙下的右腳小腿肚給燙了好大一個疤，到現在都無法穿短褲。

好寂寞啊，大片、大片的空白，總降臨在掛上話筒之後。

心裏被強迫挖出一大塊，無論塞下什麼都填不滿。塞進去的東西，只會慢慢、慢慢地沉到頹圮殘缺的心底；然而，浮上來的微小泡沫，就是哥哥提行李頭也不回的身影愈來愈小，愈來愈小，小到看不見了。

房間藍色的百葉窗，就著吹進來的風，拍打出一種好聽的節奏；哐哐、哐、哐，塑膠和金屬交互撞擊，風的無法歇息，而這樣的清脆，就在深夜中漫無止盡地延續。

扭曲歪斜與大量激烈的寂寞和失落，蔓延著天花板，與十坪不到的小空間，開始向我躺在床上的身子，漫天覆地的侵襲過來。我被擠壓到喘不過氣來，又把躺平的身子用力坐起，爬到百葉窗前面，掀起其中一小條長格，往六樓望下去。

六樓是死亡高度，摔下去時那樓層的往下降，五樓、四樓、三樓、二樓……碰地一聲，剛好把洶湧猛烈的寂寞給完全結束。但是，可能在往下跌的那零點零幾秒鐘內，你還是可以清晰無誤的感受，被寂寞糾結過久的窒息感。

哥哥離家之後，再也沒有回家過。

而父親後來只要談論起哥哥，五官與肢體就會瞬間扭曲變形，變成一隻活生生人猿的模樣。永遠如此。

有幾次大學放假，我從宿舍回家，不知怎麼又談論久違的哥哥時，變成人猿的父親突然迅速攀爬到我的身上，然後雙臂無限延伸地纏繞在脖子上一圈又一圈；那感覺很古怪，我原本以為會異常寒冷，沒想到居然非常乾燥且溫暖，人猿的手簡直像電暖爐一樣熱烘烘地烤乾當時年節的濕冷。

女兒啊，我最心愛的女兒啊！妳有沒有曾經嘗試過被親愛的人給背叛過的感覺？那感覺真的好糟糕，簡直生不如死啊。

妳就這麼認為當父親的我喜歡變成一隻人猿嗎？不，不對，妳真是不了解我……，我是因為受不了妳哥哥的背叛，所以才會變成這副德行的啊……

後來我逐漸明白，在他們那個久遠的年代裏，從未曾有過一個完整的機制，去學習如何這樣繁複的愛人體驗——不管是對自己身邊的妻子與兒女，任何關係緊密的親人們——僅有的是來自本能的愛的能力；而少數真正正確經驗過的人，也無從用確切的語言，重新詳實地描述它們。

那迂迴又狹窄、密集又委婉的「我愛你（妳）們」，於他們居然漸漸變成一套失傳的文化系統……

儘管我是如此清晰地明瞭這些，但我還是無法原諒父親，無法釋懷曾經烙印在瞳孔中所發生過的真實記憶；不，應該說我對這個記憶是完全束手無策的，我根本不知道應該拿它怎麼辦。它是一道滾燙炎炙的川流，永恆維持灼灼焚燒的窒息熱氣，如此俐落地橫切過我繼續往下的所有人生。

我知道我將永遠背負著它——他與他。

「爸，」我感覺到人猿的手臂越勒越緊，呼吸困難地企圖把雙手插到脖子與人猿的雙臂中間，氣喘吁吁地呼吸了一口氣：

「那麼，那麼為什麼你要在哥哥小的時候，他小的時候這樣痛揍他呢？你知不知道，你知不知道你已經毀了哥哥的一生了……」

「我毀了他的一生？我毀了你哥哥的一生！」人猿突然尖銳地哈哈大笑了起來：「毀了就毀了啊！」

我瞬間瞪大眼睛，一股比人猿雙臂還要炙熱的氣焰從內心直衝上來。人猿受不了那高溫便狼狽地縮回了手，退到一旁也瞪著我看。

「你可不可以再說一次！」我不可置信地盯著人猿看。

「我、說、我、毀、了、妳、哥、哥、的、一、生、毀、了、就、毀、了！」

「你為什麼要這樣說？為什麼？為什麼……」我痛苦地流下眼淚。

「因為，因為，唉，女兒啊，我老實告訴妳實話。不知道為什麼，從小我看見妳哥哥犯錯或者哭或者怎麼樣，就沒來由地一股怒氣就是會上來，就是會想痛揍他……這沒什麼道理，好像他就是特別不得我的緣、我的喜好；不像妳，每次妳一做錯事我想打妳，只要妳一哭，我就會不忍心！或許，或許這就是所謂兒女與父母的緣分吧……」

我摀住耳朵，蹲下來持續不斷地大聲尖叫著。

＊＊＊

第三十封信與第一封信，時間剛好整整滿一年。

這次，寄件人的欄位上終於寫明清楚的地址。裏頭則除了一樣的「我恨妳」之外，還寫上了希望我何時到達某地，那裏有要我望見的事物。

於是我就和她半夜搭車到淡水，坐在漁港的河堤等待天光。而天光微微乍現時，就顯露出駭人的十五條小型屠宰場。

然而，當所有的信件被風吹向鯊魚屍體，覆蓋其上變成牠們的冥紙那剎時，我的心臟與五臟六腑全糾結成一團，感官敏感綻放，所有曾發生過，邊緣已稍微磨損泛黃的傷痛往事，一股腦全倒帶重回。

而這股力量，居然比當初正在發生時還要更加劇烈。

這麼、這麼多年了，我企圖掩蓋得好好的傷口，所有的傷痛卻全都渴望發聲。受傷的不會善罷甘休，於是要趁機繼續傷害……我望著那一張張染紅的信紙，突然痛哭失聲了起來：

此時，我終於明白這整整一年來，是誰寫「我恨妳」這些信了——是哥哥，是我最最摯愛的哥哥。

父親覺得哥哥背叛了他，而哥哥卻覺得我背叛了他。

在每幕的傷害場景中，我只會怯懦害怕地躲在角落哭；因著他的每次被痛揍，把自己扭曲成一個膽小又謹慎的乖女孩；這樣，我就不會和他的下場相同，不會成為父母親憤怒出氣的焦點。

我們永遠是不同的個體。我是被寵愛的，而他是被嫌惡的。

我想哥哥永遠不會知道，其實我愛他甚過愛我自己。

如果可以，我願意用所有的一切甚至是自己的命，讓時間倒流，讓被痛揍受傷的是我，讓這些事情從沒有發生過。

父親與哥哥——他們是我年幼時最哀傷的輓歌
這是一個關於暴力，以及灑滿謊言壞毀的故事
迄今仍相同：下大雨時，他們扛背起十字架，艱困地踏上崎嶇的山
漫爬過曠野與晨幕低垂的邊界
手指忙碌撥開披覆在臉頰上的絲狀夜色，模擬異族在審判前應有的追逝懊悔

讓自己以為就此可以架構變形成一座小城，或者一個沒有感覺的什麼
以為這麼簡單呵，以為終究可以完整凍結住時光之流
「不要對我指指點點的求求你」，他們總是撇頭哀求那棵已頹死多年的樺樹
我知道他們都在瞞我：祕密地交換眼神與嘴角飄過的笑意
獨處時，他們總是茫然若失地不發一語
直到我的身影於過往細薄地拉長顯現，兩人才猛然扛起十字架

就要背這座十字架過這一生
就要在用力揮手後踏進冥界之河
就要於更多、更多人滾落之前，悠晃到沒人熟識的地方……

下卷

中魔的人們

我是白立夏

——第六章

有誰可以眞的了解，
其實那些被遮住的光影、
那些與黯黑齊頭並進的孤寂痛楚、
那些必須提醒自己記得呼吸的人們、
那些混亂異常的歧亂神經線條、
那些深深厭世賴活的……
不管被無形的什麼給沖刷過多久，
他們仍是那樣如此靠近本質，
以及最原始的愛。

當壅塞過久的怒氣在眼前轟然爆炸的霎時，我確定眼前閃過一道道刺目的白光。其實，整整一個晚上的時間就像吹氣球那樣，在看不見的地方，喧囂的雜音把氣球越吹越大，越吹越鼓脹……就在薄膜承受不了時碰地爆裂，震天嘎響……兩組人馬同時站起來，一股腦把桌子掀翻的當時，桌布上方所有的杯碗瓢盆，全在空氣裏旋轉出一個個好看的弧度；此時，就像電影放大與慢鏡頭般地閃起細碎、晶瑩的亮光，然後再迅速往下墜落，全砸碎到地上。

我在角落望著這一幕呆住了。瞳孔放大口乾舌燥心跳緊縮，聽覺傳來一樓的老闆大罵聲「幹」，衝上來二樓現場。爆炸後僅隔幾秒老闆馬上出現。兩組原本要打起來的流氓，目標瞬間轉移，團團圍住老闆；眼睜睜看著身高一百九十公分，平日如同巨人帶領我們大家的老闆，此時卻像被眾多螞蟻附著的孤立螳螂般動彈不得時，開始無法抑制地發起冷顫，不祥的預感竄流全身。（我的老天！我心裏想連老闆都遭殃了我們其他人一定死定了！）

我沒多做考慮，於是求自保地彎腰悄悄逃離現場，躲到一樓女廁的其中一間。

漫漫長夜，無止無盡。

餐廳裏的易碎物皆被砸光，桌椅全翻了身、變了型，老闆與幾名廚師頭破血流地被抬進救護車內，四輛警車包圍餐廳……終於聽見我與其他工讀生的名字，說是真的安全可以出來了；

一個陳舊泛黃卻永遠鮮明的記憶。

時間地點是多年前位在臺北市大安區安和路的一條巷子內（前陣子有特地騎摩托車過去繞繞，看上去已倒閉多時），一家整棟裝潢成地中海藍色建築的中式餐館。當時我讀大學三年級，這是我打的第十份工作；而應徵進去打工的時間，正好遇上一連串外面公司包場尾牙的季節。

砸店的客人是店裏接的最後一場尾牙：三重市一家不合法的小型夜店。

在閃過白光之後的時間裏，我捂住耳朵緊閉雙眼，像躲防空演習那樣委身在廁所內。剛開始，先把自己塞在馬桶與牆壁的縫隙間（這樣才有安全感），後來時間拉長，身體開始痠痛，我張開眼睛，偷偷往前移動，拉開門縫伸長視線，偷覷著外面正演變到哪一章節的混亂：

三個喝醉的男人，一邊傻笑一邊偷摸走櫃子中的擺設物；兩對男女（年紀看起來皆不超過十八歲）一切與他們無關般地正在角落親熱著；四個身材相仿的男人，動作緩慢遲鈍地互相毆打對方的臉頰與胸口；一個男人褪下褲子正笨拙地蹲在角落拉屎；另一個男人則站在洗手檯前尿尿；六個已脫去上衣，露出既斑爛又醜陋的紋身男人們，則焦躁地在餐廳中尋找可以繼續打碎的任何東西；四個紅髮的女生在角落小聲地講話嘻鬧；三對男女站在餐廳中央不知在大聲嚷嚷什麼，裏頭穿著一身全黑皮夾克，大家喊他大哥的男人，現在正一臉通紅地坐在角落的沙發上，一臉落寞地低頭不知在思索什麼……

這些中魔的人們啊。

我彷若自己已與他們隔絕了般，盯著眼前這一切的同時，突然覺得世界變得好寧靜，靜謐得甚至可以擰出一把又一把清澈通透的水出來……其實一切再糟糕與再混亂也不過如此而已不是嗎。

有一種奇異魔幻的無所畏懼，從眼前光怪陸離的暴動震盪中，很自然而然地生長出來；眼眸當然還仍烙印著纏鬥的鮮紅，腥臭味恣意瀰漫，我的嘴角卻悄悄往上彎曲，露出了微笑。

然後，我在沒有人看得見的地方，無聲地咧嘴大笑了起來：

世界不會再比這更糟、更瘋魔了，不是嗎。

＊＊＊

我是白立夏，大家都叫我夏天。

我從小就有個自己也無法控制的奇怪毛病：不會思索發生在自己身上的事情。

我只會觀看與凝視他人，用自己發明的詞彙和語句，或空氣中只有我能感受到粗大粒子的波動，模擬他方經驗的全景，機括齒輪下的重影再現，消逝後又試圖拼湊而出的疊映之臉——

沒有人明白，這是多麼有趣但又極為寂寥的一件事。

在我小的時候，大人總會毫不客氣地伸出手，把我的頭與臉頰扭向別處；然而，隨著年紀越來越大，大家對我的方式便逐漸轉換，變成幾種禮貌性的說法：

「白小姐，呃，妳知不知道，知不知道妳的眼睛真的很大？」

「小姐，妳是不是有什麼話要對我說？」

「夏天，難道妳的眼睛都不痠嗎？」

「白立夏，我想妳應該休息了！」

這些既隱晦又社會化的說法一出現，我便會適時順從地閉上眼睛。一閉上眼，我發現就能瞬間阻斷這個似乎大家都厭惡的毛病，真正自我沉澱下來，整個世界似乎又寂靜地只剩下我一個人。

而我發現自己可以控制自我，不再注意別人，能專注在自己身上，是從讀大學開始；正確來說，我的人生從此時，才不再如此孤寂無聲，終於著上了點色彩。

遇見Vino是在美式星期五餐廳打工時期。

當時一樣名稱的機車車款也同時推出，所以同事們總喜歡對著她大唱廣告歌曲。她也不會生氣，總會搖頭晃腦地跟著大家一起唱，最後一起大收尾，那畫面相當逗趣搞笑。

發現自己對她猛然動心的時刻，我仍清楚記得是在每次餐廳快打烊前，我必須要把早上灌了氫氣的紅白氣球給往上「放生」。

就在某一天，Vino突然跑出來說我們一起放生吧！於是兩人就把綁在門把上的氣球拿出去，從手上鬆開；接著，再安靜抬頭望著鮮明的幾顆紅白點，緩慢地往面前升上濃黑的天空中。一直過了很久、很久，那幾點似乎怎樣都不可能從漆黑裏消失，就這麼清楚地印在瞳孔裏。

就在那一刻，我絕望地以為自己又回到了從前：永遠只能把心思放在他處，我以為自己又被打回了孤獨的原形。

「噯，夏天，搞什麼？它們怎麼好像永遠不會消失？」

我很驚訝地低下頭，然後我們一起相視，接著哈哈大笑。原來我們看到的是一樣的……那感覺真的很好、很好，好到沒有任何語言可以形容。我偷偷迅速抹掉眼角的淚水，和Vino一起笑了好久。Vino就這麼輕易把我從漆黑的絕望中拉了出來；我突然想，眼前這個女生一定有什麼魔法，比如她的這句話，就是漆黑中的一道亮光，於是，我瞬間發覺自己整個人就這樣莫名地愛上了她。

這也是我第一次明白：自己原來也可以喜歡女人。

一開始我們時常窩在一起，她跟我說過好多事情，而我什麼都不曾忘記。我希望自己可以一直守護她，於是便把全身的感官用力張開來感受她；然而，她的聲音好近、好近，就這麼附在耳畔邊，潮濕又溫暖地像張密實的網將我緊緊包覆，身體與眼神卻離我越來越遠。

我不知道問題出在哪裏，我想我與她始終沒有真正靠近過——當確切觸摸到這個問題時，又馬上狼狽倉卒地從心裏挖出她說過的每句話，來告訴自己不是的，我和她還是好好的，我們會一直快快樂樂地走下去，就像當初抬頭望著相同漆黑的天空一樣；天空總會暗下來的不是嗎？當我每天晚上依然在原地，在餐廳外面打烊時，濕潤的眼睛總會牢牢盯著往上升的遙遠氣球，始終不願放棄，直到真的看不見了，才又沉默地低下頭，任由打轉許久的眼淚順著臉頰滑落。

Vino總是很隨性地丟給我快樂，以及嘻嘻哈哈、無憂無慮的一切，然後在下一秒，又撇頭說那些都不是她給的——這讓我時常無端哭泣，心裏充滿了絕望與悲傷，甚至有時候覺得，自己就快要無法呼吸，胸腔好像破了個縫一樣，怎麼樣都填不滿，時常發出難聽嗚咽的聲音。

後來，果然面臨真正分手的那一天。

Vino她照常騎著重型機車載我回家，然後支支吾吾地在我想抱住她之前推開我，跟我說她想要離職去考托福，準備出國唸書。

「那我要不要幫妳準備資料？還是一起去找補習班？」我緊緊抓著她的衣袖。

「不是，夏天，我的意思不是……」她不耐煩地甩開我的手。

「那我的班也排少一點，我們一起好好唸英文好不好。」我其實早就知道她要說什麼了，臉頰已流滿了眼淚，口中卻死硬地不肯承認，仍細聲細語地想挽留住最後一點點機會。

「夏天妳聽我說！」Vino似乎終於受不了地對我大吼。

「Vino妳就走吧，拜託不要再說了。」

她怔怔地看著冷靜把話說完，然後蜷曲到地上痛哭的我。

「白立夏妳對我那麼好……我一定會有報應的。」

我還記得這是Vino對我說的最後一句話。當天晚上，她離開我騎車回她家的路上，在十字路口被大卡車撞上，嚴重車禍導致雙腿骨折，骨盆腔破碎，躺在醫院長達三個多月。

一直到半年多之後，我才知道當初VIno是愛上店裏另一個女生，才決定跟我分手，而那女孩也跟我很要好。有人跟我說，他們那時看不過去，私下為我打抱不平去詢問Vino；既然如此，之前為什麼要跟夏天在一起呢？

然而我永遠無法理解她的答案：白立夏的模樣，是我想要成為的模樣。

我不明白原來愛情，也可以包含這樣扭曲的面貌。

我的第二個女朋友是伊恩，一個個子嬌小長相俊俏的女孩。她是我生命中的小王子，而我，在我們後來爭執時，她總是對我大吼：

白立夏！妳她媽的還真是那朵孤傲又瘋狂的玫瑰！

我們在一個女同志的聯誼中認識，我一直以為認識與交往的過程皆非常順利，後來她卻告訴我，她選擇我不是出於自願，而是跟其他人的賭注：她要選擇當天最多人追也是最漂亮的女孩，然後在一個月內甩掉她。我問她原因，她說她要證明漂亮的女孩同時也沒有大腦，這兩者絕對相依並存——所以一開始，我的小王子總喜歡托高我的下巴，然後深深地凝視我：

「夏天，上帝對妳真是公平！給了妳這麼漂亮的外貌，內在卻空空如也，真是再公平不過了！」

我從未反駁這樣的說法，因為我喜歡她說這話時盯著我的眼神：帶有種同情與溺愛融合的寵溺，柔和得像撫過赤裸身體的橙色日光。我從未見過，於是我把這視為僅只給我這個人那樣的小心翼翼珍藏著。

伊恩的身世很悲傷：她們家有三個姊妹，而母親在她們還小的時候，有一天替她們出門買肯德基晚餐回家的路上，在轉角處被砂石車撞倒，當場死亡。瞬間失去母親的三個姊妹還在傷痛之餘，父親竟花光母親的保險費，重新交了個新女友，把她們全趕出了家門。

她告訴我，母親長得很像香港名模琦琦，當時SKII保養品的廣告一出來，不管伊恩在做什麼，就會放下手邊的事物，馬上衝到電視機前，把臉與螢幕貼得緊緊地，用細細的聲音喊著媽媽、媽媽……

我一直以為這是個極稀有的時刻，但它卻出乎意料地在身邊不斷繁殖，如同繁密茂盛的枝芽般長得亂七八糟，讓我從鼻酸、心疼到毫無知覺。後來，我都不知道該怎麼辦了，廣告音樂一出，連手與腳與眼光都不曉得該擺到哪去才好，多餘得連臉都羞紅；於是，只好尷尬撇頭低下，假裝沒有看見這一幕又一幕耗盡、磨損人心的戲碼。

妳是我見過唯一一個毫無母性的女人：這是伊恩跟我到後來時常為了小事吵到大打出手，彼此痛揍對方到頭破血流，終於走不下去分手時，丟給我的最後一句話。

第三個女朋友瑪蒂達：一個長髮飄逸、皮膚白皙，美得猶如從古典畫中走出來的女孩。一起經過的回憶使我明白：不管時間再如何被扁平地拉長延展，我努力學會多少知識、智慧，也永遠無法運用最精準的文字和語言來形容，那些彷若漂流在荒洋大漠中，既熱切又疏離，真實卻又淡漠得連輪廓都不清晰；每日、每時、每分、每秒我們都深切的明白：我與她現在這些溫度，以及笑容弧度，與所有的一切、一切……都將成為未來回憶齒輪轉軸中，卡到最頂端讓人窒息的極端時刻。

她是我生命中最純粹的摯愛，同時也是狠狠擊碎我人生夢想的仇人。

我們唇亡齒寒地相互依偎了整個大學時代，而她的存在最終讓我深切明白了一個事實：某一個人的存在，就是注定造成另一個人的傷害。

瑪蒂達一上大學美術系的第一天，就因為一句話轟動了整個美術系：

「我要當畫家，即使代價是要我當妓女我也願意。」

這句話一說出口，底下的人全倒吸一口氣。除了這句話本質上赤裸的震撼效果之外，抽象的餘震是從未有人肯為了藝術，或者任何形而上的事物這樣犧牲——在我們這個什麼都無所謂和易於放棄的世代，從未聽說與遇見過。

瑪蒂達馬上就成為美術系上的風雲人物，然而，這件事對我的意義，卻深深地超越過所有其他人想像以及附加上去的含意。我記得那是個下大雨的夜晚，另一位與她熟識的同學小嘉邀約我一起去她的宿舍看她近期完成的畫作。

當時我仗著自己從小學畫，對於畫畫擁有一定自信：妳說妳想當畫家是吧，我就看看妳有多大本事；然而，宿舍的門一開，僅僅幾分鐘的時間而已，我的整個人生，便徹徹底底地就此改變。

除了畫的本身擁有深度的生命力與無法言喻的創造力，我訝異她與自己的創作在一起，是如此從容自在，兩者簡直融合在某種靜謐或永恆持平的狀態之間。瑪蒂達當時只是很平常地把雙臂環抱在胸前，站在畫作旁，臉頰上披曬著一點、一點淡橘色的圓形燈光，抬頭時剛好與我的目光交會。

我感受到了好幾十年的光陰瞬間濃縮成一個易逝的短暫時刻，點滴過去的時間亂了節奏，在心跳發出乾乾的跳動時被趁虛而入，且最後也剝落下來如同必要更替的四季或老舊的蛇皮。

那個沉默的時刻裏，我與她相互凝視，她淡默的瞳孔中沒有一絲一毫神情，只是忠誠反映著我的模樣。

我則撇過臉，努力抑制自己的心跳，繼續用力從瑪蒂達與她的畫中感受她的創作來自恆古循環的回憶文字與符號，由下意識裏淬煉出最幽微的抽象語言，我甚至可以清楚聽見她的靈魂想要訴說的話……這樣鮮明色調大量濃厚地把自我赤裸表現出來，簡直讓人目眩神迷到不可思議的地步，這方式使過往的疤痕與傷口皆能輕易消失，而它們被取代之後，在畫面上則留下了一種狀態，一種可以觸及的光線，如被日光閃耀過的刺目河川——這領悟乾淨俐落地襲擊我，就像鋒利的匕首，簡單明瞭地只用片刻功夫就直接深入內心底部。

我想此刻，我見到了未曾見過的風景，未曾見過的事物，未曾見過的抽象語言，以及未曾見過如此有靈魂的女孩。

就在那剎時，瑪蒂達讓我深切明白自己先前的人生全在自我欺瞞中度過：我當然會畫畫，而且還畫得很好，但我終究只會成為優秀的畫匠，絕不是一個畫家。

回溯起來，我的身體緩慢但產生巨大變異的正確時間，應該是瑪蒂達的靈魂形成畫作，再具體不過地於我面前顯現之後的幾個月內。

這些異狀一開始讓我相當恐慌：原本飄逸柔細直達腰際的長髮，一天比一天變短且粗糙，髮尾分岔嚴重；不怎麼細緻的音質變得更加低沉，聲帶還有陣子發不出聲音。

後來，逐漸在離下巴不遠處的喉頭間，突起個明顯的硬塊。每天傍晚洗澡時，我撫摸著全身的皮膚覺得難過得想掉淚，全身皮膚的毛細孔似乎越來越粗大，體毛無止盡地蔓延生長，而臉頰圓滑的輪廓隨著天數過去，線條莫名其妙地剛硬，且有稜有角了起來。

每天早晨，我總是馬上跳下床衝到鏡子前，歪頭看著裏頭的自己許久。我越來越不認識自己，裏頭的人越來越陌生了——現在，僅剩下那雙靜止時的雙眼，時間拉長，便會緩慢地從中透露出細微的，一種無可名狀的哀傷，凝結縮小的顆粒狀記憶在裏頭輕輕地來回碰撞；這些細微的事物才能將我喚醒，喚醒我仍是那個名叫白立夏的女孩。

直到三個多月後，我的胸部變得完全平坦，肌肉線條剛毅，下體出現異狀（長出了讓我異常驚訝的東西），才著急向大醫院掛了急診。

內科醫生診斷出我體內的女性荷爾蒙已完全殆盡（原因不明），男性荷爾蒙卻異常沸騰滋長了好一陣子，而很不幸的，我來醫院就診的時間過晚；現在於醫學上來說，我的生理上幾乎等於變成半個男人。

醫生先表現出難過的模樣，接著眼睛卻閃爍出光芒，對我說這種案例少之又少，他希望如果不麻煩的話，能否留下資料當他醫學案例上的研究對象。

我趁他走出去喊喚助理時偷偷從後門溜掉，衝出醫院跳上計程車。

從醫生研究曲線高低起伏劇烈的圖表，到認真解釋病情，之後宣布我的性別已從女人變成男人，甚至像頭怪獸般變成值得研究的對象時，我的情緒異常平靜，因為這一切已經完全超越所能想像的範圍。再怎麼天馬行空、無邊無際地描繪自我有可能突變形成，或者幻化的模樣；這沒有瘋狂崩潰，僅只表示這一切已不是想像。現在我在真實世界中，一切都是實際的，白立夏的世界已然徹底壞毀碎裂，高核能炸彈轟炸得已讓我失去任何思考能力。

從醫院逃出來後，我躺在宿舍床上一個多星期，然而，很奇怪的是腦中並不是想些補救與縫合破洞世界的方式。我的腦中只出現一件事：白立夏已經是個男人，那麼，我將要用全部的力量守護奇蹟：靈魂美到讓人暈眩的瑪蒂達。

於是我毅然放棄畫畫，把前半段的所有人生全部丟棄砍斷，全心全意地守護瑪蒂達，直到我們的世界真正走到盡頭懸崖為止。

那是一段苦澀酸楚得無以附加的時光。

我們在一起後，便有計畫地從學校宿舍搬到深坑街上的一間小公寓內，一起坐校車上學，一起吃飯、一起做所有的事情。瑪蒂達是一個敏感又纖細，情緒穩定但卻藏有許多心事的女孩，所以我總是小心翼翼地像對待昂貴雕花細薄陶瓷般對待她。

等到幾個月後，她終於開始像發芽爾後含苞綻放的花朵，開始跟我說許多話：她說第一次在人群熙攘的校門口瞥見我，那時候她覺得我真的好美；而當時天光則明亮犀利得讓人詫異，把我的臉曬得透紅，遠遠望去反而不像人，比較像某種擺置在路邊繁殖茂盛的盆栽，一株想帶回家細心照料的盆栽。

她說她曾在書上看過：每艘船在準備出航前，會於自己的深沉底部，對遠方鯨豚群體發出訊號，沒聽過不代表不存在。

她也跟我說過，每個人逐漸靠近墮落是會發出聲音的；那深褐色的音頻類似黝黑的夜，也類似雪跌落至地面上，然後躺平融化的語言。

她曾在不合時宜的地方打翻東西，所有的人都轉頭盯著看。

尷尬嗎？我問她，她說當時她能感覺時間的確凝結了，自己卻可以毫無感覺。她說清晨六點時，大型的野生動物會以牠們獨有的形式，蟄伏滲透進夢境中，所以理想的世界，動物應該要比人多。她還曾經到過無人的山頂，微笑往下扔棄自己的畫作，也在某個山坡，深深埋葬了最喜愛的紅色洋裝。

她喜歡夏天，非常喜歡，所以最後會愛上我有一部分是因為我的名字。

她喜愛鮮豔的桃紅與埃及藍，那使她聯想到遠方神秘的國度。她曾經除了成為畫家，還想當一枚有上千萬兄弟的白血球；很小的時候就怕黑，也說過曾試圖想擁有一面寫滿自己名字的牆壁。

讀書時曾經也跟女孩子在一起過，曾在某段時期發了瘋似地迷戀披頭四與皇后合唱團，還形容過她自己長得像一隻貓：一隻不怎麼討人喜歡，也不怎麼討人厭，極平凡無奇的路邊三色花貓。

那麼夏天，妳呢？

於是我就說了：我偏愛北歐電影，偏愛人們脆弱蒼白的靈魂輪廓勝過對人類的熱情，偏愛命定已好的各種例外，不管什麼樣的場合，偏愛最晚一個，尤其是等到燈都滅了才離開；偏愛繪畫的畫面中，留白的不規則部分。

偏愛大型難以親眼目睹的野獸，偏愛各種宗教故事勝過格林童話，偏愛徹底了解事物之所以形成的真相，還有我非常、異常偏愛實踐自己所有的想法。偏愛從簡約的事件中，所翻湧出最深層的核心價值；偏愛藍色；偏愛無法言喻卻又井然有序的地獄或天堂；偏愛熱帶國家；我想我最偏愛的，是所有知道自己正在呼吸與生活的人們……說到這裏，瑪蒂達走過來擁抱我，然後又歪頭問了我：那麼除了偏愛，妳最相信什麼？

親愛的，妳真的要聽嗎？

她點頭，眼裏透出一絲未曾見過，彷若沉澱已久的晦澀。

我相信迷戀有保存期限，相信所有的期待內容，總不免滲透一絲絕望；我相信人的意念是剎那變化萬千；我最最相信，其實每個人都一樣——在尖銳的寂寞中想念狂歡，而在綿柔的歡欣中緬懷孤寂。

我發現有一種時間，它的確橫跨出可以丈量的刻度，超越世間能夠理解的一切，就這樣空蕩蕩地懸掛在我們能夠眺望的地方。瑪蒂達曾經問我：為什麼在我們的時光裏，總是那樣容易忘了日升日落，星球與月光的膨脹和收縮呢？

親愛的瑪蒂達，我不只一次想跟妳說：時間只有當滑入不是妳也不是我之內，所有寓言式的日常才會真正的啟動……妳，會感傷嗎？

我記得在某天半夜，睡在身邊的她突然整個人坐起來，氣喘吁吁、一身冷汗。

「寶貝怎麼了？」我跟著醒來，揉著睡眼惺忪的雙眼，一邊撫摸她的長髮。

「我做了個好真實的噩夢！」她轉身抱我，心跳跳得好快。

「什麼夢？」我緊緊抱著她，一邊偷偷打呵欠。

「我可以告訴妳夢境，但妳要跟我保證，跟我發誓妳不會生氣，不會隨便發飆！」

「什麼意思？」我清醒了，發覺她的話中有話。

的確，我承認自己與瑪蒂達在一起非常沒有安全感，系上的男生或女生跟她說話，我都會不舒服，都會無來由的發飆吃醋。

我其實知道原因，什麼才是真正扎到痛點的因素。

真實的痛點不是任何人，真正的痛點來源是我自己，是我根本不知道我應該對什麼性別的人生氣。我對現在的自己一無所知：我對這個最生氣無助，最無可奈何——我根本就不男不女。無法開口承認之餘，只能對所有性別的人都產生戒心。我把此當成最大的祕密，沒有辦法對親愛的瑪蒂達坦承，所以變得疑神疑鬼，連她後來要說話前，都清楚一定要先提醒我，否則結果一定又是一頓激烈的爭執。

「就是我要說的只是夢，一個無所謂的夢，不是真的，所以不可以生氣好不好?!」她撒嬌地躺進我的懷中。

我點頭說好，順勢把她緊緊摟進懷中。就在那個短短的時間裏，我突然想起好久以前，被男友或女友抱進懷中的印象。那個時候，我正是瑪蒂達這個角色：被寵溺與承受懷抱的角色，而現在我卻在上方，也就是由上而下、由外而內提供胸膛與體貼的另個身分，就在那幾秒鐘裏，我發覺我的心中突然充滿了一種莫名的暴力感，從體內源源不絕像噴泉一樣大量不斷地湧冒而出。

很久之後我回想這一幕，我想如果當時瑪蒂達沒有馬上開口說出夢境，我一定會莫名其妙地站起來，狠狠地拽拉起她的長髮，把她的頭與身體像隻布偶般往牆壁上摔去！會這樣想像僅只一個原因：就是我可以，現在已是男人的我有能力與力氣這樣做——因為可以的因素使得那莫名的邪惡泉源一直湧出——人類真是種既可悲又可憐的動物。

「在這個恐怖的夢境裏，我，和兩個像是美國籍的男孩們不斷對話。

A男孩保羅，冗長且寂靜地跟我訴說他與伴侶的相處，剛開始是如何溫柔美好，以為就此遇見自己的百分百男孩。

保羅單純潔淨的臉頰與金髮，在夢境的夕陽下，彷若貼了金箔般刺目，碧綠的瞳孔深幽地望著我說：『後來感情就變質了。他開始嚴重酗酒，然後不斷痛揍我。我被他打怕了之後，只要他一舉起手臂，我就不由自主地先揍自己，用酒瓶或者茶杯，任何易碎物先打破自己的腦袋。一開始他會先愣住，之後也跟我一樣，只要我把自己打得頭破血流，他也會馬上拿起任何東西砸自己；然後，兩人就在鮮血狂冒的時光中凝視對方。』

我問他：那是什麼感覺？

『互相扎實的彼此擁有。龐大的，無法言喻的真實佔有與侵略彼此──沒有什麼比這更暢快淋漓了。』」

瑪蒂達說到這裏，輕巧地脫離我的懷抱，走到廚房倒了兩杯水。那時候她僅按開餐廳的燈，我迷濛地望著她赤裸筆直的白皙雙腿，薄透的白色內衣裏一雙乳房隨著走動的韻律跳動著。昏暗的光線忽明忽暗地橫切著慾望，於是我趁她回來之際，突然把她壓到床上。

她沒有反抗，只是笑著說她的夢還沒有說完，然後便呻吟了起來。

我一邊與她做著熟悉的動作，心中一邊出現淺淺的，開始輕視自己的感覺：我剛剛還在抑制擁有痛揍她的暴力不是嗎？暴力與性永遠一體兩面，難道我就只能隨著無法控制的本能來進行下一步嗎？來被它們牽著走嗎？

瑪蒂達是有靈魂的女人，她要是發現我如此膚淺，不會想要掙脫離開？

「而B男孩畢福一身西裝筆挺，下巴留著修飾適切的漂亮鬍渣。在我們一起倚著船隻的甲板上，跟我叨絮著瑣碎事物：如何釣到大魚的祕訣、彈奏手風琴其實相當累人、潮汐與季風的變化節奏、航海中曾聽聞過的笑話……

『噯，你有沒有看過一本書？裏頭提到一部電影叫做〈愛暗潮洶湧〉？』

當畢福說到這裏時，我突然感覺這個對話異常熟悉；在夢境裏，我發覺〈愛暗潮洶湧〉已經出現第三遍了，所以說，不管是剛剛蒼白的保羅，或者瞬間場景人物隨即更替的船隻與畢福，其實在這個夢境中，都像唱片跳針般的重覆、再重覆……

我頓時傻住了。

畢福面向我繼續叨絮的同時，他的額頭突然緩緩裂開，從裏頭冒出汩汩鮮紅的血，遮住半邊的臉。他若無其事地伸手抹了一把；而那半邊純潔的面孔，是保羅哀傷時所糾結的神情。

保羅與畢福已融合成同一個人，他們在一遍遍傷口大敞的互相侵略與擁有中，早已更生成同一個個體，然後過著他們所謂百分之百的日常。

我在夢裏哭了起來。我還記得單薄的保羅，站在起風的山丘上那紛飛的金色髮絲，像既潮濕卻又繽紛燦爛的太陽雨。而他每次形容這些記憶，那望向遠方的眼神是如此幽靜深遠，像一條沒有盡頭的河川。我明白這不是相互融合與擁有，是畢福單方面地全然吞噬了他，完完全全地把保羅吃進了他的身體裏……已經沒有保羅這個人了……」

瑪蒂達說完，閉上嘴巴，靜靜地盯著我看。我不知道這個夢是真是假，但我知道瑪蒂達在暗示我，她用這個夢在暗示我不論如何，我們延續這段情感的下場，最終都會如畢福保羅一樣，彼此吞噬掉對方……於是我不寒而慄地打了個冷顫。

時間停止。

我們濃烈到幾乎要把對方撕裂的情感，一直維持到大學畢業前才真正終止。

她跟我說過的話我都沒有忘記，然而最記得的是她有一次喝得很醉，在快要昏睡之際，突然又從床上坐起身，雙眼還緊閉著，嘴裏卻叨絮著她家裏有五個人：爸爸、媽媽、哥哥和弟弟，而在她小的時候，曾經有過相當嚴重的家暴。

當時我一聽見「家暴」兩個字，心臟與所有感官便瞬間糾結成塊。我仍清晰記得那個失控的夜晚，當我試圖平息急促的呼吸，跟她說出我也有一樣的經驗，但是家暴的目標是哥哥白榮恩，不是我白立夏時，她突然睜大雙眼，酒醉得一蹋糊塗的迷濛感瞬間殆盡，開始像發瘋似地甩著長髮，伸長雙手緊緊掐住我的脖子：

「白立夏！妳騙我……妳真的好會說謊，妳真的把我騙倒了妳知道嗎！」

這脫序的場面僅只維持幾秒鐘，我驚嚇地盯著她，她重複吶喊出這幾句話後，接著便倒頭呼呼大睡。

隔天她睡到下午才清醒，然後一醒來便急著呼喊我的名字，跟我道歉。她並沒有假裝忘記或者裝做沒事，她很坦然地說她一直以為我們有共同的經驗——我第一次到她的宿舍看見她的畫作時，她知道眼前這女孩眼底洩露乍現的光芒，完全吻合長久的期待；因為那幾張創作，全都是她把從小所承受而刻劃進生命中的暴力痛楚，扭曲轉化成抽象的符號色塊。

「但是，其實不是妳，對不對。」

瑪蒂達一字一句地對我說。

是的，不是我，不是我……我不是那個讓妳期待的人。

＊＊＊

「我最記得跟妳認真形容過如何吞嚥下無法忍耐的心痛方式：我想妳應該忘記了吧。其實步驟相當簡單，只要閉上眼睛，然後深深呼吸把胸腔填滿，細細觸摸真實心臟的抽痛——用力記住這個感覺，自己的某些部分就會理所當然地剝落，而某些部分也就會重生。」

我與瑪蒂達是在很自然的情況下分開的。

我們在一起大約過了三年多之後，親密關係逐漸減少，直到最後的發生關係，我們赤身擁抱，她一靠近我便相當驚訝。我永遠記得我們赤裸抱在一起的那一秒鐘，她馬上敏感地用力推開我，坐起身，冷靜地盯著我碩大的胸部，與和她一樣纖細的腰看。

那眼神完全沒有情感，像盯著什麼讓她極度嫌惡的東西一樣。

我有點受傷，於是馬上找衣服套上，她也不發一語地披上外套，走到窗口點菸。我沒有跟上去，只在床上怔怔地看著她的背影。

皺褶在煙霧光圈後面的龐大情緒，那神秘的一瞬之光，我仍愛她愛到心臟都痛了；但是，在那之外的平行宇宙思緒與生活，離散的切面與各式投影，如星體般旋轉、膨脹、衰竭、驟碎、停頓……點與點的距離將越來越遠；我的瑪蒂達，此生親眼目睹的唯一奇蹟，我相信也是我人生裏最後一個女情人，就將如擴張爾後脹裂的全然空無般永恆消逝。

那一夜我們都沒有說話。當晚我們沒有睡在一起，很自然地各自回到自己的房間。

於是我打起精神，整夜沒睡地振筆書寫了封信給她，就塞進對門上鎖的房間下方。

隔天一早我翻身躍起，一切都已成定局：她的東西全搬得精空，而我的房門底下，也塞進了一封信。

我決心不要再愛妳了。當我自己這樣下定決心時，妳的模樣就清晰刻印在記憶弧線的頂端、中央，以及無所不在到處都是，如此印象深刻，這也就是妳時常對我說的：「這是對我一個人的寵溺噢！」

夏天啊，妳知道我是那樣捧著心在愛妳嗎。

不久之前的某個夜晚，我獨自走出我們的家，走到深坑的老街外圍，努力試著把妳曾經對我的暖寵全部忘掉——我才終於明白，妳曾跟我說過，妳的心中從未有人走進，那麼也就不會有人走出時，那孤寂的形狀才會從靈魂中深刻出來，凹凸出這樣扁平不堪的世界中，讓自己永遠不會忘記。

那麼，記得這個要做什麼？

我想我終於明白了：記得自己寂寞的輪廓，就是離寂寞最遠的方式——妳永遠如此聰慧，聰慧到讓我感覺遙遠得無法靠近。

我決定不要再愛妳了，夏天，妳總是讓我站在街道角落等待，無助又茫然地望著瞬間轉換的光影車流，然後再出奇不意地走到我前面，牽起我的手……這個時候，我總想起妳在這等待與見面，甚至到最後的離別時刻，永遠都一樣：「瑪蒂達，我們永遠在一起好不好？」

哇！此時，我心裏就會詫異：這是怎樣的一句傻話？白立夏為什麼要這樣欺騙我和自己呢？但我也總是堅毅地對妳搖頭，踏步邊走遠邊思考，然後此時，便會從遙遠的地方傳來妳哭泣的聲音……那聲音又細又長，像滿天飛花的透明細線，永遠用力把我拉回來，卻又推得遠遠的。

我決心真的不要再愛妳了，因為你總是喜歡光著腳丫子走路，一二三、一二三……而不出現在沉默的時光裏，我總會記憶起許多難以熬過、痛苦難耐的回憶；我一直以為那會是妳，是我們曾經在不同地方卻遭遇一樣哀傷的事情。
然而卻不是，始終都不是。
夏天啊，世界太大我們都太渺小了。
我不要再愛妳了，你總是距離我好遠、好遠，我必須一遍又一遍地熟記著與你共眠的許多夜晚，如此漫長又那樣短暫。妳知道嗎，深夜我總會一個人爬起來，坐到妳的身邊，悄悄撫摸著妳的輪廓。我捨不得睡著，妳低沉在我耳邊的聲音好近，溫暖又潮濕，那些黎明乍現時的光又那般刺目，割裂刺傷著那些斷裂的時光。
我決心不要再愛妳了，但是我從未對你說：不管在何時，我總是感覺得到你的靈魂沉沒在我撈不到的地方；那使我心痛，痛得無法形容，我以為只要不斷、不斷地創作畫畫，一直跟妳說話，總有一天就會懂得妳的悲傷。
我一定不要再愛妳了。其實，其實我好想跟妳說：「夏天，求求妳帶我走吧，帶我走，只要妳開口留我，我就不會離開。」
然而，昨夜，我們對視的瞳孔在黑暗中閃爍著一絲晶亮，遲疑的，我們彼此都有。

永遠愛妳　瑪蒂達

深深吸了好大一口氣，我仔細記下這濃度極致，終究會撐脹破碎的哀傷，那濃密到讓人眼瞎目盲的，傷痛的黑。

我頹喪緩慢地走到客廳，站到她最喜歡的窗口，從口袋摸出一根菸抽。瑪蒂達的氣味還周折反復地在這空曠的空間裏，讓一切顯得碩大不真實。飄盪環繞在裏頭的空氣沉澱了下來，從窗戶曬進來的陽光顯得很重、很重。我靜靜地倚靠在窗邊，有一片刻，覺得自己不那麼想繼續感受任何事物，覺得自己沒有任何活下去的意義，但這個，卻又是最簡單又最艱困的想像。

瑪蒂達。我閉上眼又張開來。

即使在最後的時刻裏，我也始終無法跟她說出實話。

除了家暴，那反映在瞳孔中真實的讓她誤以為是我，我的生命中曾與她經歷過相同無法對人訴說的苦痛，而愛上我的這個錯誤之外……我的身體無法欺瞞，會悄悄緩慢地一點一滴變回女人，是因為——是因為我還對她說了第二個謊。

我想在那個夜晚，她冷冷地像望見罪惡至極的什麼般厭惡地看著我的身體，心底已猜測到我的情感與身體是一起變化——不是不愛了，只是我們都明瞭一個事實：我被打回成從前的白立夏，只能也只會喜歡男人的白立夏。

有時候我發現，我其實早就不愛妳了。

那個時候妳站在水池旁，靜默地蹲在那，低頭望裏面的魚兒許久；那身影被夕照吞噬成一個殘缺的漂亮剪影，然後，妳突地尖叫站起來對我說：『老天爺！我好愛這個世界！』

我該如何愛妳呢？有一天妳對我說：其實這個世界是由許多離棄背叛殘忍嫉妒仇恨所組成的；妳清楚的不得了，但是妳仍能裝得如此像，像一張白紙，滿天飛花的謊言都侵蝕不了妳，而一截截的時光會萎縮成虛假實境，它們就是一面滑稽的哈哈鏡，所有人在那面前無所遁形地變成醜陋無比的妖獸，然而妳站在鏡子前，還是如此美，美得讓我心痛……

我該拿什麼來愛妳呢？

有時候我悲傷的想，或許不要愛了，不要愛了，我就不會感覺在妳身邊，時間像光年一樣老化又急速，時間才能恆久且終於靜止，終於緩緩停下，在那張我所絕望又愛戀的臉孔上方。

有時候我發現，我其實不愛妳了，那是因為我自己不那麼記得那些愛妳的時光，以及種種。

童話故事無法永遠說下去。

遇見藍大哥是在即將畢業的夏季初期。

當瑪蒂達發現我們沒有共同的家暴經驗後，彼此的親密關係急速冷卻，時間變得像果凍般堅硬執拗。那感覺很微妙，她的眼神刺穿過我，落到後面的牆壁上時，我就不由自主地會聯想起蟄伏進厚重雲層的陽光；而我，只是底下一隻弓盤起身軀，正卑微無知地在舔咬自己尾巴的癩皮狗。

莫名的焦躁與煩悶開始不定時襲擊我，胸口吞嚥不進空氣快要窒息時便趕緊逃出家門。

這樣的次數越來越頻繁，距離也開始越來越遠。有時候，我從渾沌中才恍然驚覺自己已身在瑞芳、鶯歌、羅東、沙鹿、岸腳村、鹽水，甚至有一次我在南灣的沙灘上醒來。

「妳看，金瓜石的山因為很低矮，所以天氣好的時候，扎實的雲朵走過去的影子會清晰地印在上面。」

真的。我照著他伸長過去的方向望，那深淺不一的影子色塊遊走在綠色的山裏，波光粼粼地好似能把薄弱的什麼都蒸發乾淨，僅剩下輪廓深刻的事物；而被留下來深切的，便悠悠在瀲灩處發著光。我突然感覺自己內心底的晦黯與陰鬱，快要被這些光澤給全撫摸光了。

這感覺異常生疏，甚至有種古怪的矯情，因為我根本沒有期待如此。過於美麗與好親近的風景都讓人難以適應與厭惡。那些簡直做作浮濫——尤其對於喪失自信與卑微的人，更會覺得自慚形穢。

「妳是不是無法看太久這樣的風景？」藍大哥看出我的心事。

我沒有表露出驚訝，只是閉上眼沉默點點頭。

「我以前也是如此。但妳想太多了，風景其實就只是在那邊而已，它要我們去看它、去欣賞它，就這樣。所有哲學道理都是人類無聊，為了為難自己所想出來的狗屁理論。」

「什麼？」這還是我頭一回聽見。

我所傾心相信的卡謬、尼采，還有一堆哲學家，於眼前這個雙眼炯炯有神，高聳的鼻子下方留著濃密鬍子，穿著白色T恤藍色牛仔褲（後來發現他永遠如此這身率性打扮），皮膚黝黑的藍大哥，其實都是無病呻吟?!

「我最相信的很簡單，就是中庸，凡事適可而止，太過與不及都是不對的。」

那是我們第二次見面。藍大哥深深望進我的瞳孔深處，我們沒有說話的時間，都拿來適應眼前壯麗到令人難受的風景。我到後來仍舊沒有適應，更談不上喜歡任何美麗的風光，但我發現我可以凝視它們比較久一些的時間，也不感到如針扎目那般刺痛。

眼睛所映上的，應該要學會切斷與心裏的連結——這是真理，是個可以讓自己活下去的真理。

藍大哥在淡水開一間咖啡館，與他逐漸熟稔後，我變成店裏的常客，而不知道在與藍大哥第幾次見面後，他用緩慢低沉的聲音告訴我他的故事。

他說起他好久以前的兩年短暫婚姻。他去日本三個多月，去那裏看看走走，帶回來也在那裏留學的女友，後來兩人結婚。女友父親的企業需要人幫忙，於是結婚第二天，就同時擁有丈夫、女婿以及經理的三個不同角色：那是一段被各種無法形容的瑣碎事物、陌生的零碎光影給切割到身心離散，破碎到不成人形的恐怖日子。

本來就不喜歡過度緊繃，對於和陌生人見面像切換頻道那樣頻繁的時刻，不管過多久，在交換名片後，都會感到自己快被厭惡感給淹沒了。藍大哥選擇勉強自己的一年多之後，開始覺得身體不舒服，時常發生異常的氣悶，氣悶的難受感一來襲是完全無法忍受的。他告訴我，那嚴重的半年，半夜開車到醫院急診室外面才能入睡；「急診室」這三個字使他安心。而症狀有一次在塞滿的高架橋中發作，他居然安靜坐在車裏等待都無法，乍然拉開車門，用走的下橋。

「那卡在車陣中的車怎麼辦？」

「下橋後去看醫生，等到身體舒服了些，再打電話叫人拖下來。」

「用走的下橋，一定很多雙眼睛盯著你吧……那感覺是什麼？」

「一片全然的漆黑，我難受到什麼都無法多想。很艱辛呼吸進的氣體一直不知從哪溢出，然後變成像氣喘一樣；那個模樣使我的頭一直在顛簸，我想應該很滑稽，看見的人都會想要笑吧。」

說到這裏，我突然很認真地瞧著眼前的臉：這是一張線條如此剛硬甚至可以稱為嚴肅的臉啊，卻在眾目睽睽下不由自主像傀儡般顫動運作，這真的，真的好悲傷呵。

但是看了一輪醫生都沒有用後，藍大哥終於在一個偶然的機會中，看見一則關於恐慌症的報導，才明白心理影響身體：他已經得了嚴重的恐慌症。

直到兩年多後，他的妻子也因他得到憂鬱症，自殺未遂，兩人才協議離婚。離婚的那一天，兩人沉默地手牽手走去簽名，最後，在街頭的轉角處彼此深深擁抱對方，兩人才轉身，各自走向不同方向。

離開這個生活時，藍大哥把所有的雨傘都丟棄了，然而，在棄絕後才想起接著要去的新市鎮在黃昏時經常下大雨。他說自己傍晚時坐在長長的列車中央，把目光放在窗戶上的任何一點上頭，晃眼即逝的什麼都是他目光所及。記得是列車停靠第三站又啟動後不久，一隻鳥用力撞向玻璃，扁平的身體貼著血漬往下滑落，屍體與風景一樣晃眼即逝，只留下難看的污漬。

果然下起大雨了。

藍大哥說才幾秒的時間，整個血漬痕跡都不見了；那個時候，他突然用力在腦中把事情從頭到尾想了一遍：

我與她怎麼會變成這樣呢？是從什麼時候開始的？兩年多的婚姻怎麼就這樣結束了。

「我發現我也開始逐漸陌生了。她一定會比我先遺忘，因為最後我確信她已經開始憎恨我了，然後呢，我再遺忘，我們一起遺忘，那麼我與她之間的一切是不是就變得空空如也，回到最陌生的原始點，這樣，也就只好換上新的窗簾，單色的浴巾換成艷麗花紋，白色襯衫記得搭配深色領帶。

噢，對了，還要記得養一隻狗……我開玩笑的，我現在還背著一大筆債務呢。」

藍大哥笑著說完，很自然地傾身靠近我，問我需不需要再喝一杯咖啡。

我點頭，他轉身走入吧臺，我望著那個白色背影；就是在這個真實不過的剎那，我發覺自己就這麼愛上了藍大哥。其實人生的實景就是如此艱辛崎嶇，而且並不怎麼好看，但是太多人在其他人的面前，只願意顯露出粉飾甚至甜膩的模樣。白立夏聽過太多謊言了，我心裏暗自吃驚目睹這血色滲透的真實與愛情，同時並肩向我吶喊出巨大卻無聲的響音時，我感覺自己耳膜都要爆裂開來了。

這個仍算陌生人的藍大哥，跟我非常自然地說出最底層清晰的人生面貌。有誰可以真的了解，其實那些被遮住的光影、那些與黯黑齊頭並進的孤寂痛楚、那些必須提醒自己記得呼吸的人們、那些混亂異常的歧亂神經線條、那些深深厭世賴活的……不管被無形的什麼給沖刷過多久，它們仍是那樣如此靠近本質，以及最原始的愛。

於是當下，我便決定把全部的自己，交給眼前這個人。

畸零者的結界

——第七章

我曾麻木地坐在河畔邊一整天，
心裏悲傷地想：
現在，所以社會上定義我們的詞彙、
詞語皆完全不精準……
我們什麼都不是，
我們僅不過是進化過度迅速，
早已喪失了內心底最重要的什麼，
而化身成一頭頭面目畸形的怪獸們。

所有的人一起倚在淡水小鎮，那條長河旁的低矮石磚上。

這個下午異常安靜，炎熱的空氣中一點風都沒有。偶爾遙遠、天藍色的喧囂聲，會朦朧地從四面八方輕輕被傳送過來，然後又只是暫且經過般地順著河水的流動消失尾音。這些帶鹽分混合的河水，從未清楚映出彼此確切的影像，僅有溫潤潮濕的輪廓線暫且框住，但一個晃蕩的波動水紋便全都打散了。

這裏真的很小，在一座小島中裏的其中一個小鎮上，聲音與影像皆可輕易唐突地出現，然後再悄悄隱去，像是什麼都沒有發生過。

最怪異的是這個小鎮在週末時間，順暢便利的大眾捷運會突然把島國市中心的人，幾乎全送來這個鎮上；背向海的小小一條老街，因應著生存環境，便全滿布讓人怵目驚心的醜陋招牌與各式攤子。

很多人都說：淡水小鎮是屬於臺北人的鄉愁。

據老淡水人的說法，現在醜陋老街曾有過金色年華時光於民國七十五年到八十年間。這五年中，街上古董店林立，販賣的不是遙遠朦朧，缺乏真實感的清明朝古董，而是真正屬於老年代阿嬤阿公的瓷器用品、浮月倒影的燒瓷碗盤、月曆或老鐘。

那一個個完整封存歲月的古調，吸引了許多古董商前來朝拜，整條老街也在這五年間具有如醚醇噴香的傳奇；果真可稱之傳奇，因為這些古董店在五年後，因應老街的改朝換代而如流星般迅速殞落潰散。

見過曇花一現的古董盛世的居民，迄今談論起來口氣中仍帶有濃厚的傷感懷念，彷彿那樣的老街，才是真正名副其實，披覆了歲月印記的老街。

淡水除了現在繁盛的觀光老街之外，間隔散落於老街左右邊的小巷弄，沿著馬祖廟後頭的重建街，更是封存了如古董般稀有的古式住宅。深灰石雕與老舊木頭製作的門、斑駁的暗紅色春聯、凹凸不平的紅磚道路、大門敞開可見內頭的靡靡暗紅神桌……根生於淡水的居民在此沒有被時代潮流沖刷，甚至在踏進重建街的前端，便凝結了在此處好幾十年前才有的緩慢生活步調，在這裏如窩蜷在自己殼中的蝸牛，捍衛此小塊區域保持原有的一切。

曾碰過許多讀過淡江中學、大學或現稱真理大學的學生，甚或曾把整段人生時光的一小部分，分割給過淡水的人，談起這的口氣都有著濃厚的鄉愁感；彷彿那曾與淡水這塊土地連結密合的光陰，始終在平淡安靜的歲月裏發出強光，一種無以名狀且已無法回去的悵然；於是，淡水鎮就塞滿了各式各樣，以不同光線摺痕所陷落生根的鄉愁思緒——所匯聚的靈魂是一條綿延壯闊，河面平靜，底部卻波濤洶湧的河川。

淡水厚實的鄉愁感讓人終生難忘。

烙在生命的刻痕不是淺淺的覆蓋其上，而是整片面積深深地渲染到心底最底層，與眾多盤旋低鳴的記憶融合在一起。

在淡水老街與連接紅毛城中間地帶，是整個淡水鎮的幽閉之處。

分界點可算是老街尾端的溫州餛飩餐館。跨越了這家餐廳，錯落幾間小店後，這條中正路上僅有一家警局，以及底部的地政事務所。一進入此條道路，便瞬間隔絕觀光湧來的吵雜壅塞。這裏異常幽靜，不是古老重建街那種封閉退隱的清冷，也不同於真理街那帶彷彿自己篩落叢密樹葉中的光影變化那般家常清新；這裏像是從老街那喧囂之地往後退步，顯得不沾染任何氣味與生活痕跡，沉默地走過這條路，屏住呼吸，甚至似乎可以聽見淡水街道底下的脈動聲息。

從中正路底部的地政事務所旁轉彎進去的小巷，右手邊是淡水的舊碼頭老漁港。終年停放五艘以上舢舨的老漁港，從清朝時代就創建迄今，清晰的漲退潮是明確切割時光的度量衡。在漁港旁邊，有一棟外觀顯著的白色咖啡館，再走上五至十步，就是捍護此港口的海巡署。

兩者守望且面對著老漁港豎立，延伸視覺便是一望無際，接連淡水河的大海。

咖啡館的名稱是天使熱愛的生活。

這棟建築物最老早以前曾是出海捕魚者的福利社；可以想像當初清晨出海的漁夫往遼闊大海鑽迎過去捕魚維生，黃昏時回到此處停泊，紮好自己的船隻，從底部的漁港沿著旁邊的樓梯往上爬，疲勞且或站或蹲踞於此地喝杯熱飲或吃食，閒話家常早些時間的捕獲過程與實際魚量。漁夫們胸腔滾動的是大海的各式面貌，而現在貼近腳底的，卻是發燙的灰色柏油路；他們如同兩棲動物般在這河港、陸地與大海中間來回緊密呼吸生活，敲響淡水河與大海筆直的命脈，連串貫穿起這個特殊的地理位置。

這老漁港在十年多前，曾發生個非常令人詫異的往事：某天下午一頭中型，在陽光底下兀自發亮的小型鯨魚，先是迷失方向的游進老漁港中，再因為退潮而整隻不知所措地擱淺在泥地中。後來派了許多警力與漁船，把接近死亡發爛的牠從漁港中拖運走，很多人在現場凝視著這稀有且令人鼻酸的場面，都不禁淚流滿面。

這事件說明了河港是直接連接遠方的大海，也讓這家天使咖啡館擁有無可取代的地理位置，像整個河港的忠心守護者，也像是那片遙遠海洋中的孤獨燈塔。

夏季待在咖啡館前面的河堤岸邊，往遠方的大海瞭望，海天一色的景象就直接呈現在眼前，瞬息變化的橘紅夕陽也燦爛綻開在這個河港前方。如果颱風前夕前來觀望風雲幻化，整個天空如中古文藝復興時代所畫的宗教油畫，散發出讓人心生畏懼的華麗強光，從層層暈彩的雲疊中射出懾人光芒。有時，會聯想起宗教裏摩西破紅海的壯闊，有時也會煽動翻攪出是否撒旦從地獄底現身而準備毀滅世界，那種從厚疊雲層中曬射出既詭譎又萬層攢動，且為靜態的爆炸視覺感官。

很多人想像住在淡水鎮上的人們，一定既幸福又歡快，能每日、每時地親暱擁有這片山水；無話可以反駁，這的確很真實，但也是最不值得被記載下來的部分——我時常都要被這所謂永恆不變的美好，以及被所欣羨的一切，給逼迫得想要傷害自殘到接近瘋狂的地步。

每個人的承受力皆有其限度。

我想，我最孱弱無能的承受力就在這裏：內心底很清楚自己根本不配與這樣美麗的東西終日為伍；我知道自己既迷戀又痛恨它，而待在這裏越久，就越深感它對我的腐蝕性越來越深，深得無以附加。

越離不開它的同時，也就越痛恨自己。剛開始我悄悄在淡水，這個臺北最邊緣地帶窩踞了六年多。

居住此地這段不短的時光中，或許因為這裏太美，也或許因為它正佇立於靠山水的邊界上，所以不斷吸引各式各樣──從各種精神與肉體層面靠近極限邊界的邊緣人。這些人年紀性別興趣與職業皆不一，但都嗅聞得出彼此屬於同類人，皆把自我藏匿在這方結界的氣息。

而將我們這群人隱匿得小心翼翼的結界，最後一所避風港，就位於淡水鎮老漁港旁邊的一家咖啡館，名為一部法國老電影：「天使熱愛的生活」（這實際是一部極悲傷的女性電影）；所以我們自稱（亦或自嘲）自己為天使：天使幫眾們。

同屬社會邊緣人的天使們，大家心照不宣地把自身最難堪的部分鮮活掏出，一同交換分享共食；那中間的氣氛故意延宕於愉悅、歡樂，哈哈大笑，甚至有一種「沒有明日也不過如此」之極限感。

拉上窗簾了。我們將外面滾燙灼熱的金黃陽光，早已濾成一種沁涼的灰白色，再極其緩慢地溢進其中一間又一間鎖死的封閉空間。會來到結界的人們，其實都像耳半規管被剪掉無法保持平衡的畸零人，只能歪頭無助地望著這個再現實不過的世界，對於自身某些狹隘古怪荒誕處，感到身不由己，無法控制的可悲。

我時常感覺這裏像極了周潤發演的老電影〈和平飯店〉，裏面匯聚的每個人都是傷痕累累地逃離過往人生來這邊重新開始；也像保羅奧斯特那本《布魯克林的納善先生》[1]中，故事裏包著枝微末節的生活吉光片羽，在光怪陸離的新鮮事中，彈上那麼一首古老心酸或隨興演奏的小調。

這些片段與散落在淡水每處不同的生活場景，一格格如強硬軍團般抵禦大軍臨下的世代變遷或新舊替換；有些時候，則是很乾脆收起舊日的緩慢跟上迅捷轉動。

更多時候，我這個住在淡水六年多的外來者，在黃昏片刻沿著河堤邊緩慢步行，看著淡水河面上隨著時光擁上、退後，各自篩出不同光線折射的色調光芒，心中都會湧出許多對於活生生的日常，感到無比矛盾的惆悵與幸福之感。

濁灰藍色的淡水河。殘缺天使們的結界。

淡水河裏面有魚，有各種普通平凡的生物結構鏈；有變了色調的整片天空和樹蔭，以及一群群面貌轉瞬變更的人群，以及薄薄的春光。夜晚，則擁有完整月亮與星星的陰晴圓缺。

水平面淺浮的三分之一部分，是我們所熟悉的；在這裏大家一起隨著流動的時日，撥開腦中繁雜的皺褶，互相為對方撿取印象裏模糊或深刻但至少一定是最難忘的風景；我們努力放棄活生生的鮮活氣味，打碎踩爛甚至徹底遺棄，像掩蓋一樁樁一目了然的罪行。

這是我們唯一能繼續活下去的方式。

唯有身在不屬於原本意念的第三度空間，從各地苟延殘喘、沾滿罪孽聚集於天使結界的我們，才得以緩慢被療癒地終於恢復純粹、毫無雜念的擁抱與親吻能力。接著，再企圖進化，就是好好表達自己內在真正想要說的話。

大家的外貌當然正常且彬彬有禮。社會甚至還慷慨地給予其中某些人一處大方的容身之地，與好聽的頭銜稱謂。但是來到結界，都被打回原型：我們僅學習跟真實面貌做朋友──沒別的理由，只因為大家都一樣醜陋不堪到沒必要遮掩隱藏。

如果有人堅持還要戴上假面具，這裏沒有人會理你，結界從不收留擁有第二副面具的人。待在這裏沒有多久，我便發現這些人從內裏源源不絕掏出的所有故事與回憶，已由長日累積編織而成一張細語絲網，無限延伸地往橫向擴張；它不僅僅只是代表這個人，而是這整個面積的我們──同屬這樣光怪陸離的世代。

我曾麻木地坐在河畔邊一整天，心裏悲傷地想：現在，所有社會上定義我們的詞彙、詞語皆完全不精準……我們什麼都不是，我們僅不過是進化過度迅速，早已喪失了內心底最重要的什麼，而化身成一頭頭面目畸形的怪獸們。

最為難我們的就是我們自己。然而，除此之外，生活卻也從不放過地用力逼迫我們。

例如A，發覺自己對於如何好好跟另個人完整表達想法，已到了如肢體殘障般嚴重的地步，打招呼過後就開始結巴大舌頭；B每個工作都做不到三個月，原因是因為她總是不由自主地勾引老闆與主管們（她稱這為再合理不過的身體互相吸引）；C習慣花許多時間創作，之後再到一空地上燒毀，這讓他已把一生都耗在關渡的藝術學校，永遠無法畢業；D在興奮時會把吉他扛到肩膀上彈，一邊彈一邊大罵會讓人面紅耳赤的髒話。

E熟讀所有的哲學文學理論到一種彷若通天眼的可怕程度，卻是一個連什麼話該不該說都不知如何分辨的可憐傢伙。就讀社會系的F自大又傲慢，喜歡藐視他人來證明自我存在的價值；有好幾次大夥就這麼像看戲一樣看他在咖啡館前跟他人辯論。老實說內容與輸贏已不重要，重點是我永遠忘不了他的眼神；眼皮微闔，只睜一半眼球注視，舌頭蹦然彈跳地堆疊出許多繞口令（我真的相信那些他自己也不理解），鼻孔大張，嘴角浮著輕輕的，淡粉紅色的藐視笑意；臉頰的肌肉繃緊，雙手交叉在胸前，不用說也知道，F一定深感自己該與眼前與他辯論的人要錢，簡直浪費寶貴的時間。

F是我此生見過最目中無人，也最沒有理由如此驕傲跋扈的「人渣」（真不好意思，白立夏的想法在此必須真實曝光了）。

G是一個六〇年代紅極一時的畫家，他於西班牙留學回來後，每張作品皆被美術館典藏；之後被知名畫廊簽下，有三個買家固定收購並且異常欣賞他的創作。

我見過G好幾張創作，每張尺寸都很驚人，風格顏色都很離奇古怪，畫面支離破碎，幾乎沒有任何具體成形的物象存在。我每每看完G的畫作，感覺都很悲傷，並且久久說不出話來；

那好像人被迫處在某種喧囂狀態過久，突然再被抽離到一空曠荒蕪的真空極地中央。無法言喻的不適應，或者可以說，那張畫完美表達出既被強迫又留戀的強烈矛盾感，讓人印象非常深刻。

但是和G極為熟稔後，才知道他的人品糟糕（所謂人品糟糕的定義是：毫不真誠面對自己與他人），曾把多個迷戀他的女孩弄到精神崩潰甚至自殺；我才漸漸體悟到：才華的確足以讓世界顛倒迷亂，當然，也足以讓任何人崩壞碎裂。

這些、那些，天使怪人們皆固執操練到使外人驚駭的地步。

沒人知道的一個祕密。

在天使咖啡館開幕前的某日，一個天色詭譎的傍晚，我和藍大哥前往一間寺廟祈福。到達時才發現隱匿在山間的廟宇竟壯闊的令人膽怯。

我從小與各式神明和廟宇為伍，卻沒有見過龐然如皇殿宮廷，自然流露的威嚴神色使人噤聲。橘黃色的垂直屋簷與反映餘暉的米白石灰牆，在夕陽下流轉出彷若將流向大海的河川、細微的晶瑩銀輝上又蒙上透明的朦朧感。眼前的一切很不真實。我感到視線所及的畫面都是傾斜的，都是濕淋淋地等待曬乾後就會消逝，都是什麼幻化成此景在面前刻意顯現給我們觀看。

我有點害怕，抓緊他的衣袖。他朝寺廟的另一邊比了比，我看過去，發現那兒的氣氛截然不同，喧囂吵雜的猶如觀光遊樂區：由紅石子平地搭建起粗木條的安全階梯，一堆兒童嘻嘻哈哈地由父母親摟抱著臀部與大腿，各種滑稽的姿勢皆是企圖想要攀爬上階梯。

而階梯的上方，那現在仍被光線刺目到只呈現一片金黃，就是通達到寺廟的大門。

藍大哥要我試試看。我躍然欲試，但是不可思議的是看似相當簡單，僅由縱橫粗略構置的圓木狀，竟滑溜的讓人伸手觸碰，不像摸到視覺確定的質感，反而像是沾了油的金屬，我怎麼樣都無法順利地把四肢攀附其上。

我發現這點後感到驚訝，不再繼續嘗試，開始觀察其他人。所有的孩童跟我一樣，但他們全部皆像中魔一樣地往前撲上、順勢滑落地面，然後隨即哈哈笑著站起身（或由父母拉起），接著又飛撲其上，然後一樣重力加速度滑下，又再來一次……

電影的重複鍵按下。我盯著一模一樣的畫面重複了數十次，心中感到不耐，相當煩躁的厭惡感包圍充斥著整個空間。藍大哥似乎也和我一樣，他已經默默搖著頭，往觀光區的前頭走去。

當時我沒有跟著他，心裏突然出現個念頭：我不相信只有一個入口，既然都來到這裏了，便非進去這寺廟不可！

於是我沒有叫他，自己轉身往無人之境走去。

等到我有意識時，所有的喧囂已嘎然止息。

這段前行期間，僅只低頭看著雙腳一前一後地前進；我故意不正常行走，深怕最初來到這裏的奇異莊嚴感會使我膽怯，使我的身體與精神不自覺分離：意識仍好勝想前進，想要進入廟宇，但身體卻被這極為深刻濃密，使人動彈不得的嚴肅氣息給僵直在原地。

異常的沉默使人乍然回神。我終於怯怯地抬頭，才發現自己已站在一個再普通不過的石子階梯前，我突然發笑了起來；大家在前方費盡心力想往那油膩滑溜的階梯攀爬其上，但其實往旁邊再走上幾分鐘，就可以發現這階梯了……不，不對，我收斂起笑容，突然明白其實根本沒有人可以突破這透明卻堅固的網膜。要不是自己故意低頭視而不見，要不是天生好勝，我想我也無法走到這裏。

奇怪的地方就在此。它沒有任何有形體的阻擋，紅石子平地一路無所邊際的延伸，望過來的境界與斑燦的天地合一，寬敞舒坦地像是天間仙境；但是，隱約就是可以感覺有股糾結的力量，悄悄蟄伏在這華美的底層。肉眼無法識得，但是每個人的直覺都能感受得到：這裏無法輕易踏進，它顯示在空氣中的景象是一種堅實的神聖結構，膨脹的抑制張力撲天蓋地到了極限——只要覺得沒有自信，自己污穢骯髒，曾經做錯事，就連朝這兒望一秒的能力都沒有。

我不神聖也不完美，做錯的事多到不行，只是不就這麼低下頭刻意遺忘這些（這算狡猾嗎），於是，也只有我一個人走上了寺廟。

我們等妳很久了。

踏上最後一格的階梯，我望見直線型儉樸的走廊上，站著一長排穿著青灰色袈裟的女師父們。她們一見到氣喘吁吁的我，便全部口吻一致大聲喊出這句話。

等我？等我幹嘛？我驚訝地左右張望著這些女師父們。前排看似最年長，福態的臉頰笑起來雙眼瞇成一條線的師父笑容滿面地往前，伸出手與我握了握；此時，後排的女師父們，便自在輕鬆地往四處散開，各自去做自己的事情。

「我們這間寺廟名為業障寺。」女師父微笑看著我，引領我往長廊走去。

這裏很大，長廊相當寬敞，周圍皆用灰白樸實的石灰岩打造，沒有一般廟宇常見的石雕圖或任何色彩，放眼望去呈現一整片灰濛濛的米白，有種簡潔到了刻意節制的地步。再繼續往前延伸的長廊彷若沒有底限。我偷偷踮起腳尖，只看見蔓延下去斜長成為一小點的遠方，已經起了濃厚的大霧。

四周的溫度沁涼透心，又不到寒冷的地步，有種通體舒暢感。

「業障寺？表示這裏是？」我懂業障的意思，但不曉得還有以之為名的寺廟。

師父沒有多說什麼，只是點了點頭。接著我們繼續緩慢往前行，身旁的堅實石灰牆結束，變成一間又一間類似小學教室，其中用了古老淺綠木頭間隔的玻璃窗。有的窗子開著，有的關闔起；但因為一格格都是透明玻璃，所以可以很清楚看見裏頭的動靜。

剛剛那些排成一列的師父們，現在都在「教室」裏頭忙碌地搬動大型蒸籠，還有在冒著大量白色熱氣，用水泥砌成長形的灶上頭，雙手緊握長形鏟子正奮力地攪動鍋子。香氣滿溢，笑聲不斷。

全部的印象是人影晃動迅速，似壞掉而無法抑制的瘋狂鐘擺，一波波白濛煙霧中密縫著笑鬧聲，渾沌含糊裏唯一清晰的只有笑容弧度，清晰的上揚輪廓被縫製在明顯的位置。我目瞪口呆地看著如同夢境般的景致……這是什麼世界？我感到好疑惑，毫無任何師父所提及「業障」這兩個字有關聯之事景；大家皆在歡樂的氣氛裏分工合作地做著自己的工作，充滿香味的熱烘烘食物氣息瀰漫著整間寺廟；我朦朧望著容器中色彩繽紛的食物，連結上師父們的微笑弧度，這裏應該稱為極樂寺，而不是業障寺吧。

還是，還是這些燦光背影下，隱藏著不為人知被陰影覆蓋的臉廓，一瓣一瓣扳開後才會顯露出壞毀的地獄殘面，如迷宮般躲藏著崎嶇的冰冷試煉，業障其實正晦暗地封禁在光的隱閉處？

當我正疑惑地想向旁邊的師父發問時，長廊遠方迎面走來兩位年紀相當輕（大約十八、十九歲）的女師父，手腕上圈繞著鐵鍊往這裏走來；順著鍊子往旁邊望，正是兩條體積中等的土狗。

她們越走越近，於是我終於看清楚了，那兩條狗的模樣相當恐怖，牠們的整顆頭顱是人形，由脖子以下接連著的部分卻是狗身，兩隻皆如此，毫不含糊。

一隻頭髮稀疏，髮線後退，顯得額頭寬闊。單眼皮細長，中央的鼻樑與鼻頭卻異常粗大，兩邊臉頰充滿許多怪異的皮膚病變，所以膚色顯得骯髒暗沉；底下的嘴巴正嘶牙咧嘴地低聲吼著，朝著我不停吠叫；粗啞的沸騰叫聲迴盪在長廊，傳進耳膜中的回音就這麼結凍住了，硬生生地卡在耳半規管中，沒有更深入也出不來。我驚駭地大力搖頭晃腦，想把那吼叫聲晃蕩出來，卻毫無幫助，只是讓頭像沉浸到冰塊水裏那樣疼痛。

另一隻狗披頭散髮，年紀看起來頗大，額頭與眼角即使沒有表情，也已布滿了固定的皺褶；五官淡然的如尚未完成的水墨人物。牠的臉不似另隻那般凶狠，但儘管面無表情，卻有種讓人不寒而慄的尖銳眼神。牠原本平視前方，後來靠近我卻突然仰起頭，只是瞥了一眼，我卻感覺自己的五臟六腑全瞬間蜷曲皺縮了起來。

尖銳的眼神加上連續的吼叫聲，全部有形地不停刺穿我的身體，感覺那刺痛感不斷、不斷地加壓，我終於忍受不住蹲下，痛苦地哀嚎起來。旁邊的師父嚴厲訓斥那兩隻狗：不得無禮！狗兒們停止吼叫，但那刺痛感仍穿梭在體內。女師父立即蹲下來伸出雙手，按住我兩邊的太陽穴，嘴裏輕輕唸著咒語，那快將我撕裂開來的疼痛才逐漸消弭。

師父將我從地上扶起，帶領我繼續往長廊前進。

老實說，經過這從未體驗過的疼痛感，我已經不想繼續跟著師父。我急切地想回頭下去找藍大哥；但是偷偷覷眼望著師父，她絲毫沒有察覺我的焦慮，仍堅定邁著向前行的腳步，如此莊嚴的讓人無法就此離開，甚至開口說話。我沉默低頭跟著，腦中千頭萬緒，不知過了多久時間：

「我們到了。」

「什麼？到了哪裏？」

「我們就是要妳親眼目睹這個。」

「這是什麼？」

我聽見師父的聲音抬頭，就看見令人終生難忘的駭人一幕：大約有上千、上百如剛剛那兩隻人頭狗身的畸形怪物，被牢牢圍圈在一條條間隔有序，高聳尖銳的金屬柵欄內。

圓形環狀的金屬圈忠誠反映著大家的形貌，於是，所有的數目投射在其上便毫無制約地不繁殖、再繁殖……我見到此狀馬上恐懼本能地捂上耳朵，眼前那麼多怪物，那麼，那麼是不是蜂踴擴張，能穿刺內臟的吼叫聲也如同數目般衍生，那聲響一定是匯聚成震動天地的音頻……

我的眼淚不自覺因恐懼的想像而滑落。

女師父微笑地看著我，伸手把我的眼淚擦拭掉，並且拉下我捂著耳朵的雙手，安靜無聲，什麼也沒有，靜謐地只有自己急促的呼吸聲；突然才明白一路走來什麼也沒聽見，只有我與師父雜沓的腳步聲交錯在長廊中。

我平靜下來，深深做了好幾次深呼吸，然後，鼓起勇氣睜大眼睛望向柵欄內的怪物們。

原本紛雜的群體對我絲毫無任何意義，接著，我發現其中一隻怪物是我多年前因車禍死去的朋友，然後，我又看見了一個過世許久的長輩、幾個知名藝人、曾有過一面之緣的老師、好久以前故居的老鄰居、與母親起過嚴重衝突的街坊、在巷口賣豆漿十多年的王伯伯、小時候搭公車曾偷偷暗戀多年的一個大哥哥，還有……

我開始哭了起來。

我發誓我沒有看錯。我真的看見了現在還活著的，許許多多的親戚、朋友、長輩、同學全都在圈子中東聞西嗅，相互摩蹭；我甚至，我甚至看見自己蜷曲著瘦弱的四肢，在角落打著盹。

我要妳把這一切寫下來。

「欸，輪到妳了！」

一束筆直的光打在我的臉上。我本能伸手擋住眼睛，聽見零落擊掌的聲音。說話的是目中無人的F。天使幫眾的大家正圍成一圈，中央放著圓桶狀手電筒，用力一撥，隨著旋轉幾圈後停下，光束照到誰，那人就要誠實說出生命中的祕密。那個晚上，夜黑中的手電筒光束如波光瀲灩、扎人眼目的放射線毒素，持續扭轉不休。每張原本維持在水平面上的容貌，皆慢慢在細微處彰顯些許猙獰的稜角。

我乾燥艱困地嚥了口口水。在準備開口說話前的休息時間裏，站到黑暗的空間旁，往窗戶下方空蕩孤寂的公路看著，兩邊路燈使之異常的平坦與蜿蜒一覽無遺。這條公路要通到哪裏？而盡頭又有什麼？

應該說所有的盡頭那方，皆蟄伏了什麼——我在開口說出自己隱藏過久的祕密時，突然好想知道答案。

我清了清喉嚨。

記得好多年前我哭著跟菲特下跪時，是一個晴朗到星空滿布的夜晚。我求她離開現在的爛男友，拜託她不要再傷害自己，讓我在旁邊看著都感到痛不欲生時，她嚎啕大哭了起來，聲音淒厲到我的心與內臟都糾結在一起。她癱軟到地上，告訴我她從今以後決定好好愛自己，不再讓我失望。

全是狗屁。

菲特的確改變了，變得什麼都說，說出來都是我想聽的。她開始瞞著我，當然繼續與爛人交往，等到事情真正嚴重到一發不可收拾時，我永遠記得那時候，天空居然下起了未曾見過的紅雨。我與另一好友黎黎驚駭地抬頭，久久不能自己。

好久以後，我和黎黎沉默低下頭，蹦出一樣的話：自作孽不可活。

大學時期我們三人：我、菲特和黎黎是形影不離的好友。那時候菲特一進學校就和同班同學田仔在一起。田仔長得平凡無奇身型矮小，戴了副黑框眼鏡，終年一身黑，髮型也都是不變的傻瓜頭，布滿痘疤的膚色顯得十分骯髒。剛開始大家都以為他是同志；或許是太過瘦弱的關係讓人有這樣的想像，也或許是一些不實的流言傳出。總之，在菲特與他交往前，他可以算是美術系中最不起眼的一號人物。

他們這對組合簡直讓人跌破眼鏡，畢竟菲特是我兄弟——當時我們三個女孩以男人互稱；

她們叫我大哥，而我與瑪蒂達是美術系出名的女同志，所以那段時光可稱為生命中唯一岔出正常光譜輪廓線外的，驚喜。

儘管菲特與黎黎都長得很美，但兩人絕非一般女孩。菲特走龐克路線，身材高䠷細瘦，長髮飄逸，眼睛很大，喜歡濃妝打扮，不笑的時候看起來相當凶狠；打扮以錐形環繞狀的金屬項圈、手鍊為主；在自組的樂團中擔任鼓手，平時菸不離手，最喜歡不加水的威士忌，是一個教授講錯藝術流派或說了哪個女藝術家壞話，就馬上拍桌站起來大罵的火爆角色。而黎黎則是一派搖滾魂，黑人的大爆捲髮使瘦小的她，看起來像「棒棒糖女孩」（頭大身體細），牛仔褲破爛得如流浪漢，身上的衣服皆經由手工剪裁，大耳機永遠掛在耳上，震耳欲聾的音樂常常讓旁邊的人皺眉；熟讀所有日本作家的著作，最喜歡的是切腹自殺的三島由紀夫。

而我想我自己則正常一些，只不過那段時期則全做完整男人打扮——我們三人出現在系上的樣貌可以說是相當驚世駭俗。

當時菲特跟我說田仔這號人物時，我記得自己要她重複三次他的名字長相特徵，一切有關資訊。直到隔天去學校，她特地在教室指他給我看，我才恍然大悟。

悲劇揭幕。

後來我與女友瑪蒂達搬出宿舍，到深坑老街後面的巷弄找公寓同居，菲特則和黎黎繼續留在學校宿舍，等到黎黎某天清晨打電話給我，沉重的睡意讓我聽不清一連串急促口吻所形容的。我要她到我這來再說，當時她已經在附近了，所以不到五分鐘公寓門鈴狂響，睡意頓時全無。

「到底發生什麼事了？」

我開門看見一向冷靜的黎黎卻一臉蒼白，就知道發生大事了。她淋了一夜的雨，仍是那身破爛牛仔個性風，全身止不住地發顫著，鬈髮全黏貼在頭皮與臉頰上，看起來狼狽的像路邊沒人要的癩皮狗。

我趕緊抱她進去屋內，拿了乾燥的大毛巾，並泡了熱巧克力牛奶給她。那時候瑪蒂達已經出門，所以屋裏安靜的什麼聲音都沒有，而我們兩人的東西又少，空曠的屋內頓時像是某個被遺棄且毫無人知的邊際倉庫。破洞的紗窗吹進陣陣潮濕的冷風，圓圈旋繞著發出輕微呼嘯的聲響；角落發霉的牆壁，正往下淌著褐色的碩大水珠。

我走過去一一把大敞的窗子關起來，忙碌的移動身體，間續摩擦了正坐著發抖的黎黎。我發現她悄悄地更動姿勢，雙頰赤紅著，發燙的身體蒸發著溫度，讓蓬鬆的頭髮又像株旺盛的植物。我知道她在尷尬，甚至因極度的尷尬而顯得焦慮；而我也在此時才明白：原來黎黎是真的把我當成一個真正的男人。

男人與女人獨處，一定會有急促的呼吸、過分躍動的心跳、烤紅的身體，甚至連氣氛都已尷尬僵硬到即將斷裂的這些因素嗎？黎黎喜歡我，我頓時感到一股沒來由的心慌意亂。

於是我刻意要她在客廳先坐坐，便走到後頭的房間內，卻也不知道要做什麼，呆滯仰躺在我與瑪蒂達的雙人床上，睜大眼睛望著天花板。此時，我發現天花板的左邊，有一處不明顯的壁癌，盯久了好像會漸漸延著垂直的方向，緩慢地擴散下來。隨著這樣的想像，天花板也開始往下一點一滴靠近；速度緩慢，好像在壓扁廢紙堆般逐漸合攏。我舉起雙手碰到左上方的壁癌時，那寒氣呼出滲透內臟的寒氣，因此臉頰結了一顆顆難看的水珠。

我又使自己僵直躺平，讓上方重量能向下壓得密實，這樣，所有感覺皆可濃縮攪爛，像塊結實又噁心的方塊酥。

夏天，妳在哪？

我聽見黎黎的呼喊，頓時把躺平的身子用力坐起，真像要抹掉什麼似地擦了臉好幾下。邊走回客廳時邊思索著：我到底在幹什麼？如果黎黎真的對我動心，只要我維持原狀就好，為什麼要如此慌亂？

走回客廳，勉強裝出印象裏最自然的模樣對黎黎笑了笑。知道搖滾樂對她有安定力量，於是我放了張皇后合唱團 2 的專輯。果然，黎黎聽見前奏，馬上就吁了好大一口氣，硬挺的表情顯得和緩多了。就在那繃緊的線條逐漸鬆弛下來，四周冷硬到已出現裂痕的氣氛也瓦解的同時，我慢慢地終於明白自己混亂的原因是什麼——我的男人身分僅針對瑪蒂達這個女人，其他的不管內在還是外在，我仍舊是個徹底的女人；所以，一旦有別的女人踏入這塊極私密的領域時……我惶恐得不得了。

我不知道自己究竟是男人還是女人？然而許多與瑪蒂達理所當然的互動與情況，不管置放在哪個女人身上都顯得突兀到連自己都感到窘困。記憶中，那幾分鐘異常漫長，我彷彿可以看見時間有形體的從眼前一秒、一秒移動過去；那成為一抹灰濁色的暗影，永恆且獨自地橫切過原先純粹的人生。

「夏天，昨天晚上田仔……田仔打電話給我，要我去他的公寓找他。」

「找他幹嘛？」

「我一直都沒跟你說菲特為了田仔，傷害自己有一段時間了。」

「什麼意思？」

我搬去與瑪蒂達同居的這段時間，黎黎與菲特仍住在學校同間宿舍。而田仔的行徑越來越誇張，從原本偷偷追求別系的女生，到後來連同班同學就直接邀約，甚至騎車載著別的女生，從菲特面前呼嘯而過。

在旁邊的黎黎，於這種時候深怕菲特會有什麼狂暴的舉動，便伸出雙臂緊緊環繞住菲特，但是菲特總是很冷靜地看著這一切，冷靜地簡直像沒有感覺——就像在等紅綠燈似地，不相干的車子最好快點從眼前消失。

接著，漫漫長夜的凌遲開始降臨。

第一次黎黎發現滿桌子的血，是菲特剛割完自己的手，若無其事地離開座位去宿舍浴室沖洗。那凝結積聚在桌面上的鮮血，望過去像極了橢圓扁平的紅色氣球。在昏暗的燈光中，邊緣處仍結著一點一點的晶盈亮點；睡眼惺忪的黎黎原本以為那是菲特在課堂上即將要交的藝術創作，直到她走下床，靠向前去，伸手輕輕碰觸，才終於破壞張力已緊繃到極限的膨脹弧形池塘，血水嘩然破裂，從桌面流瀉了一地都是。

黎黎嚇傻了，睡意全消，她不可置信地舉起滿手鮮血望著；血紅色在黃色的燈光下閃爍著從未見過的奇異美感。黎黎告訴我，她當時沒有尖叫或哭泣，甚至沒有任何訝異感；她居然就這麼傻笑望著一手鮮紅，接著，又把另隻手也伸過去血泊中反覆浸染，之後，全在玩樂般地伸長雙臂，任由翻滾在血水間。

真的受不了了。

黎黎貪婪地舔了舔手上的血，感覺眼前的鮮紅滲進皮膚底層血管裏流動的血液，激烈的躍動感波濤洶湧地在體內沸騰，她開始把身上的衣物全部脫光，再將自己的裸身從臉頰、脖子、肩頸、胸部、肋骨、腰臀……一一細緻抹上菲特的血，深怕不夠用，所以過程皆小心翼翼，然後再站到房間門後的全身鏡前，覺得這一身鮮紅的美麗裝扮使她明豔動人得無與倫比。

「妳是不是瘋了？」

「不，我沒有瘋。我只是，只是不曉得該用什麼方式了解菲特的痛苦；而這是唯一的方式。」

那一次，菲特被送進醫院縫了十六針。再來是五針，接著十一針……直到黎黎覺得自己真的撐不下去時，田仔竟主動打電話給她，而那天正好是菲特被送進醫院的第八次。就在昨天那個下大雨的夜晚，田仔聲音低沉地在電話那頭喊了黎黎的全名，然後報上自己的名字後，便沉默不語了。

「田仔？你想說什麼？」黎黎疑惑的發問。

「關於菲特。」

其實在菲特發生事情之前，黎黎與田仔的私交算是不錯，他們三人偶爾會一起抽菸打屁，當然，他們的聚會都是趁我翹課不在學校時。因為菲特，我非常痛恨田仔，大學四年從未跟他說過話，還曾暗自盤算花錢找人痛揍這個人渣垃圾，讓我心愛的弟弟痛苦的賤男人。接到田仔電話的黎黎不意外，這是結束菲特自殘的方法之一，不是黎黎出面找田仔談，不然就是田仔找黎黎談，或者……把田仔殺了?!

我承認自己不是沒有想像過。

在菲特第一次狠狠自殘，去醫院接受縫針與包紮後，永遠記得隔幾天毫不知情的我，上山進去教室放下包包，然後慣性掏菸出來，與兩個兄弟走出教室，點菸後看見一臉蒼白的菲特——她舉菸的手腕上多了好多、好多條手鍊時，我的心臟都要停止了。

遮得多好啊。寬大的紅色皮革手圈上鑲著間隔有序、切工精緻的黑色鑽石；這條顯目的皮革上下方又多了好幾條她一向最熱愛的銀色環狀金屬鏈條，還有粗狀的金色圈圈……

我瞪大眼睛，粗魯地把含在嘴上的菸一口吐掉，一把抓住她的膀子，把整隻手臂拉近。菲特原本還在掙扎，但當我把她的手腕拉到眼前時，她的身體瞬間喪失重心力量地跌進我的懷裏。我一把抱住她，一起坐到地上，然後慢慢的，解開所有的手環鍊子，那十六針血淋淋的縫線瞬間刺得我眼睛目盲。

「你怎麼會知道?」

「那妳怎麼會忘記自己說過的話?這條紅色皮革手圈的由來?妳說它是以前死去的男友送的,要用來安撫與遮掩住最大的傷痛……」

「天啊,哥……」菲特頓時抱頭大聲哀嚎了起來。

「田仔又偷吃了……是不是?說話啊!」我竭力把聲音壓低,不再像以前那樣粗暴凶狠;心裏提醒自己,沒有用的,菲特就是愛他,我要的是真實答案而不是暫且的謊言。

「不是……對……哥,哥求求妳不要管我了,我已經沒救了!」

那一天,我就這麼丟下菲特與黎黎,直接下山翹課離開校園。

我還記得那天時間很早,天光還很亮,深坑的老街就像一條極為普通的街道。街上很少人,而一旁原該造成濃黑陰影或層次分明的碩大榕樹,或那些早已癱崩凹陷,露出不規則形狀的石灰磚牆,全在橫徵暴斂的強光以及淚眼朦朧的視線中,一一喪失它們的細節甚至是最基本的外型了。它們在眼底糊成一種各式奇怪的形體樣貌,悄然躲在一旁角落,窺探著沿途毫無羞恥、任憑眼淚鼻涕縱橫亂竄的我,如嗑藥了的遊魂顛三倒四地遊走。

後來發覺自己全然喪失方向感(這已住了好久的老街呵),才打手機給瑪蒂達,要她來接我回家——就是這樣的時刻,我的心底會自動湧冒出各種田仔頭顱被割下搗碎,死狀悽慘,四肢與軀幹破碎解離的模樣,無比清晰。

「關於菲特……妳不覺得我們應該……」黎黎把電話貼近耳朵，田仔沉默了。我們應該？是你應該怎樣才對吧。黎黎把手上抽盡的菸用力彈掉，仍沒有說話，繼續耐心等待電話中的田仔，腦中一片空白。關於菲特與田仔，她無法像我這樣從頭到尾皆如此決然反對，也無法給予任何實際面向的幫助，甚至連說些什麼都沒辦法。

黎黎承認自己在這方面很寬容（然而我卻覺得是她本性的無情造就）——在面對別人的情感時，她沒有辦法想像，也無法感同身受——黎黎只能思考發生在自己身上的事情，所以她始終不知道在反覆破碎又縫合的事件中，自己應該給予什麼。

「晚上十點過後有空嗎？來我這裏一趟吧，我想跟妳說說關於菲特跟我的事。」

「晚上十點，沒問題。」黎黎一口答應。

那天晚上，黎黎準時到達田仔的家。一開始他們兩人坐在客廳不發一語，不算寬敞的空間隨著詭譎的沉默緩慢擠壓過來。時間被按了暫停鍵，黎黎開始感到呼吸困難；敏感的她一進入這裏就發現田仔早已把菲特這個人的一切，都關在這間房子以外的世界——這裏毫無她的痕跡與氣味，印象與記憶的輪廓凌亂鬆散，甚至還添加了根本不屬於她的線條。

黎黎感到心慌意亂，好了，現在什麼都失去重力了，物理現象在密閉且無道理依循的荒謬感中喪失能力。她無法敲碎眼前的扭曲，也無法斷然站起身抵禦離去，於是，只好很努力地在腦中哼起還能記憶起來的搖滾樂。

然後就在一首歌哼到了中後段部分，田仔開口說話；問她要喝水、茶，還是酒？

黎黎發現田仔的口氣中充滿了酒臭味，顯然在她來到前，他就已經喝了許多啤酒。不喝酒的黎黎感到一陣心寒：記憶裏酒醉的人都會變成野獸，我和他現在正豎立於天平的兩端；那麼現在的他找我，要做什麼？

儘管田仔滿嘴酒味卻未顯醉意。他站起身，從廚房拿出了一整組茶具。一派姿態細膩優雅地在黎黎面前泡茶，一邊像是自言自語地說起了許多話：

老實說，說謊頻繁地發生在與菲特在一起之後。

我對她說自己曾見過獨角獸；說我的父母在深山裏買了塊大片綠地，而那裏可以驚鴻一瞥各種想像不到的野獸；說我從小不被寵愛，只與母親同居，母親換的男人只要不爽就痛揍我出氣，所以我需要很多、很多的愛；偏食得要命，喜歡獨處以及只要焦慮就開始不斷洗手，強迫症併發在很小的時候。曾經見過鬼；在長長的隧道中停下腳步，一定會嚎啕大哭；討厭閱讀還有無法思考較複雜的問題。討厭動物，還有總是穿得過多。

田仔說到這裏，舉起茶杯嗅了嗅，點唇後一飲而盡；接著，扭轉開關般地蹦出更多、更多的話：

我甚至還跟菲特說：我是獨子，我喜歡男人也喜歡女人，我喜新厭舊、憎恨世界，我根本沒有所謂的家；真實的我是一個無法被控制與擁有的，半獸人。

世界之大，我時常感到竟沒有容身之處——無處讓我安靜回憶，無處讓我排解內心深處，連自己也分不清楚究竟是憂傷、憤怒或焦躁的泥濘情緒；無處讓我嘔吐，無處讓我想像年幼離開的父親，那模糊的輪廓線究竟要用什麼顏色畫出？

無處眺望遠方，親眼目睹幾顆星星的殞落與再生；無處憑弔，無處可逃；無處讓我哈哈大笑到，連眼淚都從眼眶中噴出；無處回憶童年與瞻望未來；無處安穩地寄放我疲憊的心臟與衰老的四肢……

「你告訴我這些幹嘛？」黎黎突然打斷田仔的話。

田仔住嘴了，原本低頭專注泡茶的動作也停了下來。大約隔了十秒鐘後，他接續剛剛未完成的動作，把一杯熱騰騰的茶輕輕放到黎黎的面前。

小心燙。

黎黎瞪了田仔一眼，端起茶杯，田仔低沉略帶沙啞的聲音又開始環繞了。

我跟菲特說過很多、很多的謊，而唯一說過的實話是：我不會愛人。

什麼是愛？什麼是被愛？我從未弄清與習慣……那不是能夠學習便上手的抽象語言，這真的太過困難艱澀。愛像一個巨大而難纏的蜂巢，只要靠近並且伸手觸碰，自己便會被螫得滿身是傷。

你為什麼要告訴我這些？我不是為了聽你告解才來的！

黎黎情緒激動地把手中的茶杯用力砸向旁邊牆壁……雪白色撞擊之後向四面八方散開，白瓷碎片細末紛飛在空間中發出淡淡的，幾乎看不太清楚的粉狀；破碎僅只一聲，然而殞落卻七零八落地向四周溢開。田仔完全不為所動，使得黎黎的爆裂瞬間炸開卻又只能閉合起來。他連眉毛挑也沒挑一下，只是低頭沉思，接著又抬起頭，眼睛亮起古怪的光芒看著黎黎說：

如果不想聽菲特的，那麼，那麼就聽聽我對妳的實話，如何？

我喜歡妳戲劇化的表情——既誇張又適切，那使我想起多年前在高中參加過的戲劇社，曾有幾個夜晚所體悟到前所未有的真實感。我曾看過一隻活生生的企鵝昏倒在街頭，經過的眾人無不嘖嘖稱奇。我喜歡愛德華諾頓勝過所有男演員，和菲特一模一樣：去酒吧絕對只點雙倍不加水的威士忌。

然而，我每次準備前往掃母親的墓園前一星期，絕對滴酒不沾。

妳第一次遠遠走近我時，像一株盛開在陽光底的向日葵，校園中沒有任何東西可以遮掩住妳旺盛的生命力。我喜歡妳，好喜歡妳，勝過任何熱帶國家，但是那樣灼熱的喜愛，卻沒有來得比北方小鎮更加熱愛。

我永遠記得那天下定決心離開家鄉要去北方小鎮時，才發覺其實一切都是假的，所感受到、觀看到、嗅聞到、觸摸到的一切、一切屬於我的全部，都是虛假的空殼噢。

確實無誤的我，早已在好久以前，爛醉死掉被人埋在母親的墓園旁，緊緊依偎。

「然後呢？」聽到這裏，一種什麼都來不及的悲痛感頓時充塞在胸腔中。分不清究竟是憤怒還是悲傷的情況下，我馬上伸手抹了抹已然變化了的表情，接著挪走身體，要自己盡量離黎黎遠一些。

「怎麼了？妳以為接下來會發生什麼？」黎黎怔怔地瞪大眼睛。

「沒有，妳無須理會我怎麼想，我要繼續聽妳說，說實話。」我撇頭不看黎黎，蹦出的話卻字句分明得不得了。

「白立夏，你、我……」黎黎歪著頭，表情驚訝極了。

我們兩人注視對方僅只幾分鐘，窗外突然下起了大雨。

潮濕的雨聲漫天蓋地使眼前一片漆黑。我先移開目光走過去把屋子的燈開亮。原本被塊狀陰影給橫切得亂七八糟的空間，東西頓時全亮澄澄地歸了位。我背對著黎黎深呼吸。明亮會讓埋伏於暗黑的尷尬全現出原形。我腦中此時出現了一隻體積不大但相貌極度醜陋的動物，橫死擱淺在一片湛藍海灘的中央；畫面開始瀰漫出腥臭味，溢散著到處都是。

田仔說完母親的部分後，兩人相視不語了幾秒鐘，他唐突地開始笑了起來。被籠罩在那麼大聲尖銳的笑聲，令人焦慮。我忍耐了一會，但沒有多久就已把手舉起來捂住耳朵。但是笑聲持續……要不是之前田仔所敘述母親的部分太悲傷，我一定毫不猶豫馬上走人！

夏天，那大概是我聽過最讓人毛骨悚然的聲音！

就在體內已滿漲了沸騰扎刺的音頻，粗魯地碰撞又尖銳戳刺著，感覺自己就要嘔吐的同時，田仔突兀地止住了笑。皺褶的空間唰地一片平坦。他用力抹了抹臉，繼續若無其事地泡茶。

在極傾斜的靜謐中間，他好整以暇地連續抽了五根菸，加水煮熱，泡了三次茶，看著對面的我一小口、一小口啜著茶時，自己則拿起地上的酒瓶豪飲猛灌，眼睛通紅但非常專注地凝視我。

夏天，我無法隱瞞……就在此時我才終於明白為什麼菲特會對田仔死心踏地——田仔有股，有股奇怪隱晦的魅力，深藏在生命深層底下的底下；而與這魅力相生相隨著的，卻是污穢不堪的生命經歷。只要他一顯露出內底最長與最深的濁黑河流，所有的女人都會在那剎時，錯覺自己愛上他。

我當時心裏想：這一切都是我們這些畸零者的靈魂結構相似，才會搞出這混亂的一切。

所有各式描述傷害的運轉機制延伸的速度實在太快了！於是，本來無從描繪與蟄伏在暗處，永遠不該見日的抽象扭曲、結痂醜陋的傷疤、已碎裂成為泡沫的過往事景、形貌空洞徒然僅剩哀傷核心的嘆息、被遼闊世界給遺棄的碩大孤寂、極致瘋癲的妖魔鬼怪……原應蹲窩在我們的夢中，現在卻現形在光天化日之下——只要可以掌握那悲淒核心中的語言詞彙文字，不僅能完整訴說出來，甚至還能扭轉幻化成一種極為獨特的個人魅力。

這世界究竟還想要怎麼樣？

我駭然地望著田仔嘴角一抹輕微的笑容，接著，又憤怒地把那霎時感覺像「突然對田仔傾心愛慕」的這錯覺，伸手掏出，抓在掌心後攤開看——那是極冰寒的冬季凍到骨髓裏，而傾發出瓷器歪斜蔓延的紋裂狀……其實，只要忍耐住一瞬迸裂開來後就會迅速恢復原先的秩序，什麼就都相同的無動於衷。因為那樣的動心太細小粗鄙，太過微不足道了。

誰沒有生命傷痕？誰不是跌跌撞撞才勉強活到現在？我們不都在學習與失去、孤寂、冷酷的現實和平共處？我們不都覺得世界過分粗糙的，得花一輩子的時日與之磨合？

你他媽的只不過比較會說話些，能比一般人較順利運用抽象語言描述，就妄想得到所有人純粹無瑕的愛？

我呸！

「然後呢？你們昨天晚上做了什麼？」我冷冷打岔了她的話。

「我？田仔？夏天，你不會以為我真的就愛上田仔了吧?!」黎黎眼神朦朧地盯著我，我聳聳肩，意味著當下如果真如妳所說那麼深邃且難以克制，那麼昨天晚上，會發生任何事情都不足為奇。

「好，那我就告訴你，田仔昨天晚上差點強暴了我。他把酒喝光後迅速脫光自己的衣服，接著撲向我，剝了我的褲子。就在他要進入我的身體時，才發現怎麼樣都進不來。我的下體乾燥的不得了。這過程中，自己當然嚇壞了，拚命用全身的力量抵抗他，還有不斷大聲尖叫！但是他後來找出膠帶貼住我的嘴，用皮帶把我的雙手綁起來，然後漫漫長夜……用所有的手指與各種變態的東西搞我的下面。

但是，我的那邊就是無法濕潤，乾燥得像沙漠一般，怎麼樣都沒有辦法插入任何東西。後來田仔也放棄了，累得倒在旁邊呼呼大睡，於是我就趁機掙脫，逃到你這裏來。」

「禽獸不如。」我冷冷地吐出這四個字。沒有表情起伏，僅讓字句平板順從地路過。

黎黎眉毛一挑，眼神充滿憤怒：「夏天，你不相信我？」

「我沒有不相信妳，我只希望聽見實話；能夠拯救菲特的實話。」我相信田仔會做出這種下流事，只不過後面黎黎能全身而退的理由，讓我非常質疑。

「實話……」黎黎突然眼眶蹦出大量的淚水，一邊悚然狂笑著：「你想聽實話，那我就跟你說實話！白立夏你聽清楚了：除了你，我此生再也不可能愛上任何人。」

妳……黎黎就這麼失魂落魄地站起身，頹然撲倒到我的身上；我沒有一點遲疑，一把就用力推開了她。原本流淚的黎黎倒在地上放聲大哭。

　　妳到底希望我怎麼做？我不是男人啊！

　　黎黎，拜託妳聽清楚好嗎！我白立夏是個女人，只是因為無可救藥地愛上了瑪蒂達，使得身體產生變化——女性的我無法辯證、成功說服男人的我，所以白立夏只能就此窩踞在男性的軀殼中——但是我明白這不可能成為永恆。

成住壞空。這隕石般紛紛落下來的引力越來越龐大撐張到，使我非常、非常心慌。

我向妳道歉：這瞬間的變化對妳所產生的混亂迷惑；我也時常如此，趁著瑪蒂達熟睡時悄悄走出與她同居的住所，輕聲下樓，然後雙腳踏到真實地面上就馬上蹲下嘔吐。

在黑夜裏，發光從我嘴裏噴出的閃爍穢物，此刻糊狀流淌在地面，彷似那朦朧的從前駭影。我抹了抹嘴角，頭頂上漫天烏雲的連顆星斗都沒有；然而，噁心的穢物卻視覺暫留地停格在腦額前葉，使得仰天往上的視線中竟看到塊狀分佈的浩瀚銀河。

空氣冰冷稀薄地侵蝕肺部，我感到胸腔的肺葉已經布滿不規則的小洞。內在依稀殘存的我女性的部分，此時像卵蛋破殼傾巢而出的爬蟲類，脹滿在我的咽喉中企圖攀爬而出，抓住機會密覆在全身上下。

它們沒有一次不向我吶喊：白立夏妳遺棄我們多久了？這是第幾天？第幾個星期？第幾個月了？

我卻因為深愛瑪蒂達而總對它們置之不理，當然，放棄它們的最後一刻的最後一個畫面，我始終無法遺忘：那個時刻從體內淌出全部的液體而溫度高得嚇人，水分一流出便蒸發猶如曝曬在真空高溫的異端中；在這異常狀態之後是等著我下定決心，輕輕一跨腳就能介合融入到不同領域結界的紛亂荷爾蒙分子群。

幾何圖狀的女性特徵滿面哀戚地用柔情似水的手指，重重地刻劃過我的雙頰，彷若要告訴我：這是你的選擇那麼就不要後悔……她們果凍狀的身體搖晃著欲言又止，依戀不捨地撫過我的裸身，然後再起身毅然撇過頭，果決地往遠方走去使得背影越來越朦朧難辨。

黎黎妳可以理解嗎？可否試圖站在我的立場上想像？

當時連被遺棄時所渴求被贈與一點點回聲中的哀鳴，或任何一點撇過眼神下方的微小陰影皆無；我只記得高燒過後，身體便開始不自覺地抖動，只能回身跟在激烈突發的男性荷爾蒙後頭行走，天光逐漸燦亮到把我眼睛都要矖瞎了，終於底層最最深層的恐懼於是發生：我變成一個徹底卻又不全然的，只屬於瑪蒂達那女人唯一的男人。

黎黎，我不能愛瑪蒂達以外任何的女人……妳能明白與接受這樣的我嗎。

這就是我對妳，我鍾愛的兄弟黎黎——最最忠誠的，告解。

一個多月過後，田仔深夜車禍，當場死亡的訊息，被打印在單薄的A4紙上，張貼在學校的佈告欄中。

全部的美術系被迫出席參加。我那天故意穿上衣櫃中最鮮豔的襯衫與褲子（夏威夷偏藍色系的扶桑花襯衫，底下是色彩飽和的鮮紅直筒褲），時間很早就偕同菲特與黎黎一起到達會場，選了最前排的位置坐。她們兩人，應該說全部美術系的同學們，都尊重死者且順從傳統地著了一身烏黑，我是裏頭最不想掩飾的扎目反叛者。

過程中除了田仔的家人，以及菲特不斷流眼淚與幾度暈眩過去之外，沒有人哭泣，大家面無表情地讓我想起最開始的開學典禮，沒有人互相認識，一片不協調的沉默與勉強維持於控制中的，撐張到極致的弧狀寧靜。

進入最後階段，我不想見死者最後一眼，便與黎黎走出去抽菸。

殯葬場外空曠的泥地上蒸發著熱氣。安靜下來仍能聽見眾多紛亂的聲音，自外於內，或內於外，夾雜纏繞在一起，無法分辨。我們不發一語地專注抽著手上的菸，凝視著遠方屋內一個個幽魂般的漆黑人影，列隊且慢動作地一一彎身探頭，向長方黑盒子內鞠躬致意。環繞的圓弧狀在視覺中像條鱗片黝黑的蛇。蛇正蠕動著向死者展示最最醜陋的姿態……我笑了起來，把手中抽盡的菸彈出去，然後很自然地在地上吐了口口水。

黎黎也笑了起來，跟我做了相同的動作。原本打算再抽根菸就偷偷溜走的當下，掏菸出來時，我看見黎黎白皙的手背上多出了好幾滴鮮紅的水珠。我狐疑地伸手去抹，然而我捲起袖子的手臂也相同多了一點、一點鮮紅的血，不平均地胡亂分布。

我們兩人同時仰頭，天空此時下起了紅色的雨。

天空當然還是湛藍一片，但是近處壓低，模樣厚重的雲朵被染上磚紅帶點咖啡的骯髒色調，就是從那裏掉落下大顆分明的鮮血。看起來分明是兩種不同質地的東西；像是不知名的誰把車子開到了這，悄悄打開條門縫，置放下企圖遺棄的貓狗群，大夥吱吱喳喳落地後，便本能性地向遠方撒腿奔跑，車子轉瞬一溜煙開走，徒然留下一一積累，面積越來越大的血色池塘。

「自作孽不可活。」

蹦出相同的話的同時，黎黎收斂起笑容，淡淡的哀戚淺淺披覆在她的臉頰肌肉上，像層薄紗般地隔離又貼近。我明白在這越過邊境的魔幻時刻，所有原本在天光明亮下發出閃閃光芒的景物，順序井然的秩序，所有以善良或者純粹為動機之作為，在此冥界曠野、於一個惡人死絕的日子，死亡與陌生的冒犯一樣，皆可使天搖地動、秩序顛倒和天人五衰。

我含糊地回望著這個混濁無光，深不見底，彷若被壓扁的腔囊時間與空間，塞滿了多少難以言喻、層遞轉換迅速的背叛與心酸？時間一拉長壓扁過後便顛倒光影的記憶，所有徒手劃過的傷痕與痛楚，通通都在這裏了。

我與黎黎在當下，便不打算進去接菲特出來了。這意味著之後我們皆能如以往一樣延續友情，或者打鬧嘻笑，但是更深層的我們都知道已經回不去了。當我們踏出這裏，離開田仔的喪禮，離開這中魔的場域，無論在哪裏再次見到菲特，都已恍如隔世——於她或者我們，皆是。

事情就是這樣無可避免地從這裏敗壞下去，離開或者留下，都改變不了事實了。

「妳們要走了是嗎？」一個滿面皺紋，身形佝僂駝背的老者，從屋內緩慢踱步走向我們。生疏的臉孔笑意，我禮貌點頭回答：我們的確不打算繼續待下去了。

「我是田仔的阿公啦！妳們走之前，要不要為他上柱香？」

「您是田仔的阿公……」黎黎愣然重複了這句話，不知所措地回頭看我。

「田阿公，不了，我們要走了。再會。」我伸手摟住黎黎顫抖的肩膀，堅毅地要她繼續朝大門的方向移動。

「不要這樣，死者為大。同學一場嘛，既然都來了，上柱香吧！」阿公的腳步持續接近我們，用那張蒼老的臉擠出誇張的笑容。

「好吧，既然這樣，你聽清楚了：真的、真的很抱歉我只能跟你說，你的孫子田仔，是我這輩子見過人品最最差勁與無恥的一個人；要不是這場喪禮是學校強迫大家出席，我現在應該在某個地方大肆慶祝他的死亡。親愛的田阿公，你還希望如此憎恨你孫子的我，向他上香嗎？」

老者驚駭莫名的表情現在仍依稀記得，但我更記得我與黎黎就這麼決然回身，踏出殯儀館的會場，然後兩人搭車到市區的一家小酒館中。

酒館就在泰順街巷弄內的角落地下室，拐彎低頭入內，便迎面撲來滯留久遠的煙臭混合潮濕霉味。才剛營業的老闆正選好音樂放入音響，叉腰站在吧臺中央，一臉詫異地看著還沒喝酒，走起路來已東倒西歪的我們。

死者為大是吧，那麼第一杯就來個他媽的不含水的雙倍威士忌。

我與黎黎不發一語地坐在吧臺角落，狂喝猛灌，什麼烈酒混酒都來一輪，誇張得喝個爛醉後，快清晨時，終於歪斜地走出酒館，踏到上方的地面。而一旦站定腳步，兩人動作一致，各自在酒館兩側，瞬間像要把內臟都吐出來般，把內裏的一切全都嘔了出來。

世界瞬間清爽的什麼都沒留下。

編註：

1．《布魯克林的納善先生》——保羅．奧斯特（Paul Auster，小說家、詩人、電影導演及編劇，被譽為穿膠鞋的卡夫卡）所著的一本小說，中文版於二〇〇六年由天下文化出版。

2．皇后合唱團——成立於一九七〇年，英國的搖滾樂樂團。

那一個晚上

——第八章

當夢境出現，
清醒的那方就會幻滅，
否則一切將毫無道理可依循；
過於疲勞累崩與過度滿溢……
我所知曉的世界應該是這個樣子。
但是，為什麼現在在我眼前的卻不是如此？
渾沌陰暗的反面不是應該也會有燦亮、
風光明媚的一面嗎？
那一面去哪了？

不知哪個夜晚，他就混進來我們這夥人當中；就像悄悄踏入擁擠封閉的圍城裏嘎然止步，在沒人發現前，先迅速把身上的標誌、異味、腔調抹去弄散，眼神保持不確切的漂流移動，盡可能使自己的輪廓糊散暈開，然後，再小心翼翼重新組合，竭力揣摩我們的語言、姿態、動作、習性……最重要的，便是測量出這裏暗自保留一切看似自然卻又嚴謹的界線；維持於不踩界，卻又偷偷伸長雙腳，進入這裏每個人的內心底處。

頂尖高明的職業型臥底。

這原先是個多麼不起眼的人啊：個頭不高、濃眉大眼、膚色偏黑卻顯得乾淨斯文。永遠穿著不同色系，印有名牌Logo的帽T，一派輕鬆地斜揹著包，肩頭上懸掛著的大耳機則卡在厚實的肩頸中，好似隨時都可以準備出發或剛從哪回來——任意制約性流浪形容詞似乎都可以輕易放在他身上……這一切其實想起來，也拼湊得太恰到好處，簡直可以成為某個模樣範本。

哈嘍！我是放克，中華航空公司內部頂級機師。

他是這樣自我介紹的。當然，結界從沒人介意工作內容或社會地位，當然更別提天才或是人渣的區別。我眼睜睜看著大量各類不同的人一一貼近，然後縱身墜落跌入……只得兩極化結果：不顧一切深深扎根於此或被永恆踢出放逐。在我的想像和融合以往經驗，所有地方都有一條看不見的界線，大家一旦被包含進界線內（不管是自願或非自願），皆不明所以地想盡辦法跨越與之融合、強化鞏固。

所有人都太需要被各種名詞給定義了。極度迫切被分格、分階、分團體，彷彿沒有這些詞彙加諸於身，存在感與身影便會越來越稀薄，甚至到最後連活著的意義也不確定了起來；於是，所有場域皆有其自己劃分的標準定位，這樣一來，世界只會更加清晰明朗：

矯情虛華的世界，絕不會有糊塗喝醉的流浪漢誤闖，大量嘔吐在昂貴大理石瓷磚上那難堪尷尬的僵硬時刻；骯髒破舊的角落酒館，散發出野蠻粗糙的氣息，自然也讓自認高尚優雅的假掰之人卻步。

然而，天使結界卻什麼也沒有。

這裏沒有規範、沒有制約、沒有束縛、沒有條例，沒有任何可以用語言形容出來的真實的門外或門內，「品階類格」通通攪成一團。但是這裏最恐怖的，是自己會選擇人留下或離開，那毫無形體卻又無比堅硬的力量，比什麼明文規定來得更加緊繃扎實。

結界擷取的只有一點：把真實的自己（或曾發生的故事）用手指頭由一格格扁平視窗中，重新撥弄、組合排列。

那或許是日復一日的上班族無感日記、陳腔濫調浮濫愛情事件簿、重複跳針埋怨被某位上司長輩無禮對待折磨、剛喪失對某個特定對象的支配權力、女人們或男人們之間微妙的角力鬥爭……太陽底下早已無新鮮事；但是，結界要的就是個人能使用何種切面描述這水平切面之上，任一輕淺或激烈甚至風過無痕的波紋皺褶；如各自宇宙核能爆炸經過萬千流轉閃光萬丈後瞬間失明，然後等待視力恢復後，再徒手繪畫出那盲目注視時所目睹的，猶如萬花筒般的視野或荒地。

我常常看著只有一雙眼睛的正常人闖入此地，幾天後，卻因為縱深觀測事景的能力有限平庸，自我世界永遠正常運作健康安好，童年毫無任何可積累水澤的凹陷窪地，成長經歷更是順遂光燦，因此被漠然以對之後，自己黯然消失，不免在大太陽底下打起冷顫。

我想起好久以前曾見過的魔幻景象：被表弟視為寶貝的史豔文，就這麼嚴謹地被所有史豔文圍在中央，一身輝煌奪目的尊貴王者，卻只能於短時間內壓縮自己，竭力說學逗唱，彎低身段，當小丑賣弄耍寶……這一切，只企求渴望能往早已圈圍嚴謹的界線框框中，稍稍移入一小步。

這比真實社會更加殘忍無情。

背向現在的時間，越過淡水老街，我看見所有待在結界的天使們慢慢朝這走過來；像電影中的場景，或像在一夢境中發現自己突兀地顯現在光天化日之下，層疊密實的樹林卻低矮得猶如草叢，兩側滿地遍野狂放的綠草雜花如茵，上方胡亂的光澤隨意地反射在它們身上。

腦中出現好多、好多詞句，過於不真實的感覺，卻將眼前所有事物的立體縱深給全放到粗糙的砂紙上磨平光了。沒有光影也沒有了聲響。我在這片光亮卻又無比晦澀的街道上持續向前，然後，與他們越來越靠近。他們光滑也無暗面的臉頰全帶股狡猾笑意，嘴角張揚的弧度一致……越靠近那笑意越明確，而身體卻越感到加倍的寒意。

嗨。我說。勉強伸長雙臂打招呼。他們卻假裝沒有聽見。一群人影似透明般地穿越過我，然後像腳步堅定的遊魂般繼續向前行。

時間拉長，終於漸漸目睹咖啡館本身就是個顛倒錯置、古怪傾斜的異次元。

它們於這世代佔了太過重要的位置：因為四周長期充斥疏離冷漠又虛情假意的窒悶感；受傷與沒受過傷的、哀嘆與早已決心踽踽獨行者、長期被無意義的尖銳話語攻擊而身心早已殘破之人，都要裝作還擁有對這社會躍躍欲試的勇氣和信心——這樣，明天才又會是嶄新的一日，自己還能順暢地自我舔舐與包紮傷口，活著與呼吸，以及咀嚼食物仍津津有味。

精巧的各式詭辯被放任蔓延在各個不同質地的形體空間內，社會化的滲透侵蝕，終於，處在長久暈眩迷離以及就將喪失自我的時刻頂點上，大家皆會於不同時間恍然清醒，再倉皇失措地逃到咖啡館裏，大大地喘口氣，再慢慢恢復記憶般提醒自己：

我最原始的模樣生得如何？而名字又叫做什麼？

總是如此，一體兩面。

放克第一次跟大家說話時，我很驚訝，因為他不僅說話，還從包包裏掏出一堆照片；而照片內容都相同：一男一女於日月潭邊的合照。

相片裏的男女目光空茫地朝著鏡頭，面無表情的臉呈現因太長時間處在某個相同處境，而喪失真實感的大量失焦。大家皆認真傳閱那疊泛黃的照片。我發現站在年輕些許的放克身旁的陌生女人：一頭長鬈髮，髮型是老派吹捲的稀疏瀏海，濃妝，艷麗口紅把兩片唇給吞沒合一；還算美麗的臉蛋肌肉卻已麻痺，雙頰發硬，顴骨與下顎突出，連毫無表情都顯得極為不自然。握著斜背帶背包的雙手始終如一，連十隻手指頭的位置都一模一樣。

女人感覺比較像是個逼真的塑膠模特兒，放克把她搬到日月潭前合照，在她身邊約略變換摟抱與靠近的姿態，製作成一張張細節不同的親密合照。

放克看著大家輪流傳遞完照片，便幽幽地把照片似撲克牌般疊齊整好，放回包包中；然後嘆了口氣說那是他五年前的女友，死於血癌。當年他苦苦求婚後的隔日，女人突然消失，接著，等放克每日、每日不要命地買醉，把自己弄到瀕死之境，女方家人才寫信掀開女人失蹤的謎底，以及喪禮的時間與地點，希望他能出席。

他眼眶泛紅，滿嘴呢喃著自己好愛、好愛她，此生只愛這個女人，至死不渝。

（幹！這簡直就是個浮濫又老套的白痴爛故事！）正當我心裏罵出髒話的同時，結界裏的老大，也就是老闆藍大哥竟默默從吧臺裏走出，靠近河岸邊，向前緊摟住放克正哭泣而聳動的肩膀。我愣住了，感覺自己彷彿被勉強塞入一個扭曲狹小的空格中，四肢手腳正因空間過度狹隘而必須翻轉到不可思議的地步，陣陣由肌肉底層下瀰漫出的難堪的痛，正淡淡卻確切地咬嚙著全身。

一片靜默。

當藍大哥做出這麼個唐突卻體貼，以及等於完全信任的動作時，在場原本有些喧囂的天使幫眾們安靜了起來，大家一一從座位中伸出關懷的手拍拍他，甚至也敞開雙臂擁抱他。

此時我馬上明白：放克得到入場券了，用了這麼個爛故事便輕易得到天使們的認同；或許應該說：得到藍大哥的信任就等於得到整個結界——不論哪個咖啡館，那裏的老闆從來都是個無比準確的標竿。

我常常在心裏想：其實咖啡館不過是個「地方」，一個有型體、端正長形稜角、天花板四面牆廁所裝飾畫爵士樂雜誌文學書的場域，讓人花錢進來消費娛樂……說難聽一點，不就是買杯咖啡，買個消磨自身任何時段的地方罷了，為什麼可以擁有如此龐大的影響力？

只因它們不受控制，無法用任何社會價值評斷、區別，於是顯得異常突出珍貴？還是它們提供無形的撫慰媒介，外面的世界真的太冰冷，所以隱形鎮定的力量於每個身上幾乎皆有傷疤，在艱困世界瑟縮的半獸人來說，實在太需要把自己置身在這麼個原始取暖的地方了。發現並潛入一家自己喜歡的咖啡館，再能與之中的老闆或其他人（老闆娘、工作夥伴、工讀生、各個熟客……）混熟，那麼這家獨一無二的咖啡館，就會變成自己第二個家或者避風港。

真他媽的輕鬆容易，整個結構甚至簡化到讓人感到羞愧可恥啊。

關於這裏，常常讓我想起一個關於「西伯利亞症候群」的故事。

這故事最開始出現的地方，是在日本作家村上春樹的《國境之南太陽之西》這本書中：

「有一個農夫，每天辛勤工作，日復一日做著同樣的事情，從沒想過倦怠或是自己究竟為了什麼活著；直到有一天，他坐在自己每天努力工作的地方旁邊，看著太陽慢慢地從西方落下，他突然把鋤頭丟了，往著西方走去，一直走一直走……沒有任何目標目的地走著。或許會靠近世界的盡頭，或許不會，但他已經不在乎那麼多了。」

關於結界，便是接近這樣的感覺。

這樣說仍十分抽象，我不知道自己能不能化成確切的語言來說明，因為西伯利亞是一種無以名狀的想望，而結界卻是活生生的真實存在；甚至應該說，我覺得在結界這地方，狀況似乎是相反的：

農夫把具體真實的生活丟棄，為的就是要靠近抽象與心中不具體的那部分；而結界則是抽象與不具體地充滿在我們這群人的生活裏。

我每一次在結界中呼吸說話，心底就浮出這樣的想像——我摸得到、看得到、感受得到咖啡館中的所有人，結界裏確實籠罩的氛圍；但是，總有種活在想像的抽象美好，某一天這一切亦會乍然消逝之感。

當時我與藍大哥在一起，於是便常常能看見一種「不論如何都要討好這個女生」的眼神與態度，水汪汪地看著我。天使結界裏的人皆稱呼我為「小公主」，鎮日環繞身旁，用各種方式要我凝視他們、聆聽他們，並且毫無保留地把自己開腸剖肚，嘩啦、嘩啦地掏出裏頭最耀眼炫目、艷麗絕色、五彩繽紛的稀奇珍寶奪取目光。當然，順序永遠如此：彼此距離再更靠近一點，那麼就是最隱晦黑暗、分崩離析、怪誕異常的一切了；沒有別的，萬般渴求就是要得到我的關注與喜愛。一點點都好。

最大的疑惑是：我根本什麼都不是啊，得到我的愛與注視到底為了什麼？如果今天我沒有跟藍大哥在一起，不是他的女友，那麼天使幫眾們還會喜歡這個我嗎？他們能如現在這樣捧在手心般地對待我嗎？

我的本性是否能與他們日漸同化？我真的與大家相同嗎？我也是個靈魂畸零殘破不堪的同類人嗎？

還是，我只是偷偷混在裏頭，躲在一堆人裏面感受不論虛假或真實的溫度情感；反正，反正大家皆會保持這樣溫熱我的情緒（不管是否真心）不是嗎？

一切都變得好簡單呵，一加一永遠等於二。我蹲踞在人群底竊笑出聲。

但是，不管多麼濃郁渾厚的包圍，我始終明白：他們喜愛的那個人決不是我，我不是那位美麗可愛心地善良的小公主……我只是個廢物人渣、一個與世界隔離，什麼都不懂也不想懂，默默躲在臺北邊境，日復一日寫著自己小說的怪物。

而我心底也了解：總有一天，如果沒有真正全然離開結界，我相信絕對會被他們所傾心愛慕的，那個不是本質的我自己給狠狠溺死。

就這麼揭開序幕了。放克開始形影不離，如同鬼魂穿梭其中，嘗試用不同長度的觸角一一深入各個天使們的公私領域：

最開始的貢品是阿靜姐，這個敏感纖細如深山中稀有的蕨類植物，光滑流麗的葉片後面結粒的苞子群，層次是那麼樣豐美璀璨，在光線折射下能發出從未見過的色澤。然而一株株看似完好獨立的細胞核卻如同含羞草，隨意伸手觸碰就緊緊閉合，甚至碎裂成綠色汁液流淌一地。阿靜姐絕對是無比美麗的，但極度易碎，需要貼個標籤提示「小心輕放」的絕美易碎物。

對於這樣稀有的易碎物，放克採用加強版極端柔性催淚的故事先聲奪人。

阿靜姐初來「天使」，始終沒跟任何人熟稔。我常偷偷觀察她：纖細瘦弱的她毫無氣味，沒有存在感，我想除了我發覺她每兩天就來一回，整個下午獨自坐在角落抽菸看書，那些慣於讓各種紛飛影像由眼前任意橫切的天使們，沒人發現阿靜姐是常客。

她總是一身白，清爽潔俐得根本無從想像背後任何事景過往；喝咖啡與吃點心的速度非常緩慢，品嘗的模樣使每口都像那是臨終前的最後一口；閉眼咀嚼得綿密細長，這個部分倒是讓人感到確切無比；這時候的存在感最濃烈，總有種濃烈確定下一秒，她就要從眼前消失了的強烈錯覺。

我還記得那個時間點是：我剛從臺北回到淡水「天使」，晚上十一點多，眼睜睜看著放克與阿靜姐兩人同坐在河堤邊。阿靜姐的臉正向著我，眼神平行背對的放克，蒼白臉頰綻放出一絲飛舞的紅潤。我看傻了，就一發不語地坐在距離他們很遠的地方，呆呆地看了整個晚上。

沒有多久，放克坐進原本阿靜姐獨自習慣坐的位置，兩人一起前來、一起離開。

其實這些沒有什麼，但是我卻明白於阿靜姐，於所有長久封閉的世界，這些小小行為意味著重大的意義：放克已經順利打開阿靜姐的密封罐，接著，他就會嗅聞到獨特氣味以及目睹那透明的存在感，還有，明瞭阿靜姐每一口如同末日來臨的背後涵義。

我感到心口一陣糾結。

其他尚未成熟還沒長大，渾身充滿不協調卻亮眼的野蠻之美的大學生：琉璃、陽子、賴毛、小花、冬兒、金金、AJ、以及愛可，這些未沾染灰塵卻擁有絕頂聰明的腦袋，說話行雲流水、耍寶嘻鬧，但必要時句句切中要害；性格各自突兀暴烈、粗鄙爽快、神經大條、帥氣驕傲，自成一個個未雕琢成形的藝術品女孩們，放克則採用最聰明有效的方式：閉緊嘴巴傾聽，牢牢記住，在腦中分類歸檔，最後依照性格類型各個擊破。

於是由兩次晚上衝去夜唱後，我開始聽到陽子與賴毛對他稱讚有加，再來是愛可某次酒醉後，拉著我重複了三次放克的爛故事；最後，我聽見尾聲大豐收：

AJ答應放克的追求，兩人成為一對戀人。

「AJ跟放克？AJ，AJ耶！去妳媽的，妳在胡說什麼？」我憤怒地起身，桌上的拿鐵咖啡瞬間翻了一整灘的褐。

跟我說的是陽子，她沒有回答我激烈的質問，只是用那雙透徹的雙眼盯著我，然後堅毅地點頭。

「但AJ她不是，不是個T嗎？」我的聲音越來越小，小到後來自己也聽不見了。

T—Tom boy，也就是女同志中身為較男性化的那位；也就是我所交往過的Vino、小王子，最後我因為瑪蒂達而勉強扭曲而成的女同志。

我記得第一次見到AJ時是天使咖啡館剛剛開幕不久。AJ是藍大哥第一位請來的工作夥伴。瘦長高眺的身型與俐落短髮，加上寬垮不拘小節的打扮，讓我敏感嗅聞到從前熟悉的氣味。但問題是AJ長得太美了，白皙膚色輝映著河面瀲灩波光時，我卻疑惑了起來；那微笑弧度實在甜美得令人心醉神迷。

我不擅長也不喜歡定位任何人——而這個原則卻讓自己被折磨了非常長的一段時日。當陽子跟我說AJ與放克的事情時，我的感覺除了震驚，更多是悲涼，非常悲涼；那寒冷感甚至滲透進記憶皺褶的最深層內裏。

嫉妒。這是全部情感中，最會啃囓人心而不知如何形容的，焦躁痛楚。

好多、好多年以後，我仍記得有人曾認真嘗試用語言形容過嫉妒。

「嫉妒？問我就對了！」這個連名字都忘了的長髮男孩，一聽見這兩個字，就像飢餓的野獸聞到鮮血般，從原本無神的灰黯眸子裏泛出光澤，折射在對視的目光中。

這使我想起以前曾經有過的洋娃娃：眼眶牢牢鑲著兩顆碩大的玻璃球，在黑暗中突地迸發出光芒使人心頭一凜。

「幾年前我曾經幹過一件瘋狂的事，就是偷偷潛入迷戀許久的女孩家中。女孩是我以前打工的同事，而她的家是我花了好幾個月，有計畫跟蹤的成果。

我還記得那女孩的家很特別，怎麼說呢？全一致的粉紅色，從天花板延伸到牆與放眼望去的每件傢具，全是深淺不一的粉色系。一踏進屋內大量的粉紅大軍臨下，再從視覺進入皮膚滲透血管……開始感到習慣後，我先把她私人物品：洋裝、拖鞋、杯子、茶几這些東西撫摸一遍，用手掌記下每件東西的質感，然後，再花很長的時間，努力大張全身的感官，去嗅聞與啃咬她的床。

讓我迷戀到無法自拔的女孩，與其他男人性交的氣味充斥在嗅覺裏。

一開始，這動作會在心裏的某個界面上彷彿擁有了她。聞到汗水蒸發過後，那種甜膩味，奇異的征服感瞬間就跨越理性全面佔領我。但是，最後離開那張床、那個家，只剩一個人時，卻慢慢痛恨起這個味道，厭惡到無法言喻的地步；但是，味道已著根於嗅覺、皮膚上的毛孔，甚至滲透到肌膚底下的細胞……很難受，像吞了尖銳異物般狠狠扎刺著身體。最後，我連一秒都無法忍受，衝到浴室去用力刮刷全身，直到皮開肉綻、流出鮮血才停止。」

男孩把衣服拉起，塊狀褐色的傷疤，深淺不一地分布在胸膛與腰際的皮膚上。這就是男孩所謂的嫉妒了。我在心裏想像：伸手把話語裹成球狀，放到無形的秤上量著——如果可以把對嫉妒的體會分成能量化的等值表格，一個個依照程度劃分，這男孩曾感受過的嫉妒大約是五。

只有五而已。

撇開與男孩對視的眼神，移到旁邊的玻璃落地櫥窗上。透明玻璃映著四個人的身影，兩男兩女，姿態輕鬆地站在街道尾端，一家已打烊鎖門的麵包店前閒聊著。斜射的光線穿透過屋簷筆直地打在身上；我看見他們臉上細微的汗毛，正發出金黃約略透明的光澤。

大家安靜地看著長髮男孩把手中的菸抽完，心情似乎才逐漸平靜後，另個把頭髮剪到已看見頭皮的高個子男孩，在準備開口說話前先抿了抿嘴：

「小時候我認為母親比較疼愛弟弟，對我與他的態度相差甚多。那時年紀還小，什麼都不懂，也無法為自己做些什麼，只能像匹盯著獵物的狼，每天的每小時、分鐘，什麼事都引起不了興趣，與無法被任何事物吸引般，只是異常盯著母親的一舉一動。

那些動作從眼前刻劃下再印到心上，化成像是魁儡戲般的黑影，拖著長長的濃黑印子，緩慢稀釋，或者更加濃厚地暈散在意識中；發現對弟弟懷著猶如小地獄般深深的，根本無從解釋的嫉妒，我完全束手無策，整個人早已被這念頭給控制了。最後，嚴重到只要媽媽一靠近弟弟，我的胸口就開始緊縮，彷彿心臟有意識地能自己劇烈漲大縮小、漲大縮小；那之中的感受無法形容。在那些個痛不欲生的時刻裏，我只能勉強閉上眼睛，假裝什麼都沒看見。

但是眼前一片黑的情況依舊悲慘。因為嫉妒是根生於心，不是視若無睹就能解決的。

母親後來發現我的異狀，在一次又發作的時間裏，只是慢慢蹲到我緊閉雙眼的身旁，輕輕附耳對我說：

『不要折磨自己，這是不健康的。』

這是不健康的！

你們不知道她的語氣有多麼無所謂，多麼輕鬆……當時，我睜眼與母親清澈的眼睛對視，瞬間就明白：這麼長的時間，我感受到的嫉妒是真實的，因為發生的一切正透過這雙眼睛證實，並且也無法給我相同的力量去抵抗──我感覺自己的心頭瞬間一鬆，之後，對任何事情都沒有感覺了。

沒有感覺，對所有的一切都沒了感覺；不知道這樣健不健康？」

短髮高個子男孩苦笑了笑，又收斂起來，撇了撇下唇。

「嫉妒簡直影響我的一生，因為從那開始，我已經不知道要如何對事情產生比本能更多的情緒了。我當然還是跟平常人一樣，會恐懼、厭惡、憎恨、熱衷與渴望……但是這些像是在意識表面上淺淺飄過的一陣風；也就是說，我感覺自己這邊已徹底關閉了一切可以往更深之處掘去的可能性。

如果把這形容成賭博，我想已經失去對所有深刻反應加碼的權利。對於想要更多濃烈的什麼，莊家已把我這方面的籌碼給全部收回了。」

是這樣啊，根生的嫉妒。我迅速慣性在心裏把這故事揉成一團，程度量表刻度上顯示八。有八呢！我在心中歡呼；但是，這些比起我曾經歷過的，都還是初級班的程度而已。如果我能夠真正確切使用語言形容出來，那些在心中劃下一條條刀痕，極為深刻且各種面向的嫉妒，我想你們根本不會願意跟我說話吧。

那是一段永遠遺棄不了的烙印。我必須學會的能力不是丟棄或遺忘它，而是學會如何與它相處——無法有別的期待，只能奢求它安靜地待在原位，不要出聲。

我發現確切有型體的嫉妒出現在瞳孔中央，而對象是真實不過的AJ的那一刻，感覺幾乎要喘不過氣來了。

嫉妒的本質究竟是什麼？

在這個帶有男性化特質的女孩身上，我曾不只一次試圖剝去她靜止端坐於各個角落，或各式光線折射下的暗影；一層又一層，猶如連綿布條纏繞千年的最初乾焦本質，網狀般的脈絡延伸。但是剝開後，我只能看見風乾的骷髏頭上方，兩個漆黑的無底空洞，傳來輕微幽深的嗚咽風聲。

老實說，我對這個極端尖銳，就要刺穿我的情感實在太不熟悉了，簡直就像隔著房門偷聽長廊底部，遠方正一點一滴還原全世界時差的流動時鐘；它們彼此規律移轉、咬嚙齒輪，毫不遮掩其深刻存在的正當光明性——而就是這樣的亮澄明朗、奪目具體地使我徹底崩潰。

「妳今天帶的宵夜好好吃喔，下次我還要吃。」
「對了，上班前記得帶五包紙巾以及兩條抹布。」
「最近煮的咖啡進步很多，加油！」
「上回提到的牌子何時打折？今天再提醒我一次。」

我把這些簡訊讀了一遍又一遍。一種拔尖賁張的激動由情緒向外噴射擴散，散了一地鮮豔且令人心生畏懼，也分辨不出是什麼的東西；然後，隨著一個字、一個字重新讀起，解釋再解釋，試圖替這些話冠上冷淡平靜的口氣聲調，說服自己它們就只是字面上所見的扁平乾燥，毫無其他涵意或情緒。

「寶貝，你覺得AJ怎麼樣？」我假裝漫不經心地問他。
「AJ啊，很聰明大方，氣質出眾，學東西很快，是個不可多得的好夥伴。」
「只有這樣而已嗎？你有沒有想過如果有一天她喜歡你……或者有沒有可能你喜歡她？」
「妳說AJ嗎？不可能啦，妳想太多了，她不可能喜歡我的。」

她、不、可、能、喜、歡、我、的。

令人反感、心痛的錯誤答案。我沒有回話，心裏糾結的黑影更加濃烈深邃了。

他們無話不說、相濡以沫、靠近親密、真實相對，從中午咖啡館開始到打烊全都膩在三坪多的小小吧臺裏。藍大哥把咖啡知識與技能毫不藏私地全傳授給AJ。

我明白AJ不僅只是得力助手，也是他唯一最忠心的門徒。

我說，我也可以成為AJ嗎？拜託你，我也可以學習這些你多年累積的一身武藝嗎？

藍大哥搖搖頭。用力決然地搖頭拒絕：妳應該寫小說的，在小說這塊領域上妳擁有絕佳的天賦，那麼就該好好去寫、去創作。煮咖啡根本不算什麼，這是什麼人都可以輕易學會的。

（什麼人都可以……就是我不能，不是嗎。）

於是，在最初端的立足點上，我就被藍大哥一把推開，理所當然、名正言順地推得老遠，只能獨自孤寂地站在另一端看著他們兩人的身影，默默吞嚥下越來越深刻的嫉妒之外，還有錐心的，我與我愛的人——我們永遠都不會相同的這個事實。

我也明瞭沒有明言規定：愛情要兩人相同才會幸福。

我不需要與他相同，也從未想放棄自己視之為命的小說。當下悲痛異常的是：如果你了解我是這樣珍愛自己，多麼傾全力竭盡對待自己寫小說的天賦，把這放在生命之上——而於那一刻，卻能夠愛戀到願意說出這樣的話——你就應該要深切明白：我是多麼不顧一切地用自己的靈魂來貼近你。

這是我第一次願意放棄自己來愛一個人。儘管只有幾秒鐘的光景，於我來說卻是天崩地裂的世界末日。

以前，我當然領教過初級的嫉妒，深深吃過瑪蒂達的醋。

正確來說，在那個岔出現實時光的變異裏，我異常會吃醋到不理智的地步。不管哪個性別之人靠近她，我的心就會不由自主產生排斥，想盡辦法主動消弭此狀態的存在，把靠過來的全用力推出圈圈之外。

瑪蒂達當然可以有朋友，任何人都可以當她親密的朋友，但我絕對不允許她跟她或他們說心事，坦承生命最深層的痛楚。這是底線，這部分只能保留給我——如此霸道是我因著瑪蒂達被迫變更自己的性別，那穿透過靈魂枷鎖而由不得的愛戀，滋生根著於生命底的缺陷窪地。

我們彼此都期待著，那個不是真正期待的彼此。

所以，於我是男人時，便嚴格（老實說是卑微的）要求她是我一個人的。

坦白說，這舉動的底牌是：這麼做我才能有確切的真實感，這變態怪異的存在才有意義，才能維持敏銳的觸覺，才能繼續感知時間，與之一起點滴流動。

到現在，我才真正明白所謂的嫉妒（也就是吃醋的更高級），那與客觀的現實條件沒有絕對的連結關係，不代表條件好與擁有許多的人，就不會嫉妒別人。嫉妒比較接近本能感官的情感，它能夠自體而生，像肉體般會隨著時間成長，不自覺地由體內冒出茁壯，沉甸甸地盤踞在人心的中央，然後再累贅地綻放在日常最清晰的地方，無法視若無睹，因為它包含的情緒也是最最繁雜，如同布滿神經叢的唇內壁。

嚴重時會緩慢或急速地侵蝕人的靈魂，使之活不下去，或成為畸零的殘缺者。

一早清醒，發現自己置身在一精緻微型的小人國中，被密麻或粗糙的勾繩、草繩、銀釘、釣魚線絲、童軍繩、只能套在手指端上的小枷鎖、給環環纏繞住。從我的全身以數萬個方位集中綁縛，拉扯著頭皮上千萬數計的毛囊細胞，接著是大方向的四肢與軀幹，小方向的各式臉頰肌肉、眉毛上端、前中後眼皮、兩側鼻翼、上下嘴唇……

分散在空氣中猶如毒氣的透明力道，這著根的嫉妒已將我牢牢纏繞住，掙脫不得，動彈不能。於是，我只好順從嫉妒的綑綁，躺在那裏不吃不喝好幾天，逼迫自己弄懂為什麼會對AJ，會對這個特定的女生產生如此巨大的反應？

首先，我不想變成她，不想成為第二個AJ，對自己所擁有的才華與模樣感到滿意知足，所以換句話說：她的外表與內在沒有一樣是我所嚮往的。接著，我艱困地扭了扭被嫉妒縛綁的身體繼續努力想：我相信藍大哥愛我，雖然也相信他同時愛著AJ，但是，他給予我們兩人是截然不同的愛。人是如此複雜，愛當然也可以分成很多種。

我是純粹的愛情，而AJ得到的，是藍大哥全然信任的愛——在某些方面來說，他信任AJ勝過我許多。

他會摸著我的頭親密地叫我寶貝，而掛在心頭上最重要的事情則第一個想到AJ。他撫摸我的臉頰小心地猶如昂貴瓷器，而只讓他自己與AJ動用咖啡館中最寶貴的義大利進口機器。他沉默專注聽我說所有我感到不愉快的牢騷與抱怨，而他對咖啡館的擔憂只對AJ說。

愛與信任其實是可以分開的嗎？

這疑惑不代表藍大哥不信任我，而是我明白自己於此部分毫無幫助的悲傷。名義上是藍大哥的女友、情人、伴侶、戀人，但實際就是他背後的影子，他讓我跟著，把我端放在身邊，封闔上印記，什麼都不願意跟我承擔分享。

這真的好寂寞、好寂寞呵。

不知道自己躺在床上幾天，直到藍大哥發現我不是生病，而是被碩大的嫉妒給牢牢困住時，一切都已經來不及了。就像關於變形小說的開頭：有一天與日常無異的早晨，某個很衰的上班族起床準備上班，才赫然發現自己變成一隻巨大的蟲。

藍大哥從咖啡館打烊回家，推開房門，同時按開牆壁的燈。先望見我勉強爬坐起身，而清晰印在深褐、已被壁癌侵蝕嚴重的牆面影子。他張大眼睛，凝視著那深褐如渲染融合朦朧的淺灰身影，整體形狀就是隻確切黑色的什麼。

他認定是影子湊巧與壁癌結合才會產生出這奇怪效果。盯著看了一會，想想或許明天應該請牆壁專家來家裏一趟時，頭也從牆上轉到旁邊已坐起身的我。

我的老天爺！

這是我第一次聽見聲音總是低沉的藍大哥，情緒滿脹到大量溢出驚恐吶喊。

現在，從自我的視野窗景望出：房裏有秩序的傢具擺設、棉被床單的質地觸感、雜亂書籍的木桌椅上堆著厚實灰塵、床邊橫切被單的清楚暈黃燈光、底下一正一反的室內拖鞋、原本淺米卻已變深色的羊毛氈地墊、迷濛腥羶的人體氣息，什麼都依舊，唯一不同的是站在我面前的藍大哥。他瞪大眼睛，臉上肌肉線條緊繃，屏住呼吸，吶喊過後就未闔上的嘴巴漆黑如洞。

不明所以。我疑惑地把頭轉向房間的梳妝臺，發現圓弧鏡面忠實顯現的只有藍大哥仍駭然的模樣，而於他前方，下半身還包覆在棉被裏的，是一隻色澤烏黑到發亮的，碩大的貓。

我在哪裏？那個就要被嫉妒吞噬光了的自己在哪？

我生硬地把雙手伸出被窩，放在頭上，然後再往上伸直，鏡子裏的黑貓做了相同滑稽的動作。當我還未真正適應自己已變形這件事時，貓科類的獸性先擄掠了本能……敏感又緊繃地縮起自身皮毛，把長條狀身子往上弓起，瞪大藍色的眼珠對著鏡中的自己，接著，背後尾巴用力筆直伸長，一股油然而生的張狂由不得我往前撲，尖銳的爪子在光滑的玻璃上撕裂出一道直逼震破耳膜的拔尖聲。

三片大小不一的割碎玻璃，深深插入前腳的肉掌中。痛楚像點燃迅疾的煙火般筆直竄生。我狼狽痛苦地滾落到地板又迅速回身趴坐，一切動作莫名地敏捷迅速。鮮紅色的血，汩汩成河般沾濕垂放到地板上的床單。

藍大哥反而比我冷靜，試圖彎腰接近。我不願意讓他靠近，想要喊叫出「不」的字眼，從喉頭蹦出竟是一連串低吼嗚咽……倉皇中我轉身迅捷跳開。他不死心，亦步亦趨地喊著我的名字，緊緊跟在後頭。

整個過程如同夢境一般。

我四肢以預備姿態趴蹲於地，眼珠隨意瞄準上方櫃子，不到半秒的瞬間，自己已在那之上；這是怎麼回事？我到底變成了什麼？還未搞懂卻已被嶄新的能力給攪和地興奮異常，眼界大開。我伸展了輕盈的身體，可以感覺腎上腺素正急速分泌，心跳與血液亂竄，興奮地舔了舔嘴，開始試著全面啟動。

好似在半空飛翔般，定位於屋內比天花板低矮些的水平線，然後，就如同施展魔法般，便可輕易穿梭自如在平行的櫃子，與任何大型家具間；我在飛……沒有錯，那迎面撲來的風速確切告訴自己的感官，我的全身正飄浮遊走在空間中的無形氣體裏，而這一切再加碼上運轉急勁的速度，融合成從未體驗過的自由自在。

旋繞的疾風焚燒著全身，我受不了地放聲哈哈大笑；聲音一發出卻變成記憶裏春天夜半，一陣陣長鳴繚繞、寂然中最喧囂刺耳的野貓叫春。

越衝越起勁，越吼越大聲……直到藍大哥的哭聲橫插進焚風中，我的四肢才慢慢僵硬，停止在櫃子中央。我往下看，他正雙手掩面，頹然跪坐在地板上放聲大哭。好了，我終於明白了……突然一陣鬆懈，於是悄然由高櫃上跳下，緩慢地爬進他的懷抱。

藍大哥對外宣稱我生了奇怪的疾病，所以這段時間會閉關在家寫作，而工作那邊則打電話請了長假。手機關機，無法上網，也不能以此面貌出門。

「白立夏」這個人從此消失在世界上，倒是多了隻名為「夏天」的龐大黑貓。

那段時間裏，我幾乎都在睡眠中度過，與藍大哥的相處因無法說話而培養出另種溝通默契：比方想吃東西便要伸長爪子往他的小腿肚上抓扯；學習俯身在餐桌上進行用餐；撒嬌則使用充滿毛的臉磨蹭，並且要避開長長的鬍鬚；利用改良過後的馬桶蓋進行排泄；以往慣用的化妝品則丟棄了大半；想喝水則是撲躺在地板上喵喵叫；原本我負責的簡單家事已全部都交由藍大哥負責；窩在一起睡覺會自動把棉被捲成巢狀；其他則是想辦法用最本能與直接的方式，讓他明白我的需求。

這些都還好，最讓我無法適應的，是我也再也無法用長滿爪子的肉掌，確切握住任何一種筆，至少寫或畫出個什麼簡單的字體圖案。

這使我感到悲傷，好似遺失了什麼重要的東西。但是這悲傷很淺，淺到偶爾試過幾次無法把筆真正由肉掌握起時，也不會波動內裏激烈的情緒。我頂多放棄，把筆丟到一旁，然後隨即又被旁邊移動的事物吸引。貓的情感面十分稀薄，這類的思緒被大量的本能需求佔據，逐漸退化成一種類似呼吸吐氣般的一瞬即逝。

那起事件發生在夏季末的某日夜晚。

我照常蜷縮在客廳角落打盹，聽見遠方腳步聲便一如往常地伸懶腰，往前爬行到門口等待開門進來的藍大哥。當我發現是陌生人時已經來不及迴避了。

那個人打開大門後，利用陽臺角落上方的渺小光源探出頭，再小心拉開紗門踏進來。發現我（我同時也發現他）的那剎間，表情相當、相當驚訝，就像看見什麼從未見過最令他恐懼的事物，全身產生起劇烈的顫抖，順著背後稀疏的光，影子邊緣變成鋸齒狀，就像長了毛般；接著喃喃自語：家裏何時來了這麼大隻，又如此醜陋的黑貓？

他把客廳的燈全開了。

我的瞳孔收縮成扁平狀，束起皮毛全身戒備。這個唐突的照面讓許久未見的刺目的光、日曬過後的渺茫蒸氣、淡水河畔、始終貼近地面的四肢以及肚皮的冰冷觸感、另一陌生氣息聲響，原先已遺忘的，全爭先恐後地湧了進來。

他一臉驚恐時看不出確實的年紀與五官，但後來逐漸認出應該是藍家的人：挺拔的鼻樑、薄嘴唇、深邃的雙眼，以及如刀削般力道十足的臉的邊線弧度，就跟藍大哥如出一轍。

他是藍家家族裏的誰吧（其實藍家的誰我始終都沒見過）。確定這個之後，我開始放鬆許多，甩了甩全身，慢慢走過去坐在他面前，睜大眼睛抬頭望他。變成貓的形體仍如我還是人類一般大，所以坐在他前面讓視覺平視，正對著的視覺就置放在腰際間。他根本不知道該做什麼，稍稍暫停抖動後，腳步慢慢往後挪動，一小步、一小步，以為我不知道地逐漸遠離我。

我開始覺得有趣，取消原本想趴坐下來的念頭，猛然把自己四肢弓立起來走向他，距離只剩幾公分時，使力將後腳把自己前端立起，將兩隻前肢輕巧地攀疊在他的雙肩上，就像準備與之共舞般姿勢優雅正確，等待音樂響起。

牆上的黑影，清晰刻印下人與獸彼此互相對峙的凝結。

我想，當時只是在第一時間單純希望他能知道我是善意的；雖然我變成動物但也可以當他的朋友。至少，不要再繼續害怕了。在這靜止的時光裏，我的嗅覺聞到了一股複雜的氣味，眼前這個人散發出古怪傾斜又濃烈的不安。他承接下溫熱的肉掌，一定知曉我急迫發出的友善，從對視的眼神中，也應該會明白我澄澈的意念。

但是，那氣味反而從僵持拉長的時間裏越來越沉重。感覺每秒鐘他的腦子迅速流動過無數個念頭，但是每個念頭又很單薄無助，透明紛飛的霜狀雪點噴灑降落在我與他之間，馬上融化消逝——等於是什麼事情他都在想，卻什麼都無法確定。

他在恐懼。只有當恐懼像拉扯至無限擴張到頂點的橡皮筋時，人才會產生把所有記憶與思緒全攪和成雜亂四射、接近骯髒的混亂光影。後來，我想他受不了了；基於對動物無知的恐懼，便突然猛力甩開我的兩隻前肢，跨過身疾走，且毫不猶豫舉起剛瞄到前方角落的棒球棍朝我打來。

或許，是我最初急迫想要討好的模樣，讓他感到從未經驗過的不知所措與惶恐；接著，凝視久了的動物舉止，那些接近愚蠢攀附的樣子，不知怎地激怒了他，使繃緊的精神突然解離然後變成狂暴之人，滿屋子追著我痛毆。

我一邊叫嚷一邊疾速往上方櫃子奔去，被激怒的他卻發揮了肉體與視覺對焦的極限，無比俐落地早先一步把我扯下，一手揣著脖子，一手則用力揮打肥厚的背與軀幹。我感覺一陣陣撕裂的痛楚爆發在身體四處，皮開肉綻的尖銳使我無法思考，僅只本能地扯直喉嚨哀嚎尖叫。

最後，他打累了，猛力敲鼓般的節奏變緩後，決定把我抓到陽臺，準備從上方丟下。

這時候藍大哥剛好進門，他先震驚怒吼著要他放下，然後衝過來抱起我，質問他為什麼可以私自進來？然後又痛揍……痛揍……

痛揍你養的寵物，一隻愚笨醜陋的大肥貓？

（不，牠不是貓，牠是我的愛人，我的女友……）

藍大哥把我以為會解釋的話吞嚥下沒有說出，只是又突然情緒大爆炸地衝過去，舉起拳頭用力朝他的臉上揍去。清脆的骨頭斷裂聲響細絲般在空氣中放射擴散，一股濃烈的暴力血腥味瀰漫在敏銳嗅覺之頂，我急忙掙脫出藍大哥的懷抱，衝到房間躲起來。

後來藍大哥告訴我，那是他家族裏年紀最小、失蹤多年的小弟。當大家以為他恐怕早已死在異地時，卻在這日偷偷遣返回這個好久以前曾是他住所的家，然後，就發生這起不幸的恐怖事件。

藍大哥什麼都沒問地，就把他的小弟猶如破爛的抹布甩丟出門。

或許，我在房間舔舐傷口時心裏想，或許那人想要殲滅的不是我這動物的生命，而是想要擊殺眼前這連他自己都無法相信的噩夢。

我休養了一段時間，後來身體上的傷口逐漸好轉，原先緊繃煩躁的神經也開始逐漸放鬆；那深化的嫉妒在體內也一天比一天單薄。

我後來才明白，動物沒有靈魂，所以身為變異者的我不會感受到原始靈魂，位置被不知名的獸類型貌給侵占；而兩者相異的靈性，也不會互相爭奪對身體的操控，使得內腔中滿是無數矛盾衝擊，像一陌生的剃刀插滿尖銳傷害這樣煎熬著每日。

變成黑貓，只是淺薄地感覺一天比一天對所有事物更加無感。原本最激昂到像強烈放射元素，可以瞬間殆燒盡大腦皮質中的情緒，也像從牆上緩慢溶解的液態油漆，無聲地一一淌落然後蒸發。

對於以前身為人類的一切，好似幻夢與氣息，總會有消弭的時刻般，越來越遙遠流逝。

就當我的腦袋只剩下本能性的吃喝拉撒，真的開始忘記我對AJ這個人的複雜感受，還有過往咬囓我心中缺陷痛處時，身上的黑毛卻開始逐日掉落，爪子縮短，接著扁平的貓臉那分散的五官則開始越來越集中。

原本輪廓淡逸且愈發蒼白的很多思緒，像是水滴滲透入一條不怎麼吸水的棉布般，漸漸從布料質地粗糙的邊緣纖維滲入，一點、一點地往四周浸染，呈現一朵朵類似花兒的形狀。花兒越開越大朵，等到所有的花開到頂點，花瓣邊線相接地一同綻放，整塊棉布顏色暈染成相同色系，連漸層感都一一被蔓延的花絮給侵蝕到底時，那就是在某日早晨起床，我感到頭腦一片脹痛如要崩裂開般……照鏡子看見印象裏的白立夏又好端端地出現在鏡子中央時，感到非常疑惑：

究竟南柯一夢是以前身為人類的我，還是現在身為黑貓的我？

我與藍大哥後來討論時，總無法說出「我變形為黑貓」這樣明確的話——**我變成一個我們都不認識的什麼。**

過去的種種像不斷消散成煙的透明霧氣，也許變異的時間在那個被嫉妒滿溢的夜晚，內部順暢規律流動的時鐘於身後的暫停，被膠質狀的什麼給包覆隨之凍結。我承受不住碩大的嫉妒，於是本能逃離現場，選擇身體讓真正的變形異質侵占，在腦部皺褶層面原本擁有的繁雜思路，因而斷裂退化成獸類的簡易輕鬆。

於是，我對此時光描述總是語焉不詳。

整趟「變形記」不過是一個失去理智的嫉妒之人，貿然進入扭曲時空的暫且停格；一個卡夫卡式的乖張、此生無法重覆說明，岔出正常軌道的斷裂性人生插曲、在關閉腦部運作前的一次爆炸性毀損……

很不幸的，我就是選擇這樣的方式面對嫉妒。

黑貓的人生共有——**六個月十一天八小時又二十七分零九秒**。

在我缺席所發生的故事是這樣的：

放克與AJ在一起後，當然如一般的情侶時常黏膩在一起。那幾個月中放克的破綻，第一次猶如被尖細的針給戳穿，滲出些許臭水，是在某日AJ已回家的巧合之夜。化著濃妝穿皮裙的幾個風塵女子經過河堤，其中一人對放克大叫：

「阿川！你怎麼會在這裏？」

「嗨，這麼巧！我最近都在這裏喝咖啡啊。」

「我們好久不見了，」女人親暱地勾起放克的臂膀，把頭順勢靠在他的胸前；「你還在長庚醫院當醫生嗎？以前你半夜都要支援急診室，今天剛好放假？」

「是啊，今天醫院沒排值班，」放克面不改色的說：「嘿，這樣說起來還真巧，剛好在這遇見。」

「姊妹們，這是我去年在某某舞廳認識的內科醫生阿川，黃金單身漢喫。」

「哇，醫生耶，好厲害喔！」女人們簇擁而上，放克就像珍奇異獸般被圍在其中。

「阿川醫生，我的乳房有點痛，能不能請你看看？」

「醫生醫生，我的床是頂級獨立筒做的，太過操勞時有沒有興趣過來躺躺？」

一連串奇淫詞巧噴發出腥羶費洛蒙，放克與女人們手來腳來地調戲許久，互相再留一次通訊方式。等到她們終於離開後，他坐回河堤上的藍大哥旁邊。

唉，這些都是以前愛玩去舞廳認識的風騷女人們，一個個都像餓鬼一樣……噢，你是說我的名字跟身分怎麼不一樣嗎？拜託，上道的人都知道去那種風月場所當然不能用真名嘍。

是這樣啊。藍大哥默默點頭，沒有繼續追問下去。

打烊後回到家的藍大哥，閒扯了今天發生的事，順道跟我提了此事。最讓我驚訝的是：藍大哥同意這個說法。

我當時也不打算辯論什麼，因為放克早已得到藍大哥的信任，而這信任給得很重、很真，要不是放克之後開始露出一連串的不對勁——這個偶然狡詐的巧遇，簡直跟沒發生一樣雲淡風輕地不值一提。

放克仍給我深厚的、不祥的預感徵兆。就在他第一次踏進結界，我就敏銳地嗅聞出不同於大家的虛假質地，只是無法明瞭的是：為什麼只有我獨自感受到？然而，越拖越長地像一齣歹戲拖棚，感覺也荒涼了起來；好像應該離場的其實從頭到尾都是我，不是剛開始如怯懦動物般謹慎踏進結界的騙子。

我沒法多說什麼，連面對最親近的藍大哥也無法說實話。

第二次是AJ在上班時突然頭痛欲裂，讓朋友送去醫院後，藍大哥不太放心，給每晚六點就離開「天使」，說是去機場進行頂級維修的放克撥電話。因為放克的手機不通，於是他查了華航的電話打過去。

電話裏頭響起華航接線生美妙的嗓音，但是經由轉接再轉接到維修部，內部人員卻明白說明：很抱歉，這裏沒有名叫放克的人，也沒有人正在維修任何機械，正確的維修時間不是此時。

你打去找不到我？那些接線生都是腦殘啊，怎麼可能知道頂級工程運作時間？更別提知道層層防護的內部裏正在做什麼了。

嗳，以後打我手機就好了，打那些電話是找不到我，我們可是很神祕的。

簡直就是鬼扯。藍大哥終於感覺不對勁了。

就在事件過了一星期多後，AJ連同陽子，兩人在六點時，放克說該去上班起身離開後，悄悄跟在他的後頭。我永遠忘不了在十一點多之後，她們兩人回來跟我們說親眼目睹到的一切，那表情實在太讓人、讓人……

放克輕鬆地揹著包包從咖啡館離開後走向捷運站。此時，對岸的觀音山被昏黃天色給緩慢地吞噬進漆黑中；沁涼微風吹撫掀起進出站內外的觀光客的喧囂，隨著風勢忽而團團圍繞，又潰散開來。AJ和陽子小心躲在對面麥當勞外頭植種，一排人工樹叢中，努力靠著樹葉縫隙來窺視隔著馬路，因有些距離而成為一根手指般大小的放克。

他堅定穩重地踏著步伐，一階階走上捷運站前的階梯，卻在中間的地方停下腳步，往左右張望了一會，看來想起什麼似地微微歪頭，接著往旁邊移動，放下包包，就這麼坐在階梯上取出菸來抽。

（應該是進站前來根菸吧，很多人都這樣的。）

她們兩人蹲踞在原地沒有出聲。放克這一抽連抽了三根。

（奇怪，他跟我說每天都要準時七點半進機場；時間應該已經來不及就要遲到了啊。）

AJ瞥了眼手腕上的錶，感覺事情不對勁了。放克好整以暇地把第三根菸抽到最底，丟棄到腳邊，鬆了口氣垮下兩邊厚實的肩膀，然後，就這麼調整姿勢讓頭部倚著包包，順勢倒在捷運站口邊的階梯上，維持這樣仰望星空的模樣一整個晚上。

沒有去機場。沒有去維修。沒有去上班。連捷運站都沒有進去。

「什麼？他不是都說要去維修飛機？」

「我們都覺得，非常奇怪。」

AJ與陽子面容慘澹地回到「天使」。原本說完一輪後，AJ的表情垮下來，但是由於大家相當激烈地討論與質問，所以那慘白的臉又重新充斥血色地憤怒了起來。

他到底是什麼人？他說謊的目的是為了什麼？

如果連人都是假的，那麼往另一方面想，我們各自在這之中，損失了什麼？大家最後都無言以對地拚命喝著啤酒，滿臉通紅地開始回想。

愛可先哭了起來，她對AJ坦白說：放克好幾星期前就開始偷偷傳短訊，寫許多美麗的詩句追求她。她問他：AJ呢？難道你不愛你的女友嗎？

人本來就有很多不同的模樣，很多道理與情感都不是絕對的。

沒錯，我愛AJ，但是另一個我又不由自主地愛上了妳……妳不知道妳有很多剔透如陶瓷娃娃般，值得讓人呵護疼愛的地方？我就是想守護妳，那心意大得讓我無法控制，就是想要親近與愛妳。

愛可說完後金金的臉色唰地變白，她怯怯地側了側身，不動聲色地把身體轉向另一邊。沒有多久，賴毛受不了地也啜泣了起來，連小花的眼眶都泛出了淚。相同狡詐、軟性的說法，一模一樣連騙人都懶得有第二、第三或第四個版本。她們坦白前皆不忘先跟AJ道歉，然後把自己緊緊拴了許久的蓋子，痛快嘩然地掀開。

結界突然破了個碩大的黑洞……原來大家都這麼、這麼寂寞，寂寞到近乎卑鄙地不要自尊與友情啊。

陰暗夜色又沉澱下更巨大混濁的漆黑。原本還試圖想揮開陰霾的大家，被這個陰鬱給侵蝕得無話可說，就任由被降下的黯黑一點點浸染，眼神往前盯著AJ。此時她面無表情，眼光放空地隨意放任在空氣中的一點上。她也知道大家都在等她說話，隨便說些什麼，一句悶哼都好——現在打破沉默的權力就握在AJ手上。

但是AJ不知道是無話可說還是如何，她維持木然的樣子很久、很久，那張美麗的臉蛋披覆著一種淡紅夾雜灰褐，看不出來任何對整個事件的感覺。悄然的沉默氛圍開始扭轉成僵硬的尷尬與難堪。當氣氛逐漸從軟性的部分開始結凍時，AJ試圖轉了轉自己的脖子與身體，站起身，旁邊的陽子急忙走過去扶她，AJ才突兀地背對我們在河岸邊嘔吐了整晚。

AJ的嘔吐聲很特別，像我們曾經過哪個街角，從某條巷尾底傳來的，年幼小貓受到欺侮時憤而抵抗的嘶吼聲。不那麼尖銳淒厲，但卻是明確且有重量，甚至還可以確定那叫聲的體積與形狀。

我的腦袋空白一片，任憑眼前AJ變形的聲音、模樣，任意幻化成某個沉重的記憶或只是在瞳孔一晃即逝的印象。

不知過了多久，我的腦袋突兀穿插進剛變形為黑貓的時光。

在中午時分吃過午飯後，懶洋洋地躺臥在陽光灑落的窗臺，一邊曬太陽一邊舔著自己的毛。那個時候，我還未遺忘所有的事情，雖然所有的記憶緣弧全已泛起了雜亂的毛邊。

我想起了剛進大學時的一個回憶。當時我在打工下班結束後，很愛與同事一起去舞廳玩。說真的，在吵雜的環境待久而聽覺麻痺的同時，不是變得毫無感覺，要不就是厭煩感會明顯地由心底浮現，幾乎成為具有重量的東西砸向我的腳。當我不得不往晃蕩著螢光的黝黑底下望，然後只會看見無數相同正在蠕動的雙腳——沒有人不同也沒有人是特別的——這感覺真的很差勁。

很多時候在舞池擺動手腳或倚靠吧臺上喝飲料都顯得百無聊賴。不管待上多久，總感覺自己格格不入。儘管沒有一丁點需要待在那裏的理由，而我卻又在那——光這樣想就足以厭惡自己的同時，一個濃妝豔抹，穿著全身緊身皮衣的女人，從人群中擠向我，然後眨了眨那雙黑色的煙熏眼。

「妳一個人嗎？」

「不，我跟我的朋友們。」

我指指後方一群陶醉在音樂中，擺動得極為誇張的朋友們。

有時候問起他們一定要去舞廳的理由時，同樣都是下班後沒地方去，因為無聊，因為沒有行程，沒有任何要做或想做的事。其實我知道實話，大家只是沒有勇氣說出來：原因只是沒有人在乎你，沒有人在乎你的去向，沒有人關心你，沒有人非你不可或正等待著你。於是，覺得人生真他媽的無趣與煩悶，連一個可以聽你說話的人都沒有，或者有人要傾聽你也根本不知道說什麼——基於這些原因，就足以把寶貴的青春花掉在無所謂的任何地方上了。

我在有限的燈光，與煙霧繚繞的視覺下看著他們，好幾次都想要開口跟他們說：你們實在可恥極了……然後在他們發怒前，再用細微的聲音說：

我也是啊，我也是個再可恥不過的人噢。

「跟妳說一個祕密。」女人邊說邊把身體湊向我，唐突以沒有距離的方式靠近我。我覺得自己怕她，怕那樣的沒有距離，好似我們認識許久一樣

「什麼？」（我故意藉著要吐一口煙，勉強把自己與她的距離盡可能拉遠。）

「我最喜歡妳這型的女生了。」她突然伸手一把勾住我，然後迅速往我臉上親了一下。隨即搭上我的雙肩，在面前扭動了起來。

我完全被一連串的動作給震住了，僵硬地順從她的舞步。後來，朋友們走近我，於是她把電話抄在紙上塞給我，轉身隱沒入人群中。

再見面已經隔了兩個月。

這兩個月以來都沒有聯絡，去相同的地方也沒有再遇見她。說真的，我不可能喜歡她，我不喜歡那種濃妝豔抹的女人，我也不喜歡那天如此直白的告白方式。說不上來，似乎這語氣與說話方式，自以為我在那邊就是在等她來，等她來這跟我說話與看見我，她就是知道我們是一

樣的，僅為了找尋我們也說不上來的某種空洞才來這裏揮霍時間，跳舞、喝酒與認識朋友。

我不喜歡她就如此直接告訴我：我們就是等著吸引，或者被吸引；但我卻又矛盾地被此給深深迷惑住了。

我終於和她聯絡的那天晚上，一聽到她的聲音，我就知道全部她都明瞭，她只是更直接與沒有保留就把我們可恥的地方給換了個方式說出，讓這一切變得非常理所當然；在我還未理清自己的思緒前，我選擇出去見她。老實說我只是很想親耳聽聽她會如何說出真實的可恥之處，我迫不及待地想要讓這樣身心都爆裂的場面出現。

或許，誰知道，或許我就真的不會再覺得自己可恥到令人難堪也說不定。

我什麼都不知道。

見面的那天下著大雨，我一路換了好幾次交通工具才到達，狼狽地整理自己的衣服與頭髮，彆扭地坐在位置上等著她。她遲到了，從門口直直走過來衝著我笑。一樣的嬌媚中帶著直率與豪氣，甚至有些天真。也是一身黑的打扮，臉上還是畫著濃厚的妝，坐下後以與她年紀不太搭調的抽菸方式點上一根菸。

真不好意思親愛的！有沒有等很久？我怕妳無聊，所以很盡量趕了過來！

什麼跟什麼？這完全是一個男人跟女人說話的方式啊。我在心裏暗想，卻壓抑沒有表現出來。我點了個套餐，裏面有酥皮濃湯與千島沙拉的那種，她卻豪邁地說要黑咖啡，不加糖與奶的純黑咖啡。盯著服務生走掉的背影，她鬆了口氣地躺到皮質沙發，把臉轉向我後又不自主露出慣有的嬌媚笑容。

我猜我的臉羞紅了。儘管不喜歡她，但是我想我害怕這個笑容，這個即將要把洞澈什麼對我敞開的笑容讓我既害怕又恐懼；然而，這感覺不全然都是不好的，裏頭也摻雜了驚訝喜悅；驚喜的是我知道這陌生的世界或女人即將赤裸地向我坦白，只是沒想到會如此快，快到讓我連粗糙或細微的感覺都來不及分辨。

她陷在沙發中不到一會又挺直身體，把臉靠近對面的我，用右手撐著自己，悠悠地吐了煙；然後我便開始知道她比我小幾歲，還沒有從國中畢業就翹家，從小被父親以及隔壁鄰居的大叔性侵，被母親用各種奇怪的方式虐待，直到現在皆與家人毫無聯絡。

有一次走在西門町的路上，有人從後面拍她肩膀叫她大姊！她才想起自己似乎有個妹妹。但是這個想起的直覺卻讓她拔腿就跑，跑了三條街後才停止，然後等到氣喘吁吁終於停止後，居然想不起來剛剛那個妹妹長什麼樣子。

憤世嫉俗到自己都無法界定的地步，討厭眼前所見到的一切事物，前前後後交過無數個女朋友。女人之前，她嘗試交過男友，三個，但男人都是——她又再抽了口菸——廢物！（哈哈大笑）

「所以妳是T，還是婆？」

她瞥了我一眼，眼裏盡是嘲諷：「拜託，分什麼啊，就是喜歡女人啊。」

喔，也是。我訕訕低頭喝了一口湯，沒有說話。

她的右手觸摸上來：「當我女朋友好不好，對我來說，你很吸引我耶。」

「我知道我吸引妳，妳第一次見面時就對我說了。只是妳愛我嗎？至少，妳喜歡我嗎？」

「這是什麼白痴問題！當然喜歡啊，不喜歡怎麼可以要求妳當我女友！」

「那可不可以請妳告訴我，對妳這個人而言，愛與喜歡的定義是什麼？」

「愛與喜歡的定義？」

她獃住了，嘴裏重複這兩個詞一遍又一遍。在我與她中間的明亮光線中，我看見她低垂閃著亮點的黑色眼皮，以及晶瑩緊繃的年輕皮膚，那上面現在即使沒有表情變化，甚至妝容美好得讓人讚嘆，但是我卻可以看見那上面覆蓋著一層未乾，另一層就迫不及待覆蓋上去的生命煎熬：小火慢燉、中火雜燴、大火快炒；各式各樣的人生煉獄一層又一層疊覆波瀾地綻放在這女孩身上。

她不會懂愛與喜歡的，因為她連觸摸它們的時間，或讓它們撫摸的機會都沒有——她把所有的時間都花在學習如何於艱困坎坷的景況中呼吸與生存下去，連最基本活下去的條件都不具備了，怎麼還能學習奢侈的愛與喜歡？

我感到一股巨大的悲傷，於是靜靜地把手抽了回來。在套餐還沒送上來，外面的大雨也沒有停止之際，就跟她說我待會有事，站起身準備離開。她那張漂亮的臉蛋輕輕掠過一陣錯愕，但是隨即又露出相同的笑臉，對我說那麼要小心點噢，不要太晚回家，還有，到家記得給個電話。

又從菸盒中摸出根菸，點上，重新叫了杯新的咖啡。

我撐著傘，走向公車站牌。果然，跟我想的沒有錯，那時候決定轉身離開，我與她就此不會聯絡，就此徹底從對方的世界消失。

我們都明白，我與她不是同樣世界的人；那已經不用想像多麼腐化的人生——她完全接受包容那就是她人生的一部分。她接下來還是會用相同方式去搭訕任何一個在夜店裏看起來疑惑或不知所措的女生；有可能成功，或失敗，或讓她的人生再腐爛一些也無所謂。

她不在乎，不疑惑，不用討論到底為什麼要去夜店的問題——她根本不需要。

之後，我看見那些嚷嚷無聊，說要去夜店的朋友們，都會覺得他們不久就會知道要去哪，哪裏才是自己的容身之處，或者，哪裏才會有人聽他們說話，哪裏有真正在乎他們的人。

不知道為什麼，此時我突然好想念這個女人。儘管她的確很怪異，但是她比現在眼前天使結界的任何人都還要誠實；大家的確都扭曲變異了，但至少她的扭曲是驕傲赤豔到要灼燙人的，而不是晦黯陰沉，不可告人到背叛朋友。

我眼前朦朧上了霧的視窗格中，那些年輕美好但頹喪著臉的女孩們（AJ、陽子、金金、賴毛、小花），是什麼讓她們感到忿恨難過到落淚的困窘？現在正互相錯落顛倒隔開於碩大的沉默中；是放克悄悄推門而入，原本小心翼翼分據在陌生彼岸的那頭，在昏暗夜色中嗡嗡地說著那可憐兮兮、遠離現實的狡詐愛情故事，然後奪得同情分數之後得到屬於他的位置。

就在AJ持續跟蹤放克一個星期後，終於槁木死灰地承認那對面小格視景全然相同：一個無聊男子躺在捷運階梯上，雙臂或包包枕在頭底下，閉闔著眼睛，他是安適舒愜徜徉於自然夜空景下的浪人。

放克的大騙局最後由AJ有錢的企業家母親來收拾——請來專業的徵信社。只花了不到一星期，他的身分一目了然：本名陳家豪的他沒有任何工作紀錄，生活開銷全來自已過世的父母遺產；有許多被調查的前科紀錄，屬於專業愛情騙徒，皆找十八至二十五歲這年紀的女孩下手，騙色也騙財，一被發現人馬上消失無蹤。

當放克，不，現在應該改口說陳家豪的身分被揭露之後，他隨即消失，但是這個騙局的震盪之巨大，也讓非常多人如彈跳在相同繃緊到即將撕裂的彈簧中一併殞落消失。

事後輾轉聽別人說，第一個犧牲者：纖細的阿靜姐，她已經很久沒向人敞開自己的心事，然而竟是向一個騙子，把自己的心肝肺給掏了出來。她多年未復發的憂鬱症再度燃燒炙烈，沒有支撐多久，就被送進郊區的精神療養院。而偷偷背叛朋友的賴毛與小花，先裝沒事仍每天持續出現在「天使一」，當然首先要好好齊心痛罵共同的敵人騙徒。

只不過，終究我們都明白，當那一個晚上，或者之前的所有晚上，她們選擇接受放克的追求，選擇背對好友，偷偷將黝暗潮濕的陰影留在AJ的生命之中；最終，又選擇誠實對AJ說出自己幹了什麼事時——人的這些恐怖又該死的自由意志在某些時刻，注定就是會壞毀與崩解原本堅硬如石的信念。

這就是人之所以為人，意念可以隨心所欲，最讓人感到恐懼的地方。

於是她們一個個緩慢地從每天出現，到後來兩天出現一次，三天、五天、一星期，到後來連最近如何的消息，都被自己曾有的背叛困窘給抹滅了。

這件事到最後有個非常不好笑的結局。

結界把時間拉到最後時光，只剩下我與陽子沒背叛過AJ；而我對她曾有過的深深嫉妒，也因為放克，致使我內心底對AJ產生了複雜的同情與無法言喻的尷尬。我仍不認為當時的嫉妒是錯誤的，只不過如果那時我願意多花些時間靠近與了解她，或許，或許我也不會有變形成黑貓的扭曲時光，她不會被放克欺騙感情；我們兩人的歷史，或許真的可以改寫成比較美好一些些。

一些些都好。

於是後來我與AJ還有陽子時常湊在一起取暖，好像要彌補之前曾有過的缺憾痛失。我們只要一有空就坐著AJ開的車，一起上山下海，到處遊山玩水，然後在斑駁的光影交錯間，把剩餘真實的自己掏出來給對方觀看。

我們哪裏都去，就是不喜歡也不願意留在「天使」。

在這段時間裏，結界已被說不上的被微微玷汙過之感，被什麼給薄薄覆蓋上去；而那個東西暫時不會消失，就像蛇褪下皺褶的毀棄透明的皮一樣。怪人很多，四季更新，我們終究一定得要習慣。

但決不是現在。

在炎熱的天氣裏，陽子喜歡把自己脫到只剩下內衣褲，或者裏頭穿好比基尼，然後用一件絲巾披上。這樣的天氣，她身上總是這樣打扮，覆蓋下的身體會熱得大汗淋漓。下午，我們的皮膚已經發紅，四肢關節僵硬，軀幹也無法動彈，三人的嘴巴卻仍還在蠕動。

那一天，我們仍如往常一樣躺在沙灘上，平視著沒那麼熱烈的頂端。帶有毛邊的雲層遮蔽了大半部的天空，不用半瞇視線，便可以仔細分辨陽光由後頭暈染過來的漸層。聽覺中陽子說要往前面的海邊泡身體，然後AJ悶哼了一聲，繼續跟我說著她小時候發生的事。

這種時候，我們彼此都不會看對方一眼，微風吹得我們懶洋洋的，使得我們說出來的音調與話語都走調般地繞著圈圈，一下吹到遠方的椰子樹下，一下繞著我們腳邊的沙堆。

「AJ，妳渴不渴？我去買喝的，妳想喝點什麼？」我坐起身，感覺自己口乾舌燥。

「我去買我去買！拜託，妳是美女耶，怎麼能讓美女做這種事情！」AJ倉卒地起身，對我眨眨眼，那種刻意的狡黠流露出一股誘惑的帥氣。

我呆呆地望著這表情瞬時所勾勒出，背後一整套紛雜又世故的語言。以前與朋友去舞廳玩時，許多男生常常想請我喝酒或跳舞，都是露出相同擠眉弄眼的神情。

「AJ……妳說什麼？什麼美女不美女的？」我開始感到一股拔尖的畏懼由心底直衝腦門。以前見到這種表情是不耐與厭惡，但現在卻是畏懼，非常畏懼。

這種感覺就像我清晰了解世界昏暗時，一定有一半的人正看著某些夢的畫面，有睡眠的畫面卻沒有自己；當人類的一半在迷離混亂的游離酣夢中時，另一半（太陽轉到的那面）卻抱持尖銳的異常清醒——這樣世界才得以維持某種規律秩序。

當夢境出現，清醒的那方就會幻滅，否則一切將毫無道理可依循；過於疲累崩毀與過度滿溢……我所知曉的世界應該是這個樣子。但是，為什麼現在在我眼前的卻不是如此？渾沌陰暗的反面不是應該也會有燦亮、風光明媚的一面嗎？那一面去哪了？

為什麼現在或之前向我敞開的，全都是一味流動的陰鬱幽暗？

「放克那件事是狗屁倒灶！除此之外，妳難道沒有發現我是喜歡女人的T？」AJ表情恢復正經地說。

我艱困地點頭說我知道。

那麼妳難道沒有發現，我喜歡妳很久了？

當時我的表情看起來應該很不知所措，所以AJ以為我沒聽清楚，於是把身體靠向前，然後伸出充滿慾望的手掌放到我裸露的肩上時，那被觸碰到的地方，從最底層的毛細孔裏突然往上竄突出一根根尖銳的，像毛卻又不是毛的尖刺。

已遺忘當時變形成黑貓時最讓我難忘的，由外力接踵承接被從家裏闖入的陌生人痛揍至頂點的恐懼哀嚎，從一個個潰散型體的抽象記憶又聚合起來；現在，正以我訝異的敏捷速度一個個剝離出來，再度熟稔於我的前方嘻嘻哈哈，彷若就是要告訴我：此刻，AJ的深情告白與當時我變形為黑貓，被當成怪獸挨揍同是一模一樣的荒謬乖誕。

兩件事情的罪魁禍首只有一個：那就是我。

我太過倚賴與信任世界正常與規律運轉，脫離軌道之外的傾斜和摩擦損傷，只是讓我感到自己的存在或思緒，或不管只要是我這個人的一切，就是與它們格格不入。

我的臉變得面無表情甚至是嚴謹得讓人害怕，身體發燙到讓AJ自動縮回了手。不發一語的使她不知該做什麼，但我又沒有明確拒絕，於是她開始重複著喜歡的字眼。

夏天，我喜歡妳！我真的好喜歡妳噢，夏天妳知道我有多喜歡妳嗎？從我第一次見到妳的時候，妳的名字跟妳的人一樣，讓我想到那樣澄亮清澈的夏天，我最喜歡夏天了！

我冷冷聽著，感覺天光還亮著的天空頓時黯淡下來。所有由AJ嘴裏蹦出的字句彷若可以服貼進身體內然後停住，繚繞窒息住內裏器官形成一圈又一圈，使之噁心發爛為止。

眼前的AJ還是這樣的美，褐色的頭髮隨著微風飄散在高聳又精緻的鼻子與臉頰上，那種微醺的美使人迷惑，迷惑得忘記時間；而望向我的澄澈雙眼是那麼樣的迷離空靈，有那麼一剎那，我甚至覺得一定要點頭答應她的告白，因為沒有比拒絕她更愚蠢的事了。

但那也只是一剎那而已，身體上拔尖的痛又扎刺了起來；屬於我這個人的世界正在偏離與墜毀中，它在急遽下降的無重力中空裏……

AJ，妳為什麼要破壞我們好不容易建立起來的——或許不是友情，或許不是任何東西——但那畢竟確定是友善也需要時間累積的……

妳這樣說只會讓我覺得整個世界非常噁心，噁心到讓我想嘔吐想逃離，想狠狠地痛揍妳或者我自己！

我想到這裏，身體連結思緒地先粗魯把她用力推開，然後毫不猶豫地在那張錯愕的臉上揮上一拳。那拳使盡了全力。

這是我第一次揍人，不知道揍人時揮拳的人一樣也會感到刺骨斷裂的、爆裂的痛。當AJ倒在一旁發出的慘叫響徹雲霄時，我動彈不了的右手五指上任何關節，垂落著的指頭像某種已乾枯死絕的植物。後來，我遠遠看見陽子笨拙從遠方跑回來的身影，不知道為什麼，很多早已忘記的印象蜂擁而上，永遠與AJ最要好的陽子，也是我被嫉妒煎熬時所痛恨的對象。

除了那矮胖慌張的蠢樣子在遠方搖晃著，不知怎地就深深激怒了我，我終於搞懂每次出遊，她都是故意走遠，好讓AJ有機會跟我告白。

幹，妳她媽的爛賤貨！

我把握機會，在陽子還未從遠遠的沙灘跑過來前，又趕緊過去坐到已昏厥躺在一旁的AJ身上，扶正她的臉，奮力握緊感覺已斷掉了且麻痺到沒感覺的手，瘋狂痛毆她的臉。

鮮血先從鼻樑與眉心的地方滲出。我發現那裏的皮膚非常薄，所以聽見輕微鼻樑斷掉的喀嚓聲，血就由下浮升蔓延而上，乍看像是從眼眶流出來的；接著由於角度的關係，整張臉就被血紅與雜亂的暗影給遮蔽橫流得亂七八糟。

「白立夏住手！妳瘋了是不是！」陽子還未靠近，聲音先到。

我聽見聲音後，便迅速從AJ身上站起來，往後跑開，一邊跑開，一邊聽見陽子用我未曾聽過最惡毒恐怖，如原本出生在最最下流齷齪之地那樣的人，才會的詞彙咒罵我。

是啊，陽子妳怎麼現在才知道……我們都瘋了，大家都瘋了，是長期漂流於各處的顛沛流離，使大家都成了中魔的人們。

沒有終端的旋轉木馬們

——第九章

在這個圓弧狀的旋轉木馬的我們，
像一幅法蘭西斯・培根的油畫，
畫裏的人總是面貌模糊不堪，
或者五官醜陋移了位，
但是畫中的殘忍與悲切卻是前未見，
就像是我偶爾對她的，
或者她偶爾對我的。

我有個從未告人的祕密：忘了是於哪個立夏日的徹底結束，而自己突然相信起某個「黑暗絕對超越肉體，且會由自體繁殖而生」的學說時期裏，我持續坐在一隻無法停止旋轉的木馬上。

印象中，早已丟失初始跨騎上去的興奮感，最後也毫無穿插進退出木馬的動作，只有中間跟隨緩慢的速度，繞著標準圓弧上下，同時也往相同的前方回繞移動。在這個於腦袋中被畫上螢光筆的大片記憶內，沒有任何遊樂場的音樂，也沒有孩童的歡笑叫鬧，沒有屬於任何一種可以被歸類或命名為童年屬性的氣氛。

我不知道是自己的記憶錯誤，還是那其實是一個長長的，清晰如現實的夢境。

在我身邊除了空蕩蕩，沒人騎仍旋轉不停的其他隻彩色木馬，也就是在這圓弧形的圈圈之外，都被某種強力奇異，類似黏稠狀的質地給區隔開來，所以放眼望去皆渾沌一片，沒有任何其他的遊樂器材。

沒有爆米花香味，以及甜膩恣意的童年氣息；當然，也毫無無限洋溢，彷若真空包裝般地把「遊樂園」這三個字所該擁有的，其他地方皆不存在的歡樂，與進入園區總會瞬間注入的高壓幸福。

這裏，只有純粹的我一個個體，坐在木馬上緩慢移動。

我與底下規律的木馬上上下下，有時候反而麻木地倒像是相反待在遊樂園區外，不受歡迎也不准進入的小朋友。我抬著頭嗅聞著外面的空氣分子，似乎可以感覺從遠方模糊地傳來電動音樂聲與嘻鬧喧嘩。

待在旋轉木馬上，四周安靜無聲，清空空的，感受不到任何有形體與重量的氣氛。我想這裏原本有的聲音，都在這座旋轉木馬的外圍，都被抽離開這些移動的、蜷縮在角落，像是無害卻又異常孤寂的大型動物們之外。

或許，這只是或許而已；說不定是我這個人的因素。說不定我一離開木馬，所有的聲音、味道、氣氛、有形、無形的一切，便排山倒海地向這個離開的動作襲捲而來，那麼瞬間我就會被歡樂、甜蜜、幸福、無奈、憤怒、難堪……曾僅只出現過0.00001秒的各式情緒給牢牢籠罩。

從此，我便會順利成為一個有氣息的人。

但是，問題就在這裏：在每次記憶起來的靈光一現（或是每次真實到無法判斷的夢境裏），我不想，也從未離開跳下旋轉木馬過，就任由這緩慢的速度，蒼白且虛弱地，似乎伸手就可以戳破的脆弱背景，成為這一切的開始、過程、中間停格的時間與結束。

然而，隨著記憶（或夢境）出現的次數，空曠蒼白的旋轉木馬慢慢地出現了一個個曾經與我生命交錯過的人；就像我們一起比賽憋氣，然後時間到了便由水底浮冒出來大口、大口呼吸般。

第一個出現的是修本。

他出現時便大聲唱了首嘹亮的歌曲。我很熟悉他的聲帶。由復興劇校出身的他，即使是流行歌曲，唱起來也有種可以動人心魂的異常透亮。每次我們去 KTV 唱歌，修本一張開嘴巴，我總有眼前死沉至谷底的空間瞬間浮躍起來；那嗓音有促動力，能夠往前掀起每件沉寂多年，沾滿灰塵的物品們。

始終保持光頭，一臉英氣蓬勃的他，做過讓我印象最深刻的事：便是把自己的手「獻祭」給現代藝術：把右手截肢，使之仰躺在一巨大透明、浸滿福馬林藥水的罐中央。

當時我們在一塞滿人潮的陌生藝術空間對到了眼，發現彼此，他馬上低下頭，瞥了眼自己包紮好已截肢而固定在胸前的右上臂，看到我直直朝他走去且帶著驚訝的眼神，站定在他面前後，就用瞞不在乎的口吻跟我說，他是為了藝術犧牲。

這又是什麼怪異的現代藝術？

修本告訴我，他先前為了一個頗具名氣的藝術家，把自己的右手臂鋸斷，為的是要完成一個個活生生的人體實驗藝術。

那被鋸斷的右手群像們，會被安靜置放在滿漲的褐黃福馬林藥水裏。被裁切不全的傷口，則就血淋淋地被畫家用精細素描描繪於一張張畫作之中。手臂與畫布。標本與生割活切——這絕對是整個藝壇的奇觀壯舉。他們即將被供奉在臺北市區最頂級精華、整條特地驅趕盡空的安靜柏油路上。

（風光展期的一星期後，你的手就這麼永恆的，不見了？）

「你真的，真的就這麼把手臂切斷？」我大聲且不可思議的口吻引來一堆側目。

修本漲紅了臉，馬上發表他對藝術抽象思維的長篇大論。

我記得自己沒有把他的話聽完，身邊聚集越來越多人，空氣稀薄地開始竭盡我內裏僅存的耐性，於是，只能馬上轉頭走向底部漆黑的出口。

就在我轉過身出了藝術空間，便從這鮮血淋漓的夢境中清醒。

原來這是夢。

我喘了好幾口氣，下床套上拖鞋，去廚房找了杯水然後一口氣喝光。

在現實生活中，我與修本認識頗久，當時我們正為了某些原因不歡而散，所以在夢中，我還記得自己與他正處於尷尬時期，所以轉頭走開不願意聽他把話說完是原因之一；而真正的主因，是我根本無法見到任何人為了抽象的藝術，或者說任何藝術，做如此大且愚昧的犧牲。

在夢的事景裏，我明白我已用「夢境」這樣的形式，親眼目睹自身內在的儀式曝光：終年為了完成小說成就，每每要求自我進步，與不知名的漆黯腐蝕做近身搏鬥，最後落得屍首遍佈的慘況。

還記得幾年前的跨年夜夜晚，修本第一次來到天使結界，那是我們第一次認識。成為好友不久後，他就問過我有沒有想過要自殺？

我認真地對他點點頭。誰不曾企圖想過逃離這個世界？到底誰能夠打從心裏燦爛微笑出來地告訴大家自己真的好快樂啊！快樂得沒有煩惱、痛苦、悲慟、傷感？即使有，也能隨著時間遺忘，不帶癒合過的疤痕，能微笑挺胸往前走。

應該說我們表面必須如此，應對背叛傷害痛楚，模樣當然與以前一樣好端端，甚至還有蛻變過所成形的一絲果敢堅強的痕跡。

然而，真的是這樣嗎？

修本跟我說他第一次興起要了結生命是小學二年級。他已經忘記原因，但是那種打從心底不想活下去的堅定感讓他記憶深刻：

「我還這麼小耶，卻覺得連順暢呼吸都好困難，艱難得不得了……焚燒灼熱的大海從腳底一下子就要把我淹沒到滅頂了！」

於是修本當時一股腦衝到地下室，死亡與棄絕的強烈意念鼓舞著他。這意味著不是自己被巨大的絕望吞噬，而表示當時的他發現自己原來還有第二個選擇，這樣無助的自己竟然有第二個全然不同的選擇……這簡直就是某種奇蹟之類的吧……

這個想法讓他興奮地氣喘吁吁，到達地下室後，眼光尖銳地掃瞄狹隘、充滿霉味的骯髒空間中，有什麼可以提供他順利通往第二個選擇的有利用具。

乒乓球。他的眼睛為之一亮。

「什麼?你是說那種一顆顆的小白桌球?」

「對，一整條十二顆一組的小白球。很好笑，當時的想法很幼稚啊，就是相信把十二顆球吞下去，自己就一定會死。」

修本說他當時把十二顆球倒出來，然後聚攏在自己的褲檔中，先試圖用手指頭夾起一粒用力塞進嘴巴中。

鼓脹的程度超乎想像。光是用嘴皮包嗞住球體就已撐破兩邊嘴角，眼眶因呼吸困難而淚水直流;別說吞下去，連吐出來都難。後來他很努力用縮至最底的舌頭把球往外推，濕淋的白球終於晶瑩地彈跳到地面後滾到一邊，然後，他便像擱淺過久的鯨魚回到大海一樣，躺在地上，眼眶含淚，大口、大口呼吸了非常久。

修本說到這裏後，我們兩人哈哈大笑。

修本從小就沒見過父親。而他對自己沒有父親這件事倒也不在乎，這就好像自己是獨生子一樣自然;只要有人問他，他也會很爽快俐落地回答自己沒有父親，身邊永遠就只有媽媽而已。

然而，在修本八歲那年，某天下午家裏門鈴大響，他跑去開門，一個陌生男子站在門口，低頭，眼睛晶亮亮地彎曲衝著他笑。男人大咧的嘴中牙齒泛黃，左邊第八顆鑲了銀粉做的假牙，從家中客廳的黃燈反射過去特別明顯。

「他是你父親，小本乖，快叫爸爸啊。」母親在他後面說。

修本很乖順地喊了。大門打開，男人碩大的手掌第一次真實地觸摸到他的頭頂；從此，原本沒有父親的他，突然變魔術般蹦出了個陌生的爸爸。

他告訴我他以為什麼都會改變，因為就他對事物的理解，很多時候是純粹的看，純粹的視覺，沒有什麼是絕對且永恆不變，會固定在原點的；但是在他八歲時，陌生男人蹦出後那無限延長的疏離與生分，居然從未減緩消失，這簡直與男人出現一樣，像變出無法理解的魔術。

於是，修本心裏已經把這些無法理解的一切，全部一股腦推到了無限大的永恆那邊——表示未來不管如何，修本都視這為一個不會改變的事實。

修本告訴我，這魔術扭曲了他，使他變得乖張憎恨。

「是什麼可以輕易決定一個人的命運？而且選擇用你最無助的親情？這簡直就卑鄙到了極點！」我默然點頭，這個大哉問就跟什麼可以殺死死亡本身是一樣的道理。

修本坐上的旋轉木馬是黝黑帶點赭紅，在他跨下木馬之前，我聽見木頭輕微嘎然斷裂的聲響。

第二個出現在背後的是小豐。

小豐是我大學時，僅在一家餐廳打過四天工就落跑的同事，後來我們卻當了十多年的朋友。他出現時，無聲無息地坐在我的木馬後方——另隻七彩粉紅又有斑紋的漂亮木馬上，輕輕喊著我的名字。

他不像其他人叫我夏天，他都喊我白白。他每次這樣喊我時，我甚至可以看見他舌頭瞬間縮起，音階再乾脆地從喉頭蹦出。我轉過身，沒有特別驚訝，只是點點頭，好似他一開始就坐在身後，很適切地與這空白的背景融匯在一起。

他清清喉嚨，臉上的肌肉線條放鬆，我也回過身，兩人臉部共同朝前，安靜地成為一幅構圖標準的旋轉木馬上的兩個人。像一幅亨利盧梭的畫，靜止於停滯的滑稽。

「妳知道我每次抽空回家鄉，有時候，但是回想起來卻是大多數喔，都會聽見隔壁鄰居、過個馬路的村子，或者是中小學坐在我右邊左邊或者隔壁班的同學消失的消息。」

「怎麼回事？」

「消失的原因很多，像是騎機車摔死、搶劫被捕、喝醉起嚴重衝突、被亂刀砍死、群毆打死，或者原因不明，連屍體都找不著地消失蹤影。」

「為什麼？你家鄉那裏怎麼聽起來是非好多？像是古惑仔村之類的？」

小豐笑了起來。可是這個笑我從未見過：上半部臉頰仍緊緊皺著，底下嘴角上揚，就像聽見一個難聽的笑話，但必須給面子不得不笑。

「白白，我是原住民，在家鄉那裏大家都特別愛喝酒，也很會喝，但是喝醉後彼此就一定會出現難以避免的衝突；好像積了怨，於是就用酒後來解決。而其他被波及者所抱持的心態則就是『這裏是我的地盤，所以就有挺身進這場意外衝突中的責任』，整體就會像黑夜裏突然燃燒起的熊熊大火，熱烈卻帶著悲壯的歡快，燒盡整個晶瑩翠綠的草原。」

小豐說到這裏，臉上還是維持那樣難堪的笑。

「每次聽見這樣的消息，我覺得自己就像站在草原遠方的牧羊人，淚流滿面地盯著火勢蔓延，以及燒盡後被風捲起的灰黑煙燼。在淚眼模糊的視線裏，我看見的每次都相同，就是火紅湮滅的盡頭是白色的，就像淒冷夜裏的曙光與日出。

有一次是我的堂姊，她在一家茶店做事，後來被起衝突的兩方客人給牽連，頭破血流地死在馬路邊。

當時我剛好從臺北放假回到家鄉，接到消息與親戚一起趕到現場。我在聳高的人群外圍踮高腳尖，仍看不見圈圈裏的中心。在那過程中，滿腦子都是印象與記憶裏笑容甜甜的堂姐；最後還是沒有看見她最後一面，屍體被白布覆蓋住抬了出來，我淚流滿面，盯著白布可以想像那是什麼畫面。」

我回過身，發覺身體正在顫抖：「我可以不要聽嗎。」

「我知道。」

又回到亨利盧梭的畫面中。裏頭有屬於我們自己持續移動前進的拍子。

隨著木馬，一二三、一二三……我們始終靠近不了對方。

小豐曾經在一次元宵節的夜晚，大老遠來到學校宿舍找我。

那是一個非常寒冷的夜晚。他瑟縮著身子騎摩托車到來，然後我們窩在一起，分據床的兩邊，用電腦看完一部法國片〈偶然與巧合〉，我最喜歡的電影。在影片播放的過程中，我們偶爾有些對話，但是皆不若平時親近詼諧甚至自然地嘲諷對方。在密閉可以聽見對方呼吸聲的空間，我們都不由自主地緊張起來。

那兩個小時裏，我想我與他連電影在播什麼都不清楚，印入瞳孔中的影像一片模糊，毛細孔大張，明明冷空氣亂竄卻熱得冒汗，細微的觸感敏感至極；他或者我的身體稍稍動一下，便會同時迅速望向對方。

我不只一次看見小豐那張白皙修長的臉蛋上，鑲在其上的深邃眸子裏正閃爍什麼急迫，卻帶有惶恐的東西在裏頭。他想跟我說什麼吧，我心裏正這麼想；而這樣長時間緊繃張開到就要碎裂開來至彈力疲乏，也是由他那邊莫名地如細密網子般傳遞過來……

「白白……白白，妳想，妳想妳有沒有可能喜歡……」

「小豐，電影播完了，我們不是要去平溪放天燈？」

他默默點頭，接受我這個轉得僵硬的提議。

我永遠記得那段騎車到平溪的路上，天寒地凍，全世界都凝結成霜了的冰透感，身上的羽絨衣發揮不了作用，透徹的凍結刺骨使勁侵蝕我，讓我在後頭不由自主地抱緊他。那段路感覺好遠、好遠，好像永遠到達不了終點。

我閉上眼睛感受迎面呼嘯而來的寒風，我與小豐明明緊抱在一起，僵直的四肢與軀幹卻使我們沒有任何擁抱所帶來的親密感，我甚至在中間還試圖移動雙臂，使腰部的地方在座位上來回挪動；但深厚的寒冷是真的，真的已經把所有感官所能感受到的一切，尤其是因身體觸碰能帶來的心裏感應都給抽離得一乾二淨。

我眼睜睜看著自己伸長抱住小豐的雙臂，變成了一條條細長的深灰水管。不知道為什麼，我心裏知道這是注定好的。

於是我們兩人沉默且平靜地到達平溪，買了天燈寫上願望並且點火放了它；眼睛盯著那潦草寫了幾行字，因裏頭的火焰變昏黃的白球緩慢往上昇的同時，心裏對小豐的感覺也一點一滴慢慢、慢慢的，很具體地像搬運磚頭一樣，從心裏某個地方笨拙地搬出來，然後放在腳邊。

「白白，妳記不記得多年前我們一起去放過天燈？」

「當然記得。」

「其實當時我想跟妳……」

「不要說，我知道。」

「嗯。我想問你一個問題，你還記得那時候我們看了什麼電影？」

「偶然與巧合。」

第三個出現的是嗎啡。

嗎啡是我大學的學姊，個子非常嬌小，仔細看她的手腳，都像是沒有發育好的小孩，不小心混進大學裏就讀，還當了我的學姊。

她喜歡喊我全名：白立夏、白立夏……聲音黏黏甜甜的，裏面又沒有任何童稚的細緻嗓音，卻無比沙啞帶著點低沉音底，後面尾音似乎拉長卻又突然斷裂的叫法。我一直都覺得她喊我全名的方式，比任何人叫我小名都還要親暱。

她出現時是坐在我前面那隻金黃色的旋轉木馬上。一開始就不打算回頭般，直挺挺地全身打直。

我看那頭短到不行的頭髮就知道嗎啡來了。我們的認識很特別，是同個系上的學姊妹，我們見過對方無數次，知道對方是誰就是沒說過話。某天我在學校的抽菸區抽菸時，剛好嗎啡也進來抽菸，兩人第一次獨處在同空間裏，我記得她見到我眼睛都亮了，迫不及待地把口中的煙吐掉，問我的第一句話居然是：

「學妹，我見過妳好幾次，都沒機會問妳問題！我一直都想問妳是不是女同志？」

我哈哈大笑，於是與率真的嗎啡成為非常要好的朋友。

嗎啡，妳過得好嗎？所有的朋友中，我最掛心的就是妳。

不為什麼，就是因為妳的率真，率真的太不真實，率真的讓我好怕這個世界會容不下妳。

嗎啡側著頭開口說話。

記不記得大四那年，我們時常聊一整晚的話？

當然記得。

白立夏啊，我有個祕密始終沒告訴妳。

那時候我與一個T在一起，我們是在工作場合認識的。

那個T有個大她十歲的女朋友，所以我是可悲的第三者。我們的一切不能讓人知道，不能光明化，什麼都只能偷偷進行，週末節慶當然也只能獨自過，遇見悲傷難過的事也不能馬上跟她分享；但是我覺得最悲傷的不是這個，而是不知道從什麼時候開始，她漸漸地不愛我了。

不喜歡或者不愛，這兩種情感都是緩緩流失的。

過程緩慢，那個被不愛者是不會察覺的，必須要花很長的時光波折，才會有一絲絲的疑惑，那逐漸褪色的層次如同一天接著一天，悄悄拔下妳的一根根頭髮般，無法得知的痛；也像拆解某些摺線複雜的完整紙鶴或紙飛機，從邊緣或中線開始，研究整體的架構組織，然後緩緩地一一動手把原本已成形漂亮的，是完整物體的東西悄悄還原；不，應該說是破壞崩解成為一張破爛的紙：充滿皺褶痕跡卻已經什麼也不是的，悲傷的廢紙。

等到我從一隻漂亮完滿的紙鶴，慢慢、慢慢地打回原形成一張凹凸不平的廢紙……我發現得太遲了，我非常愛她，愛到都不知道該怎麼辦才好。妳有這種感覺過嗎？也就是不明所以地想要把自己的一切都奉獻給她，只要她開口，我就會去做，就會想給，甚至是我的命都可以。

她不愛我了，而我對她仍是一樣的心情，仍停在相同的地方，所以根本完全無法接受。但這個發現連帶使我搞混對她的感受：究竟是因為我打從心底愛她的本質與一切，所以才無法失去她？還是因為我知道自己已無法擁有她，才會因「得不到最美」這種白痴心態，想繼續竭盡所能地付出一切？

我不懂。沒有結論。愛從來不是一個人的事，是兩個人。

果然沒有幾個星期，她跟我分手回到原來的女友身邊。我們仍在同個地方工作，但是那T已不再看我任何一眼，連我篤定站在前方，她都不願撇頭定眼看我。

在她眼中，我是酸臭掉的餿水腐敗品，各種討人厭的噁心垃圾，死了多時未被發現的腐爛屍體。

那個來找妳的前天夜晚，我站在工作地點附近的高架橋上，充滿了想要往下跳的慾望。

我站在那裏很久，往底下望著來回的車輛，一臺接一臺，兩邊來回不同方向地皆筆直往自己的目標邁進；我真的很努力把腦袋的東西全部清空，然後讓現在進行式的視覺主導思緒或是什麼都不要想也好。

後來，後來……我站在那不知道有多久，被橋上的冷風吹得頭好疼，疼得讓人想要流淚，疼得讓人感到疲憊，疼得讓人記不起許多事情，包括，包括她垂眼不看我的模樣，我都要遺失掉了，我就不想跳了；連這都記不起來，我想我連往下跳的動力都沒有。

失魂落魄地走回家後，想死的念頭依舊很強烈，於是我決定割腕。

但是我才從廚房拿出水果刀，把刀子架在手腕上，咬著下唇，一點、一點地往下用力壓，接著往兩邊拉，鮮紅的血迅速從底下冒出，滲透滴落到白色的地板上時，我的室友從大門進來了。她先是滿臉驚訝地看了看我的手、那把水果刀，然後低頭看了看地板上的血，便抬頭很認真地對我說：

「如果你想死，可不可以，算我拜託妳換個地方？」

這時我插了話：「嗎啡，妳可不可以大聲一點？」

嗎啡沒回答，也沒加大音量，持平聲音與表情繼續說。

接下來的日子，我躲到妳這裏一星期，然後又換到另個同學家一星期，接著自己跑去住在土城暗巷那種最破爛便宜的旅館兩個月。

在旅館那兩個月的生活最深刻。每天早上起來，坐在潮濕的床上抽菸，什麼都不想的只是抽菸：把菸掏出來含在嘴裏點上，然後吸入吐出，吸入吐出，就只要重複這動作，一包菸，一個上午的時間就過去了；然後趿著拖鞋下樓，沿著旅館的小巷走出去，隨著心意左右轉彎。老實說，我也不知道正確地址，只知道不管走到多遠，只要記得旅館在哪，回得去吃泡麵、睡覺休息就行了。

那時候不是想當什麼街道紀實家，也根本無心觀察任何風景，沒那麼浪漫，只是一個無助的瀕死之人，不知該怎麼辦，而隨便把自己扔在大城市的一個角落，讓各種一晃而逝的東西盡量塞滿視線與腦袋。後來，這樣槁木死灰的日子過了一個星期多後，我發現我的周圍漸漸出現了一天比一天濃厚的渾沌。

很奇怪，就是我早上起床掏菸時，往下望底下的雙手不太對勁。接著我又跑去梳妝台望著鏡面中的自己，把菸放下，用雙臂緊抱住自己。我發現還是可以觸碰到任何東西，所有的質地、觸感都還在，但是望出去的形體已變得像漂浮在深藍色水中，有些輪廓線條已呈液態狀般地游離不清了。

這個被渾沌包圍的過程不像「不愛了」那樣緩慢抽離，如此無知無覺也沒有時間期限，它很迅速明確，大約只有三天，我就知道自己被渾沌完全包圍了。

被渾沌包圍倒是沒有任何感官上的感覺，不痛不癢，麻煩的地方卻不少。

我想接下來應該是無法再走出房間了。雖然說所謂的渾沌並不是像被霧那樣具體的東西佔據，但它就是很確實地遮蔽了視線。如果要形容，是比較類似失明，但眼前是白色而不是漆黑一片。

還好我也沒多需要出去。前一個星期多那些天就陸續買了兩箱泡麵、三箱蘇打餅乾、十幾條萬寶路香菸、十幾包即溶奶粉麥片咖啡、幾瓶可樂、豆干，還有許多巧克力零嘴之類的；一進來也預付了兩個月旅館錢，所以沒問題——當我站在鏡子前，發現居然已經無法一眼看清原本亂糟糟的暗沉房間時，馬上理性回身清點吃食，以及現實中實際要出門的必要性。

接下來的日子我過得很朦朧。

都在同個空間，所以很容易喪失時間感，看不見周圍的感覺很奇怪，心中的存在感好像也會一天比一天變得更加稀薄。我每天只能做的事變得非常少，於是，我幾乎早上起床就一樣坐在床上抽菸，瞇著眼睛望著窗戶外的陽光，只剩下閃爍的白色亮點，然後心中不由自主地想起了很多事情。

之前能夠出去街道小巷到處晃的時間裏，我都刻意讓視線滿溢到思緒無法運作，回來體力透支就會入睡，過了一星期多這樣的日子，所以我從未仔細想過我與她這段感情。但是現在什麼都被迫靜止下來，於是被我勉強封存住的便傾巢而出，嘩啦、嘩啦……

先是那個大量的我深愛的T，各種她不同深淺笑意、悲傷喜悅的模樣，接著，就是那些我變成噁心發爛的餿水垃圾的恐怖時光。

我發現後來之所以覺得自己想死、死路一條，是因為沒有什麼比被愛的人討厭了更讓人畏懼吧。

而被愛的人開始逐漸厭惡的原因，我想應該是自己無法安分再當第三者，出現了想要全面佔有的心機與執念。當時我第一次暗示她時，她皺了眉頭沒有回答。之後我開始做了些舉動，不太考慮她的行為，耗盡自己全部的力量就是希望她成為我一個人的；她試圖勸阻我，然後我們大吵、冷戰、合好。

之後這樣的輪迴大約有五次。

我想她的「不愛了」就是在這裏逐漸啟動的，而這個階段是什麼？

我不知道。在一片白茫茫中，眼睛越來越痛，感覺渾沌好像整個深深陷入我的背脊中了；這是一種相反力勁的角力賽嗎？我失控的行為只是為了指控她愛的濃度不夠，或是當她放棄另個女友變成我一個人時，便是最終極對我與她具體的愛的呈現嗎？

愛真的就那麼簡單？

我想起當我逼迫她，要求她放棄另一女友時，她總是痛苦扭曲的沉默，只是不斷抽菸喝酒，連哄我的話一次都無法說。我和她的女友同時都是她所需要的——我突然意識到了這點，這很自私卻也很人性。如果可以保有兩個滿足她繁複的切面，那為什麼不？也或許她連自己要什麼都不知道，我只是一味任性地逼迫她，這任性卻在無意識不斷地戳痛她的痛點：她可悲地連自己要什麼都不知道，那我其實才是最殘忍的人吧。

我突然恍然大悟。

雖然嗎啡說完後，四周安靜無聲，但是她坐著的金黃色木馬，一直在靜謐的空間裏，被迎面的風刮出某種規律但刺耳的，像是金屬敲在玻璃瓷器上的聲音。

噹噹噹……嘶嘶嘶……真的好吵。

因此在整個談話過程中，我一直想跟她換匹木馬騎。我不知道我是想要阻止這聲音的干擾，還是打從心底就想要換到她前面，替她擋下這迎面惱人的風。

說完自己的祕密後，嗎啡就沒有再理我，兩人悄然無聲地緩慢旋轉著。

我們這時很像一張雕刻在腐朽牆上的一張破爛版畫，時光之流在版畫上留下了斑駁難看的痕跡。這雕刻裏的木馬是彩色的，而我們卻是黑白的。

第四個出現的是安藤。

安藤有雙如哈士奇犬般迷濛又銳利的雙眼。

我們是在天使結界認識的。他第一次靠近時我很訝異，年輕的他卻有種被社會結構給長期浸染過度的陰鬱，已虛弱疲憊不堪地只想找個地方歇息；像飛躍太平洋，體力罄空的候鳥。

那原本看得出應該敏銳的眼神僅剩自我防衛了。

安藤是突然出現在旋轉木馬的旁邊，然後很調皮地用腳踢了踢我。我側臉過去，他極誇張地把臉扭曲，做了個鬼臉，我哈哈大笑。總是如此，安藤永遠有逗我開心的能力。

他不喊我夏天、白白、白立夏，他是第一個叫我小公主的人。

不知道是個性還是氣味的關係，我與安藤很快就成為結界裏最好的朋友。我與他會聊的事情無法一一舉例，很像隕石瞬間劃過地球表面，在要燃起熊熊大火之際，馬上又有一群群冒著星火的墜落。那些毀滅在地平線遠端，形成另種美麗的毀滅：孤單寂寞的童年，不被了解的年輕時光，混亂交錯的任何時刻，對過去無以名狀的眷戀。

安藤記憶裏最愛的女孩南西，他曾在她家樓下抽著一根又一根的菸，還有繞上整晚的圈圈，只為與她更靠近。讀過我的小說後，形容南西是裏頭曾出現的那道夕陽，夕陽在男主角身上確實會紋下永恆的刺青。

某個十月份中旬，一個灰濛下午，不日常地與安藤約好坐捷運到石牌，再轉公車到天母。兩人吃過飯便無所事事地坐在路邊抽菸。

我們盯著眼前的車子一輛接一輛緩慢經過。

陰沉黝黑的天空上，蓋滿眾多低沉厚實的烏雲。望過去，烏雲捲起鑲有毛邊的手與腳，順便也捲縮起天際的邊線。我抬頭望著天空好一會，又低頭看著車子後方冒出的白煙。那些原本聚集的白煙被風吹散，融成風景的一部分。

踩踏胡亂節奏的雙腳旁，鐵皮柵欄翻起了生鏽成深褐色的那面。我伸出右腳輕輕踢了一下，一個空掉的鋁罐順勢摩擦過粗糙的柏油路，滾貼過憑空的記憶與聽覺裏。天空厚重濃濁的烏雲向我們傾身壓來。

「噯，妳知道嗎，」安藤輕輕推了推我，「那時候我們畢業的紀念服上，都繡著兩個大字、兩個小字：天子，加起來則是天母之子。

我一直以身為天母人為榮，直到離開後過了很多年再回來，才覺得自己真的全變了；不僅天母變了，我的內在也被挪動了。

那種感覺不是人事境遷，或者遠離家鄉後的無謂感嘆，而是更複雜的——如同曾經鑲在體內的什麼被拔去了，以為就會如初的永遠這樣下去——保存得如同冰冷標本，或者歷久不衰的習慣與個性。但，終究不是這樣的。」

安藤說到這裏，往空氣中吐了口煙。年輕的臉上多了些我不明白的表情，那或許如同他曾經以為不會改變，也已經用盡心力保存的記憶，過了許久，才接受只是在心上多了道滄桑的痕跡。安藤此時的臉正朝著前方一整排廢棄的破屋舊瓦看。

前面那排終年豎立在那，衰老敗壞到底，龜裂痕跡散布得到處都是，已經無法更加破舊的舊屋，竟瞬間如同觸動到什麼爆炸物般碎裂開來；很像是記憶中好萊塢電影裏大手筆的爆破場面。

恐怖分子潛藏在其中，放置一枚炸彈，在我未說話前，狠狠地按下了爆炸按鈕。

我驚恐地站起身，狼狽地把已經燒到手指頭的菸用力彈掉。靠近崩壞建築物的安藤的身體，居然好似透明般地融合在大片的、不明就理的雜色碎片中。他的身上霎時滿天飛舞，亂竄著不同的五顏六色。安藤卻什麼也沒看見。

「唔，該走了對吧！」他把菸同樣彈向我剛剛驚惶丟棄的地方。

那是一個奇怪岔出正常循環的一日。安藤與我走在他異常熱愛的家鄉天母的一整天，便跟我說了很多光怪陸離的過去。

前年十二月底的最後一日，我與以前一起練樂團的朋友C，就坐在那個巷子口的便利商店前聊天。

快要下雨的陰霾，四周瀰漫著驟雨前，那種潮濕陰冷裏融合著青草的氣息，漫天覆地像張開密實的大網，瞬間披覆在我與他兩人中間。我被這樣的氣味逼迫著與他緊緊靠攏在一起，肩併著肩。他細微的顫抖透過貼緊傳了過來。我感到胸口一陣緊縮，肺部明顯地感覺快要爆炸了。

「你把手上的那根扔了吧，不要再抽了，或許感覺會好一些。」C微笑地看著我。

我搖搖頭，又吸了一口。這不是普通的菸，裏面混合了從曼徹斯頓那裏帶回來的菸草。要用右手的食指與拇指，慢慢把鑿個細碎的葉片，輕輕地搓揉，在黃綠色的脈絡逐漸轉為深綠色時，加入捲菸的上等菸草，緊實地搓緊兩者的混合。這是C好久以前給我的。

「我明天就要動手術了。」C把身子又靠過來些，抽掉手上最後一口菸時開口說了：

「一年前我唱歌時，喉頭會感到劇痛，去醫院檢查只是換來之後更多、更多的檢查。前天醫生說報告出來了：癌症，所以聲帶一定要拿掉，從此再也不能唱歌與說話了，但是至少可以保住一條命。」

我點點頭，沒有說話。

小公主啊，妳不懂，我仍記得好久以前第一次聽見C唱歌……天啊，整個靈魂都傾倒於奇怪莫名的共振！後來我們常常混在一起，四周都充滿了他的聲音；不管是唱歌、說話、咳嗽、打呵欠、清喉嚨……都是他那好聽到令人快要抓狂的聲音。

在那樣的日子裏，我時常有種感覺，就是這聲音的腐蝕性實在太強大了；因為異常的、絕美剔透的共鳴怎麼會如此容易出現？原本稀有的景況只適合靈光一現，只存在於那一剎那的時光中。

就這樣，我與C同居在一起沒多久，我卻開始厭惡起這個人了。

你他媽的閉嘴好不好——這想法瘋狂在我的耳邊、腦袋裏不斷、不斷出現。我討厭這樣尖銳的什麼恆常地伺服在這人的喉頭深處——這讓我產生一種極深的、暈眩的嫉妒，深深超越我這個人可以忍耐的嫉妒：一切美好頹敗的嗓音，肆虐在他陶醉地玩音樂，或者生活時的每刻風景裏。

我後來終於明白：**是聲音與音樂在玩他，不是他玩音樂或聲音**。

我記得第一次聽見C在臺上唱完歌，走下來對著我掏出胸口口袋裏的這根菸，然後微笑跟我說在下大雪的夜裏，一邊抽著這樣的菸草，一邊屏住呼吸，會聽見一個人墮落的聲音。

我不想丟掉菸，因為他墮落的模樣總是在我視覺暫留裏放肆的誇張。

「你會來看我道別我的聲音時的最後一刻嗎？」最後C是這樣問我的。

我對他毅然地搖了搖頭。我只想再抽第二根這種菸。

安藤待在結界的時間不長，但是他的短暫存在卻對我留下了某種意義：一種滲透進人生，具有確切質地的意義，如同香港的樂團「達明一派」。

劉以達＋黃耀明＝達明一派：一九八五年成立，一九九〇年解散。很遙遠的年代，以及算是集合解散相當快速的團。節奏快得像是夏天夜晚突然散去的蟬鳴，或者一顆星球炸毀天際所需要的時間。

然後呢。

有一次我們大家一起去了西門町一家叫做「金獅酒樓」的飲茶餐廳。餐廳裏的氣氛是封閉的，亮粉紅的窗簾與桌巾，不顯眼的茶漬與污垢，服務媽媽們的濃妝，還有口氣中不自然的親切殷勤。

我在這裏大開眼界，時光從電梯把我們送上去後，瞬間便回到了古老泛黃的過去；亮澄澄的內裏顯現了很多人的影子。正確來說，是老人的影子：真實那種濃黑混濁的陰影，被流逝的時間給奮力切割下來的凝結，就卡在餐廳裏的每個小小的角落，用著一種安穩平靜的表情，面對進來的越來越年輕的我們。年輕的我們抬頭挺胸走進去，陰影的眼神黏著我們行進；它們從不出聲，但是年紀越輕所造成空間裏淺淺的攪動，會使得它們在幽暗的四處深呼吸，再深呼吸……

我們一邊吃飯抽菸，一邊聊天，聊到了小時候。

安藤說他曾經去河裏抓過一堆蝌蚪，很興奮地帶回家養。

「還特別去買漂亮又專業的透明缸子，量好適量的水深與溫度，每天定時定量地餵它們專業的飼料。結果……結果，蝌蚪就逐漸從後面兩隻腳、前面兩隻腳、接下來頭，成形……媽的！居然是一缸的癩蛤蟆！很噁心，整整一缸都是！」

我們大家都笑翻了，但是真的好悶啊。

修本接著說他的小時候，大家很流行拿麥芽糖裏在樹枝上捕蟬。

「但是我家沒有麥芽糖啊，後來我就看見角落放著我爸做事的強力膠，靈機一動，很興奮地拿著樹枝裏強力膠去黏蟬，黏是黏下來了啦，但是蟬卻無法從樹枝上拔下來，而且它們叫得超大聲，唧唧唧……唧唧唧……我就哭喪著臉問媽媽：怎麼會這樣？」

是啊，怎麼會這樣？

我們都承認童年有好多事，真的，真的好無奈。

一九七九年我出生，一九八五年我幼稚園，一九九〇年我國小五年級。

我從未聽過「達明一派」的歌，但是對他們個別都非常有印象。劉以達就是在周星馳的電影中，很常出現類似跑龍套與配角的角色：食神裏的夢遺大師、鹿鼎大帝裏一開始男扮女裝，常把周星馳嚇得半死的恐怖看病婦人。（裏面的劉嘉玲說他簡直跟鬼沒兩樣！）

而黃耀明是電影〈阿嬰〉裏面俊俏的小生。他大大的眼睛還有稚氣的表情讓我印象深刻。五年的合作時間裏，兩人密集連結，出了幾張唱片，與對方說了自己或多或少對音樂的不同理念，隨即分散。

一個往茂密繁盛的草原上行去，草很扎腳，對齊褲管的位置剛好是膝蓋。

一個往著已乾枯、沒有熬過乾旱的叢林飛奔，躲在泛白的枝幹後面悄悄喘氣。

我沒有親眼見到行星在宇宙中環繞瞬間炸毀的模樣，但是在爆炸的那一刻，我想我的身體內部有輕微地感覺到那種輕淺的、微略沾上皮膚表層底的震動。儘管當時小學五年級的我可能在跟同學玩著跳繩，然後嘩啦、嘩啦像是蠢蛋一樣大聲地叫鬧著……

「幹嘛停下來？輪你了！」

「喔，沒什麼，只是我的手臂突然好癢喔！」

園林內有個人／常常問我要什麼／根本選擇不多／每日都只有蘋果／人人話我太傻／完全沒有顧後果／偏偏選擇芒果／我問芒果有毒麼／檸檬／西瓜也是禁果／橙／石榴受到折磨／提子／香蕉控罪更多／都不妥

——〈今天應該很高興〉・達明一派

曲：劉以達・黃耀明／詞：劉以達・黃耀明／編：潘源良

光看歌詞，我就喜歡那行星炸毀的瞬間無比燦爛。

安藤最後消失在結界的原因很糟糕，我悲傷到說都說不出口。

知道他即將消失的那一刻，遠方暗沉下來，空氣全都凍結了起來。我腦袋一片空白地凝視著如抽掉聲音的電影，一格格地旋轉在河岸邊如圓環狀的一幕接一幕。黑色的背幕湧上，身體沾染了靜沉的黑暗，極具重量的下墜在最內的瞳孔。閉上眼，悄悄吁了口氣，往昔的記憶湧上沉重的軀體，一波波地擊打著我。

安藤最後跟我說：小公主，不管我消失去哪，妳一定要繼續寫下去；如果有個賭注是賭妳將來會不會飛黃騰達，我會毫不猶豫地把我的人生全部梭哈進去。

愛因斯坦在相對論中提過：當一件事物在高速運動之下，能夠拖延時間的過程，使之緩慢；目前所知的急速乃光速，光的速度與抽象時間相彷。但超過光速的時間將回到過去，那將是一項絕對的夢想，前所未見，一段凝結冰凍的恆常。

我想，是安藤讓我終於明白什麼是光的速度與抽象時間相符，讓我終於懂得光年的意義。

安藤坐的旋轉木馬是全黑的，什麼鬃毛五官馬鞍都沒有的漆黑一片。

最後出現的是祖兒。

祖兒是我重考時在畫室認識後，變成最好的朋友。這友情無邊無際，我想應該會直到永遠。我們一起經歷過非常多的事，也曾經隔了好一陣子沒有見面；但總是如此，再次見面，那頻率與氣息會主動接連上回分開的一切溫度。

祖兒出現的時候是坐在我旁邊的，是唯一一隻雪白，沒有半點裝飾的旋轉木馬上。祖兒都叫我夏兒，跟她的名字一樣。她的聲音非常乾淨清脆，她叫我的時候，我會聯想起以前在永和的家，每天睡醒起來，聽見窗戶外面一堆麻雀小鳥吱吱喳喳，四處散落的高低音符。

不同的是，祖兒坐在旋轉木馬上的臉，從一開始出現就始終望著我，中間隨著前進繞圈的旋律，也沒有移動一絲一毫。

我們意外地沒有說話。四周像是可以擰出一把水來的寧靜。

我也跟她相同，從一開始她出現時，我的臉就是朝著她的那個方向，好像知道她會出現在我身邊，或者她出現後，為了凝視她而刻意轉向這……我忘了順序，但是我們就是維持這個姿勢，從旋轉木馬的開始到結束。

祖兒出現的時候，四周的天光會以一種獨特的方式漆黑下來，每次都不同；我記得她喜歡給它們取名字，還有用不同的方式記載下來。我們都覺得這個世界過於粗糙與濫情，一直無法適應的我們在忍受不了時，只好悄悄蹲下來，把眼睛遮住。

我承認自己最依賴她，內心底的祕密是：「如果所有記得我過去的人都死了，忽略喪禮，什麼都已經消失拋棄，而當我死亡時也沒有人會為我哀悼，只有祖兒知道我生前所有的故事。」

在這個圓弧狀的旋轉木馬裏的我們，像一幅法蘭西斯・培根的油畫，畫裏的人總是面貌模糊不堪，或者五官醜陋地移了位，但是畫中的殘忍與悲切卻是前所未見，就像是我偶爾對她的，或者她偶爾對我的。

畫中彷彿有千言萬語的憤世嫉俗想要訴說，但是培根就是模糊且故意地岔出了筆觸，就像，就像我們丟棄了彼此共通的語言，清爽地留下了不沾染一切的寧靜。

旋轉木馬一直環繞著不動的中心定點旋轉著。有時候從頭到尾都只有我一個人，有時候則是她或他們會輪流出現。

有時候是我一個人聽著沉默，寧靜就這麼懸在空中；有時候則是他或她們陪著我一起聽。

成住壞空

——第十章

成住壞空。
房子物體，
各種有形體的東西都是如此，
先形成它們的形狀，
然後可以供人居住使用，
接著被時間侵蝕、敗壞，
然後又回到最初的空無狀態。
供靈魂置身的肉體也是，情感也是，
這四個字所蘊含的意義與眞理一直都是我的信念。

棺木裏裝了兩具乾枯的栗鼠屍體。望上去全是乾癟褐色滿佈大塊如手掌般的屍斑，僅露出兩顆無毛乾枯的頭顱；小小的耳朵無力垂擺兩旁，像工整但廉價的陪葬品。整體在寬敞的領口中間小得如同是描繪上去，比例卻嚴重錯誤的不及格作品。在昏暗光線下的兩具屍體，被光澤亮麗的壽衣給吞噬了存在感。我試圖蹲低把視線再靠近些，那根本是架空在棺木裏的衣物模型，繡花的赭紅深藍正端莊於煙霧裊裊的灰飛湮滅中。

眨個眼，便會如魔術般什麼都消逝，只剩壽服樣式。

上香前，我很努力地仔細瞧著已換上壽衣，安祥於平行空間的這對栗鼠夫妻們。兩人的面貌我本來就陌生，現在瞧上去更是生疏不已。我被過於狹小乾瘦的視覺障礙給困擾著，不知怎地由心底激發出某種古怪的好奇心，相當堅持地凝視著底下的他們，在眼眶泛出淚的眨眼與睜眼間不斷調整視焦，冷不防被旁邊的師父小聲斥責：

「噯，這樣盯著死者看是非常沒有禮貌的。」

我驚醒過來，誠心道歉，並且低頭退出殮房。

走出時看見哥哥正側身站在館內角落，小聲說著手機。瞥眼見到我使個眼色，然後繼續皺眉蠕動嘴巴。他一身鮮豔的淺藍絲質襯衫和質料昂貴的深棕西裝褲打扮，持續刺痛了剛剛勉力調整的視覺，於黯沉的殯儀館中顯得異常突兀，像一株暫且被移植於內的綻放盆栽。不知道他是否剛好出差接到消息，所以這身打扮就趕過來，還是根本就不在意（這絕對有可能，畢竟死者於我們關係遙遠，而哥哥的個性從來就無情不理世俗眼光）。

我吞了吞口水，勉強鎮定下心情，然後隨著殯儀館內的人指引，繼續到另個空間做喪禮接下來的工作。

還未清楚自己正位於什麼樣的地點位置，渾沌煙霧與頻率一致的誦經聲皆已撲天蓋地襲捲而來，我心驚膽跳地用雙臂環住身軀，笨拙地摺蓮花的手指頭也益發沉重了起來。

現在，正位於一個仿天文臺挑高拱頂式蒼穹的圓弧星空下方。光線昏暗得讓人無法分辨是曙光還是落日。我抬頭望著灰濛到根本無法辨識時間的天空很久、很久，腦中突然出現在許久以前，跟我的女友瑪蒂達對話的內容。

我還記得那時候她在宿舍創作了一整天，疲倦了正窩在沙發上抽菸，而我坐在她對面看書。兩人一起抬眼望向對方，相視而笑；她笑著說我很偶爾會露出一種表情，不常見，一閃而逝。我要她形容，她想了半天說是一種失焦不確切的狀態，比方曖昧或含糊之類的形容詞。不曉得為什麼，我聽她這麼說，平靜的心有點感傷，那感傷是驟然降臨的，因為我明白她在說什麼。

「是不是，是不是一種與過多人類相處太久，已經逐漸失去自己面貌才會有的，失焦。」

我常想，多年後她或許就這麼悄悄回到我身邊，儘管躡手躡腳把門推開，仍會驚動體內蕊芯變慢且即將壞毀的齒輪；闔上正在書寫的頁面時竟無法分辨，是紙張微血管脆裂的響音，還是我身體內部原以為早已遺忘多時，曾悄悄不動聲色啃齧內臟的孤寂與悲傷。

我驚訝地望著她。

她羞赧地開口說：「原諒我，好嗎？」

我笑出了聲。多快樂啊，可以原諒可以不原諒，可以恣意遺棄也可以任其突兀地推開門，然後在多年前早已風乾龜裂的位置中坐下。

她面無表情地叨敘起離去之後：

夏季是如何躺在掌心中死去／剝去殼的蝸牛在炙陽下呈液態化而後消失蹤影／信差總是在面前把華麗的情詩吞嚥下肚／下午三點二十分老邁的父親會準時賞自己一巴掌／蠕動的嬰孩穿越過時間之流向下沉沒／還有，誤飛進屋內的粉蝶，終將被乾燥稀釋水分與養分而急速老化／城鎮急遽縮小如同被棄養的生物……

這些年來我始終非常悲傷。我知道自己仍在意客廳角落那張體溫未褪去的座位，但是臃腫的女僕會分秒不差地橫差進視線內：夫人，您該披件大衣。夫人您該吃飯了。夫人請您起身散步之類的日常，把我從遙遠的某個界點拉回，然後我請女僕等會記得送客，留下她一個人黯然發愣地坐在那張椅子上，掩上書房的門。

我已經老邁了。

再早些時刻，我還能與她共同跳上整夜的舞，一起歡快喝酒，心醉神迷於她的畫作，她令我傾心的美，以及為她的幽默，誇張地聳動微笑弧度與肩膀。

記憶到這裏呈現大片空白。瑪蒂達的笑容與氣味全然殆盡，我低下頭，原本緊閉的聽覺突地爆進一陣激烈的嘶吼……我不知道自己在那回憶多久，以致哥哥的哭聲傳來時已成麻花狀般纏繞糾結得扭轉交錯。

我匆忙跑到父母親與哥哥身邊，母親踐著哥哥的雙臂，讓父親可以正正地痛毆他的臉。

「為什麼要打哥哥？你們為什麼又要打哥哥？」

吼叫出這句話的同時，我發現站在他們任何人面前的我是那樣高大壯碩……在惘惘意識中時空整個顛倒錯置了。現在我到底在哪？是因為殯儀館的關係嗎？它們間隔生死無界的神秘地帶，彷若整座浩瀚的森林擇一昔日時光，來使其葉片樹叢迸發出屬於它的光澤?!

「因為，因為……」母親看見比她高大的我似乎也呆滯了，她驚恐地把弱小的哥哥放下，然後怯怯地像做錯事的小孩低頭跟我說，因為每次出遊哥哥總是在哭，哭到他們心煩意亂，所以才會受不了地痛揍他。

那麼你們曾經有試圖了解過你們的兒子，我最親愛的哥哥為什麼出遊時都會哭泣嗎？

「兩位施主，現在的儀式已經從更衣、避神到達安靈的階段了。」一位師父走向已在角落打盹的我，輕輕把我搖醒，然後後面跟著的哥哥則一臉不耐煩的樣子，看見我睜開眼睛，又頑皮地對我做個鬼臉。

這是一個相當古怪的景況：兩個遙遠陌生的遠房親戚（我們甚至連名字都沒聽過）膝下無子，後輩也只剩我與哥哥，於是我們只好掏錢請專業人士處理後事，然後在最後階段必須出現時才現身——不帶感情、不帶情緒，不須帶任何有負擔的東西。

「現在還要做什麼快點說一說！我們的時間都很貴。」哥哥接著他的話說。

「明天要做開魂路，也就是死亡後請我們這裏製作『引魂幡』，那多半是以三到五尺長的黃白色棉布，上書符咒及死者姓名字號、籍貫、生日、忌日之類字樣，懸於竹枝，作為引領死者靈魂的標誌。做好之後，即可在三寶如來、西方三聖、三清道祖，或救苦天尊等神佛前誦經引領死者靈魂，出殯時引魂幡則由長子或長孫拿。」

「我們不是他們的長子長孫，根本不是他們的誰，可以花錢請你們的人拿嗎？」哥哥斷然決絕地說。

「呃……那兩位施主是他們的？」師父疑惑了，歪頭睜眼的模樣帶有奇怪的惶恐。

「他們是栗鼠耶！」哥哥勃然大怒地吼起來：「有眼睛的人都看得出來我們與死者一點都不像吧！」

那哥哥，我們是什麼？

我和他走出殯儀館外後，兩人各自點菸抽上幾口，哥哥突然大笑了起來。

傻妹妹，我是猴子妳是豬啊，這種事妳怎麼會忘呢。

某次親戚聚會，討論到遠房堂嫂生的第三胎兒子很醜，簡直就像隻小猴子，於是大家哄然大笑，嘲諷取笑的話語接連出現。接著，討論到哥哥出生時的模樣更醜，不是像猴子，根本就是隻猴子！沒有錯，他就是隻醜怪的猴子。

這個記憶是在一次用餐時間，母親突然脫口而出。我擔心地放下碗筷望向哥哥，哥哥沒有表情，仍埋首在自己的碗裏，發出津津有味的咀嚼聲，然後幾分鐘後只幽幽地冒出一句：

「那當時，你們聽到他們說這些話的反應是什麼？」

母親吶吶地說，也沒什麼，我們就只是很自然地跟著大家一起笑……還好啊氣氛沒有因此尷尬掉，噯！其實這話題也就這麼淡然帶過了。

那個中午用餐時間，大家分據在餐桌四方，如往常一樣繼續吃飯，偶爾丟出些言不及義、無關緊要的話。靠近餐廳旁的窗戶曬進一方光線，透過微微飄起的花色窗簾，於坐在底下的哥哥背上，不時打印上不規則的塊狀稀薄箔金。

我盯著塊狀的白金色塊看，看到瞳孔都發疼了。無法繼續吞進任何食物，於是把碗筷放下。從這話題開始到結束，不知為什麼，心裏感到非常不舒服，感覺內在某個私密領域被嚴重侵犯了，有人拿了骯髒的豬鬃刷觸碰了我的皮膚，還企圖弄傷我。我一直默默在做深呼吸：深吸進一口氣，然後以非常慢的方式輕輕吐掉……還是沒用……於是我霍然從餐桌上起身，大聲對著面前仍扒著飯的父母：

「別人說哥哥是猴子，你們的反應居然是跟著笑？」然後就在我佯裝把手中的碗給摔碎時，父親一個巴掌呼了過來；我感覺整個世界天旋地轉，臉頰被火燙傷般地發痛……

哥哥起身扶我：「妹妹，不要激動，這沒什麼，還不就是隻猴子，不是嗎？」他露出一種我從未見過，既悲涼又狡猾的笑容。

每一年到了清明掃墓前的幾個月，我都相當焦慮，原因無它，因為必須回到大伯父的家中；那裏對我來說不是親戚，而是充滿了我憎恨的人：

晚餐過後，一場改變人生的密室劇場：

「立夏怎麼變那麼胖？」伯父眉頭皺起，「以前我記得還好啊！你們看她，連手指頭都腫得像甜不辣一樣……我們白家的人不是都很瘦？她怎麼會變那麼胖？」

「大哥，小孩子嘛，發育期，以後長大就會瘦下來啦！」母親摸摸我低下的頭。

「不！」伯父堅決搖頭；「這種胖法以後一定不可能瘦下來，你們看她的五官，都被肥肉擠到中央來了……這個問題很大。」

「哈哈哈，真的耶！」大堂哥唐突地大笑了起來。

「堂妹本來就是胖子啊，爸，你老糊塗喔，白立夏一直都這麼胖好不好！」二堂哥說。

「我來看看她甜不辣的手！」大堂哥繞道我身旁，粗魯地抓起我的手臂。

「哇！我覺得立夏有點像某種動物……」

「哈哈哈，我也覺得……你先說你先說！」兩個堂哥推來擠去……

「白立夏像豬！」

這是我童年最大也是最恐怖的夢魘。

這也是我第一次從別人（居然還是有緊密血緣關係的親戚）眼中如此赤裸反射與形容，來了解自己肥胖醜陋的原始外貌。人之所以為人，或各種事物之所以幻化形成於它們的模樣，不總有他（它）們自己獨特的美嗎？

長大後我確認到不管是誰，臉廓分明鮮烈，外形高矮胖瘦，時光歷史於他們身上悠久纏繞住的一圈圈線絲，新舊脈絡與更久遠幽微的管道全交纏穿繞，每個經歷故事就會成為屬於他或她這個人熠熠發光之體的來源啊……然而在我那麼小的年紀裏，這些長輩們卻用了最簡易粗鄙的方式否決了我，就像燒了個火燙印章烙在我的臉與心上：

因為我肥胖，所以是隻豬，所以我將成為不了任何我想成為的人。

於是「變胖」這件事，終其一生成為我黝黑無法卸下的重擔。

幾年前大伯父過世，我們全家回去奔喪。

一向我行我素的哥哥獻上禮金後很快離去，只剩下我與父母和一堆陌生的親戚。那時候我不明白自己怎麼樣都無法好好在禮堂上待著，我藉著許多不明的理由：上廁所、打電話、補妝、買飲料、胸口悶頭痛……甚至要去調整內衣肩帶這種爛理由都使出來跟母親說。母親後來斥責我，要我坐好不准再出去了，我才哀怨地放空心思，把視線焦距恣意模糊地環繞禮堂。

後來，終於等到晚輩出去前面跪拜行禮，我與其他表哥、表姊妹踏出去排成一列，近距離地盯著前方大伯父的遺照時，一種由全身上下大量湧出萬股激烈——如果是真實的，絕對會讓我皮開肉綻的刺痛感——從各個皮膚細節被蟹類般尖銳但也有些鈍角的鉗子，必須要戳破地一次又一次重複擊刺在同個地方，所有的毛細孔都是……我根本承受不了痛楚地突地迸發出眼淚，整體來說，就像突然被人狠狠鞭笞般地痛哭流涕到幾乎站不穩腳步。

「咦，我不曉得妳跟大阿伯那麼好？唉，不管怎樣都該節哀順變。」——

等到行完禮後我走出去抽菸，表哥過來跟我聊天。我狠狠瞪了他一眼，一個人走到更遠的角落。當時我回望表哥遠遠的背影，真他媽的很想衝過去踹他兩腳。

沒有人懂，我哭不是因為難過，也是因為難過。

我難過是你怎麼可以那麼早死——我的人生目標就是要你親眼目睹我的功成名就。

原來從小到大我都沒有遺忘過，那或許可以解釋為「仇恨」的東西，但是它又跟仇恨的本質不盡相同。

那些取笑我的長輩們，我甚至可以說，我早就忘記他們的名字與長相，但是那時候所受到的屈辱和難以言喻、對自己的無助悲傷，無能為力是如此根深蒂固，以致於它在我的血液裏擴散，每分每秒不斷強迫要求自己成為一個強者，一個可以為自己說話，決定自己的形貌該是如何，人生會是什麼模樣的強者。

很抱歉，這絕對不是什麼激勵人心的啟發故事，這過程於我來說，就是把原有或許乖順馴良的分子，讓它們自己廝殺、碰撞、撕扯、扭曲、分裂……痛不欲生也猶如慘死一回。

仇恨會讓人成長嗎？應該說如果意志力夠堅定就會，不夠就會變成瘋子，道地的瘋狂之人。對於這個我深信不疑。

這間殯儀館位在臺南縣鄉下的山區間。

我接獲短訊上了高鐵又換了計程車，到達時司機回身叫了我半天，我才醒過來：深夜兩點多，所以真正看清這間殯儀館的全貌是隔天中午。當時我為了打手機而走出館外，用手覆蓋手機，邊講邊隨步行走。放眼望去的層疊山間透著一股寒氣，背後傳來持平如永恆溪流般已聽熟稔的誦經聲。我說著、說著回過身，望著殯儀館的全貌驚駭不已。

那是一棟非常古怪的建築。

我本來對殯儀館沒有任何想像，但是它的模樣完全不符合任何宗教（但我們家族全是佛道教徒）：完全雪白，外型新穎，整體流線型直條狀俐落地由上而下，其中一格格有順序距離突出的橫格空間像是抽屜，孤零零單獨地在縱橫交錯的綠色中央突兀著，像是一巨人由天上不小心遺落下來的長型置物櫃。

大門口也還是抽屜的模樣，只是它是往旁邊敞開的抽屜，開闔自如地吞吐我們這些……想到這我有些疑惑了——我們是什麼？普通陌生的後輩？還是，還是全身長滿古怪犄角，背上插滿不同刀劍匕首的，痛苦悲傷的大怪物。

我一個人靜靜地把手機收到口袋，拉起外套的拉鍊，呼吸著有點冷的空氣，沿著附近的羊腸小道隨意走動。我與哥哥已經好多年沒見了，他還是沒什麼改變：一樣高壯率直，一樣的焦躁，凝視人時的眼神銳利異常，說話語氣與做事的速度都比其他人快上一倍，且好惡永遠分明。

我仍記得最後一次與哥哥長談已是好久以前的事了。那時候他讀專三，我高一。那年的除夕夜晚，我們兄妹兩人用過團圓飯，領過紅包後，躲到我的房間裏，聊了整夜的話。當時他已離家住到就讀的學校宿舍，很少回家，所以那一次我們很興奮地從彼此的近況，再談到關於對未來的打算；之後，不知怎地陷入一陣沉默。剛好凌晨，許多震破耳膜的鞭炮聲此起彼落地在房間外，大樓底那廣大不知名既碩大又渺小的世界裏，不同的角落響起驚人的爆炸聲。

這轟然的爆炸，瞬間以類似尖柄狀的武器一一地穿刺了我，挑起內在深處最底層，隱藏許久層疊繁複的幽黯，那些不為人知的痛楚祕密。

我突然感到從小到大，那黏稠狀般液態性質的恨意——不管時光往前到多荒湮漫草或繁花錦簇的景況，我與眼前的生命共同體——我的哥哥，我們一定絕對無法把它們摺疊起來，收好放在櫃子裏的某個角落，更遑論丟棄遺忘了；於是，我像被一雙殘酷的大手給扳開了嘴，開口對他第一次敞開累積多年，好久、好久的一個重大祕密：滔滔不絕地說，提及關於此祕密背後所延展分灑出來的痛苦，使得這記憶像蜂巢一般持續繁殖增長，然而，隨著我們長大，嶄新的記憶一一覆蓋侵蝕，這祕密卻像自動隱居於繁複熱帶生態體系底層的大型畏光動物，靠上方層疊堆積的陰影，竭力保持永恆精確完好的本質。

我說這祕密是真實發生過的，直到現在我都無法忘記。他開始變得沒有表情，臉上的輪廓線條還有肌理，什麼都凝結住了。等我停止說話等待他回答，他才緩緩跟我搖頭，說他都什麼不記得了。

這些是真的嗎？我怎麼都沒有印象？

鞭炮聲一直持續到天光亮起。新的一年到了，大家都很開心的穿新衣戴新帽，一起迎接新的一年。我還很清楚記得，我讓耳朵開放使得外面的鞭炮聲進來，卻沒辦法停止流淚的雙眼，走過去掀開淡藍色的百葉窗，往四處炸開響聲的地方瞧去，沾染過年的愉快氣氛。

我那時一邊哭，一邊問哥哥：「你怎麼會都忘了？什麼都不記得了？」

他微笑看著我，那笑容的真切度確實是毫無瑕疵的。他轉身拿起床頭的衛生紙，遞向我：

「真的有發生這些事嗎？如果有，那我真的不記得了。」

我還是不死心，吸吸被鼻涕用力塞住的鼻子：「真的，真的都不記得了？」他搖搖頭，站起身子，把百葉窗拉起來，指著遠方從天而降的火花，煙火炫麗燦爛地散落在底下的城市，笑著對我說：好漂亮啊，不要哭了。

我的眼神順著他的手指，一起望向遙遠的天際；一團泛著金黃與豔紅的煙火，先由小的一團星點，突然擴大，擴大到滿是深黑的天際，把那深黑厚實的暗夜照亮出耀眼的光芒，然後又瞬間消失。黑色的圍攏又聚集回來。我站在他旁邊，被黑色蓋去的他的瞳孔，在望向另一個撞向天空的小點，反射出天真又期待的表情；他開心地望著一團接著一團的煙火，最後甚至在還哭泣的我面前，手舞足蹈了起來。

輪到我不知道該怎麼辦了。於是我在他面前不知所措地掉下眼淚，一直掉、一直掉，整個人陷入嚴重的失控，腦子感到一片天旋地轉。

對我來說，我們一起共同經歷的這件事情非常重要。如果哥哥忘記了，只剩我一個人記得，那麼對我來說，還有什麼事值得被記憶？

什麼事情是真的？什麼事情是假的？

如果哥哥不記得童年了，那我是不是該懷疑起所有腦袋裏裝著的東西？它們的質量正確嗎？是不是我自己賦予它們意義與喜好的模樣？

我到後來沒辦法好好站在他面前。我捂著臉坐到角落，穿過不斷冒出眼淚的阻擋，勉強睜開眼，看著哥哥微笑開心的樣子，跟著他的注視，一起望向遙遠的慶祝。

這整件事的結束，除了他拒絕面對之後，他的耐性磨光了，玩弄起我房間擺設的小玩具。我逐漸意識到，原來不管多深厚悲痛的記憶，時間久了，挨過傷痕累累的成長，到了現在，我們終於擁有語言描述的能力，可以直指悲痛的核心，可以分析，可以討論，可以用自己的理解能力來解釋它們，哥哥卻什麼都不記得了。即使是我，跟著他一起走過來的妹妹，他也無法記憶起那些永遠會被我們壓在人生最底層的童年。

「你一直哭，好無聊噢，我要回房間了。」

那是一個異常寂寞的新年。我沒有穿新衣戴新帽，還留下一雙哭腫的雙眼。

「施主，」一位師父從遠方走了過來；「接下來的儀式您的兄長說都省去，直接跳到焚化火葬的部分……我想問問看您的意思。」

「都聽我哥哥的。」我朝她的方向走去，遲疑了一會：「我可以了解一下儀式有哪些嗎。」

哭路頭：未能會得死者最後一面的女兒或其他晚輩，得知親人死訊，在離家一段距離時，大聲舉哀，痛哭跪爬直到家中，俗稱「哭路頭」。

發訃：發表訃聞，通知諸親友。

入殮：將遺體放入棺木中，不過並未蓋棺。

示喪：家中安靈者，應於門外張貼字條，父死：書「嚴制」，母死：書「慈制」，晚輩去世時用「喪中」（日本習俗書：「忌中」），喪宅春聯與「春」、「福」、「恭喜發財」等吉語則要去撕除。應在左鄰右舍門口貼上紅紙，以避禁忌。出殯後始將紅紙移除。

捧飯：每日晨昏須由死者女眷送飯至神主牌前，直到「滿七」或「百日」。

守靈：死者親屬在出殯前必須輪班守護遺體，以免貓、狗跳過或遇到其他特殊情況，也稱守舖。

「就聽哥哥的，直接跳到火葬吧。」

我與師父一起漫步走回到殯儀館中，未看見哥哥的身影。師父希望我不要拘束，可以隨意晃晃，只要記得傍晚五點是火葬的時間，地點在一樓後方的大庭院中央，我點頭說好。

這間殯儀館外型如同祕密抽屜，裏頭居然跟外頭相同，放眼望去直行的寬敞走道，兩旁卻層層疊疊重複了各式各樣的房間，彷若一個個迷宮的入口；而內裏跟外在一樣雪白一片，僅有房間的門框與把手這些個微小隱藏的暗示，取巧隱密在雪境之內，不停撇頭觀望著兩邊的差異，感覺頭開始疼了起來。

我不知道居住在這裏的師父們如何，但是我想應該沒有暫居於此的任何弔殮者，可以確切知曉這殯儀館的全貌：因為最恐怖的是當我從第一層——由最旁邊也是雪白的石階——爬到第二層、第三層、第四層、第五層……就會發現這裏沒有任何不同；這意味著任何想像中可供辨識的迴廊、通道、拱門、前廳或鏡廳……不管是印象中一間大型殯儀館，兼附居住設備應該有的什麼，它不是沒有，只是它都一樣，面貌一模一樣地讓你分不清楚自己究竟置身於何處。

我停在五樓的石階旁，被無名的恐懼感給襲擊的無法繼續往上爬。

其實那也不是多大的衝擊，就是被一種「不管再如何持續下去，終究都會一樣」的無力感給攪和得全身的力氣頓時洩得一乾二淨，然後什麼都想放棄地就靠趴在石階的迴旋梯扶手，點了根菸。

這種無力感好熟悉呵，好久以前是不是曾經有過？

我有個從未跟別人說過的祕密。

瑪蒂達就快要離開的那幾天，臺灣的梅雨季節來臨，天空不時下著大雨。

急驟的雨把遙遠海洋的氣味帶到窗內，我終於開始記起很多事情，就在她準備離去前。那菸草的味道，以及未開口說話前便先湧出一臉燦爛的笑，只給我一個人的笑容；還有，她說話的尾音，句子與句子中央的斷裂音頻，以及一開始要說話時，固定會有的沉默。

有時候，沉默會持續很久，有時候則不。

在她要離開這座小鎮之前，那沉默長得如一首古老遙遠的歌謠。這首歌謠是孩童們唱的。裏頭有許多用最簡單的字眼，形容著這座小鎮：細密的、固執的、異常堅決的、冷漠與熱情兼併著，還有四季如夏的。

就如同，有時候我們會一起忘記最純粹的愛意，以及表達愛意的方式。

我進入這個沉默中，感覺眼睛裏印上了一晃即逝的風的尾巴。那斷掉的尾端跟隨著她的沉默與我的沉重，一路來到了我的腳邊。在我的腳踝上轉著圈圈與跳著一支不怎麼樣的舞蹈。

我蹲下來用力撥開了風，起身撥開了她的沉默。於是我決定告訴她這個我從未跟別人說過的祕密：

我記得在小時候，我與父親一起到游泳池裏玩水。我不記得當時我的母親與哥哥有沒有一起跟來；印象裏，只有我與父親身在這座連水都燥熱的喧囂游泳池中。我們本來跟著旁邊的人一起笑，一起笨拙地滑著水，笑到後來兩人則都顯得有些尷尬。

然後父親提議我們兩人來比賽在水中憋氣。

「看我們倆誰的肺比較大！」父親對我笑著。

他的臉上滿是晶瑩的透明水珠。我答應了比賽邀約，於是我們一起沉浸到泳池裏頭。父親把他的蛙鏡給我，所以在水裏，只有我看得見他。我記得我在心裏數著數。

一、二、三、四……

我記得數到二十的時候，肺部裏的氣就已經沒了；但是蛙鏡前頭的父親，仍舊閉緊眼睛，看起來比賽還沒有結束，他還在努力履行邀我比賽的承諾，我們兩人還置身在熱鬧的泳池中央，安靜地抓著對方的手。

沒有聲音與呼吸，徹底隔絕旁邊的喧囂。

在二十秒之前，我覺得我與父親兩人在這短暫的時間中，被塞進禁錮的異次元空間中。

而現在的我卻想要提早結束，因為已經沒有任何可以支撐下去的氧氣了。

我快要死掉了。我快要死掉了。我就快要因為沒氣而死掉了。

我的腦中一直大聲環繞著這個聲音，視線則開始出現朦朧的銀色線絲，從意識底層紛然湧出然後消失，一邊閃爍著從水面折射下來的光線，一邊印在瞳孔的底層。我放掉父親的手，意識在放棄與堅持間異常痛苦地掙扎著。

倒數十秒鐘。我開始明白這將會是我這輩子，唯一一次與死亡離得這般近。

後來我贏了父親，我在被昏眩過去的暗黑包圍的幾秒鐘前，模糊地瞥見父親躍出水面，才趕緊用盡最後一絲力氣跟在後頭，一起把頭伸出水面。

「這孩子好強的嚇人！」我記得回家後，父親跟母親說了這句話。

父親不明白，我不是好勝或是倔強！我只是，我只是不願意先離開異次元，把父親獨自留在安靜得出奇的空間中；為了這個，我甚至連自己的命都賭上了。

瑪蒂達聽我說完祕密，站在原本要闔上的房間門口，又坐回沙發中低頭抽起了一根菸。那歌謠的聲音則忽近忽遠，像永恆不會被截斷的破碎曲子。

我坐在石階抽了兩根菸，接著站起來。從五樓的長廊中央傳來旋律熟悉的歌曲。側耳傾聽，仍記不起曲名，但確定的是自己一定曾經聽過，因為現在甚至還可以跟著唱。我不自覺地被歌曲吸引（或許這是來此第一次聽見不是經文的歌曲），所以離開迴旋梯扶手，著魔似地往雪白的長型空間踏入。

最後停在一間未完全闔上門的房間前。歌聲是由裏頭傳出來的。我悄悄拉開門，半敞的房間卻使得裏頭的人看見我，便停止歌唱，用軟綿黏膩的聲音喊著：

「夏天，來幫幫我呵……求求妳來幫幫我！」

是好久不見的母親，她正焦頭爛額地準備用鋸齒剖撕開一個同等比例的人體雕像。雕像正在雪白的房間中央，外觀像是巨大橢圓的蛹，程序已經等到石膏硬化，便可以把石膏剖開，讓裏頭兩面附著上確切模型的內裏貼上玻璃纖維，翻出模型，最後再上漆完成。母親要我一人一邊拉著鋸齒，然後從石膏的頭開始往下切割。

我還記得這件事情，我知道裏頭是誰；應該說我還記得哥哥與我曾討論過此事，只是我被之後母親瘋掉，住進精神病院的這件事給深切凍結住了，無法承受，所以之前的印象也因此被沖刷地一乾二淨。

接連正確時間與空間的細微線絲發生斷裂。

那時我們都已成年，好不容易於某次晚上約出來見面，我和哥哥終於把所有的話都掏出來說；我才知道在好多年前的除夕夜，第一次我嘗試與他核對生命中唯一的祕密，企圖讓他知道他不孤單、他還有我、我們是生命共同體時，他的確是遺忘了；但原因是因為巨大的恐懼，小時候所有發生過的事情全部為了還能繼續活下去，所以連快樂開心好笑的……也不得不一併丟棄。

後來他看了很久的醫生，才逐漸喚起過去丟棄的記憶，而那龐大淋漓混亂又刺目的記憶一一朝他腦子漲潮湧出，我們於那個晚上既暢快又痛苦地描述終於到來，直指我們生命核心的扭曲變異時，在這裏出現了好多個破綻：

我們曾經被兩個陌生的父母養到不知多大，才回到真正的父母身邊。

而我們曾叫她多年「媽媽」的這個陌生人（後來我們私下提及她都稱呼她為養母），曾經想帶著去我們自殺，這件事妳記得嗎？

我搖頭說不記得，這件事我真的沒有印象。

哥哥說小時候他曾從主臥室的第二層櫃子中，翻出了一本筆記本，滿滿的字，都是那位母親混亂暴烈張狂又哀傷的日記，還有一堆信件，是那位父親在外頭偷吃，許多野女人寫給他的情書。

那時候我還小，不認得幾個字，也踮腳靠在他肩頭湊著看。哥哥說他只認得幾個字，但是約略知道寫些什麼，被冥冥中碩大的不祥預感給徹底籠罩，不敢多想就把本子與信都放回去了。

瘋掉的母親個性裏，有種無論多悲慘的事皆可隱忍，默不出聲，且把那苦痛吞入下肚，然後，再自我摧殘的嚴重悲劇化性格。

很早她其實就明白自己的一生，終究會毀在這樣糾結的性格中之後，便時常做出許多脫軌的舉動：比方明明就已經是個成人，會突然咬牙切齒地對著我們兄妹說：你們的父親被野女人拐走了，我要去把他找回來！

然後就堅決地跨騎上我矮小學齡的四輪腳踏車，準備從板橋一路騎到仁愛路三段。

或者在大清早完全沒有任何車輛與人經過的馬路上，原本說好只是出來買個早點，兩邊各牽著我們，突然望向前方的雙眼瞳孔失焦，嘴裏喃喃自語地說：

「生活真的好苦、好苦，我們不要活了好不好……媽媽帶著你們一起去死！」

哥哥說他一聽見就放聲大哭，我則在一旁堅定地拉著母親的手說：不可以這樣，我們過馬路去，不要死。

當然，清晨一條無人、無車經過的小馬路，這個瘋掉的母親心願根本不會實現，只是聽哥哥說到這裏後，我開始嚴重動搖：因為裏面的我的反應是正確無誤的。

母親曾提及過：我們小時候（大約才三至四歲），她與父親不知從哪本書上讀過，讓小孩在黑暗中摸索與探尋對大腦的啟發很有幫助，於是就趁我們不注意時，躲起來把燈都熄滅。

哥哥看見漆黑馬上就哭了，而我則是很無所謂地拉著他說：哥哥不要哭，我們一起把爸媽找出來！或者是我們兩兄妹上學坐錯公車，哥哥也只是哭，我的反應似乎永遠都是不要哭，下車就好了嘛！

所以，依據這樣的推論，我與哥哥的反應、瘋掉的替代母親站在馬路上、想與我們一起死掉的這個記憶，應該是存在的。

那麼哥哥，你記不記得繼滑稽的四輪車事件很久之後，某個父親不在的夜晚，那個母親要求我們一起做的那件事情？

那時候那位母親腦中的保險絲似乎又燒斷了。當時她無端異常地敵視那位父親幫我請的數學家教。我無知無覺，與那個長相似乎還有些中性，且個性非常大而化之的家教處得非常愉快。

那位母親有天半夜突然進來我房間，先詢問躺在床上的我睡了沒？然後如日常一樣與我閒聊。她先用正經的口吻詢問我家教課的內容：老師真的好嗎？對實際的成績是否有幫助？上課有沒有跟我提到有關家裏的事情？

接著她的臉色黯沉下來，開始跟我說起我未曾聽聞的往事。

她現在還住在高雄市的母親，在她小時候會叫她去把爐灶的火吹起來。

那個母親說有一次她意外地吹得很快，火一下就炙焰燃燒；然後她又怕她母親給她更多工作，於是就把灰燼塗在臉上；她母親一看見馬上就打了她一巴掌，責備她說那要吹多久才能沾灰！小小年紀心眼就那麼多！

（呃，媽，妳跟我說這要做什麼？）

還有以前我很喜歡一個班上的男同學，這件事沒有人知道。

後來當時我最好的朋友有一次在中午吃便當時，悄悄跟我說她喜歡某個男同學（是一樣的人），而且在昨天放學回家時，她已經偷偷告白，男方好像也有意思要跟她交往。

所以我很難過，但不能只是難過而已啊，總要為自己想些辦法吧……於是我在過幾天的段考，寫了張小抄，趁沒人注意時偷偷塞進那女生的書包裏；我們當時的學校管得很嚴，放學每天都要搜一次書包，所以她就被退學了。

（但她是妳最好的朋友啊！）

一停止說話，整個房間沉默得讓我感到詭異至極。四面八方無形堅實的牆面，像製作工整、密度極高的方塊酥，朝中央的床上擠壓過來。我感到僅剩的氧氣不斷由身體全身的毛細孔中溢出，接下來就會變得跟哮喘一樣呼吸不到氧氣。

「夏天，妳知道這次爸爸劈腿的對象是誰嗎？」媽媽突然把雙臂重重壓在我的肩上，我頓時驚嚇莫名。

「媽，拜託妳不要亂想了，妳確定爸有劈腿過嗎？」我有點傷感地撇過頭，感覺牆面正在後退。我突然又感到些許煩躁地倒到床上，然後看著天花板角落，一塊手掌般大小的壁癌。

「不然妳想他為什麼常不在家，打電話也沒人接？」

「加班或者開會啊，不然呢？」

「是去幽會，而且對象是妳認識的人。」

「誰？」

妳的數學家教。我聽見這四個字時，眼睛瞪得老大……

不，請您千萬不要剖開石膏，因為您的目的只是希望她消失而已，不是嗎？

如果剖開與製作出她的雕像，那麼您將終生都要面對這個女人，面對那恐怖的夜晚。

我記得被下了藥而癱軟在地上的數學家教，全身正逐漸失去質量。

這是一種很具體的感覺，因為她的性格太活生生也太鮮明活潑，與我的互動又多，所以我望著那張已不會再有任何表情的臉，感覺流失的不是生命，反而是一種帶有重量與質地的喪失，正在我眼前一一蒸發。

當那位母親調好的濃稠雪白石膏從腳開始覆蓋上去時，我看見她正在改變。很奇怪，原本是一鬆軟略為發腫的人體，由她仍穿著的絲質襯衫黏附在表層上，一格格滲透過黏稠未乾的石膏，兩者緊緊呈略乾狀時的肌理，現在定眼望去，竟似乎變成類似巨蟒之類的皮質。由於石膏使得人體圓裹成一條長型狀，就在石膏快要淹沒她的臉，我悲傷地望了她最後一眼。

不知道是不是因為全身的毛細孔皆已被扎實封閉，所以那原本清秀白皙的肌膚，現在竟像微血管般於裏呈無氧狀態，於是橫撞暴衝出菱形格狀的紋路，舌頭半露，使得她的整個模樣竟跟一頭巨蟒沒有兩樣。

我想為她流最後一滴眼淚都無法，只感覺胃裏不斷翻湧出作嘔感；而哥哥見此狀竟哈哈大笑了起來。

當我與哥哥討論起這兩位奇怪的父母離開我們，便是永遠的離開了：這是時間與空間的確實認知與發生。然而，後來持續住進來的故事，卻怎樣也無法將原先佔據腦容量的故事吞噬或抹滅；我與他最原始珍貴、如時間針尖上清澄白皙的孵化童年，可以對任何事物做極端間距拉扯的網狀葉脈，靈魂核心之蕊的樣貌擬化生成，還有在眼前顯現的故事被我們的視野吞食之後，會如何撐脹，如何聚焦成為什麼模樣？

那永遠空乏不出來，已扭曲我們心靈的事景，其實根本已脫離生命本質，掉落在無垠的黑洞下方。

四點多時，我下樓到一樓後面的庭院。

哥哥已經在那裏，對我招了招手。我們這次沒多說到什麼話。此次的他看起來異常疲倦，長途行程真有折磨到他了。而栗鼠夫妻的屍體被裝承於棺木中，在一旁讓師父們誦經，準備送入火葬場。

我看著哥哥疲憊、雙目閉眼休息的樣子，回溯了過往無數次，我們對於生命渡口的態度。哥哥總是如此，他的口吻快速直接，總帶著陰鬱且受重傷的不滿，可揮發反芻的亢奮中，還不忘帶有理智與邏輯，而所有的回憶片段總有許多事情是我不知道的；我們未曾一起經歷的，許多他獨自咬牙經歷的真相被粗野地隱埋。

而我總是在聽與描述的過程裏，又再一次地失去時間所賦予的力量，所有又回到當初懸浮靜止的慢動作當中，歷歷在目，然後泣不成聲地痛恨自己，痛恨那兩位不應存在的父母，或者童年，或者什麼都恨。

成住壞空。

房子物體，各種有形體的東西都是如此，先形成它們的形狀，然後可以供人居住使用，接著被時間侵蝕、敗壞，然後又回到最初的空無狀態。

供靈魂置身的肉體也是，情感也是，這四個字所蘊含的意義與真理一直都是我的信念。

「時間到了。」師父們輕聲地把我的思緒打斷，我向他們鞠躬，看著他們一起把兩具棺木推向火葬場中。

只不過唯有這個，唯有我和哥哥，我們無法被「**成住壞空**」這四個字給收服、慰藉、包含、容納，甚至是使用。

「妹，我先走嘍！」哥帥氣地戴上墨鏡，對我招了招手。我也微笑對他招手，他突然想到什麼重要的事情停下腳步，有距離地對我大喊：

「對了，我忘了跟妳說：來這之前，我已經從『白』改姓成『謝』了。」

神離去的那天

作　　者◆謝曉昀
發 行 人◆施嘉明
總 編 輯◆方鵬程
主　　編◆葉幗英
責任編輯◆王窈姿
美術設計◆吳郁婷

出版發行：臺灣商務印書館股份有限公司
台北市重慶南路一段三十七號
電話：(02)2371-3712
讀者服務專線：0800056196
郵撥：0000165-1
網路書店：www.cptw.com.tw
E-mail：ecptw@cptw.com.tw
網站：www.cptw.com.tw

局版北市業字第993號
初版一刷　2012年7月
定　　價　新台幣350元

ISBN　978-957-05-2722-3

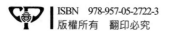

神離去的那天／謝曉昀著. -- 初版. -- 臺北市 ：
臺灣商務, 2012. 07
面； 公分. --

ISBN 978-957-05-2722-3（平裝）

857.7 101009241

讀者回函卡

感謝您對本館的支持，為加強對您的服務，請填妥此卡，免付郵資寄回，可隨時收到本館最新出版訊息，及享受各種優惠。

■ 姓名：＿＿＿＿＿＿＿＿＿＿ 性別：□ 男 □ 女

■ 出生日期：＿＿＿＿年＿＿＿＿月＿＿＿＿日

■ 職業：□學生 □公務(含軍警) □家管 □服務 □金融 □製造
□資訊 □大眾傳播 □自由業 □農漁牧 □退休 □其他

■ 學歷：□高中以下（含高中）□大專 □研究所（含以上）

■ 地址：＿＿＿＿＿＿＿＿＿＿＿＿＿＿＿＿＿＿＿＿

■ 電話：(H) ＿＿＿＿＿＿＿＿ (O) ＿＿＿＿＿＿＿＿

■ E-mail：＿＿＿＿＿＿＿＿＿＿＿＿＿＿＿＿

■ 購買書名：＿＿＿＿＿＿＿＿＿＿＿＿＿＿＿＿

■ 您從何處得知本書？
□網路 □DM廣告 □報紙廣告 □報紙專欄 □傳單
□書店 □親友介紹 □電視廣播 □雜誌廣告 □其他

■ 您喜歡閱讀哪一類別的書籍？
□哲學．宗教 □藝術．心靈 □人文．科普 □商業．投資
□社會．文化 □親子．學習 □生活．休閒 □醫學．養生
□文學．小說 □歷史．傳記

■ 您對本書的意見？（A/滿意 B/尚可 C/須改進）
內容 ＿＿＿＿ 編輯＿＿＿＿ 校對＿＿＿＿ 翻譯＿＿＿＿
封面設計＿＿＿＿ 價格＿＿＿＿ 其他＿＿＿＿

■ 您的建議：＿＿＿＿＿＿＿＿＿＿＿＿＿＿＿＿

※ 歡迎您隨時至本館網路書店發表書評及留下任何意見

臺灣商務印書館 The Commercial Press, Ltd.

台北市100重慶南路一段三十七號 電話：(02)23115538

讀者服務專線：0800056196 傳真：(02)23710274

郵撥：0000165-1號 E-mail：ecptw@cptw.com.tw

網路書店網址：http://www.cptw.com.tw 部落格：http://blog.yam.com/ecptw

臉書：http://facebook.com/ecptw